中国特种兵之特别有种

CHINA SPECIAL FORCES

纷舞妖姬 / 著

中国友谊出版公司

图书在版编目（CIP）数据

中国特种兵之特别有种 / 纷舞妖姬著. —北京：中国友谊出版公司，2016.6

ISBN 978-7-5057-3691-7

Ⅰ. ①中… Ⅱ. ①纷… Ⅲ. ①长篇小说—中国—当代 Ⅳ. ①I247.5

中国版本图书馆CIP数据核字（2016）第032318号

书名 中国特种兵之特别有种

作者 纷舞妖姬

出版 中国友谊出版公司

发行 中国友谊出版公司

经销 新华书店

印刷 北京鹏润伟业印刷有限公司

规格 635×965毫米 16开

21印张 339千字

版次 2016年8月第1版

印次 2016年8月第1次印刷

书号 ISBN 978-7-5057-3691-7

定价 38.00元

地址 北京市朝阳区西坝河南里17号楼

邮编 100028

电话 （010）64668676

目录
CONTENTS

-1-

第一卷 天职 ☆ 001-060

第二卷 勇士魂 ☆ 061-149

第三卷　**初入军营**　☆　**151-329**

第一卷
天职
—001—

第一章 － **夜半炮声**

时钟的指针，刚刚跳过凌晨四点三十分，辛苦工作一天的人们，正在呼呼大睡，虽然距离起床时间还很长，但是时值六月中旬，白天长夜晚短，深暗的天空中，已经透出一丝鱼腹般的惨白，将黎明前的黑暗映衬得更加深沉。

放眼望去，整个上东村中没有一丝灯光，仿佛一切都陷入沉睡中，只是偶尔隐隐传来一声犬吠，旋即又安静下去。只有熟悉这里的人才会知道，这并不是因为村民晚上都不使用电灯，而是每一家都在窗户上安装了三层遮阳布窗帘，还有的人家，索性直接在窗户部位安装了拥有滑动轮的日式木门，将光线彻底阻隔在室内。

在村子后面的山脊上，安装了几十台小型风力发电机，它们随着山脊起伏，拉成了长长的一条长龙，在夜风的吹拂下白色叶片徐徐转动，在源源不断创造出清洁电能的同时，也为这个其貌不扬的山村，增添了一丝西方城镇的时代感；而萧云杰脚下这条修得工整而宽阔的柏油面马路，更是将村子与外界的主干道连接在一起，将中国政府宣传的“要想富，先修路”这句话，发扬得淋漓尽致。

打量着村子里，那些模仿别墅建造的两层、三层小楼，萧云杰脸上露出一丝讥笑，他将警车停到距离上东村五百米的位置，蹲在地上从香烟盒中取出一支烟，再从随身携带的笔记本上撕下一张纸，将香烟从中扭断，把烟丝都放到了纸上，用手指微搓，旋即一支纺锤形的“大炮”就出现在萧云杰手中。

萧云杰今年三十二岁，是本市刑警队队长，一百八十二公分的身高，说不上鹤立鸡群，但是长期坚持高强度体能锻炼，却让他拥有了猎豹般敏捷的身手和优美的线条，浑身上下张扬着野性与恣意。还有他那双因为职业关系，显得过于敏锐和深沉的眼睛，让他总是能在不经意间，轻而易举地挑动怀春少女的心怀。

只可惜……这位市公安局刑警队队长有三大特殊爱好让他至今未婚，而且连女朋友也没有。第一，工作时没有半点形象，总会蹲在地上，不止一次被媒体记者拍到，被戏称为“懒汉队长”；第二，只抽自己卷的“大炮”，别人递过来的香烟一概不接，而且只用蜡梗火柴点火；至于第三条，你只需要知道，这位萧大队长的绰号是“卑鄙无耻太牛皮”，得罪的人太多，谁敢做他女朋友，就会收到恐吓信若干就行了。

至于萧云杰自称的，有一个从小就暗恋的女神，非她不娶的宣言，大家也只是当一个笑话听听。

没有过滤嘴的大炮几口就吸到了底，最后再狠狠吸上一口，萧云杰终于站起来，从口袋里取出一个大麻雷子，这枚在过年时才能看到的大麻雷子，外表包着一层红色的纸皮，看起来竟然比鸡蛋还要粗，将烟屁股凑到引信上，亮丽的火花随之开始闪烁，直到引信即将燃完时，萧云杰才猛地一扬手将麻雷子狠狠抛向远方的上东村上空。

轰！

在一片寂静的暗夜中，在空中划出一条优美弧线的大麻雷子，在十五米高空轰然炸响，那股沉闷的轰鸣，吓得村子里上百条狗同时惊醒，它们连究竟发生了什么都不知道，就一起开始放声狂吠。

在狗们的集体躁动下，就连村民们在家里养的鸡啊、鸭啊、鹅啊什么的，也开始不甘落后地仰颈高歌，几秒钟前还沉浸在黑暗与沉睡中的山村，在瞬间就变成了一片有闹市之闹、红火之火的午夜梦回档《动物世界》。

萧云杰丝毫没有半夜扰人清梦后的惭愧，他从车里拿出一个拥有微光夜视功能的望远镜，同时在心里默默数着：“三十，二九，二八……”

当萧云杰数到十五的时候，通过望远镜可以看到一些黑影从院子里翻墙而出，这些身影一个个动作利落，对四周环境更是了如指掌，在萧云杰把三十秒钟数完时，整个村子的街头小巷，到处都是撒腿飞跑的身影，粗粗计算下来已经超过百人大关。

就算是到了这个时候，整个村子里依然看不到一丝灯光，一百多号人在黑暗中高速奔跑，却几乎没有产生碰撞，他们仿佛经历过上百次演习，每一个人都知道自己的跑位，他们就像是退潮时的海水，从四面八方涌出，转眼间就汇聚到同一个方向，一起逃进了村子后面的大山。

萧云杰将望远镜丢回汽车，就在准备离开时，路边一个用砖头水泥砌成的宣传牌吸引了他的注意。这个牌子刚刚砌起来不太久，如果萧云杰没有记错的话，他昨天晚上来放麻雷子时，牌子上面还是空着的。

宣传牌上有人用红色颜料，写了一行大字：上东村诚挚欢迎高素质、高学历人才加入，大专学历嫁入本村者，每月可领补助五百元；本科学历嫁入本村者，每月可领补助一千元；硕士学历者，每月可领两千元，可进入村委会工作；博士学历及以上者，每月可领三千元补助，并可享受分红福利，孩子出生后，优先分配土地。

看着这样一个集征婚和人才招聘于一体的广告宣传，萧云杰只觉得喉头发痒，“呸”的一声在上面吐了一口浓痰。

就在他坐到驾驶席上开着汽车时，远处有人手里拿着一个手电筒，一边挥舞着向他打招呼，一边快步跑了过来。

这个能在一分十五秒内就穿好衣服，并在萧云杰每次放麻雷子都会随机更换位置的情况下，仍能迅速判断出萧云杰的具体方位，并在他离开前一路跑过来的人，就是上东村的村长裴国方。

裴国方今年四十多岁，长着一张貌似忠厚的脸，往人面前一站未语先笑，脸上的真诚与质朴，让你很容易对他产生好感，他身上穿的衣服，更是五十块钱一件的地摊货，怎么看都是绝对亲民加朴素。

“萧队，萧队，请等一等……”

裴国方人还在两百米之外，就扯开嗓子喊了起来，萧云杰没有走，只是下了汽车，又蹲到了地上。

这可是公安局刑警队队长，套在戏文里，可是个有点实权的角色，就算现在只要警灯一开，就可以横冲直撞，怎么做人就这么不讲究，不管遇上谁都先地上一蹲？！

在心里腹诽不已，裴国方却只能老老实实蹲到萧云杰身边，习惯性地从口袋里取出一支软中华，递向萧云杰在空中转了一圈却叼到了自己嘴上，人家萧队就喜欢自己卷“大炮”抽，他再想巴结对方，也实在做不到厚着脸皮学萧云杰的样子去扭香烟取烟丝。

一个嘴里叼着香烟，一个嘴里叼着“大炮”，蓝色的烟雾随之在空中袅袅升起。

萧云杰天天晚上跑过来放麻雷子，就算是晚上，都可以清楚地看到在裴国方的脸上有两个醒目的黑茄花，他脸上满是苦笑：“您连续半个月过来放麻雷子，一会儿凌晨两点，一会儿三点，一会儿又四点，行动飘忽难以捉摸，整得我们上东村鸡飞狗跳，别说是人，就连母鸡都不怎么下蛋了。萧队啊，您行行好，放小弟一马成不？”

“唉，不是兄弟我不体恤，实在是职责所在，不得不如此啊。”

萧云杰的神情比裴国方更加认真，七情上脸，道：“你们上东村家家户户偷车，弄出一个远近闻名的‘偷车村’，偷盗、再加工、运输、销售，已经成为一条龙产业也就算了，现在还弄了个网络销售，是不是太张扬了点？这些事，本也不归我一个刑警管，但你是闲得没事干了，还是港台黑社会电影看太多了，还非要弄个全村学武，你自己说，这小偷学了武术，不变成强盗，还能变成啥？”

一提起全村学武，裴国方也是嘴里发苦。

就是在前年他在村子里选了八名十二到十六岁的孩子，由村委会出钱，把他们送到了河南少林寺学艺。一年后八个孩子艺成归来，裴国方又让这八个孩子为“教头”，对全村老少爷们儿开展了一场轰轰烈烈的全民学武运动。

裴国方本意当然是好的，想要通过学武，让全村的男人磨砺出坚韧的意志，树立面对困难不屈不挠的作风，甚至他在宣传牌上写的“招聘+征婚”广告，也是想要转变本村人的人品素质。

一个盗车村，还提素质，本身就是一件让人笑掉大牙的事情，但是裴国方却在努力做着，但是一些不可控，甚至是事先根本无法想象的事情，就那么突然蹦出来了。

“村长，俺真不是故意的。当时俺还在解锁呢，那小子突然跳出来，手里还拎着一个比鸡蛋还粗的大棒子，对着俺脑袋就拍。俺当时真的被吓了一大跳，顺手就给他来了一个过肩摔，又猛地跪倒，对着他的胸口来了一记‘铁膝盖’，他胸口里传来‘咔嚓’‘咔嚓’两声，不知道咋的就躺在那儿不动了……”

一想起村子里那个吓得脸色发白的半大小子，向自己一五一十汇报当时发生了什么时说的话，裴国方就欲哭无泪、欲语还休，他相信这个小子并不是刻意去伤人，但是毕竟学过武术，面对突发事件，这保护自己的本能，就让他直接从小偷升级为强盗，而且还是在偷窃过程中，把失主打成了重伤，胸口肋骨直接断了三根！

就算是为了让村民们保持“凝聚力”，他这个盗车村村长也得咬牙死挺，还好，那小子接受过村子里的专业培训，知道哪儿可能遇到摄像头，也知道如何保护自己，不让自己的脸被拍下来，只要他们能硬撑住，公安局刑警队总不能把他们全村人都关进去吧？！

只可惜，他千算万算，没有算到自己引出了萧云杰这尊绰号“卑鄙无耻太牛皮”的大神！

萧云杰一脸同情地望着裴国方：“你也别怪我出损招，实在是你把上东村打造得太过滴水不漏，你们家家户户养狗，形成了一个五百米直径的生态防护网，无论我们从哪个方向接近，都逃不过狗鼻子，狗一叫人就跳墙跑，村子里那些小子，被你训练得一个个活像是特种兵，那动作利索得让我看了都头皮发麻，硬是有了一种鬼子进村的感觉，厉害，佩服。”

面对萧云杰的夸赞，裴国方真的不知道应该是哭还是笑。

“萧队，”裴国方打量着萧云杰的脸色，小心翼翼地低声开口了，“您怎么才能高抬贵手，放上东村一马，开个价成不？”

“行啊。”

萧云杰的回答干脆利落得要命，丝毫没有那些贪官们面对陌生人时的小心谨慎：“你拿三百万来，我掉头就走。”

“太好了，三百……万？！”

裴国方脸上刚刚扬起一丝果然如此的笑容，就凝滞成了石化状态，那种表情，看起来说不出地好笑。愣了好半晌，裴国方才如梦初醒，三百万，他没听错吧？！

他们是远近闻名的盗车村没错，但是想想看，偷一辆电动车能赚几个子儿？现在一般点的电动车在专卖店什么的地方，才卖一两千块，好一点的，三四千块，他们偷过来，首先得对电动车进行维护加工，把坏的地方补补，缺零件的地方添添，总之要让车主站在车面前都不敢确认这是旧车，修得够漂亮，也能卖个好价钱，但不管怎么说，也是二手货，又没有发票证明来源，价格肯定要大打折扣，再加上销售成本，平均下来一辆车能赚个四五百，就足以让他这个村长眉开眼笑。

三百万，想要满足这位队长的胃口，他们全村人就得先偷上一万辆电动车！

“萧队，您看……”

裴国方刚开口，萧云杰就沉下了脸：“怎么，看不起我？”

裴国方拼命摇头：“不是，不是，我哪敢看不起萧队，实在是没那么多钱。”

发现萧云杰的目光落到路边那个刚刚写上内容的宣传牌上，裴国方真的在叹气了，宣传牌上的内容，还是他这个村长起草的，但是亮出这样一份“征婚广告”时，他心里也清楚，盗车村声名在外，没有哪个受过高等教育的女孩会愿意嫁到村子里来，他写出这东西挂在外面，其实就是想为村子做一个广告，让大家知道，他们村子注重素质教育，愿意千金买骨地从娃娃抓起。

谁想，就这样一个宣传牌，就让萧云杰认为他们村子有钱，大大地有钱，所以才狮子大开口？

“萧队长，这是广告，广告！”

裴国方自己在打着自己的脸，那种屈辱的感觉，让他难过得想要吐血：“您半夜打开电视机看看，那些一侃就能侃上半小时的广告，哪个不是九分吹一分真，有的甚至连一分真都没有！您不会真的信了我们写在牌子上的玩意儿了吧？”

“噢，”萧云杰理解地点了点头，他对着村长勾勾手指，“过来点，我告诉你一个秘密。”

等到裴国方凑近后，萧云杰在他耳边低声道：“实话告诉你，我当了这么多年公安，还是第一次收贿，这头一遭，总得多拿点吧，你说是不是，老板？”

裴国方愣住了，他的外表还算镇定，但是在他的内心深处，已经轰轰烈烈同时跑过了一万头草泥马。

“其实我也知道，我要的是多了点。”萧云杰脸上满是理解，拿出了一个折中方案，“要不这样，我们先等等，等我身价降下来，那时候我再来找你，差不多意思意思给点就行了。在此之前，我继续半夜来放鞭炮，你们继续练习跳墙跑大山，如何？”

裴国方差一点儿当场给萧云杰跪了，看着萧云杰那似笑非笑的脸，他终于明白，这位“卑鄙无耻太牛皮”队长先生，为什么在见人时总会蹲在地上。估计聊着聊着，被他气得恨不得当场给跪了，再让人从旁偷拍几张相片发到互联网上，利用“网络暴民”把他名声彻底整臭的人，绝不是少数。

蹲在地上和人谈工作，看起来是不怎么威严，甚至是有那么一点点折损公安形象，但是就算有人往他面前一跪，无论从哪个角度抓拍，都有着一种“你跪我也跪”的公平味道，能防火防盗防偷拍到这种程度，也真不愧是刑警队长了！

“萧队，我尿了。”

裴国方诚心诚意地对着萧云杰竖起一根大拇指：“我明天一大早，就让打伤人的小子去公安局报到，您老人家让他至少能弄个投案自首成不？”

萧云杰不置可否，发现他的目光盯在那块宣传牌上，裴国方立刻站起来，从地上抓起一块石片，用力刮着上面的字：“在我们摘掉‘偷车村’帽子之前，我再也不发这种广告了，免得真把好人家的闺女给骗进来祸害了。”

萧云杰笑了，他终于站了起来，这场村长和队长之间长达半个月的对抗，也算是进入了尾声。

“汽车，你们不敢偷，偷了也处理不了，所以只敢偷电动车，但是你想过没有，骑电动车的人，有几个是有权有势的，又有多少是靠上班挣死工资的打工仔？”

熟悉萧云杰的人一定会感到惊讶，因为他很少这样认真地对人说点什么：“你们偷一辆车，能赚四五百，人家丢一辆车，重买就得两三千，说不定得几个月省吃俭用，甚至得回去向自家老子伸手！而且人家车子被偷了，哪个不会站在那里，先把你们祖宗十八代骂上一遍？你们偷了这么久的车，也应该赚到钱了，带着相信你的村民，趁早转行做点正当生意，给自家积点阴德吧！”

裴国方呆呆地望着萧云杰，直到这个时候他才终于相信，萧云杰天天大半夜不睡觉跑到这里丢麻雷子，不是为了敲诈勒索，也不是为了破案立功升官发财，他是认为上东村做错了，他就是要在上东村错得更多更厉害之前，从偷车村变成抢车村之前，强行把他们给按回去！

他是一个……好警察。

“砰！”

裴国方突然双膝一屈，重重跪倒在萧云杰面前，嘶声叫道：“萧队长，救命啊！”

已经准备登上汽车的萧云杰看到这一幕，他的脸色沉了下来，却没有像平时那样立刻蹲到地上，他走到裴国方面前：“站起来说话！”

萧云杰的声音并不高，但是熟悉他的人，都知道他这句话所蕴含的分量：“身为人民警察，就应该为人民服务，我知道你听我说这句话，心里也许会感到好笑，但是在我看来，逼得一个平民跪在我面前求救，无论最终结果如何，这都是一个警察最大的失职！”

第二章 - **警察天职**

凌晨五点三十分，天已经透亮，夏季的清晨，总是来得比平时早。

市刑警队成员匆匆赶到会议室，会议室里烟雾缭绕，萧云杰在烟雾中静静而坐，只有他嘴里叼着的那根“大炮”，烟头部位在忽明忽暗。

萧云杰把只抽了一半的烟头狠狠按进烟灰缸，又取出一支香烟，这一次他没有再把香烟扭开做成“大炮”，直接将香烟塞进了嘴里点燃，看到这一幕，刑警队的队员们都不约而同地放轻了脚步，一个个小心翼翼地坐到了属于自己的会议桌上。

人已经到齐，萧云杰没有开口说话，只是取出一只拥有录音功能的智能手机，点开其中一个音频文件。

音频文件被打开后，有着十几秒钟的沉默，刑警队员们正在猜测时，“啪”的一声脆响，从手机扬声器中传出，中间掺杂着一声压抑的低哼。

就是这么两个小小的音符，就让见多识广的刑警们得以确定，萧队连夜把他们召集起来，是发生了大案，一场以绑架勒索、伤害人质为主的大案!

电话彼端又沉默了大约十秒钟，凄厉的惨叫突然响起，也许是对方故意把话筒送到了人质嘴边，这一场惨叫显得分外凄厉刺耳，就连人质疼到极点拼命挣扎时，四肢和绳索摩擦的声响都听得清清楚楚。

“你们是谁，你们对我儿子做了什么？”

裴国方绝对是一个人物，在儿子失踪，有人突然打过来电话后，他不但在第一时间选择了录音，更努力让自己保持镇静，试图在可能出现的谈判中掌握一点点优势，只可惜，父子连心，他再睿智，在儿子受到最残酷的虐待时，他所有的心理防线都被打破了。

“他哭了。”

在电话彼端，一个略带云南一带方言的口音说着不太标准的普通话，声音清楚地传了过来：“我刚刚下令，剪断了他一根手指，他现在哭得很厉害，看来他并没有想象的那么勇敢。”

裴国方的呼吸声一下急促了起来，就算看不到他当时的样子，听着话筒里传出来的“咔咔”声，也知道他当时几乎咬碎了牙齿，如果那个下令伤害他儿子的男人突然出现在他面前，他一定会毫不犹豫地猛扑上去，用牙齿直接咬碎对方的喉咙。

但是双方只是在电话中沟通，所以裴国方什么也没有说，什么也没有做。

“不愧是盗车村的村长，这份冷静自制，真的好棒。”

男人的声音彬彬有礼，就像是一个出身高贵、受过高等礼仪教育的绅士，无论是语气、语调，还是用词，都完美得无懈可击：“第一次打电话，总是会有人在我耳边发出尖叫，那声音真是刺耳极了。还有些女人，哭得上气不接下气，还不忘了咬牙切齿地威胁，说做鬼也不放过我，弄得大家根本无法顺利沟通，我就只能让人再剪断他们儿子的一根手指，来营造沟通环境。如果人人都能像裴国方先生您这样，我相信对大家来说，都更好。”

裴国方在深深地吸着气，他的声音低沉而嘶哑，还带着一丝颤抖：“说吧，要多少钱。”

“这里我要做一个小小的更正，不是我们找您敲诈勒索，我们也不是劫匪，我们只是要回您儿子欠我们的钱，正所谓欠债还钱天经地义，就算他是盗车村村长的儿子，也不能因此而免单，您说是吗，裴国方先生？”

裴国方还没有说话，电话彼端就传来了他儿子混合着哭意的声音：“我没有欠他们钱！我是看了他们的招工广告，到缅甸来打工赚钱，当天晚上非要我们下去一起玩扑克，第二天突然就对我说欠了他们两百万赌债！我没赌博！我没欠他们钱……”

“啪！啪！啪……”

连续响起的皮鞭声，打断了男孩带着哭腔的自辩。

“裴国方先生，您是一个聪明人，本来有些话我是无须多说的，但是为防万一，我还是要班门弄斧一下，还请您不要见笑。”

男人清了清嗓子，朗声道：“我建议您不要考虑去报警，肚大肠肥，保家无术，扰民有方，指的就是他们这群人。您难道还能指望那群从口袋里一摸，最起码就是芙蓉王，职业考核时只跑了五百米就能有人心梗而当场死亡的家伙们做出什么让您眼前一亮的事情？”

萧云杰抿着嘴站起来，他的目光从在场每一个人的脸上掠过，不知道有多少人承受不住他目光中太过沉重的压力微微低下了头。

男人的声音在继续传出来：“好吧，我承认，我不应该抹黑人民警察的，人民警察，人民爱嘛。从公正、公平的角度来说，警察办案经费有限，从警力和管辖人数比例上来说，仅仅是发达国家的三分之一，也只能先管顾着大案要案，以维护住社会稳定为主要目的。只要我们不涉枪，不死人，不去脑袋发热地反党反政府，只是在赌博合法的土地上，向欠了巨额赌债的人动用一点点暴力手段催要赌债，这也不算太过分吧？说不定你们报警后，警察叔叔还会在心里抱怨上一句，赢钱时干啥了，怎么输钱时才想起警察？”

萧云杰在鼓掌，他猛地一拍桌子放声狂喝：“好，说得漂亮，真他妈的漂亮！”

所有刑警抿起了嘴唇，没有人说话，面对暴怒如狂的队长，他们也真的无话可说。

“还有最难的一点，刚才贵公子已经提醒过您了，这里是缅甸，是一个独立的国家，就算它再落后贫穷，再内战不断，它也是一个主权国家！就算市公安局真的接受了这个案件，他们也处理不了，因为这是跨国案件，别说是一个市的公安局，就算是省公安厅都无能为力。好吧，我退一万步讲，您有比中了彩票头奖更夸张的运气，让国家领导人都被惊动做了重要指示，和缅甸当局进行沟通，再安排警力处理，这也有个流程，需要时间对吧？”

男人的声音很温和，但是字里行间那丝丝杀气却已经扑面而来：“但是我认为，贵公子很难等到那一刻来临，前人种树后人乘凉，裴国方先生，您不会想去当这种舍己为人的圣人！”

男人的话说完了，他从头到尾，只做错了两件事。第一件事，是他高估了盗车村村长的家底，在几年前偷摩托车，的确可以短时间内暴富，但是现在偷电动车，收入就少了很多；第二件事，他没有想到，裴国方不但把他们的对话在第一时间录音，而且还把它交到了“卑鄙无耻太牛皮”萧大队长手中！

“我们天天打击黑社会，说他们危害社会治安，可就是在我们眼里下三滥的小混混，还知道拿人钱财替人消灾，收了保护费，该出手时就出手呢，我们这些人民警察，吃人民的，穿人民的，用人民的，到了人民遇到麻烦的时候，我们干什么了？他们为什么宁可私了也不报案？他们为什么在自身合法权益甚至是人身安全受到威胁时，向警察求助，做的第一件事情，是先跪下？！”

萧云杰放声狂吼，他的声音在会议室中反复回荡，震得每一个人的耳膜都嗡嗡直响：“这是失职，我们身为人民警察的失职！就像那个躲在缅甸绑架勒索的家伙说的那样，因为我们的失职，让人民已经对我们失去了最基本的信任，所以犯罪分子才敢如此嚣张放肆，我告诉你们，他说的每一句话，都是对我们的挑衅，不，他那已经是宣战，是要把我们打倒在地上，再狠狠踩上一脚，让我们在人民心中，永世不得翻身的宣战！”

吼完这么多话，会议室里一片寂静，每一个人都咬着嘴唇没有说话，就连他们中间资格最老的刑警，脸色都凝重起来。

萧云杰长长吐出一口闷气，他目视全场，眼神中透出一丝几乎可以粉金碎石的光芒，沉声道："哥哥我很不爽，你们有四个小时收集情报资料，不管是什么，越多越详细越好。立刻行动！"

第三章 - 缅甸赌场

中国和缅甸在这边的村庄，农田都连在一起，就算是资格最老的公安人也说不清楚，究竟哪一片是中国的，哪一片是缅甸的，一人多高的甘蔗地，更形成了一片天然屏障，有当地人带着，在里面沿着小路绕上几圈，几下子就能从中国云南走到缅甸。

借用一位经常从迈扎央到几公里外的中国陇川县购买生活用品的缅甸土著的话来说："穿过甘蔗地就是我们村，就隔一条路，来回一趟，比下地割一次甘蔗还容易。"

站在迈扎央的街头，放眼打量这个和"果敢赌城""勐拉赌城"并称为中缅边境三大赌城的地方，这是一个小城，就算是徒步行走，不足千米的街道，半个小时足够走一个来回。一横一纵两条街道交叉在一起，就形成了整个主城区。在小城之外，就是缅甸特有的热带森林。

到处都是钢筋混凝土砌成的别墅型小楼，在街道两侧，酒店、网吧、宾馆、饭店林立，它们的招牌上使用的都是中文，就连这里使用的电话号码区号都是中国云南德宏州的，手机信号也是满格，往回拨打电话，当然也不是国际资费。

既然有资格称为赌城，赌，当然是这里最明显的主旋律，如此狭小的城区中，硬生生放下了二十多家大大小小的赌场，据说这里最繁华时期，各种名车在大街上排成了长龙。有一位来自四川的"赌王"，更是以两年时间，在迈扎央输了两亿多人民币而面不改色，成为所有来迈扎央开办赌场淘金者心目中最尊敬，也最希望能够宰到的"王者"。

"咱们都是老同学了，我能骗你吗？现在云南这边到处都在建旅游景点，需要大量技工，尤其是像你这样能做木工活的，一天赚上一两百都是小意思，最忙的时候，所有包工队都缺人，每天的工资更是翻着跟头往上涨！要不这样好了，你的机票兄弟我包了，等你赚了钱，再好好感谢兄弟，怎么样？”

在街头上，一个男人正拿着手机打电话，四周原本就一片安静，他的嗓门又过大，就立刻显得刺耳起来。可是这个男人却浑然未觉，依然对着电话说得口沫飞溅：“行啦，肉麻的话少说，把你身份证号发个短信给我，我一会儿回去就帮你订票，记得，赚了钱后，至少要拿出十倍的诚意来回报哦！”

通话结束了，男人满意地打了一个响指，旋即又在手机记录簿中，找出一个号码拨了过去，电话一接通，男人的精神就猛地一振：“娟儿，你不会连我的声音都听不出来了吧？怎么说上初中时我们做过同桌，我还给你塞过情书呢……”

男人边走边说，从萧云杰一行人身边擦肩而过。

裴国方咬牙切齿地颤声道：“看他这样子，和搞传销的有什么区别？我儿子八成就是这么被人给忽悠过来的！”

他们这群人，被称为经纪人，专门负责电话营销，并从输了钱却无力偿还的赌客中，挑选自己的下线，形成层级管理，从这点上来说，也的确像是在传销。

这事说白了，就是赌场闹得太凶，让云南公安部门重视了起来，几次实施禁赌风暴的结果就是，现在的缅甸赌场，早已经没有了几年前的样子，很多赌场已经关闭，剩下的要么转了暗场，要么就开始另谋生路。

那些已经在赌场赚了大钱的老板，见势不可为，想走自然就能走，但是还有些人，他们是借贷进入缅甸开办赌场，还没有赚回本钱就遇到“禁赌风暴”，赌场生意一落千丈，他们被贷款利息压得红了眼，在几个月前终于开始铤而走险，用近乎传销的方式骗人来到缅甸。

萧云杰让下属去调查，真是不查不知道，一查吓一跳，山西、四川、河南、黑龙江、山东，这几个省都有缅甸赌场发展出来的下线，都有人员失踪报告，只要进了他们的地界，不管你是赌还是不赌，最终都会背上巨额“赌债”，而这个赌债是多少，在把他们带进缅甸前，线人已经将他们家里的经济情况摸了个清楚，数字总是能设到让家里人砸锅卖铁，正好能够到的程度。

这样的“经纪人”，在缅甸迈扎央赌场，数量已经超过了一千人！

一千个经纪人，他们无时无刻不在打着电话，从他们曾经生活的地方，将一些熟悉的人骗到缅甸赌场，并且会从他们当中继续发展下线，形成一个金字塔结构。

如果再放任这种“传销”赌博继续发展，也许用不了多久，这些在缅甸开办赌场的人，就会建立一张覆盖全国的大网。到了那个时候，不仅仅是赌博，也许缅甸更加历史悠久的特产“黑色黄色”，也会随着这张网，流通到整个中国！

这绝不是危言耸听，而是一名资深刑警，在面对可以动摇社会治安根基的危险时，一种最敏锐的职业本能！

“设想是美好的，手段是不错的，”站在迈扎央赌城的街头，萧云杰深深地吸了一口气，他突然露出一个笑容，面对着眼前的一切，高高竖起了两根中指，“不过很可惜，我萧云杰来了，你们的所作所为，不但是在践踏法律，而且更让我很不爽，不把你们一起扫得滚蛋回家，我萧云杰就穿上女人的性感小内衣，挥舞着红手绢，在迈扎央跳草裙舞给你们庆祝！”

当裴国方和对方取得联系，并登上一辆对方派出的汽车，他们才知道，原来关押“人质”的地方并不在迈扎央赌城，而是在一个更加偏远的小山村。

在一个看起来普普通通的农家院子里，修建着一个相当坚固的地窖，里面足足关押了二十几个欠了巨额赌债，却无力偿还的赌人。为了防止他们逃走，每个人身上都被剥得只剩下一条内裤，在他们身上，到处都是触目惊心的鞭痕，隔着地窖二三十米远，都可以闻到一股浓重到极点的血腥气味和随之产生的腐烂气息。

一个十六七岁的大男孩，被人从地窖里拎了出来。

裴国方的嘴唇在不停颤抖，他的儿子目光呆滞，右手上草草裹了一层绷带，从形状上来看，他已经永远失去了自己的食指。这个大男孩，虽然在家的时候，一直和他顶嘴，有时候甚至当面骂他是贼头不说，还把一村人都变成了贼，把他这个当爹的尊严都踩到了脚下，但是不管怎么说，这个男孩也是他裴国方的儿子，是他的亲生儿子！

男孩走着走着，突然脚下一软摔倒在地上。地面上还有着雨后淤积的烂泥，烂泥溅了男孩一身，也浸进他全身的伤口里，男孩也挣扎着试图重新站起来，可是他努力了半天，也没有支撑起自己的身体，也许是泥水浸进伤口带来的疼痛太过剧烈，让他迷茫的双眼中，终于恢复了一分神志，当他四下打量，终于在人群中看到熟悉的身影时，这个曾经桀骜不驯而且心比天高，以为凭自己的辛勤努力，就一定能改变人生的男孩，嘴唇颤抖着，还没有说话，眼泪就已经夺眶而出，他抽搐着，终于喊出了一句话："爸，我好疼啊！"

裴国方再也忍不住，朝着儿子猛冲过去，可是只跑几步，他就被人拦住了，拦住裴国方的人，长得人高马大，他留着一个光头，不用刻意绷紧，全身的肌肉就已经鼓起，在他双臂上文着两条黑色巨龙，巨龙张牙舞爪怒目圆睁，透着疯狂式的狰狞，而他脸颊上那条半尺多长的刀疤更让人望而生畏。

光头大概就是这群看守中的小头目，他对着裴国方伸出了手："钱呢？"

萧云杰还没有来得及制止，裴国方就已经将紧紧抱在怀中的钱箱丢了过去，嘶声叫道："让开，让开，快让开啊！"

钱箱到手，光头的脸上刚刚露出一丝笑容，就化成了冰冷，他随手一掂钱箱的重量，伸出另外一只空着的大手，狠狠在裴国方的胸膛上一推，眼睛里只剩下儿子的裴国方，猝不及防之下，竟然被光头一掌硬生生推出四五米远，以最狼狈的动作摔倒在地上。

"你儿子欠我们的赌债是二百万，"光头打开钱箱，看看里面摆着的钞票，森然道，"你就带这么点钱过来，是打发叫花子呢？"

裴国方从泥水里爬起来，立刻解释："我能凑的都凑了，这六十万……"

光头伸出一只手，制止了裴国方的解释，他嘴唇一掀，轻轻吐出一个字："打！"

"啪！"

皮鞭重重抽在裴国方儿子的身上，使鞭的人用尽全力，皮鞭抽到的位置，立刻就皮开肉绽鲜血飞溅，在男孩的身上留下一条一尺多长的鞭痕，可是那个男孩可能是神经都疼得麻木了，挨了这一鞭子，足足过了两三秒钟，他才猛地发出一声惨叫。

"你敢打我儿子，我和你拼了！"

裴国方发出一声狂号，头一低对着光头猛撞过去，可是他拼尽全力的一击，却被光头随手一巴掌就抽出两三步远，脚下一软又重重摔到地面的泥水里。裴国方旋即又跳了起来，就在所有人都以为他会再次向光头发起进攻时，裴国方双膝突然一软，重重跪倒在光头面前："你们不就是为了钱嘛，为什么要下这么重的死手，我儿子今年才十七岁，他才十七岁啊！你们摸摸自己的良心，他真的是跑到这里赌博，输了你们二百万吗？一个偷电动车的贼，真的能随随便便拿出二百万吗？"

"你们看看他的样子……"

望着已经丢掉了半条命的儿子，裴国方脸上眼泪止不住地流出来，眼泪和鼻血泥浆混合在一起，看起来说不出的滑稽与可怜，他嘶声哭叫道："我已经把能凑的钱都带来了，那可是六十万，整整六十万啊！我儿子也被你们折腾掉了大半条命，你们就行行好，把我儿子还给我，好不好？我求求你们了！"

拿皮鞭的看守，突然又抡起皮鞭作势要抽，可是他这一鞭却并没有抽到男孩身上，只是在空中甩出一记空响，看到裴国方因为这一记响鞭吓得全身都狠狠一颤，鞭手连同四周站立的人都在放声大笑。

"老大！"

有一个看守拿着卫星电话快步走过来："三号家里只邮过来一万块，就再也不肯继续邮钱，而且那边还放了狠话，说早就不想要这个儿子，死在我们手里正好替他们解决了麻烦。"

光头脸上闪过一丝狰狞，他瞪着裴国方："你们大老远跑过来，作为主人我怎么也得好好招待你，今天我就请你看一场精彩表演，名字叫'与熊共舞'。"

一个同样只穿了一条内裤的男孩被两个看守从地窖里架了出来，他被架到了院子后面，在院子某个角落的铁笼里，赫然关着一头懒洋洋的黑色公熊。看着笼子里的熊，那个被称为"三号"的人质，猛地嘶声尖叫挣扎起来，可是他的惨叫和眼泪，并没有获得半点同情，一群看守已经开始兴致勃勃地下注，看"三号"在熊笼里究竟是被黑熊一巴掌拍死、咬死、抓死、坐死，还是在熊笼里和黑熊和平共处坚持一个小时。

按照他们的"规矩"，像"三号"这种已经再也压榨不到钱钞，还算身体强健，给吃顿饱饭就能干苦力活的人质，只要能在熊笼里活过一小时，他们就会"大方"地把人质放出来，再把人质卖到缅甸深山的矿区去挖矿……一个还算强壮的男人，价格是三千块。

熊笼的门被打开，看着公熊对着自己张开大嘴，露出满嘴锋利的牙齿，“三号”已经吓得双脚发软，一股滚烫的液体，更不受控制地从他的胯间流出，看到这一幕，周围那些看守笑得更加开怀，他们每一个人脸上露出的兴奋，看在外人的眼里，竟然有着一种群魔乱舞式的狰狞。

就在“三号”半个身子已经被推进熊笼时，一个幽幽冷冷中隐隐透着一股火焰般灼热气息的声音，突然从他们身后响起：“你们，是中国人吗？”

所有看守脸上的笑容都微微一滞，他们一起转头，瞪向了静静站在一边的萧云杰。

光头大踏步向萧云杰走去，他一边走，一边将拳头捏得咔咔直响，在有心卖弄之下，他只穿了一件无袖T恤，胸膛更是夸张地贲起，皮肤上那犹如树根般的青筋，更是向每一个人展现着他身体里蕴藏着的可怕力量。光头一直走到萧云杰面前不足两尺位置，他居高临下望着萧云杰，将他身体形成的压迫感发挥到极致：“小子，你说什么呢？”

“我是在问，你们是中国人吗？”

萧云杰没有退后，在对方已经压到自己面前时，他竟然反其道而行地向前踏出一步，两个人近得鼻尖几乎顶到了鼻尖：“你们真的是和我一样，吃着中国的米，喝着中国的水长大的中国人吗？”

不等光头回答，萧云杰就冷然道：“对待外人像狗一样温顺，对待同胞却像狼一样凶狠，像你们这样的货色，千万不要说是中国人，否则的话，真的可能连累你们的祖宗被人挖了坟头！”

光头的眼睛猛然瞪圆了，他抡起钵盂大小的拳头，对着萧云杰的头部猛砸下去：“你小子找死！”

萧云杰右膝一抬，用人类最坚硬的部位，狠狠撞到了男人最脆弱的部位，拳头还没有砸到萧云杰头上，光头的眼珠子就猛然突起，他弯下腰，撕心裂肺的惨叫还没有从他喉咙中喊出，萧云杰一拳就狠狠砸在他脖子中间那个突起的喉结上。

“嗯……”

光头左手捂着喉咙，右手捂着腹下，弯着腰，以一种绝对奇怪的姿势倒在了地上。

全场一片寂静，所有人都瞪大了眼睛，用沉默而诡异的表情，望着发生在他们眼前的一幕。

已经成为全场主角的萧云杰，望着面前这些看守，沉声道：“谁不是爹生娘养的，谁不是刀子砍到身上就会流血，鞭子抽到身上就会疼得要命？跑到国外，靠诱拐残害同胞生存，抽皮鞭、剪手指、关熊笼，你们还有没有更有劲的花招，还能不能玩出更变态的手段？”

萧云杰指着面前那些看守的鼻子：“有你们这样的同胞，我萧云杰深以为耻！”

看守中突然有人喊了起来：“这小子一定是公安派来的卧底！”

萧云杰从口袋里掏出手机，到了这个偏远的小山村，电话已经没有信号，但是拍照功能还在，他的表情太镇定，动作太自然，直到他把在场所有看守的脸都拍了进去，一群看守才如梦初醒。

看守们彼此对视，他们的脸色都沉了下来，不知道是谁带的头，他们慢慢从身后用报纸卷成的刀鞘中，拔出了随身携带的砍刀。

随着十几把砍刀出鞘，一股低沉的气息，就那么突然而又自然地笼罩了这片区域。

只有手上已经沾了人命，绝对不能让自己曝光的人，才会这么不约而同地铤而走险。

“老裴，过来。”

萧云杰剥掉光头身上穿的T恤，又把他穿的裤子一起剥了下来，细细密密地卷到自己左手上，形成一个可以在近距离抵挡砍刀攻击的软盾，右手抽出了光头插在背后的砍刀。

光头长得人高马大，他使用的砍刀，也比其他人的要霸气得多，两尺半的刀身，将近十斤重，纵然无法和特种部队使用的特种高碳钢相比，也算得上是一把好刀。挥舞了两下，试试手感，萧云杰望向出口，目光中透出了狼一样的狠劲：“只要我们能活着冲出去，他们就得像供祖宗一样供着你儿子。”

第四章 - **丛林战争**

（上）

没有发令枪声，一场以弱敌强的决死战斗开始了。

但是在战斗甫一开始，所有看守心中就产生了怪异到极点的感觉，仿佛萧云杰是强，他们才是弱！

萧云杰没有像他们想象的那样四处逃窜，在人缝中寻找生机，而是直接选择了两点之间直线最短式的冲锋。

这种野蛮，这种自信，这种骄狂，这种横行霸道，让十几名看守一起变了脸色，他们不约而同挡到了前方。

“滚开！”

萧云杰放声狂吼，他根本没有理会对方砍向自己的刀，他瞪圆了眼睛，抡起手中那把明显比其他人手中更长更重，当然杀伤力也更强的砍刀，对着拦在面前的一个看守的脑袋，就来了一记正面猛劈。

面对这种拼下去必死的结局，那人不顾一切地后退，和身后两个同伴撞在一起，用最狼狈的动作滚成了一团，就算是这样，他反而心里一松……总算保住命了。

萧云杰抬起左臂，用上面缠的布料，挡住了左边砍下来的刀，但是在同时，有把砍刀却从右侧砍到了他的身上，鲜血瞬间就染红了他的衫衣。

身上挨了一刀，萧云杰眼一瞪，刚刚砍了他一刀的看守就猛地往后倒退，让萧云杰失去了还他一刀的机会。萧云杰深深地吸了一口气，“呸”的一声，将一口浓痰狠狠吐到了对方脸上。

被萧云杰一口浓痰直吐脸上的那名看守，却没有再冲上来，反而一边擦着脸上的浓痰，一边用逃的方式继续后退，一直逃到了战圈最外围，他才停下了脚步。

紧跟在萧云杰身后的裴国方，终于明白了什么叫作勇士，只有当对方的刀子对他即将产生致命伤害时，萧云杰才会抬起左臂去格挡，其他的攻击他一概无视，只是带着裴国方向前猛冲。那些看守被萧云杰势如疯虎的气势震慑住了，砍出来的刀子显得色厉内荏，但是不管怎么说，他们手里拿着的也是刀，每一次砍到萧云杰的身上，都会留下一条半尺多长的伤口，鲜血更是随之迸溅，在他们冲过来的路上，留下了一条淅淅沥沥的血线。

杀着杀着，萧云杰一刀砍空，他的眼前豁然开朗，原来他已经成功冲出了十几名看守封锁的路，杀出了生天。

萧云杰身上整整挨了六刀，但是六刀他并没有白挨，他发起决死冲锋的时候，有超过十名看守也被萧云杰一刀砍中，萧云杰手中的砍刀本来就够重，再加上他拼死攻击，从身体里爆发出来的力量，比那些对待弱者像狼，对待强者就只能像狗的货色，何止野蛮强横了十倍？！

已经有七八个看守倒在了地上不停地呻吟惨叫，剩下的人虽然还在那里大呼小叫，但是看他们的样子，根本不敢再追上来对萧云杰发起进攻，萧云杰不但成功对他们的防线进行了一次“凿穿”进攻，更在同时彻底击溃了他们并不算特别坚韧的意志，让他们失去了抵抗的勇气。

“你敢砍伤我弟，你死定了，你们都死定了！”

身后突然传来一个歇斯底里的声音，刚才那个手里拿着卫星电话，来向光头报告事情的男人，拿着卫星电话一边拨号，一边指着萧云杰嘶声狂叫：“公安怎么了，我告诉你，这里是缅甸，你信不信我只要一个电话，就能喊出一队拿着AK47和火箭筒的雇佣军，我要你们的命，我要把你们的脑袋放在脚下当球踢……”

萧云杰霍然转身，指着躺在泥水里的裴国方的儿子，放声狂喝：“就你有家人，有兄弟？那里的每一个人，谁没有父母，谁是从石头缝里蹦出来的？”

萧云杰一转身，拿着卫星电话的男人就吓了一跳，他一边把电话放在耳边等待回应，一边撒腿就往外跑，转眼间就翻过并不高的围墙，逃到了院子外面，隔着一道院墙，可以清楚地听到他疯狂的吼叫：“老板，这次有人把雷子引进来了，那货太嚣张了，不但当面拍照，还砍翻了十几个弟兄，我们拦不住他，您说怎么办？！”

萧云杰把目光落到了载他们来的那辆皮卡汽车上，他还没有向裴国方开口，就看到一个看守用刀子捅破了汽车轮胎，然后又撒丫子飞跑到几十米外。

这些看守们缺乏正面对决的勇气，但是在背后做些小动作牵制他们，却一个个都是行家里手。

汽车已经无法使用，萧云杰再次回头看了一眼那些看守，猛地做出一个返身去砍他们的动作，吓得所有人都齐齐后蹿了七八米远，看着这一幕，萧云杰手中长刀横指，望着面前这一群人放声大笑。

这一辈子，这些看守们也许都无法再忘记萧云杰这个人，他全身是血，却犹如一只浴火重生的凤凰，在向他们绽放出最灿烂的光芒，当他长刀所向，一股大漠风起般的杀气，就那么扑面而来，让每一个人的心脏都狂跳，双腿都发软。

在遇到萧云杰之前，他们真的不知道，原来警察也能这么狂，原来警察也能这么疯！

在院子外面，拿卫星电话的人，大概已经得到老板的批准，和某支缅甸雇佣军取得了联系，他的声音大得夸张：“对，我们老板说了，给你们二十万美元，对，一个人头十万美元，只要死的，不要活的！”

“都给我听着！”

萧云杰指着失去行动力，根本无法和他们一起离开的裴国方的儿子，放声喝道：“在老子被你们请的雇佣军干掉之前，把他像祖宗一样供起来，给他洗澡、治疗，吃好的，穿好的，养得白白胖胖的，否则的话……你们最好永远不要返回中国，永远不要让我找到你们。”

所有看守都在心里给萧云杰判了死刑，但是当萧云杰手中的长刀虚虚指过，只要是没有受伤的人，都不约而同地跑了过去，把裴国方的儿子小心翼翼地抬出烂泥堆，更有人冲进房间，从里面取出一只急救箱。

萧云杰不再迟疑，带着裴国方大踏步走出了院子。在穿院而过时，看到在院门上面，吊着一颗圆球状已经锈得看不出原本颜色的铁疙瘩，萧云杰随手一拽，就将它拽了下来，放进口袋里。

走出“看守所”大门，一些当地居民，都把脑袋探出来，悄悄打量着萧云杰和裴国方，在这个过程中，萧云杰的身体一直挺得像是一把剑，他身上不停淌着血，却走得昂首挺胸虎虎生风。

他整个人看起来就像是铁打的，仿佛什么都压不弯他的腰。

但是当两个人走出村落，走到一片丛林后面，再也没有人能看到他们时，萧云杰的身体突然摇晃起来，如果不是裴国方见势不妙冲上去一把扶住他，萧云杰说不定已经摔倒在地上。

没有人能在连挨了六刀后，还能若无其事，支撑着走到这里，萧云杰已经到了极限。他深深吸着气，只觉得大脑中一片天旋地转，就连眼前看到的景象，都已经变成了重影，萧云杰想要用力摇头，旋即他就放弃了这个举动，他清楚地知道，这是失血过多造成的情况。

萧云杰从地上抓起一把烂泥，把它涂到了伤口上，再揉搓几下，把泥土揉进绽开的皮肉里，用这种方法，硬生生止住了流血，这一幕看得裴国方眼皮直跳。

萧云杰用不到一分钟时间，就把身上超过一半的伤口“处理”完毕，又指指背后，对着裴国方道：“老裴，帮我一下。”

裴国方在抓起地上的烂泥，帮萧云杰涂抹伤口时，萧云杰坐得稳如泰山，裴国方的手却抖个不停。他们从地上抓起来的可不是经过精心调配的止血草药，而是混合了马粪，在下雨后又不知道被多少人踩过的烂泥，这种东西抓在手里黏黏腻腻的，还透着一股树叶腐烂的味道，把它们硬揉进伤口里，萧云杰难道不害怕伤口感染吗？

“只有活人，才有资格去谈感染。”

萧云杰的话，让裴国方身体再次轻轻一颤。

第五章 - **丛林战争**

（中）

一辆吉普车，一辆军用卡车，在坑坑洼洼的路上飞驰，在几公里之外，就是连绵不绝的原始丛林。

缅甸多雨，原始丛林里长满了参天大树，藤蔓反复盘绕，形成了这片世界的主色调；在潮湿的地面上，各种不知名的杂草灌木丛生，中间隐藏着长长短短的枯树枝和一脚踏下去就会猛地一绊的烂泥坑，想要在这里穿行，必须要穿上一套够结实的衣服，否则的话皮肤很快就会被划得到处是细细的小伤痕，走在最前面的人，还需要拿着一把开山刀，将那些长得太过茂密的灌木和带着细小倒刺的宽大树叶砍开，硬生生从原始丛林里面开拓出一条人类可以行走的路。

当正午的阳光晒到原始丛林上空时，由于树冠太过茂密，能够射到地面的阳光，星星点点少得可怜，整个原始丛林内部，就像是一个蒸笼般热得要命，汗水会不停倾淌而出，必须时不时补充水分和盐分，才能让一个人维持体力，在原始丛林中，虽然到处都可以看到地面上积出的雨水，但是你绝对不能去喝，因为地面上腐烂的树枝树叶，让这些水里往往含有毒素，一旦直接饮用，很可能就会拉肚子，在原始丛林中，这种平时看起来并不严重的疾病，最终造成的结果，很可能就是死亡！

这就是热带雨林，将人类文明推拒在外，人类又因为生态环境必须允许它们存在，所以形成了一个彼此对峙，又彼此依赖的奇特世界！

更不要说，在这里还充斥着毒蛇、蚂蟥、数量惊人的蚂蚁，以及第二次世界大战期间埋设的上百万枚地雷！

也就是因为这样，除了那些在原始丛林中开辟出安全运毒路线，将号称“黑色黄金”的鸦片，不断运入中国获取暴利的马队，或者是被人追杀，为了求生铤而走险的亡命者，没有人愿意走进这样一片充满死亡威胁的原始丛林。

波刚一跳下吉普车，就走到军用卡车旁，用力拍打着车厢，放声叫道：“下车，下车，到地方了，都下车！”

二十几个雇佣兵从卡车里跳下来，连带他们一起从卡车里跳下来的，还有几只血统并不算特别优秀的军犬。

军犬一跳下卡车，就兴奋地狂叫起来，显然是已经嗅到了目标身上的气味。

几只军犬嗷嗷乱叫地在前面带路，拽着士兵和它们一起奔跑，可是带着波刚他们一路追出两三公里后，几只军犬却一起停下了脚步，它们疑惑地在四周打着转儿，就连它们刚才兴奋的嗷嗷乱叫，也变成了有些心虚的小声呜咽。

看到这一幕，波刚立刻停下了脚步，沉声道：“回去！”

当波刚重新站到进入原始丛林的起点，并拿起望远镜四处观察时，他的目光很快就定在了几百米外那条山脊上，再回头看看在他们身后不远处那片甘蔗林，波刚眼睛里闪过一丝明悟。

波刚曾经是“克钦独立军”成员，为了和缅甸政府军对抗，独立军领袖也曾经靠卖毒品，积累了一些资金请外籍雇佣军对他们进行训练，这其中不乏从世界老牌特种劲旅退役下来的老兵。

其中有一名从美国绿贝雷特种部队来的雇佣兵，就曾经教了他们如何利用风向，欺骗军犬嗅觉的技术……计算好风向，找一片山脊从上面经过，风会把人类一路行走时留下的气味远远地吹送出去，如果在五百米内，能有一片密集又足够高度的植物，比如玉米田、甘蔗田，或者灌木丛，就能将气味阻拦住，形成一道和真实行动路线相平行的“气线”，将军犬诱导到其他方位。

一般来说，这种用风来转移自身气味，将军犬诱导开的方法，时间只要稍稍一长，被丛林挡住的气味就会消散，只适合对付紧追其后的敌军，但是由于萧云杰身负重伤，血腥气味浓重，反而化弱点为优势，在这场猫鼠游戏中，甫一出手就将了波刚一军。

带着几头军犬登上那片山脉，它们又追踪到熟悉的气味，再次变得兴奋躁动起来。

追着这股气味进入丛林，大概跑出三四公里后，他们找到了萧云杰和裴国方曾经临时休息的地方。在这里的地面上，有两个人工挖掘出来的土坑，其中较大的土坑又被人用浮土埋了起来。

波刚蹲下身体，仔细打量着这两个土坑，它们大的直径有三十厘米，小的直径有二十厘米，它们中间的间隔则是二十五厘米左右。波刚拔出身上的格斗军刀，以斜三十度角，斜斜刺入直径较大的土坑，这是标准的步兵排雷手法，从这个角度把刀子探进去，就算是有人在坑里埋了一枚反步兵地雷，刀锋仅仅碰触到雷壳，也不会触发引信，当然也不会爆炸。

在把格斗军刀拔出来的时候，波刚看到在军刀背面的锯齿部位，沾了几片木柴燃烧后形成的炭灰。

波刚的动作太过小心，吸引了副手的注意：“达科他火坑？”

波刚点头，所谓的“达科他”火坑，就是在地上挖一大一小两个二十厘米深的坑洞，再把它们的底部挖通，形成一个“U”字形地下通风管道，直径大的那个坑里填放木柴点燃，而小的那个坑，就会像烟筒一样将空气吸入，让坑里的木柴迅速充分燃烧，在短时间内释放出大量热能。

“达科他”火坑并没有什么出奇，只要受过训练的士兵，甚至是探险家都懂得如何去挖掘，但是他们追杀的目标，据说一个已经身受重伤，另一个只是不入流的小偷，无论从哪一方面来看，他们都不应该在逃命的最紧要关头，停下脚步挖一个坑来生火取暖。

或者，他们有什么重要的东西，必须要生火将其销毁？！

波刚狠狠摇摇头，将脑袋中纷乱的思绪全部甩开，面对绝对力量，任何阴谋诡计都没有生存的空间，他只需要在最短的时间内追上去，把两个目标击杀，再把他们的脑袋带给老板换取奖金就行，至于他们为什么挖坑，又关他波刚什么事？！

就在波刚站起来，准备带队离开时，“达科他”火坑里突然冒出了白烟。他刚刚用格斗军刀将火坑上面盖的浮土刺穿，让火坑里余温犹存的木炭接触到空气，并和辅坑形成空气对流，自然就会重新燃烧起来。

面对这种可以直接解释的现象，波刚并没有在意，但是在他再次跨动脚步时，一种身经百战老兵特有的敏锐直觉，却让他的神经在瞬间绷紧，他霍然转头再次看向那个正在冒着火烟，里面已经开始重新燃烧起来的火炕。

突然间波刚面色大变放声狂吼：“卧倒！”

“轰！”

冒着白烟的火炕猛然爆炸，冲击波混合着燃烧的火炭以地面十五度仰角向四面飞溅。距离火塘最近的几个雇佣兵，在猝不及防之下，被冲击波狠狠撞中，全身是血地一头栽倒在地上疼得满地打滚。

一人重伤，两人轻伤，虽然没有阵亡，但是刚交手，他们就有三人失去了战斗力。

面对如此惨痛的损失，副手瞪圆了眼睛，猛地发出一声怒吼：“那些混蛋不是说他们手中只有一把刀吗，他们哪来的炸药，这分明是军用黄色炸药才能拥有的威力！”

“你忘了吗，他们曾经有人提过，目标在撤退时，把他们挂在门框上的一个铁疙瘩取走了。”

波刚望着依然白烟袅袅的弹坑，脸色沉静如水：“如果我没猜错，他们说的铁疙瘩就是战场上遗留下来的手雷，赌场上的人把它当成了玩具，我们要追杀的目标，却把它做成了诡雷！”

在缅甸到处都是从第二次世界大战开始到现在，因为战争遗留下来的手榴弹和手雷。这些东西因为生锈，引火装置绝大部分已经失效，就算是当石头丢来丢去也不一定能爆炸，但是这绝不代表把它们丢进火堆里，它们仍然会老老实实地保持沉默。

“可是……”副手仍然不明白，“他们又是用了什么办法，让手雷放进烧着的火炭里都不会立刻爆炸，什么时候炸药都可以和火焰并存了？！”

波刚从地上抓起了一把烂泥："如果你把这样的烂泥裹在手雷上，再在外面包上一张树叶，结果会怎么样？"

副手猛然瞪大了双眼。

有一层软泥为隔热层，手雷放进火炭堆中，就不会立刻被引爆，再往火炕上覆盖一层泥土，将炭火由明火压为暗火，在这个过程中，泥壳里的水分被一点点烤干，手雷里炸药的温度也在不断升高，如果波刚不去捅开"达科他"火坑上面的那层泥土，也许内部温度渐渐会达到引爆点，最终爆炸，也许手雷就会随着暗火熄灭，而继续沉默下去。

但是当他捅开"达科他"火坑上的那层泥土，让里面的暗火接触到空气，再次充分燃烧时，已经接近爆炸温度的手雷，就会在短时间内轰然炸响！

这竟然是一枚专门针对特种兵，或者像波刚这种老兵，而精心布置的诡雷陷阱！

确切地说，这是一套"延时+触碰"式诡雷陷阱！

"一个身受重伤的警察，一个不入流的小偷？很好对付？等于是白白给我们送钱？！"

波刚重复了一遍雇主对他们说的话，在他的话语中，满是浓浓的讽刺。能把他波刚玩弄于股掌之间的人物，也叫很好对付，也叫白白给他们送钱花？

波刚现在已经可以确定的是，在那个身受重伤的警察，还有那个不入流的小偷之间，必然有一个曾经接受过最严格的训练，有过丰富山地丛林作战经验的老兵！

甚至，可能是一个中国侦察兵！

第六章 - 丛林战争

（下）

一个士兵在丛林中高速奔跑，突然脚下一滑，一脚踏进一个二十多厘米深的陷阱里，旋即就发出惊天动地的惨叫声，抱着受伤的脚在地上疼得满地打滚。

在他的脚掌上，赫然穿着一支用丛林中随处可见的树枝，削尖形成的木箭。

这种木箭并不可怕，它并不像金属制成的反步兵倒刺钩一样带着倒刺钩，只要用力一拔就能拔出来，但是木箭上涂抹的剧毒，却绝对让人不敢小视。这种剧毒应该是用人类的粪便混合了一些有毒的植物汁液调配而成，它不但能让受伤者的痛苦几倍放大，更可以百分之百地让受伤部位溃烂，如果不能及时得到治疗，说不定都得截肢。

将鸡蛋粗细的小树用山藤拉弯，再辅以绊索，当有人踏到绊索后，树身就猛然弹起，绑在树身上的两根尖锐木箭，就狠狠凿进旁边一棵大树上。你千万不要以为，对方设计的陷阱落了空，问题就出在那棵大树上。

那种树在缅甸原始丛林并不少见，它叫“漆树”，这种树木能长到二十多米高，树皮呈灰白色，树叶是扇毛状互相重叠，只要工人拿刀子在它的韧皮部位割开，就可以获得生漆，早在上千年前，中国人就已经学会将生漆用于日常生活中。

这种在商人眼里全身是宝的树种，它对于穿越原始丛林的人来说，却有着相当大的威胁。如果不小心让自己的皮肤接触到漆树，就可能产生相当严重的漆树过敏。刚刚接触到漆树的人，可能只会觉得皮肤发痒，时不时搔上两下，但是会越搔越痒，如果皮肤大面积起了斑疹，又没有及时中和毒性，死亡也不是不可能的。

最应该让人警惕的是漆树还有自我保护范围，一旦它的树体受到伤害，就会在空气中释放孢子，人类就算是没有接触到树体或者枝叶，只要在它的“覆盖”范围内，一样会产生漆树过敏。据不完全统计，闯进漆树防卫空间的人，过敏率高达百分之九十！

波刚带着队伍追在最前面，他越追越是心惊，他十四岁加入“克钦独立军”，三十二岁退出，可是一个标准的“山兵”，他从小就在原始丛林中打滚，更不止一次和战友一起在原始丛林中和缅甸政府军交手，他一向认为，自己就是热带雨林作战中的王。

可是今天，波刚必须承认，他正在追杀着的，是一个比他更精通山地丛林作战，更知道如何最有效利用原始丛林种种特性的可怕强敌！

随着波刚一声令下，四条军犬被放了出去，针对人类布置的陷阱，面对军犬时，效果几乎没有，最重要的是，从小就跟着波刚他们的军犬，也早就习惯了原始丛林，和人类相比，它们在原始丛林中移动更快速，更隐蔽，也更具有突袭性。在确定对手没有枪械的情况下，把所有军犬都放出去，让它们自由攻击，就是一个相当正确的选择。

四条军犬嗷嗷乱叫地疾蹿而出，转眼间就消失在密林深处。

一个半小时后，波刚他们在原始丛林中，找到了四条狗的尸体。这四条狗都是被人用两尺多长的木箭，直接从眼睛部位钉进大脑，在瞬间就要了它们的命。

看着这四条军犬的尸体，副手低声道："队长，雇主向我们提供的情报，和现实情况有相当差距，按照行规，我们可以在不退还定金的情况下，退出这次任务。"

负责驯养军犬的士兵，眼睛里流着泪跑过去，将军犬们的尸体逐一从杂草丛中抱回来，把它们小心地平放在一起，当他伸手去抱第四条狗的尸体时，波刚突然放声喝道："阿莱别动！"

被波刚称为"阿莱"的士兵，双手已经抱到了狗的尸体，他听到了波刚的吼叫，但是习惯的力量，仍然让他下意识地抬起了身体，就在他将军犬的尸体抱起时，军犬那条看似随意摊落，有一部分落入旁边灌木丛中的尾巴也被拽了出来，和前面三条军犬不同的是，这一条军犬的尾巴上，赫然绑着一根绿色藤蔓。

波刚不顾一切地冲向阿莱，可是副手正在和他谈话，恰好挡在了他和阿莱之间，让波刚失去了营救这名士兵的最佳时机。

距离地面十几米高的树冠中，一个用几根树枝连接成"田"字状，足足有三四米宽，上面绑满了二三十支尖锐树桩的木排，突然从空中像个钟摆似的疾扫而下。抱着军犬的阿莱，根本看不到来自身后的死亡威胁，他望着波刚，脸上还带着莫名其妙的表情，可能是听到木排从树冠上荡下时发出的声响，他下意识地回头……

"不！"

波刚放声狂呼，在他眼睁睁地注视下，那个绑满尖锐木箭的木排，从空中荡下狠狠撞在阿莱的身上，八九根木箭同时扎进他的胸腹部要害，鲜血顺着刺入他身体的木箭流淌下来。

面对这一幕，所有人都惊呆了。被木排压在下面的阿莱还没有死亡，但是他的脸上，只剩下浓浓的绝望。

两三个小时前，就是被同样的木箭刺穿脚掌的同伴，疼得满地打滚，是波刚用格斗军刀，强行把那名士兵脚掌被刺穿部位的肉都旋了下来。经历过那一幕，谁都知道木箭上有毒，波刚队长也是为了救那个同伴才会痛下狠手，可是现在他被这么多木箭扎中，波刚又有什么办法可以救他的命？！

波刚的嘴唇都在轻颤，他是一个老兵，他在战场上见惯生死，但这绝不代表他能眼睁睁看着自己在这个世界上最后一个亲人死在面前而无动于衷。

阿莱望着波刚，眼泪不停地流淌出来：“叔，我不想死……好疼，我，我，我还没有尝过女人的味道，我，我……”

波刚伸手擦掉阿莱流出的眼泪：“都长这么大的个头了，受了一点伤就掉眼泪，你羞是不羞？”

阿莱张开嘴，刚想再说些什么……

“咔嚓！”

波刚双手握着阿莱的脑袋猛然用力一扭，阿莱脖子部位传来犹如木棒折断般的声响，他随之停止了呼吸，他就算是死了，眼睛都睁得大大的，脸上满是临死前的痛苦，和被最亲近的人痛下杀手所带来的不敢置信。

四周一片沉寂，所有人都闭紧了嘴巴，没有人敢吭声。阿莱是波刚的侄子，是波刚的村子受到战火波及后，唯一一个从大屠杀中逃出来的亲人。波刚真的把他当成了自己的儿子，如果不是这次任务太过“简单”，波刚绝不会允许还太过稚嫩的阿莱跟着他们一起执行任务。

波刚将自己脖子上戴的那个纯金佛像摘下来，戴到了阿莱的身上。

当年波刚匆匆赶回已经被烧成一片废墟的村庄，在他眼前是成片的尸体，还有直接挂在竹竿上的人头，甚至还有一些人被绑在树桩上，被人当成枪靶打得血肉模糊。因为种族冲突产生的大屠杀，就是这么变态残忍。

就在波刚以为自己已经失去所有亲人时，一个瘦削的、黑黑的身影，却从废墟堆下的地窖中爬了出来，用他那双黑白分明的眼睛，怯生生地望着波刚。当时波刚抱着那个孩子，力量大得差一点把孩子活活勒死。

就是因为这个孩子，波刚又有了家人，又重新组建了一个属于他们的家。

可是现在，他最后的家人，已经变成了一具冰冷的尸体，最终杀死他的，就是波刚自己。

“当雇佣兵就是这回事，拿着命去混饭吃，运气好了，几挺机关枪一起向你扫射也没事，运气不好了，老老实实躲在战场之外，都能被一千米外飞过来的流弹打爆脑袋。”

回忆着和侄子相处的点点滴滴，波刚昂起了头，任由他眼眶中涌出的泪水被风吹干，他的脸上露出了一丝自嘲：“今天你杀我，明天我杀你，连僧侣都不放过，谁也不知道什么时候是个头。我们谁不是在战场上赚到钱，立刻就会在最短的时间内把它花光，没钱了再去当雇佣兵卖命？其实我们最怕的不是死，而是受到重伤。到医院住院治疗，对我们来说太奢侈。有时候我就在想，死在战场上也挺好，下辈子转世，我绝对不会再来缅甸，我会去找一个没有内战，没有种族屠杀，没有满是地雷，不必担心明天吃什么的国家……其实，中国就挺好。”

阿莱静静躺在波刚的身边，也不知道他的灵魂，在临走之际，有没有听到波刚的低语，如果听到了，也许他下一辈子，真的会远离缅甸，找一个不错的国家，找一个不错的家庭，展开一段新的人生吧？

波刚将目光，投到了副手的身上：“你挑一个人，把阿莱的尸体送回去，再去告诉雇佣我们的人，我一定会把目标的人头带回去，但是二十万美元不够，我要五十万！只要少一分钱，我杀他全家！”

波刚的副手已经带着士兵们制作出一副担架，他从士兵当中挑选出一个身体最强壮的和他一起抬起了担架。

副手很想提醒波刚，现在已经是雨季，继续追杀目标，很可能遇到连绵大雨，到了那个时候，再想追杀目标就会变得分外困难，在暴雨来之前，迅速撤出丛林，才是最好的选择。但是看着波刚那犹如刀凿斧刻般线条硬朗的脸，再看看他握得指节都微微发青的双拳，副手轻轻叹息了一声，什么也没有说，只是和他挑选出来的士兵，一起抬着担架，沿着他们来时的路，慢慢走远了。

“大家看到了，这次我们追杀的目标绝不简单，我不知道在把他们干掉前，还有没有人受伤，甚至是死亡。”

波刚的目光，从面前每一名雇佣兵的脸上慢慢掠过：“我不会对你们说，如果谁害怕了，现在就可以退出。我们生活在缅甸，我们连活着都不怕了，怎么可能害怕死亡？！”

在副手将阿莱的尸体抬出原始丛林的同时，一粒水珠落到他脚边的水坑里，溅起一朵小小的水花，波纹状的水纹随之在一尺多宽的水坑里荡漾。

在原始丛林中，萧云杰霍然抬头，透过头顶的树梢缝隙，可以看到那一片阴霾的天空中，乌云密布直压而下，近得仿佛触手可及，一道蜿蜒的雷蛇突然在云层中疾闪而过，随着沉闷的雷鸣声灌进耳膜，足有豆粒大小的雨滴就疾坠而下，打在头顶成片的树叶上。

转眼间树叶就无法承受雨滴的压力弯下了腰，一串串水溜子滑过树梢，从二十多米高的空中流淌而下。更多的雨滴也趁机从树叶的缝隙中穿过，打在布满杂草和灌木丛的地面上，一时间天与地之间，飞雨如箭，就连声音都只剩下雨点打落在地面上时发出的声响。

暴雨还是来了。

第七章 - 生与死的回响

雨，淅淅沥沥地下个不停，值得庆幸的是，裴国方找到了一个山洞，并将萧云杰背了进去。

但是他的幸运也到此为止了，当天晚上萧云杰就开始发烧，他身上挨了那么多刀，只是用泥土勉强止血，没有消毒，也没有清洁伤口，又被暴雨淋了近半个小时，身体抵抗力降到最低，他又怎么可能不发炎不发烧？！

失血过多加上发烧，让萧云杰一躺下，意识就陷入半昏迷状态，可能是因为太冷，他的身体在不停打战，在他的嘴里，更发出一连串牙齿不断碰撞在一起时的“咯咯”声，裴国方伸手一摸，萧云杰的额头烫得惊人，裴国方除了把自己那件被雨水淋得湿漉漉的衣服盖到萧云杰身上之外，他没有任何办法来缓解萧云杰的病情。

到了第二天早晨，雨依然没有停，看着躺在石洞里，已经失去意识的萧云杰，裴国方咬咬牙离开石洞走进了雨中，他们需要食物，需要干燥的木柴生火，也需要能够帮萧云杰消炎退烧的药物。

四十分钟后，冻得嘴唇发青的裴国方，手里抱着一捆蒲公英返回山洞，直到亲身体验过，他才明白，就算是到了六月份，热带雨林中的暴雨，依旧可以把人活活冻死。

等到身体勉强恢复知觉，裴国方用石块将蒲公英的根茎捣碎，农家人都知道，蒲公英虽然长得到处都是，却全身是宝，它的叶片可以直接生吃，味道不错，营养也不错，它的根茎更是相当不错的中药，能够清热解毒，治疗感染和化脓性疾病，如果把根茎捣碎了敷到患处，还可以治疗跌打性损伤，对刀伤愈合也有一定效果。

将捣碎的蒲公英根茎涂抹到萧云杰的伤口上，萧云杰揉到伤口里的泥土早就被暴雨冲刷干净，翻卷而起的皮肉上透出一股惨白，里面还渗着血丝，而萧云杰的皮肤却是滚烫的。

捣碎的蒲公英药汁敷到伤口上，应该是感受到一股久违的清凉，萧云杰紧皱的眉头明显舒缓了几分，裴国方又将压榨出来的蒲公英汁滴进萧云杰的嘴里，看着鼻息渐渐变得悠长而低沉的萧云杰，裴国方的脸上却依然满是忧虑。

果然，到了第二天晚上，萧云杰的身体又烫了起来，而且比早晨烫得更加厉害。就算是裴国方再将蒲公英捣成的药膏抹到他的伤口上，也没有什么效果，他现在一定难受得厉害，否则的话，像他这么坚强的人，绝不会在昏迷中，时不时发出一声低低的呻吟。

面对这种情况，裴国方已经束手无策，到了第三天趁着雨停，裴国方再次走出山洞。这一次裴国方没有带回任何食物或者草药，而是拖着一个他自己用木棍和山藤扎成的担架。

一个人拖着自制担架在原始丛林中穿行，裴国方走得很慢，地面的烂泥、杂草丛，还有随时会斜逸出来的树枝和倒地腐烂的树桩，都让他必须付出几倍的体力。每走一段，他都需要回头去检查萧云杰的身体，将足足有两三寸长的蚂蟥从萧云杰的身上弄走。这种硕大的蚂蟥，在原始丛林中到处都是，它们咬到身上时会分泌一种被称为“水蛭素”的东西，影响血小板凝结，就算是弄下来，伤口都会不停流血很久才能愈合。如果不及时清理，这些蚂蟥就很可能成为压倒已经身受重伤、失血过多的萧云杰的最后一根稻草。

两个人走得跌跌撞撞，当暴雨来临时，裴国方双手举着芭蕉叶给萧云杰挡雨，却任由自己的身体被暴雨一遍遍地冲刷，他冻得全身发颤，双手都青筋暴突，但是他却一直没有放下挡在萧云杰身上的芭蕉叶。

在这个过程中，萧云杰醒了一次，睁开眼睛在裴国方的脸上打了一转，他嘴角抽动似乎想要说什么，但是太过疲劳却让他什么也没有说出口，就又陷入了昏睡。

为了补充体力，裴国方吃着他能找到的任何食物，野菜，不知名的野果，从腐烂的树桩上采集到的蘑菇，而萧云杰吃的，是他无意中采到的野生香蕉。可是萧云杰就连香蕉这样的食物都吃不下去了，裴国方只能先将香蕉捣成浆汁，再和水混在一起，一点点喂着萧云杰喝下去。

在中午的时候，萧云杰终于恢复了几分清醒。为了躲避丛林中因为暴雨形成的泥石流，裴国方用尽了全力，才把他拖到了一个小山坡上，萧云杰轻轻咂了一下舌头，在他的嘴里，还留着野生香蕉的甜香。裴国方就坐在不远处，皱着眉头生吃面前的一堆野菜，萧云杰在裴国方手中的野菜里，清楚地看到了几块香蕉皮，这些东西的味道当然很不好，也许是吃到几棵苦得要命的野菜，裴国方被呛得直翻白眼，可是他却没有将嘴里的食物吐出来，而是梗着脖子，硬是将食物咽进了胃里。

看着这一幕，萧云杰的眼睛里有了一丝柔和："老裴，你走吧。"

裴国方丢掉手中的野菜飞蹿过来，望着恢复神志的萧云杰，他的脸上露出一丝惊喜交加的笑容。萧云杰却在摇头，他自己的身体自己清楚，他取出用树叶包裹了七八层，到现在都没有被雨水浸湿的手机，按下电源键，手机成功启动了。萧云杰轻轻吁出一口长气，将手机递向裴国方："拿上它，你一个人往回走，一定要把这只手机交到公安局，我敢保证，那群躲在国外、肆无忌惮残害同胞的浑球，一个也跑不掉！"

"我走了，萧队你呢？"

"我可以自己想办法，"看到裴国方咬着牙始终没有来接手机，萧云杰低声道："别忘了你儿子还在他们手里，如果我们两个都死在这里，你儿子和剩下的那些人质，作为目击证人，也会一起完蛋！作为同伴，你已经做得够多，做得够好，可以问心无愧了。"

裴国方怒了，他第一次对着萧云杰瞪起了眼睛，就连声音也猛地扬高了八度："萧队，你是爷们儿，是真汉子，我裴国方佩服，但是你也别门缝里看人，把人给看扁了！要我为了儿子，就抛掉救命恩人一个人逃走……我裴国方虽然是个不入流的偷车贼，但还不是混蛋！”

两个人都瞪大了双眼彼此对视，谁也不肯示弱。

就这么瞪了足足两三分钟，发现再也不能用气势轻易压制对方，萧云杰再次开口了：“我萧云杰父母早亡，从小跟着叔叔长大，到现在都无妻无子，一个人活到现在死不足惜，可是你不同，你是上东村的村长。”

裴国方眼珠子继续瞪得比猪尿脬还大，他的声音继续高昂：“村长咋了，没了我裴国方，地球照样转！”

萧云杰轻轻摇头：“老裴，你能修路建学校，给村子的后生招高学历媳妇，说明你还是想让上东村变得越来越好的。可是你想过没有，全村人老老少少一起做贼，钱来得太容易，一旦养成习惯，村子里还有谁能埋下头，去踏踏实实做正经事？你现在不带着他们回头……一旦积习难改，就……喀喀喀……那可是整整一村人……喀喀喀……在大家偷车偷得有滋有味时，也只有最受尊敬的你……才能强行带着他们回头……”

萧云杰猛地咳嗽起来，他的脸上随之涌起一层病态的嫣红。

裴国方在这个时候已经听痴了，原来这才是萧云杰一直和上东村死磕到底的原因，他当然要抓偷车变成抢车的抢劫犯，但是能让他每天晚上都开上几十公里路跑到上东村去放麻雷子的最根本原因，还是他不想眼睁睁看着整整一个村的人，都因为习惯了偷盗，而走上一条不归路。

进入二十一世纪，因为互联网的盛行，人类进入了信息大爆炸时代，通过网络我们每天都可以看到各种负面信息，一些人也以传播这些负面信息为荣，一时间给人的感觉就是天下乌鸦一般黑，更有一些人唯恐天下不乱地动不动就来上一句“人民生活在水深火热中”，把警察批成了当权者的狗腿子，仿佛警察们除了巴结权贵、敲诈勒索之外什么都不会了似的。

实际上呢，我们走在大街上，谁担心过会突然有人跳出来拿机关枪向他扫射？又有谁遇到过种族大屠杀？中国的警察，他们的工作是有疏漏，是有不足，网络上报道的钱权交易，也并非不存在，但是谁敢否定，正是他们支撑起了整个中国的社会治安，让我们每一个人可以光明正大地生活，光明正大地休息，光明正大地去享受阳光？！

在一些警察尸餐素位的时候，放眼全国，又有多少像萧云杰这样的警察，在自己的岗位上，无悔地用他们的青春与忠诚，为整个国家的社会治安，奉献着属于自己的力量？！

“萧队，就像你说的那样，现在上东村偷车已经尝到了甜头，光凭我一个村长想要扭转这种现状，大概已经是积重难返了。”

裴国方深深吸着气，脸色沉重，认真地道：“想要让上东村改邪归正，除了我这个贼头以身作则，还需要加上一个动不动就半夜跑到村边，抽着‘大炮’香烟放麻雷子的刑警队长才行！”

裴国方蹲在萧云杰面前，他放缓了声音：“只要你能活着回去，在一旁施加压力，我保证立刻带着上东村改邪归正，村子里那群兔崽子哪个敢再偷一辆车，我亲手打断他们的腿！”

两个人的目光中，已经没有了彼此想要用气势压住对方的剑拔弩张，剩下的就是一种近乎惺惺相惜的欣赏，萧云杰不再犹豫，抬起了右掌：“君子一言。”

“啪！”

裴国方同样伸手，在萧云杰的手掌上用力一拍，沉声道：“驷马难追！”

就是在这一刻，裴国方突然对他们的未来，又恢复了信心。像萧云杰这样的人，一旦找到了必须生存下去的理由，他就用不屈不挠的意志，和身为一名警察的骄傲与尊严，绽放出百点热千分光，去创造出生命最瑰丽的奇迹。

只要他们绝不死心，就一定会战胜这片原始丛林，一定会走回属于他们的国家！

当裴国方再次拖着萧云杰，准备走下这片小山坡时，萧云杰口袋里的手机，突然传来了一串悠扬的铃声，萧云杰和裴国方齐齐一愣，萧云杰飞快地取出刚才开机的手机，手机依然没有信号，但是在手机里，却多出了一条刚刚收到的垃圾短信！

萧云杰和裴国方，第一次发现，原来“办证”短信，竟然是这么地亲切。也许只是某一个点，但是在这片小山坡上，他们刚才真的收到了手机信号！

裴国方和萧云杰的眼睛一起亮了，萧云杰将手机抛给裴国方：“拿着它，沿着我们刚才走过的路，慢慢移动，慢慢寻找，能收到短信，就一定能有信号。”

裴国方用力点头，他紧握着手机，以担架留下的印痕为基准线，慢慢地往回走着，可是他一直走回到刚才两个人休息的地方，手机都没有搜索到信号。

“不要着急，慢慢来，适当扩大你的移动范围。”

在萧云杰的指挥下，裴国方再次挪动脚步，这一次他走得更慢，每踏出一步，他都会在原地静止十几秒钟，直到确定这个位置不可能收到信号，他才会离开。整整在这片小山坡上徘徊了近一个小时，就在裴国方已经绝望时，他的眼睛猛然瞪圆了，他不敢置信地用空出来的左手揉了揉眼珠子，没错，在手机屏幕上，真的出现了小小的一格信号！

不止如此，连同这可怜巴巴的一格信号一起出来的，还有屏幕左上角，那熟悉的“中国移动”四个字！

裴国方握着手机的右手，不可自抑地轻轻颤抖起来，他不假思索地按下了“110”几个数字，就在他准备按下拨出键时，他却发现，代表电池电量基本消耗干净的标志，已经开始在屏幕上不断闪烁。手机在搜索信号时，耗电量要比平时大得多，更何况，原本手机的电量就不是满格的。

他们好不容易找到了手机信号，但是手机剩下的电量，已经不允许他们和外界有太多联系，也许一个报警电话都没有打完，电话就会自动关闭。

最重要的是，就算报警电话打完了又能怎么样？这里是缅甸，是其他国家；这里是原始丛林，人迹罕至；现在是雨季……把这三者加在一起，就形成了一道天堑。裴国方真的不敢赌，没有办法再次建立联系，没有办法告诉对方他们的具体位置，他们究竟要等上多久，才能等到营救队到来。

裴国方最终将萧云杰拖到了有手机信号的地方，把手机交给了萧云杰：“萧队，你还有什么事想要交代，或者有什么话，想要对谁说吗？”

萧云杰握着那个手机，在他还没想好要给谁说什么的时候，他的手指，已经在本能的驱使下，按出了一连串的数字，又按下了拨出键。只有一格信号，就算是线路接通中的电子蜂鸣都时断时续，音质差得厉害，中间还掺杂着电池电量用完、手机即将自动关闭的警告声。

把耳朵贴在听筒上，铃声足足响了七八声，就要自动挂断的时候，电话彼端的人，终于按下了接听键。

“萧大队长，今天怎么有空，想起哥哥我了？让我猜猜，你是不是成功祸害了哪家闺女，打算用一张破证，继续祸害人家一辈子，并想借此机会公告江湖，趁机宰兄弟们一顿狠的？”

萧云杰努力想要让自己更坚强一些，可是当他在听筒中，听到了这熟悉得不能再熟悉的声音时，他所有的坚强和勇气瞬间消失了。

眼泪，不知不觉中，就从眼眶中流出，是委屈吗？当然不是。

他虽然说自己父母早亡，无妻无子无人牵挂，死不足惜，可是又有谁，在面对死亡时可以真正做到无怨无悔？！

“喂，小子，你那儿发生什么事了？”

电话彼端的声音，变得严肃起来。他只凭萧云杰呼吸声的变化，就知道，萧云杰哭了。“有什么麻烦，说出来听听。”

发了几天的高烧，萧云杰可以在裴国方面前硬生生支撑起自己的骄傲与尊严，但是面对最熟悉的人，听着他关切的声音，就是在一瞬间，所有的坚强和伪装都消失了，他以为自己一辈子也不可能说出来的话，就那样带着一丝颤抖冲口而出：“老大，救我！”

电话彼端没有回音，萧云杰愣了很久很久。当他终于反应过来，把手机从耳端挪开放到眼前时，手机屏幕早已经陷入了黑暗，电池里的最后一丝电量，终于用完了。

至于他最后一句话，对方有没有听到，萧云杰不知道，他真的不知道。

第八章 - 始皇

（上）

在高处已经能接收到手机信号，这说明他们距离中国国境线并不遥远，直线距离也许只有三四十公里，甚至可能会更短。

裴国方用山藤做成绳索，一端绑在担架上，一端套在自己的肩上，用过去乡下人种田拉犁的方法，拽着萧云杰躺着的担架往前走。

裴国方的村子里，曾经有一名在第二次世界大战期间，参加过中国远征缅甸战役，后败走野人山，并生存下来的老兵。那个老兵只要一提起败退野人山那段不堪回首的经历，就会陷入长久的沉默，但是相处的时间长了，裴国方还是从那个老兵的嘴中，知道了一些片段……在那片方圆只有区区几百里的原始丛林，三万远征军走了进去，最终有两万多人死在了那片绿色魔窟，只有区区三千人活着走出来，在他们这三千名幸存者中，女兵只有一个。

平均每三十米，就有一个人倒在地上死亡；一些因为过度饥饿失去力量的士兵，一坐下就再也站不起来，周围的蚂蚁就会趁机围上来啃食，蚂蟥也会出来吸血，一夜过后，原本活生生的人就会被无数蚂蚁啃成了森森白骨。

丛林中瘴气四处存在，回归热、破伤风、痢疾等疾病随处可见，再加上雨水带走了人体大量热量，使他们更容易发烧感冒，很多士兵走着走着，突然就一头栽倒在地上，再也没有重新爬起来。

每当回忆起这些不堪回首的往事，那个老兵就会热泪盈眶，每每说到最后就情难自已。那时裴国方虽然和村子里的人一起安慰这位长者，心中却并不以为然，在他看来，区区两百多公里的山路，再难走又能难成什么样子，又怎么可能死那么多人？

可是现在他终于懂了。

缅甸的原始丛林，到了雨季，雨下得多而频繁，一天二十四小时，扣去不能行动的夜间八小时，剩下的十六小时至少有一半是在下雨。

在行军途中一旦遇到暴雨，裴国方就必须寻找一个地势较高可以避雨的地方，否则的话，先不说雨水淋在身上会带走大量热量，让他容易感冒生病，单说他亲眼看到一场泥石流席卷而下，在瞬间就覆盖了方圆三四百米范围，已足以让裴国方收起任何侥幸的念头。

这样计算下来，裴国方带着萧云杰行走的时间，不会超过四小时，一天的总行程如果用直线来计算，不会超过十公里。

在萧云杰的指导下，裴国方学会了制作弓箭去射杀他们可能遇到的野兽，学会了分辨哪些野果可以吃，哪些野果不能碰，还学会了通过地表植被特征，去挖掘拥有丰富淀粉和营养的植物根茎，他甚至学会了用树皮搓制吊线，用兽骨制作鱼钩的野外生存技巧，并且真的用它们在一个水塘边钓到了几条半尺多长的鱼。

每一天晚上，裴国方找到山洞之类的地方睡下时，他都在心中祈祷九天诸神，他绝不能生病，如果他也生病失去了体力，那他和萧云杰两个人，就绝不可能再凭自己的力量走出这片丛林。就算是睡着了，他每隔一个小时都会自动睁开眼睛爬起来，拿着树叶去扫拂萧云杰的身体，萧云杰身上的伤口已经开始化脓腐烂，这样的气味，随时会吸引大量的蚂蚁，裴国方绝对不希望自己第二天醒来，看到身边睡着的不再是一个人，而是一具被啃得露出森森白骨的尸体。

他们两个人就是在彼此扶持中，形成了一种近乎相濡以沫的共生关系，随着时间的推移，他们硬是在看似绝不可能的情况下，一步步向前挪动，一步步向自己的祖国靠近。

“萧队，还活着不？”

“上东村还没有停止偷车，我会死吗？”

这两句话，是裴国方和萧云杰之间，重复次数最多的话。每次听到萧云杰的回答，裴国方就会更加卖力地拖着担架向前走。

一天，两天，三天……

时间就在裴国方一次次挪动脚步，一次次用力喘息，一次次咬着牙关向前死命拽动担架中度过。当第三天的中午，裴国方擦掉额角上的汗水，再次习惯性地问出上面的问题时，萧云杰还没有回答，他们两个人就一起听到了几声犬吠，中间还掺杂着几声他们听不懂的呵斥。萧云杰和裴国方两个人顿时色变，暴雨并没有将他们的追兵阻挡住，对方还是追上来了，而且看样子，对方又从外面带来了新的军犬，并利用这些军犬，重新找到了他们。

裴国方二话不说拉着担架就拼命猛跑，可是将近一个星期的原始丛林生活，他一直吃着野菜野果，本来营养摄入就严重不足，加上疲劳过度，他真的已经没有多少体力可供挥霍，连一百米都没有跑够，他就气喘如牛，双腿就像是灌了铅般重得要命。

犬吠声再次传来，而且这一次声音明显要比上次近了很多。裴国方瞪大了眼睛，猛地从喉咙里发出一声疯狂的低吼，在看似绝不可能的情况下，他已经濒临透支的身体里竟然又涌现出一股新的力量，让他可以拉着萧云杰再次开始飞奔。

就连裴国方自己都不敢相信，他竟然可以在到处坑坑洼洼，到处都是积水和烂泥，到处都杂草丛生的原始丛林中，拖着一个人跑得这么快，跑得这么疯。当他跳过一个十几厘米高，横拦在面前的树桩，而且轻而易举拖着担架硬冲过去的时候，裴国方才终于发现不对，他霍然回头，担架上的萧云杰已经不在了。

在几十米外的草丛中，已经无力爬起来的萧云杰，正在向他挥手道别。在强敌已经追上，把他们两个再绑在一起，就会一起完蛋的时候，萧云杰选择自己翻下了担架，在担架上，用布条紧紧缠在上面的，赫然就是那只已经没有了电，里面却存着赌场罪证的手机！

看到裴国方呆呆站在几十米外，萧云杰真的急了，他嘶声叫道："滚啊，滚啊，快滚啊！"

萧云杰从地上拾起一块石头想要砸过来，可是他现在的身体，没有半丝力量，只将那块拳头大小的石块投出了半米多远："快跑啊，你跑了，我们至少还能活一个，你要留在那里，我们除了一起完蛋之外，又有什么帮助？裴国方，你不要在这个时候犯傻了！"

裴国方知道萧云杰说得没有错，与其两个一起跑注定一起完蛋，还不如一个人带着手机去拼一个山重水复、柳暗花明，可是看着连站都站不起来的萧云杰，裴国方只觉全身的力量，在瞬间都被抽干了似的，前所未有的疲劳感猛地袭遍全身，让他累得连支撑自己身体的力量都不再拥有，就那么双膝一软，重重跪倒在地上。

萧云杰瞪大了眼睛，还想要再喝骂，可是当他张开嘴，却什么也没有骂出来。他已经想明白了是怎么回事，裴国方是想要救他，才会在体力透支的情况下，硬生生从生命极限中压榨出已经超越常规的力量，他为了让裴国方可以逃出去，自己翻下了担架，裴国方在发现的时候，失去了支撑他拼命的信念，早已经超负荷运转的身体，随之就崩溃了。

在短短六天时间里，他们相濡以沫彼此扶持，结下了普通人也许一辈子都不会有的兄弟之义。他们都希望对方能够活下去，可是当他们为了对方，而选择舍弃自己时，却反而因为失去了相濡以沫彼此支撑的力量，而一起陷入了崩溃。

两个人都再也无法挪动自己的身体，只能听着犬吠声越来越近。

在裴国方的位置，他亲眼看着几头军犬冲了过来，他亲眼看着波刚带着一脸大仇终将得报的快意，大踏步走向萧云杰，他一边走，一边从身上拔出了格斗军刀，格斗军刀背部，那一排细细密密，犹如鲨鱼牙齿般锋利而整齐的锯齿，在瞬间就刺痛了裴国方的双眼。

“我操你妈的，有种冲老子来啊，你个没胆没种的烑货，你除了向一个身负重伤的人下手之外，你还能干什么？我敢打赌，如果放下枪单挑的话，你连我外婆都打不倒，你他妈的就是一个烑货……”

裴国方真的要疯了，他破口大骂，他就像是一个骂大街的泼妇般，将所有他能想得起说得出的骂人的话全部脱口而出，他想要用这种方法让波刚的注意力转移到他身上，虽然他也知道，这样做除了让自己受到更大的伤害之外，并没有任何好处。

波刚没有理会在几十米外破口大骂的裴国方，他只是握紧了手中的刀，大踏步走向萧云杰，出于一种老兵特有的直觉，他只用了一眼，就已经确定，杀了他侄子的凶手，就是全身是伤，躺在草丛上一动都不动的萧云杰。

波刚的嘴角露出一丝嘲讽的笑意，他却没有用手中的格斗军刀刺向萧云杰，而是突然把两根手指放进嘴中，打了一声响亮至极的口哨。副官去而复返时带来的三条军犬，听到口哨声，一起对着萧云杰猛扑过去，看着它们兴奋地张开大嘴，露出锋利的牙齿，在不远处的裴国方全身都在颤抖，波刚摆明了就是觉得用刀子捅死萧云杰还不解恨，选择了驱使军犬，将萧云杰活活咬死。

一个爷们儿，一个汉子，一个有担当，敢为人所不能为警察，竟然死在了一群畜生嘴下，这是多么大的讽刺？！

一股不平不甘不屈不服的热血猛然涌上心头，他霍然抬头，透过头顶的树梢，瞪着头顶那依然一片阴霾的天空，嘶声叫道：“老天爷，你怎么就不睁开眼睛看一看，为什么好人就不能有好报啊？！”

随着裴国方声嘶力竭的呐喊声在丛林上空回荡，锐物破风声突然响起，跑在最前面的军犬，对着萧云杰放声咆哮。它的嘴里露出锋利的牙齿，就在它准备享受属于自己的盛宴时，一支尾部装着白色羽毛的羽箭就迎面飞来，直接贯进它大大张开的嘴巴里，它连惨叫都没有来得及发出一声，就被羽箭贯穿身体，一头栽倒在地上。

“嗖！”

锐物破风声响起，第二只军犬看着一支一点五米长的梭镖迎面飞来，它的眼睛里露出极度惊恐，但是它跑得太快太欢，根本没有办法躲开这枚梭镖，眼睁睁看着它在空中划出一道优美的弧线，带着绝对惊人的穿刺力，在瞬间就把它的身体钉到了地面上。

第三只军犬，它的动静最小，跑着跑着，莫名其妙就一头栽倒在地上，只有眼尖的人才能看到，在它的右耳里，多了一枚用竹筒吹出来的三寸短箭。

眼看着三头军犬突然一起受到攻击，波刚猛然瞪大了眼睛，他可是最擅长丛林作战的"山兵"，可是就连他也不知道，这些突然发起进攻的敌人，究竟是什么时候悄悄渗透并接近了他们，甚至近到了足以使用冷兵器的程度。但是在这个时候，波刚做的第一个反应，就是瞪圆眼睛挥起手中的格斗军刀，对着萧云杰的胸膛狠狠刺下去。

"嗖！"

"嗖！"

尖锐的破风声突然从头顶响起，在一棵距离波刚不足二十米的大树树冠上面，居高临下弹射出两枚飞镖，这两枚十字形的飞镖在空中划出两道优美的弧线，一左一右向波刚包抄着夹射过来，它们在空中高速旋转，发出尖锐的破风哨音。

波刚整个人猛地向前扑出，他肩膀甫一触到地面，就做出一个翻滚军事规避动作，当他半跪而起时，他背在身后的G36自动步枪，就已经擎在手中。

迅速调转枪口，抬枪，波刚的动作流畅得令人心里发毛，就在波刚即将扣动扳机的瞬间，身后又传来了十字弩射击声，特有的弓弦疾颤声，不用回头波刚也知道，一枚带着十字放血槽的全钢弩箭，正从背后向他射来。

这几个突然杀出的敌人，他们究竟是谁，波刚不知道，他们为什么不使用枪械，而只使用飞镖、弓弩这些冷兵器，波刚也不知道，但是甫一交手，他就被对方逼得步步后退、疲于应对，也只有身经百战，配合默契到了登峰造极的部队，才能这样彼此掩护，彼此支援，形成最完美的团队进攻节奏。

波刚只能向地面扑倒，他虽然成功避开了来自背后的偷袭，但是这种被对方彻底压制，根本无力反击的郁闷感，却让波刚难受得几乎要吐出血来。整个人仰面朝天，波刚再次抬起手中的步枪，他绝不相信，在这种情况下，还有人能救得了树上的敌人。

一抬头，波刚就看到了一把刀，一把在空中旋转着飞向他，尾部还包着红色刀衣的飞刀。

在现代战场上，竟然还有人试图用飞刀这种如此落后、原始的武器来对抗自动步枪，面对这近乎滑稽的一幕，波刚嘴角一掀，刚要扣动扳机，就听到自己的副手，在一边发出了惊惶到极点的嘶吼：“队长小心，他是白起！”

白起？！

听到副手的急吼，当波刚在记忆中终于找到这个名字的来源时，他整个人的心脏都为之狠狠一沉，再也没有将对方当场击毙的念头，波刚拼命向右侧翻滚，在翻滚过程中，就连自动步枪甩到一边都没有时间去理会。

飞到半空中的飞刀还没有扎入地面，就突然爆炸，整个刀身炸成了无数碎块，爆炸形成的高温将刀身化成了无数金属汁液，以刚才爆炸的位置为原点，以辐射状向四周飞溅。站在附近的雇佣兵防无可防，在他们中间猛地传出一连串凄厉的惨叫。

在飞刀爆炸前，滚到一棵芭蕉树下，借助宽大的芭蕉树叶保护，才勉强避开这次覆盖式攻击的波刚，由于得到副手的提醒，在第一时间就想到了这把飞刀的名字……自爆玫瑰！

它表面看起来其貌不扬，仿佛就是一把普通的刀子，实际上它的外面就是一层可以徒手掰断的铅壳，在铅壳里面，填装了混合着镁粉的高热能炸药，只要一爆炸，形成的绝对高温在瞬间就会把炸碎的铅粒熔化，以液态方式对四周进行一次没有任何死角的覆盖攻击。

这种用高温铅汁为攻击模式的武器，受到爆炸力和铅壳重量的影响，很难对人类造成致命伤害，它真正的可怕之外，在于铅汁烫伤人类的皮肤也就算了，一旦铅烧透皮肤和肌肉成功渗入血液，就会形成血液铅中毒，到了那个时候，人类身体的自愈能力就会受到破坏，伤口极难愈合，好好坏坏反复发作，折腾上个一年半载都绝不稀奇。

就是因为这种武器造成的持续伤害太过强烈，当年在战场上遇到这种武器时，只要被烫伤的部分不太重要，老兵在第一时间做出来的事，就是将被烫伤的部分连皮带肉一起削掉！

第九章 - 始皇

（下）

“嗒嗒嗒……”

自动步枪扫射声响起，直到这个时候，雇佣兵们才如梦初醒，他们不管三七二十一，拎着自动步枪就向四周的丛林疯狂扫射，打得木屑飞溅。

“轰！”

“轰！”

“轰！”

还有些人在打空弹匣内的子弹后，直接取出了身上的手雷，对着他们面前一切被认为可疑，有可能埋伏敌人的位置投掷出去，此起彼伏的爆炸声，自动步枪的扫射声，伤员的惨叫声，还有士兵们扫射时那歇斯底里的狂叫声混合在一起，让现场更加混乱不堪。

波刚爬起来拾回自己的自动步枪，走过去抬起大脚就往那些惊慌失措的部下们身上狠踹：“你们看到敌人在哪儿了吗，你们这么做除了浪费子弹之外又有什么用？”

当枪声终于停止，他们附近的树林已经被打得千疮百孔，到处都是手雷爆炸后留下的弹坑。一群雇佣兵抱着枪管都打烫了的自动步枪，把眼睛瞪得大大的，一边站在满地的弹壳当中喘着粗气，一边警戒地望着周围的一切。

一阵山风吹来，整个原始丛林在这个瞬间仿佛都活过来一般，无数树叶在欢快地起舞，发出欢快的声响，联起手来就能遮天蔽日的树冠，上下起伏，让雨季好不容易出现的阳光，就像是摇滚舞台上的灯光般，一闪一闪地投送到地面上，照耀得每一个人的脸都忽明忽暗起来。

就是在这一片天地都为之舞动，仿佛因此注入了生命的世界中，一支一点五米长的标枪突然被人狠狠掷出，“啪”的一声，扎到了这群雇佣兵身后的一棵大树上。在距离地面近十米的高空，这杆标枪上裹着的一块白布随之迎风招展。

就是在这一刻，波刚的眼里，只剩下了那面烈烈飘舞，上面没有一个文字，没有一幅图案，只是一片纯白的白旗。

对方掷出白旗，当然不是在向他们举手投降，在中国人的语言中，白旗的谐音就是——白起！

他来了，在沉寂了五年之久后，他还是来了！

但是无论过了多久，波刚和他的副手，又怎么可能，又怎么敢忘记，这个代号“白起”的男人，还有他带领的“始皇”山地特种部队，曾经在原始丛林中，给予了金三角运毒护卫队多么惨痛的打击？！

在中国五千年历史长河中，或权倾一时，或纵横天下的风流人物数不胜数，能够在史书上留下自己名字，纵然千年万年之后，都近乎人人皆知的角色，却是万中无一。

作为一个武将，白起能够在历史书上留下浓墨重彩的一笔，其最大的特色，不是他号称“军神”的运筹帷幄，而是他以杀止杀，一举坑杀四十万降卒，一辈子在战场上屠杀敌军过百万的绝对狠辣！

往者已矣，似乎可以不必理会，但是请想想看，一支部队要经历过什么，或者创造过什么，才敢于用“始皇”这样一个太过唯我独尊，太过横行霸道的称号？一个人，又要拥有什么样的特质，才能在强者为尊的军营，尤其是在“始皇”这样的特种部队，被所有人心悦诚服地称为……白起？！

“不可能啊。”

一个颤抖的声音，说出了在场所有人的心声：“他和那支部队，不是已经消失了快五年时间了吗，他们，怎么能又回来了呢？他们是假的吧？”

波刚和副手一起在暗中摇头，想要冒充一支已经消失五年的部队似乎很容易，但是对方甫一出手就展现出来的团队默契，以及在原始丛林这种特殊战场上那种出神入化的渗透潜伏技术，可不是谁想冒充就能冒充的。

更何况……

波刚的目光在草地上一扫，作为一个老兵，他的眼睛相当毒，轻而易举就找到了刚才对方对他投掷的那两枚飞镖。

它们都是十字形状，带着四个尖锐的边角，看起来就像是两枚忍者镖。但是和电影中，那些制造精美，甚至可以和艺术品相提并论的忍者镖相比，白起直接用到战场上的飞镖，就像是孩子们才会碰的玩具。

它们都是直接从铁皮罐头盒上用剪刀剪下来的，粗糙得要命，如果仅仅是一层薄铁皮，它的重量不足，杀伤力当然就受到限制。所以制造它们的人，索性用万能胶将几个剪下来的十字镖粘在了一起。

既然能将一把看似普通的飞刀变成“自爆玫瑰”，白起当然不会浪费他在杀人领域的创造力。只要是挨过他飞镖的人，最终的结局都相当不好。

在中缅交界的原始丛林里，可以找到“见血封喉树”，白起有时候就会在铁皮之间，滴上几滴从见血封喉树上提取的汁液，这可是绝对的剧毒，只要人挨上了，三分钟内必定死亡；但是最让人又恨又怕的是，有时候白起会在原始丛林中，找到能让男人某种生理机能旺盛十倍的草药，顺手就将它们挤出来的汁液滴到了飞镖夹层里……士兵们在丛林中交战，需要奔跑，需要卧倒射击，需要跳过随处可见的障碍物，如果身体某个重要部位，一直可耻地高高昂起，战术动作必然会受到极大影响，卧倒之类的动作也不敢再随意去使用，实在是离死不远了！

能在现代战场上使用这种飞镖，敢在现代战场上使用这种飞镖的人物，在波刚的记忆中，也只有“始皇”山地特种部队的副队长，白起一人而已！

现在唯一让波刚感到不解的是，白起亲自带队的话，必然是狮子搏兔亦尽全力，几乎不留活口，怎么五年后重逢，突然间就变得温柔可亲，处处手下留情起来？！

为了避免引起不必要的误会甚至是攻击，副手将自动步枪挂在背后，将双手举在双方都能够清楚看到的高度，然后慢慢走到波刚的身边：“队长，我觉得他们没有像以前那样痛下杀手是有原因的。”

波刚在认真聆听，他为自己选择的副手，从战斗技能上来说，只能勉强说是中等，但是他拥有波刚所欠缺的绝对冷静，以及相对应的应变能力。也就是因为选择了一个优势互补的助手，波刚才能带着这支实力并不强大的雇佣兵部队，挣扎着活在缅甸。

“以前他们频频出动，在中国境内的原始丛林中专门对付那些从金三角出发，穿越原始丛林，向中国内地偷运毒品的运毒马队。那些运毒队不止一次和中国边防军发生过冲突，手上沾满了中国军人的血。在运送毒品时，如果遇到外人，无论对方是谁，有什么原因，他们都格杀勿论。面对这样的对手，白起他们自然是以血还血，绝不留活口。”

说到这里，副手看了一眼躺在地上一动不动的萧云杰，低声道：“可是现在，我们既没有向中国运输毒品，也没有真正沾到中国人的血。所以他们只是在制止，而不是歼灭，只要我们能够选择撤退，这场冲突就有可能和平收场。”

波刚猛然握紧了双拳，他现在已经明白，为什么萧云杰在身受重伤后，还能屡次逃出他们的追杀，他分明就是“始皇”山地特种部队中的一员，包括白起在内，那些人是来救他的，只要他坚持血债血偿，他和白起就注定会碰一个你死我活。

副手加重了语气：“雇佣兵拿钱办事，杀人和被杀都没有什么好抱怨的。但你是我们的队长，大家跟随你，就是相信你能带领我们活着完成任务，拿到属于我们的雇佣金！而不是因为仇恨，带着大家去进行一场没有任何希望的必死战斗！”

波刚的目光慢慢从身边的每一个士兵脸上掠过，为钱卖命，己方占了上风时，一窝蜂冲上去；己方处于劣势时，为了保存实力随时撤退，这就是雇佣兵在战场上的生存准则。不是他们不够勇敢，他们不是在保家卫国，他们阵亡不会成为英雄，他们的家人也不会得到抚恤金，他们身受重伤，还得自己掏钱治疗，如果没有钱，就只能硬扛下去，看看究竟是能恢复健康，还是伤势恶化活活疼死。

波刚带着他的部队慢慢撤退了，他们全员消失在丛林深处，一个人生活在见惯了战争与死亡的缅甸，放下仇恨的速度，要比生活在和平世界快得多。

波刚在退到战场边缘时，停下了脚步，他对着面前看不出任何异状的原始丛林深深地弯下了自己的腰。无论在职业军人、雇佣兵，甚至是恐怖分子当中，都是以强者为尊。

始皇，白起，这两个名字，都有资格让波刚弯下他骄傲的腰。在他还是一个普通的雇佣兵时，这两个名字，在缅甸金三角就已经是一段传奇！

第十章 - 白起

白起语录：在世界特种作战领域，勤能补拙，只是一个美丽的成人童话，相信它的人，都会死。死在同样勤奋，但更加优秀的敌人手里。

波刚带着雇佣兵们离开了，五个身影突然从灌木丛中、杂草堆里、泥沼中，还有树冠中显露出来。裴国方不停眨着眼睛，如果不是他们自己从潜伏的位置站出来，裴国方真的无法想象，那里曾经竟然藏着一个人。

这四个人长得高矮不一，他们身上披着用树枝和杂草编织而成的伪装网，在他们的身上，仿佛有着一种奇特的韵律，能让他们借助伪装，轻而易举和周围的丛林融为一体，再不分彼此。

至于他们身上使用的武器，有自制的十字弩，有吹箭，有一点五米长的巨大开山刀，还有标枪，唯独没有枪械。但是当他们聚集在一起，默默地走过来，几双皮靴一起抬起，又一起落下，踏得地面上的积水四溅，那种相同的韵律与节奏，硬是让他们身上多了一种重鼓狂响般的铮鸣。

看着他们，裴国方的心中突然有了一个明悟，这些人是为萧云杰来的。这种压抑中透着疯狂的杀气，他在六天前，刚刚在萧云杰的身上见到过！

看着这四个熟悉得不能再熟悉的身影，萧云杰的脸上露出了一个大大的笑脸："徐福、孟贲、蹇叔……吕不韦？！"

被称为吕不韦的男人笑了："看到一向无利不起早的我，突然丢掉所有生意千里来援，你很惊讶？"

萧云杰毫不掩饰自己的内心惊讶："正解。"

"人嘛，一辈子追名逐利的，总有那么几天会突然厌烦起来，想做点随心所欲，不那么太过功利的事情，恰好就在这个时候，老大给我打电话了。"

吕不韦就是吕不韦，他一伸手将一块巧克力塞进萧云杰的嘴里，用这从超市里买，也就是三五块钱一块，不是特别纯，味道不是特别好的巧克力，就成功塞住了萧云杰的嘴巴，让萧云杰原本已经要冲口而出的冷嘲热讽，全部随着巧克力一起咽回了肚子。"再说了，请我来的是老大，能让白起欠我一个人情，值了。"

提起他们老大的名字，萧云杰打量了一下四周：“白起呢？”

“他不放心那批缅甸雇佣兵，正在亲自护送他们离开，只要他们不再弄什么幺蛾子，最多再过十分钟，白起就会回来。”

“嗒嗒嗒……”

吕不韦的话音刚落，在原始丛林深处，突然传来几声枪响，旋即就恢复了平静。

波刚手中的步枪，枪口还冒着袅袅白烟，在带领所有人退出战场上后，波刚让副手带着其他人继续撤退，而他自己选择了留下。

扯开衣襟，用格斗军刀在自己的胸口，慢慢划出一道半尺多长的伤痕，鲜血从伤口里流出，染红了格斗军刀的刀锋，伸出舌头品尝着刀锋上自己鲜血的味道，将一只小瓶子里的白色粉末撒到胸膛的伤口上，波刚的双眼中慢慢腾起了一股血红，就连他的呼吸都变得急促起来。

波刚并不是在自残，在第三世界国家，尤其是刚果，那些军阀在使用童子军作战时，就会在童子军身上划出一道伤口，再涂抹一点点毒品，最后用橡胶带封住，这样就会让没有成年的士兵，在作战时彻底忘掉恐惧，变得疯狂好战起来。

“白起！”

身体腾起的兴奋火焰，让波刚猛地发出一声狂吼：“我知道你在这里，你出来啊！”

四周静悄悄的，没有一丝声响，波刚深深吸了一口气，再次放声狂喝：“我知道你是为了那个警察来的，要是在平时，我放手也没有什么不可以，但是他杀了我的侄子阿来，杀了我在这个世界上最后一个亲人，只要我还活着，我就去对付他，不管他是在缅甸，还是在中国，都不会有任何区别！如果你想保护他，就站出来，杀掉我，否则的话，就等着给你的朋友，给你朋友的家人一起收尸吧！”

“沙沙，沙沙，沙沙……”

脚步声，在波刚的身后响起，就算是毒品已经渗入血液，带来了常人所难企及的勇气与疯狂，在这一瞬间，波刚整个人依然感受到了一股彻骨的寒意。

白起，出来了，但是，出现在他的身后。波刚无法想象，让如此可怕的敌人出现在自己背后，他还有什么机会。

白起的声音，有点低沉，带着一种金属的质感，却并不刺耳：“你可以转过身。”

波刚慢慢，慢慢，慢慢地转身，当他终于可以和白起面对面站立时，他迫不及待地看着这个近乎传奇，却又销声匿迹了五年之久的男人。

他的身上穿着一套已经洗得有点发旧的丛林迷彩服，脚下穿着一双高筒陆战靴，在背后还有一个便携式迷彩腰包，除此之外在他的身上找不到任何职业军人的标志，他甚至没有在脸上涂抹伪装油彩，可是任何一个人看到他，都会立刻确定他就是一个战争机器！

他的头微微昂起，不是他喜欢居高临下，而是这样的高度，他可以看得更远、更清、更仔细；在深深的眼眶中，一双黑得纯粹的眼睛，目光没有咄咄逼人，也没有杀气腾腾，只是那样光明正大地望过来，但是仅仅和他的目光略一对碰，他目光中所蕴含的自信与骄傲，就像是一柄无锋重剑，刺得波刚双眼发疼。

他看起来大约有一百八十五公分，身躯挺拔如剑，充满爆炸性力量的腰肢完美地支撑起了一个男人的骄傲与尊严，让他站在那里，沉静如水得就犹如一个传奇。

他的脸庞线条犹如刀凿斧刻，有着亚洲人最渴望的立体轮廓，这并不是去什么国家做整容手术后的成效，而是他相由心生的结果。他的嘴唇总是下意识地抿起，让人觉得他有一点点严肃，有一点点难以亲近，但是当他的嘴角轻轻向上一掀，露出一个淡淡的笑容时，春风般的温暖就会拂面而来，让人会在瞬间喜欢上他的一切。

自信、沉稳，在内心深处拥有火焰一般的热情与张扬，却因为经历过太多太多，所以学会了用气定神闲的态度去面对周围的一切，这个男人，奇异地将火焰与海水合二为一，形成了一个如此奇特，又如此独一无二的他！

波刚整个人的身体都颤抖起来，是激动，是害怕，还是两者兼而有之，连他自己都说不清楚，他只是狠狠地盯着对方，从喉咙中挤出一声疯狂的低吼："白起！"

盯着波刚胸前的伤口，白起淡然应道："嗯。"

他的态度，就像是在回答一个熟悉已久，对自己没有任何威胁的人，波刚简直不敢去想象，一个像他这样的人，要经历多少生与死的徘徊，才能在面对死亡时，如此地从容洒脱，就凭这份气定神闲，他在战场上的生存概率，就会比其他人高出几成。

在向对方提出只能以死亡为终点的决斗前，波刚鬼使神差地问了一句话："你们怎么突然就消失了？”

白起的表情，终于有了一点点变化，他慢慢地吸了一口气，沉声道：“你猜。”

……

就算是杀机已经沸腾到近乎燃烧的程度，突然听到这么一句话，波刚都有了一种想吐血的冲动。

旋即波刚用力摇头，他再望向白起时，眼睛中已经透出了浓浓的戒备与警惕。能在这片原始丛林中，留下一段传奇的男人，果然是厉害，他在出现时，就已经震慑了波刚，轻描淡写的一个“你猜”，就让波刚气急败坏，他明明还没有出手，就已经在精神层面上，对波刚发起了几次进攻，而且次次大获全胜。

“白起，我们往西走四公里，就是一片第二次世界大战期间，英国人留下的雷区。”

波刚瞪着白起，嘶声道：“你敢不敢到那里，和我决一死战？！”

“不敢，我认尿了。”

波刚眼珠子在瞬间瞪得滚圆，哪怕白起突然一伸手，将一颗子弹打进他的脑袋，他都不会这么吃惊。“你，你，你可是白起，‘始皇’山地特种部队的白起，你怎么能这样？！”

“白起怎么了？”

白起脸上露出淡淡的不解：“我是白起，就得明知道你在前面挖了一个坑，也要往里跳？”

波刚满脑门子的热血，就像是被人迎面泼了一瓢冰水，一下降温了不少。

铁皮飞镖，自爆玫瑰，能使这些坑死人不偿命武器的家伙，又能是什么好鸟？！只不过白起实在是名声赫赫，出手又太过狠辣无情，他性格方面的问题，才会被大家有意无意地忽略掉罢了。

这种人，说白了，想要用激将法对付他，他还没有上当，估计就得先把你给急死、气死、憋死了。

“白起，”波刚深深吸了一口气，勉强将差点冲上喉咙的那股郁闷感压了回去，嘶声喝道，“你的枪呢？”

白起手一伸，在他手掌心里，放着一叠用罐头铁皮为材料制成的飞镖。

已经无须再说任何话，两个人望着对方，慢慢后退。

波刚的身后，有一根横出地面十几公分的树枝，波刚在退到树枝前时，他并没有回头，只是略略抬高自己的脚，掠过了那根树枝。

白起的身后，一条两尺多长的金线蛇悄无声息地滑下来，它对着白起的脖子张开嘴巴，露出了两颗锋利的獠牙，但它还没有来得及咬下去，白起手腕微微一摆，一枚十字飞镖就斜飞而出，将金线蛇钉在了大树上面。

他们两个人的目光，都死死地盯着对方，谁也没有回头，但是他们却总能恰到好处地避开了路上所有的障碍沟坎和可能存在的危险，让自己后退的步伐，始终处于一种平稳的匀速状态。

他们当然背后没有长眼睛，但他们是队长，他们身上都肩负着自己兄弟的命，他们在行军过程中，无时无刻不处于高度警惕状态，他们看似随意的一扫，就会记住周围地形特征，一旦有什么需要，他们闭上眼睛，都能在纸上画出一份地形草图，并重点画出可能对他们产生危险，或者是提供帮助的特殊地点。

如果没有这份能力，他们就不可能站到今天这个位置上，说起来似乎有些残酷，但是在特种作战领域，勤能补拙，只是一个美丽的童话。

走到相距二十米的时候，白起停下了脚步，但是波刚在继续后退，对方使用的是粗制滥造的飞镖，有效射程有限，只要他能退到五十米之外，就可以稳处不败之地，用自动步枪不断向白起扫射。就算他的身手再敏捷，军事技术再优秀，迟早也会被波刚击中。

抱着这样的心思，波刚继续后退到三十米开外，白起却没有制止，只是从口袋里取出一副墨镜戴上，然后慢慢摊开了双手。

波刚猛然停下了脚步，他望着白起，在这一刻脸上的表情精彩得当真是有若见鬼。因为，因为，因为……白起的双手手掌上空，大约半尺的位置，竟然各自腾起了一个蓝色的火球！

波刚不可置信地伸手揉了揉眼睛，再向白起望过去，那两团大概有铅球大小，在燃烧时释放出不正常蓝色火焰的火球，依然虚虚飘浮在白起手掌上方静静燃烧。随着白起的双手抱圈，做出一个环绕太极的动作，那两只蓝色火球，竟然随着他的手势，在空中划出了一个相当优美，却怎么看怎么诡异的蓝色火环。

魔法？

特异功能？！

外星人？！

如果不是心志坚毅，伤口上又涂抹了毒品来增加兴奋度，波刚在这个时候说不定已经失声惊呼，在他目瞪口呆的注视下，白起双手一振，那两只蓝色火球就被他抛到四五米高，全部专注力都被那两只火球吸引的波刚，不由自主地抬头，用目光追随着那绝不正常，更不自然的景象。

“嘣！”

“嘣！”

两声并不算特别响亮的爆炸声从空中响起，几乎在同时，比一百颗太阳同时升起更耀眼更刺目的白光，猛地在蓝色火球中绽放，以每秒钟三十万千米的速度直刺过来，刺得波刚眼前一片白光闪烁，眼泪更像是打开水龙头般喷涌而出。

波刚拼尽全力向左侧一棵大树后面扑倒，同时他心里有一亿辆卧槽泥马牌坦克组成的机械集团军轰轰烈烈地碾过，让他憋屈得只想破口大骂。但是他还没有张口，做的第一件事就是双手在地上用力一撑，又向左侧翻滚出一两米远。

什么魔法，什么特异功能，什么外星人，白起分明就是玩了一手街头魔术，在把他所有注意力都吸引住，看得目不转睛之后，趁机丢了两颗自制的闪光弹！

怪不得他表演“特异功能”之前，先往鼻子上架了一副墨镜！

就在闪光弹爆开的瞬间，白起猛冲向波刚，一扬手两枚十字飞镖，就带着回旋镖特有的弧旋轨迹射向波刚，险之又险地扎到了波刚刚才躲藏的位置。

眼睛受到闪光弹影响，眼泪流个不停，视力连百分之十都不足，波刚听着白起的脚步声，一咬牙抬起手中的自动步枪，就要开始扫射。

白起一扬手，一串点燃的啄木鸟鞭炮被他抛到空中，噼里啪啦地响成了一片。眼睛看不清东西，波刚猛然听到这一串炮仗声，下意识地身体往回一缩，当他终于明白发生了什么后，他跳起来不顾一切对着白起冲过来的方向扫射，弹壳飞跳，子弹打得面前的树林木屑飞溅，但是波刚的心却已经沉到了谷底。

和白起这样的绝对高手交锋，就算对方使用的都是冷武器，当他被逼到要像新兵一样扫射，试图瞎猫碰到死耗子时，他就已经输了。

弹匣内所有子弹在几秒钟时间就倾泻一空，就算是波刚看不见，也听不到，他也能猜得出来，白起现在一定是以狮子扑兔的姿态向他猛冲过来，而他绝不可能再从白起的这次进攻中逃出生天。

直到现在波刚才明白，原来以前死在白起手里的人，不是被打死的，而是被活活憋屈死的！

“嗒嗒嗒……”

自动步枪点射声，突然在附近响起，在这个最要命的时候，波刚的副手竟然转身杀回来了！

白起猛地向前扑倒，身体在还没有接触地面时猛地扭动，在背部接触到地面后，携着他冲刺时形成的惊人惯性，身体在地面继续滑动，将三发子弹甩到身后的同时，他右手一扬，一条红色的激光直刺到副手正在瞄准的眼睛上。

千万不要以为白起用的是什么高科技军事武器，那玩意儿就是一支在网上一百多块钱就能买到的“指星笔”，是人们晚上观星时，为了向身边的人说明自己在看哪里，拿在手中射向天空的激光笔，和平时孩子们玩的激光手电相比，它的功率更大，射程更远。卖家在网上销售时，还打出了超大功率，能用激光点燃火柴的宣传口号，白起曾经亲自试验过，用激光点燃火柴和香烟纯粹就是扯淡，但是在三百米内，对人类眼睛的刺激却绝对没有半点水分，如果情况严重的话，甚至可能直接烧坏视网膜。

右眼被激光射中，剧烈的疼痛直冲大脑，疼得副手全身都在颤抖，但是他却没有像正常人那样捂着眼睛放声惨叫，而是站在大树后面，举起手中的自动步枪对着白起大概站立的位置连续扣动扳机，他一边射击一边放声狂吼：“队长，你快跑啊！”

右眼受到重创，疼得副手只想一蹦三尺高，再捂着眼睛放声惨叫，在这种情况下，他射出的子弹已经失去了最基本的准头，根本不可能对白起再造成任何威胁，白起已经取出一支“自爆玫瑰”，但是当他听清楚副官喊的话，他已经高高抡起的手臂，却停滞在半空中。

“嗒嗒嗒……”

身后传来了枪声，波刚的视力还没有恢复，他根本无法瞄准，他只能对天鸣枪，试图把白起吸引到自己身边：“白起，是我要杀你兄弟，是我强迫副队长留下，找机会在你背后放冷枪。你只要干掉我，所有的麻烦就都没了。”

“根本没有这回事！”

听到波刚的话，副手也急了眼：“队长你的命令是要我带所有人回去，如果你死了，千万不要为你报仇。是我路上想到，现在金三角那边针对白起发布的悬赏令还没有撤销，只要我杀掉他，就能拿到几十万美元的赏金，我是雇佣兵，我为钱杀人又有什么不对的，白起你要报复，就冲我来啊！”

“你放屁！”波刚拍着大腿，嘶声狂叫，“你想逞英雄没关系，你别忘了，你小子可是有老婆，有两个儿子和一个女儿要养活，你还有一个被地雷炸断右腿的爹，如果你死了，你一家老小谁来养？！”

两个人都清楚，他们中间隔着一百多米，无论白起先对付哪个，另外一个人就有机会逃出生天，他们不约而同地跳出掩体，一边对着白起站立的位置开枪，一边放声吼道：“你快跑，我来拖住他，千万不要为我报仇啊！”

两个人放声地吼，用力地叫，拼命而徒劳地射击，试图将白起吸引到自己这边，他们从小就出生在同一个村子，他们一起加入了“山兵”，又一起因为服役年龄够长，而被批准“临退”，最终一起加入了缅甸雇佣军。这么多年来，他们都一起相扶相持地走过，不是他们不怕死，而是他们更不想眼睁睁地看着自己的同伴去死。

可是白起却始终没有对他们中间的一个发起致命攻击，几分钟后，当波刚终于可以看清楚眼前的一切，副手眼睛的刺痛，也降到了可以勉强忍受的程度，虽然还红肿得厉害不停流泪，却能勉强看到红色的影子，他们才发现，不知道什么时候，白起竟然消失了。

一支用铁皮剪成的十字镖，将一张白纸钉到了最醒目的大树上，那张从小笔记本上撕下来的纸，还在随风轻舞。

白起知道波刚他们看不懂汉字，他也不会写什么缅甸文字，他在纸上画了一个天平，天平的一端，躺着一个死人，在天平的另一端，站着两个紧紧靠在一起，手里还拿着枪的男人。

这幅图画，画得相当粗糙，但是却一目了然，白起还在图画外面，写了一个大大的英文单词“OK？”

白起的意思是说，他用波刚和副手两个人的命，换波刚侄子一条命。

那个曾经活跃在原始丛林中，带领“始皇”特种部队不断攻击金三角运毒马队，将一支又一支金三角最强雇佣兵部队击败甚至是全歼，当真是杀人无数，双手沾满血腥，在传说中从来不知道怜悯为何物的白起，竟然放过了他们。

波刚捏着那张纸，只觉得双腿一软，重重坐倒在地上，同样双腿无力，重重坐在地上的，是他最好的同伴。两个人背靠着背，彼此支撑着对方的身体，静静感受着对方依然活着，依然存在带给自己的宁静与安全感。过了很久很久，副手低声问道：“和一个传奇级强者交手，感觉如何？”

波刚想了想，认真地回答道：“猥琐，极端地猥琐，猥琐到了我这辈子都不想见到他的程度！”

第十一章 - **回归**

看着向自己走来的白起，萧云杰的脸上露出了一个大大的微笑，一块巧克力，一支止痛吗啡，似乎让他恢复了几分体力，在吕不韦的帮助下支撑起身体，萧云杰大大张开双臂，脱口叫道：“老大！”

“嗯！”

白起回答得干干脆脆，但是在距离萧云杰两三米的时候，却停下了脚步，没有理会萧云杰热情洋溢的拥抱，而是从口袋里取出了一只手机。

“老大，救我。”

萧云杰在三天前，体力与意志都接近崩溃边缘时，对着电话喊出的求救声，在空气中回荡。

萧云杰眼睛猛然瞪圆了。

“老大，救我。”

“老大，救我。”

“老大，救我。”

……

白起肯定是将音频播放软件设成了单曲循环模式，萧云杰那混合着哭音，现在听起来丢脸到姥姥家的求救声，就那么一遍遍，一回回，一次次地反复在丛林中回荡。

“噗……”

“哈哈哈……”

“嘿嘿嘿嘿……”

其他几个人突然间笑成了一片，最夸张的一个，已经是笑得捂着肚子蹲到了地上。而萧云杰的脸皮，已经红得赛过猪血。

“别怪我，”白起的声音，就像是从他那宽阔的胸膛中发出的回荡，浑厚中透着一丝天要下雨娘要嫁人的无奈，“我答应了吕不韦，要当着你的面，将这句话重复播放五十遍，所以吕不韦不但亲自来救你，还主动提供了这一次营救行动的所有开销。”

看着在一边笑得眼泪都呛了出来，脸上满是大仇得报快感的吕不韦，萧云杰心中所有的感动和温柔，在瞬间都变成了腾腾火焰，他咬牙切齿地嘶声叫道：“燕破岳，你就为了几顿饭，一张机票就把兄弟给卖了？！”

“什么叫卖了，这叫拉行动经费，筹集作战物资，你可是我们的丞相李斯，不会连这点都不懂吧？”

吕不韦用手背擦掉眼角笑出来的泪痕，放声叫道：“你别忘了，我可是吕不韦，无利不起早的吕不韦，能看到你这一脸糗样，我这一趟真的是赚够本儿了。”

萧云杰瞪大了双眼，还想再说什么，他突然就被白起用力抱进了一个宽厚而有力的怀抱：“你没事，真是太好了！”

长长吁出一口闷气，白起低声道：“听到你的求救，电话却怎么也无法再拨通，这几天……真把我吓死了！”

听着白起心有余悸的声音，萧云杰猛地痴了。

刚才还笑成一片的兄弟们，都收起了笑声，伸手在萧云杰的身上用力拍了一下。他们每一个人的手比熊掌还要重，拍得萧云杰直翻白眼，但是那种从心底涌起的快乐，却像火焰般涌遍了他全身。

这就是他在军营中，用近十年时间，用他们无悔的青春与热血，彼此交织出来的友情。不管过了多久，不管他们身在何方，也不管他们在军营时，有多少次因为理念和处事态度不同产生过辩论甚至是打了嘴炮，在他最需要帮助的时候，他们就在最短的时间内集结到了一起，他们来了！

这种相濡以沫，这种生与死的悸动，让萧云杰的眼泪，再次忍不住夺眶而出。

如果波刚和副手能看到这一幕，他们就会明白，为什么他们违反约定联手攻击白起，在最后关头，白起仍然放了他们一马。

……

当白起和一众兄弟联手将萧云杰抬出原始丛林，回到属于中国的土地上时，萧云杰意外地看到，装有通讯信号屏蔽设备的特种车辆，就在边境线上来回移动。在中缅海关附近，上千人组成的人潮，正在从缅甸向中国返回。

萧云杰被抬到了一座山峰上，白起将一只望远镜递给了萧云杰。

通过望远镜，萧云可以清楚地看到，和中国边境比邻而建的迈扎央赌场上一片萧瑟荒凉，在他们那边的山头上，挤满了拿着手机，在寻找手机信号的人。居高临下，萧云杰更可以清楚地看到，有更多的人背着大包小包，正在离开迈扎央，加入了通过海关返回中国的人潮大军。

“当了这么多年警察，从行事上看，你既是一个英雄，也是一个混蛋！”

萧云杰微微一怔，他不解地回望着白起。

“我们‘始皇’中队从一开始，就被全军视为‘骄兵悍将’，兵骄了，将悍了，骨子里自然就有了老子天下第一的气势，遇到硬仗死仗，才能去和敌人死磕到底。所以我从来没有觉得，我们的选择是错的。”

白起站在萧云杰身边，和他一起遥望着国境线另外一侧的迈扎央赌场，沉声道：“你最大的错误，就是在离开‘始皇’后，把这份骄傲带到了警察队伍中。你看不起那些警察，甚至看不起自己的部下，实力上的差距让你找不到能够默契配合的伙伴，也让你忘了无论是军人还是警察，都需要团队的力量。你成为了刑警队队长后，甚至没有去训练出一支够强的精英队伍，让他们通过学习，成长到可以跟上你的脚步，成为你的战友！你单打独斗，并以此为荣，是你自己把自己逼到了孤立无援的绝境！”

萧云杰沉默着。

“你这个英雄，独自闯入缅甸，被追杀得差点死无葬身之地，可是你看不起的警察团队，却在你被追杀的这段时间，对缅甸赌场打出了一记致命重击。”

白起指着山那边的世界，淡然道：“中国警方为了打击赌场一系列绑架人质恶性事件，在向缅甸当局通报后，同时断电、断通讯、断物资提供、停水，现在迈扎央赌场别说是灯红酒绿，他们就连一棵大白菜都买不到！而那些跑到山上的人，就是因为通讯被彻底截断，想要到高处看看，哪儿还能找到手机信号，好向他们的幕后老板报告现状！”

在远方突然扬起了大片黑烟，萧云杰转动手中的望远镜，他看到了数以万计的赌具，在迈扎央赌城外面的一片开阔地上堆积如山，几个刚刚点燃了这些赌具的克钦独立军士兵，正在一边监看。而在这堆正在燃烧的赌具另外一侧，一群可能是赌场老板的人，面色呆滞地站在那里，谁也不知道他们心里正在想着什么。

被中国云南警方多次打击，却起起落落，挣扎了五六年都没有倒下的缅甸赌场，这一次终于迎来了它们的终结。将来中国游客纵然再踏入迈扎央这个赌城，看到的也是满目苍凉，也许后来者，还能从那一座座已经废弃的赌场外面，看到它们曾经的辉煌。

这不是一个或者几个警察的功劳，而是中国警方，甚至是整个中国，联手打击境外犯罪，而取得的伟大胜利。

“还记得我们当年的誓言吗？”

白起伸出了手，在他的表率下，几只同样有力的大手，在阔别五年后，又重新握在了一起。

白起、李斯、徐福、吕不韦，还有蹇叔，他们这些曾经在身后那片丛林中，共同留下一段传说的老兵，在彼引对视中，齐声喊出了他们当年在一起服役时，大家共同为“始皇”特种部队选择的军魂：“我为人人，人人为我，忠于职守，无愧此生！”

当年，他们在接受最严格的训练，一次次在训练场上挥汗如雨，甚至是血洒大地时，他们喊着这个口号一起咬牙坚持；当年，他们手握钢枪，第一次走进危机密布的原始丛林，去狙击将毒品运进中国的毒贩时，他们喊着这个口号，在白起的带领下，大踏步走向了属于他们的战场；当年，他们还是一起喊着这个口号，和叫嚣着要用化学武器让中国边境城市付出最惨痛代价，直至让中国政府承认他们独立的恐怖分子交手，一次次将恐怖分子重创。

在同伴的帮助下，萧云杰站了起来，他努力挺直了自己的身体，六个人并肩站立在山冈上，遥遥地望着远方那个曾经包装得美不胜收，却滋生了太多黑暗与血腥的世界。当太阳终于破开浓密的云层，将久违的阳光倾洒到他们脸上的时候，远方的天空扬起一片火一样的艳红与灿烂，他们的心里，涌起了一个如此相近的声音：“这一辈子，能加入‘始皇’，能遇到你们，真好。”

第一章 - **噩梦**

（上）

如果问五岁的燕破岳最喜欢谁的话，他一定会毫不犹豫地回答：“小裴阿姨！”

就算是拿老爸和小裴阿姨比，老爸都得靠边站。首先，小裴阿姨很漂亮，比年画上那些电影明星还漂亮，别以为小屁孩儿就不知道什么叫作美丽，看到漂亮的蝴蝶就想去抓，看到屎壳郎就想躲，这可是人的天性。最重要的是小裴阿姨对燕破岳真的很好，她是上海人，据说她的姥爷还是一个港商，这让她每次过年回来，都能给燕破岳带来很多好吃的东西。

像巧克力啦、朱古力豆啦，一放进水里就能自动变成一杯汽水的汽水糖啦，发现燕破岳喜欢吃果脯，她每次回来的时候，包里会直接塞上大半包果脯，就算是以燕破岳的馋嘴，也整整能吃上三四个月。

每次燕破岳带着这些食物和一些千奇百怪的玩具到幼儿园，都能引得众星拱月般的拥簇，这大大满足了一个孩子的虚荣心。

“破岳，来猜猜看，小裴阿姨手里藏的是什么？”

裴嫣嫣一脸灿烂的笑容，将两只手背在后面，轻而易举就勾起了燕破岳的好奇与兴趣，燕破岳瞪大了眼睛，想了又想，猛地发出一声惊喜交集的呐喊：“电动火车？！”

“真是聪明的孩子。”

裴嫣嫣将手中的电动火车高高举起，让燕破岳就算是蹦起来都够不着，又弯下了腰，看到这一幕，燕破岳立刻扑上来，抱着裴嫣嫣的脖子，在她脸上“吧唧”一声，重重地香了一口，那辆他梦寐以求的电动火车，就自动落到了他的怀里。

火车里已经装好电池，按下启动键，电动火力上就发出五颜六色的光芒，在悦耳的音乐声中，开始在水泥路面上跑动，引得燕破岳跟在后面，发出阵阵欢呼。看着他开心的模样，裴嫣嫣的眼睛也眯成了月牙儿般的形状。

“破岳，如果让小裴阿姨当你的妈妈，你愿意不愿意？”

跑得正欢的燕破岳，听到裴嫣嫣的问题，他不假思索地回了一句：“好啊！”

话音未落，燕破岳就被抱进了一个怀抱，燕破岳本能地想要挣扎，可是他最终却安静下来。小裴阿姨的身上，没有父亲那股淡淡的汗味，也没有军工厂那些工人的油腻，她身上干净得只剩下洗衣粉特有的清香，温暖中透着女性特有的柔软，舒服得让出生时就没有了亲娘，也不知道什么叫母爱的燕破岳，突然眷恋起这种感觉。

裴嫣嫣用力揉着燕破岳的头发，小心翼翼地道：“你，能不能叫我一声妈听听？”

燕破岳抬起了头，一个孩子，脸上胖乎乎的，还带着点婴儿肥，最起码还需要二十年时间，才能像他父亲那样，拥有硬朗的线条，但是现在白嫩嫩的，就像是刚出锅的奶馒头，让人看了就想在他脸上啃那么一口，而他的眼睛，就像是两块浸泡在葡萄酒里的黑宝石，晶润中透着不含一丝杂质的黝黑，静静反映着周围的一切。

看着五岁孩子扬起小脸看自己的模样，裴嫣嫣只觉得自己的心都要被融化了，在她满心期盼中，燕破岳犹豫着，低低喊了一声：“妈！”

“嗯！”

裴嫣嫣用力点头，她再次用力抱紧了燕破岳，在燕破岳的耳边低语道：“破岳，我向你保证，如果我真的做了你的娘，哪怕将来我有了自己的孩子，我最喜欢的还是破岳，谁也不能和你抢！”

五岁大的孩子，根本不明白这时候裴嫣嫣在自己耳边的承诺分量有多重，燕破岳只是伸出双手回抱住裴嫣嫣，大口大口呼吸着裴嫣嫣身上的味道，任由裴嫣嫣从口袋里取出一块手帕，擦掉了他额角的汗水。

裴嫣嫣和燕破岳都不知道，在几十米外的柳树下，燕实祥就站在那里，静静地看着他们，脸上露出若有所思的表情。

一年后……

裴嫣嫣怀孕了，看着他或者她在自己的肚子里，一天天地长大，直到开始有了生命的波动，甚至开始在她的身体里踢动双腿。那种血脉相连一息共存的感觉，让裴嫣嫣第一次切身感受到了什么叫作身为母亲的悸动。

裴嫣嫣半躺在床上，一边缝着小孩子的衣服，一边轻声哼着儿歌，燕破岳就坐在一边做作业，整个房间里透着一股只有家才会有的温馨。

燕破岳突然停下了笔努力抽动着鼻子，空气中传来烤饼干的香味，燕破岳猛地跳起来，乐颠颠地跑进厨房，拿了十几只鸡蛋，挖了一碗白糖，又拎了一塑料袋白面就往外跑，就连裴嫣嫣在身后呼叫都没有听到，看到这一幕裴嫣嫣不由得摇头失笑。

光凭那股熟悉的香气，燕破岳也知道，推着平车四处走街串巷，专门摊蛋卷的人来了。

长方形的铁皮炉子，可以同时将三个铁夹子放上去烘烤，把用鸡蛋白糖和好的面汤浇到铁夹子中间，合实后放到炉子上每隔一分钟就翻动一次，不一会儿冒着甜香热气的面饼就会被烤出来，在面饼变硬之前，把它们一卷，就变成了大人小孩都喜欢吃的蛋卷。

摊蛋卷的人，自然排成了一条长队，燕破岳盯着炉子，不停吞着口水，快轮到他时，燕破岳在摊蛋卷的中年大叔指挥下，使劲用筷子搅着鸡蛋和面粉，直到把它们彻底打匀，就在这个过程中，燕破岳的目光被一个小萝卜头手中的瓶子吸引了："里面是啥？"

小萝卜头一脸的乐不可支："花生酱啊，加在蛋卷里，香喷喷的，可好吃啦。"

"花生酱？！"

燕破岳抢过瓶子，用勺子狠狠挖了两大勺，几乎一下就挖走了半瓶，急得小萝卜头在一边连连跳脚："少挖点，再挖就没了！"

把瓶子丢还给小萝卜头，把沾着花生酱的手指放进嘴里，燕破岳的眼睛亮了："香！"

放了将近半瓶花生酱，再用力猛搅了一通，直到花生酱彻底搅进面糊当中，燕破岳将面盆放到了摊蛋卷的老板手边。老板手脚麻利地掂起勺子，将一勺面糊摊到铁夹上，再用力夹紧，铁夹里的面糊在炉火的烘烤之下，随之发出滋滋的声响，引得燕破岳在一边不停地吞咽口水。

"妈，蛋卷！"

燕破岳抱着竹篮，跑到了裴嫣嫣面前，那些加了花生酱的蛋卷，有的刚刚出炉，隔着老远都能闻到诱人的香气，裴嫣嫣微笑着从竹篮中取出一个蛋卷，在燕破岳微笑注视下，送进了嘴里。

"妈，好吃吗？"

"嗯，很香！"

裴嫣嫣一边用手帕擦着燕破岳额头上的汗水，一边啃着儿子送到面前的蛋卷，刚出炉的蛋卷，还有点软有点绵，咬在嘴里甜香的味道随之在舌尖上打转，快乐的笑容刚刚在裴嫣嫣的脸上扬起，突然间她就觉得呼吸急促，几乎再也无法喘过气来。

眼看着裴嫣嫣脸色在瞬间变得一片苍白，全身颤抖，在喉咙中发出犹如破风箱般的吸气声，燕破岳真的被吓到了，裴嫣嫣突然一把抓住燕破岳，嘶声叫道："你给我吃了什么？"

在短短几十秒钟时间，裴嫣嫣的喉咙就变得一片肿胀，让她呼吸都变得困难起来，甚至就连她的脸庞都开始走形，面对这绝对意外的一幕，燕破岳呆呆地回答道：“蛋卷啊！”

望着燕破岳现在还抱在怀里的蛋卷，裴嫣嫣突然想明白了什么，她在这个时候，已经无法再说出完整的话：“你……蛋卷里……花生？”

燕破岳傻傻地点头，他只是在蛋卷里加了两勺花生酱，他只是想让蛋卷更好吃罢了，怎么小裴阿姨会突然变成这个样子？！

“咯咯咯……”

裴嫣嫣想要咳嗽，可是她的喉咙已经肿成一团，她被憋得脸色涨红，差一点点休克，但是她清楚地明白，她是一个孕妇，如果在这个时候休克，她会死，她怀了八个月的孩子也会死，身为一个母亲最伟大的力量，从她身体里涌出，她用力扼着自己的喉咙，才勉强咳了出来。

“给我笔……给我找一支圆珠笔……还有……小刀……”

燕破岳丢掉手中的竹篮，翻箱倒柜，终于找到一支蓝色塑料杆的圆珠笔，他将这支笔交到裴嫣嫣手中，裴嫣嫣用颤抖的双手，把圆珠笔拆开，把里面的笔芯全部丢掉。

“妈，你怎么了？”

惶恐的眼泪终于从燕破岳的眼睛里奔涌出来，他伸手想要去拉裴嫣嫣，可是不知道为什么，他突然觉得眼前的妈妈好陌生，陌生得让他无法再去接近。

“我不会让你死的，我一定要把你生出来，让你用自己的双眼看看外面的世界，我绝不允许你还没有出生，就胎死腹中！”

看着自己已经高高隆起的腹部，在心里发出疯狂的誓言，裴嫣嫣打开小刀，避开自己脖子上的气管和大动脉，在自己的脖子上，刺出一个宽一厘米多的伤口，鲜血猛地从伤口喷溅出来，在瞬间就染红了裴嫣嫣身上的白色家居服。

把圆珠笔笔杆沿着颈部伤口插进脖子，就是用这种绝对疯狂的方法，裴嫣嫣终于在喉咙彻底肿成一团，把自己活活憋死之前，为自己和腹中的孩子，重新打通了一条生存通道！

新鲜的空气通过圆珠笔杆涌入肺叶，在一呼一吸中，笔杆中发出一连串的哨音，裴嫣嫣伸手蘸着自己的鲜血，在床单上写下了一行字：“快去喊你爸！”

燕破岳飞奔向军工厂中心，那座三层高的红色楼房，那座红色楼房始建于六十年代，一面五星红旗始终在楼顶迎风飘扬，军代表室就在那座楼的第三层。燕破岳一边哭一边喊，他跑到那座红色楼房的下面时，由于跑得太过急促，脚下一绊就重重摔倒在地上，前所未有的惊惶恐惧，大大消耗了燕破岳的体力，短短几百米的距离，就让他几乎使出了所有力量，这个时候，他甚至无法再支撑起自己的身体，只能对着三楼的窗户嘶声哭叫："爸，妈出事了，你快出来啊！"

裴嫣嫣被送进手术室，燕实祥和燕破岳父子俩被护士直接推到了门外，红色的手术灯随之亮起。

直到这个时候燕实祥才终于吁出了一口长气，脸色也沉了下来。

燕破岳脸上满是泪水和汗水，身上还沾满了灰土，看起来狼狈不堪，燕实祥下意识地挥起大手，但是最终他的巴掌却并没有落到儿子身上。

"不许哭！"

听到父亲的命令，燕破岳用衣袖狠狠擦着脸，但是怎么擦，脸上的泪水都擦不干净，他望着燕实祥，声音又细又小："爸，我不是故意的，我就是给妈吃了一口蛋卷……妈妈就不对劲了……"

手术室刚刚紧闭没有多久的大门突然又被推开了，周副院长快步走出来，他走出十几步远，燕实祥立刻跟了上去。

"裴嫣嫣对花生有重度过敏，别说是怀孕八个月，就算是平时不小心吃掉都可能没命，怎么会这么不小心？！"

燕破岳在一边已经彻底呆住了，直到这个时候，他才知道为什么小妈只是吃了一口蛋卷，就变成了这个样子。

看着父子俩失魂落魄的模样，周副院长放缓了声音："孩子没救了，要不是你们紧急措施得宜，孕妇又足够坚强，心脏衰竭速度奇迹般地减慢，在送进医院前就已经是一尸两命。小裴这次就算是过了鬼门关，身子也会损得厉害，只怕是再也不能有孩子了。"

"只要嫣嫣能够挺下来，老周你就是我燕实祥的恩人，我会念你一辈子好！"

周副院长快步返回了手术室，燕实祥呆呆地看着手术室的大门，他看起来似乎突然苍老了十岁，最终他身体不堪重负地坐到了手术室外的长椅上。看到燕破岳还站在那里抽抽咽咽，想哭都不敢哭出声，燕实祥轻叹了一声，拍拍身边的位置：“别怕，过来坐吧，这场手术估计还得好长时间。”

父子两人坐到了手术室外的长椅上，睁大了眼睛盯着大门。在手术过程中，护士们时不时从里面走出来，其中有一个护士用白色工作服，抱着什么走了出来，她看了一眼燕实祥，脚步略略一顿，欲言又止，最终她还是用逃一般的速度走掉了。

看着护士怀里抱的东西，燕实祥的脸上浮起一丝苦涩，不用去看他也知道，那就是他和裴嫣嫣原本再过两个月，就会出生到这个世界的孩子。他真的不敢想象，当裴嫣嫣知道孩子没有了，而且她以后再也无法怀上孩子时，会变成什么样子。

电话铃声从院长室响起，现在整个医院都因为裴嫣嫣的事乱成一团，没有人去接电话，响了很久很久，电话铃声才终于安静下来，可是没过多久，电话铃声就再次烦人地响起，随之在医院的走廊里一声声反复回荡。

足足响了三遍，电话终于被人接了起来，没过多久，一个小护士匆匆跑过来：“燕代表，您的电话！”

看着燕实祥的脸色，小护士又补了一句：“是您老部队首长的电话。”

第二章 - 噩梦

（中）

“儿子，老爸必须要走了，一会儿接我的车就会过来。”

燕破岳猛地瞪大了双眼，下意识地一把拽住了燕实祥的衣袖。燕实祥可以清楚地感受到，儿子紧拽住他衣袖的手正在轻轻发颤，这个只有六岁多的孩子，真的是被今天发生的变故给吓坏了。

“爸，你要去哪儿？”

“不许问！”

燕实祥把身上所有的钱都掏出来，塞到了燕破岳的口袋里：“我已经给你姥爷、姥姥打了电话，他们三天后就会从上海赶过来。在这期间，你就是家里唯一的男子汉，你要代替老爸照顾好妈妈！如果身上的钱花完了，你就拿上家里的存折，找周伯伯帮你去储蓄所取钱。”

外面传来了三声汽车喇叭长鸣，透过走廊的窗户，燕实祥可以看到一辆挂着军牌的212吉普车飞驰而至，停到了医院大门前。

燕实祥知道，接他离开的汽车已经到了。他也想等到手术结束，裴嫣嫣恢复清醒之后再离开。裴嫣嫣失去了孩子，她一定需要自己的安慰和照顾，儿子刚刚犯了大错，现在惶惶不安，也需要他这个老爹在一边，只要他在，哪怕什么也不说，有了主心骨儿子至少不会太过惊慌失措。

可是，他在这里多待一分钟，那边的手足兄弟就可能多死一个。

燕实祥一把抱住了燕破岳，父亲的脸上带着胡子楂，刺得燕破岳的脸蛋生疼，父亲抱得太过用力，让燕破岳几乎都无法呼吸，但是心底突然涌起的那股难以言喻的恐惧，却让燕破岳拼尽全力反抱住他的父亲。

燕破岳曾经听很多人说过他爸爸的经历，当年他爸还是侦察营营长的时候，在战场上被炮弹炸伤，是他的部下一边和敌人开火交战一边撤退，为了掩护燕实祥，有十七个侦察兵停下脚步，转身和强敌展开了必死无疑的阻击战，剩下的士兵轮流用一个五毫升的注射器抽出自己的鲜血注射到燕实祥的血管中，这样燕实祥才活了下来，也就是因为这样，他才离开一线部队，并且有了燕破岳。

燕破岳在父亲的身上，嗅到了一股陌生到极点，让他全身都在不停轻颤的冰冷寒意，他不知道这是身经百战老兵即将走上战场时，才会绽放出来的杀气，但是父子血脉相连的天性却让他明白，父亲正在向他道别，父亲将会去一个非常非常非常危险的地方，也许他这一走，就永远都不会回来了！

燕破岳死死抱着父亲，无论燕实祥怎么劝说，他都不肯松手，燕实祥抓住燕破岳的手臂一扭，用腰带将燕破岳绑到了医院走廊的暖气管上。

“不要叫喊，你妈还在做手术。”

知子莫若父，燕实祥一句话，就让燕破岳放弃了哭喊，只是拼命扭动身体，试图挣扎开来，绑住他的人可是曾经的中国人民解放军侦察营营长，别说他只是一个六岁大的孩子，就算是一个成年人来了，在短时间内又怎么可能挣扎得开？

“对不起，嫣嫣。”

在心中发出一声低叹，燕实祥挺直了身体，转身大踏步走向医院大门。

就是在这个时候，手术室的红灯突然灭了，明明不可能看到，燕实祥的身体却猛然停顿。一脸疲惫的周副院长走出了手术室，迎着霍然转头的燕实祥，周副院长点了点头。

一个大大的笑容在燕实祥脸上绽放，他对着周副院长深深弯下了他的腰，在周副院长反应过来之前，燕实祥就再次转身，大踏步走出了医院，走向了那辆停在门前的军用吉普车。

就在裴嫣嫣被推出手术室时，燕实祥乘坐的吉普车已经用惊人的高速冲出军工厂大院，在并不平坦的路上开始飞驰。

裴嫣嫣恢复清醒时，她已经躺在一间单人特护病房，现在应该是晚上了，床头立着一盏小台灯，照亮了小小的一片区域。在她的胳膊上，打着点滴，还有一个形状特异的注射装置放在床边，用输液管连到了她身体某一部位，裴嫣嫣知道，她刚刚做了大型手术，为了缓解疼痛便于伤口愈合，只要过一段时间，护士就会过来，用这套装置向她的身体里注入一部分麻醉剂。

也许是术后恢复的需要，她身上未着寸缕，腹部缠着厚厚一层绷带，就算是身体下面放着一张电热毯，身上还盖着厚厚一层棉被，她依然觉得冷得厉害。

裴嫣嫣突然惊慌起来，八月怀胎她当然能感受得到，孩子已经离开了她的身体。回想着刚刚做的那场噩梦，裴嫣嫣猛地咬住了嘴唇。

“妈……”

黑暗中突然传来一道低低的叫声，这个突如其来的声音，让裴嫣嫣整个人都狠狠一颤。

燕破岳就站在病房一角，小心翼翼地望着裴嫣嫣，他在这个时候看起来就像是一条快要冻死，围着火堆打转的狼，既贪恋火焰的温暖，又害怕火焰形成的光亮，所以只能围着不停打转，不敢稍有靠近。

“是弟弟还是妹妹？”

在问出这个问题时，裴嫣嫣的心已经提到了最高，她还在渴望产生奇迹。

“不知道。”

“那……他在哪儿？”

燕破岳的声音压得很低很低，低得就像是蚊子哼哼，但是对一个急欲知道孩子消息的母亲来说，却无异于九天惊雷：“不知道。”

裴嫣嫣的嘴里，尝到了自己血液的味道，孩子死了，他当然死了，刚才，他不是已经来向自己道别了吗？！

“你爸爸呢？”

“走了。”

看了一眼窗外漆黑的夜色，裴嫣嫣的身体还疼得要命，却开始担心带着一堆东西，还要走夜路的丈夫：“你爸爸什么时候回来？”

“不知道。”

裴嫣嫣瞪大了眼睛：“你爸干什么去了？”

燕破岳的回答依然是：“不知道。”

“怎么走的？”

在问出这个问题时，裴嫣嫣的声音都颤抖了起来，如果可以选择，她真的想用双手捂住自己的耳朵。可是她的双手都被绷带绑在床架上，所以她只能任由燕破岳的声音清清楚楚传进了她的耳膜：“坐车走的。”

所有的幻想，所有的希望，在瞬间就犹如肥皂泡一般破碎了。

燕实祥走了，在她因为燕破岳误食花生，导致重度过敏，生死一线，就连孩子都失去，最需要安慰，最需要呵护，最需要一个宽厚胸膛去依偎，让她可以暂时忘记所有痛苦与悲伤的时候，她的丈夫，那个男人，竟然就这么一声不吭地走了！

他甚至没有告诉她，他去了哪里，他什么时候回来！

他把她当成了什么？

一个领了结婚证，就要照顾他和前妻的儿子，无论受了多少委屈，都要对着他们父子露出笑容，摆出温柔面孔的终身丫鬟？！还是一个根本不值得珍惜，高兴了就哄上两句，不高兴哪管她死活的大笨蛋？！

第三章 - 噩梦

（下）

半夜周副院长亲自来查房，在他推门病房门时，就看到燕破岳缩在墙角一动不动，而裴嫣嫣则睁着眼睛，凝望着天花板不知道在想些什么。这母子两个人，都一声不吭，病房里凝聚着死一般的窒息气氛。

护士上前给裴嫣嫣测量体温和血压，并更换输液用的吊瓶，在这一系列过程中，裴嫣嫣都一声不吭，她既没有问孩子的下落，也没有问燕实祥的行踪，就算是扯疼了伤口，她都没有发出半点声响。

看着这个年轻的女人，双眼中蒙起的那层淡灰色的薄雾，周副院长在心里轻轻叹了一口气。他已经五十多岁了，用这双眼睛，看惯了人间冷暖恩恩怨怨，他看得出来，裴嫣嫣看似平静的表面下，她的内心已经被怨恨和愤怒填满，这种情绪强烈到让她甚至已经彻底忽略了身体带来的疼痛。

“燕代表他是有任务在身，身为军人，有时候上级一道命令下来，哪怕前面是刀山火海也要往前闯，这就是身不由己……”

裴嫣嫣打断了周副院长的安慰：“燕实祥死了？”

周副院长微微一愣。

“燕实祥如果没死，这些话，让他自己来对我说。”裴嫣嫣闭上了双眼，“我累了，如果已经检查完了，你们请出去吧。”

看着闭目不言、拒人于千里之外的裴嫣嫣，再看看蹲在墙角把全身都缩成一团的燕破岳，周副院无言地摇了摇头。

三天以后，裴嫣嫣远在上海的父母日夜兼程赶来，看着女儿的样子，母亲当场就发出一场惊呼。她用上海人特有的挑剔，抱怨病房的采光不好，这所医院的规模太小，使用的仪器太过老旧，可是当她发现燕实祥一直没有露面，终于明白发生了什么后，裴嫣嫣的母亲停止了喋喋不休的抱怨，伸手把裴嫣嫣抱进了怀里，低声说了一句：“苦命的孩子啊。”

躲在母亲的怀里，终于找到了安全的港湾，裴嫣嫣放声痛哭，炽热的眼泪在瞬间就浸湿了母亲的衣衫。母亲一直拍着女儿的肩膀小心劝慰，直到裴嫣嫣哭累了，在她的怀里陷入沉睡。

哭过之后，裴嫣嫣终于平静下来，日子就在静养中一天天度过，一直到了第八天，燕实祥都没有回来。裴嫣嫣在心里对丈夫做出了一次让步：“只要你在十天之内，给我打一个电话，告诉我究竟发生了什么，再向我道一个歉，我也不是不讲道理的人。”

十天后，燕实祥没有回来，也没有打电话，当然更不可能向裴嫣嫣道歉。

“他是在执行任务，肯定不太方便打电话……”裴嫣嫣犹豫着又做出一次让步，“我再给你十天，不能再多了。”

第二个十天过去了，裴嫣嫣发了狠：“燕实祥，我最后再给你十天，我就不相信，你不要老婆，就连儿子都准备一起丢了！”

整整两个月时间过去，直到裴嫣嫣的身体恢复得七七八八，已经可以出院，燕实祥也没有回来，他就像是人间蒸发了似的，一点音讯都没有。

裴嫣嫣的父母在回去时，母亲几次欲言又止，直到每天只发一次的班车出现在公路上，母女两个马上就要分手，而下一次见面，还不知道是什么时候，母亲终于还是忍不住开口了：“嫣嫣，丈夫是你自己选的，这夫妻相处，本来就是冷暖自知，照理说妈本不该多嘴。原来你可是家里的小公主，什么时候受过半点委屈，你就是被宠着惯着长大的，喜欢你追求你的人也不少，可你偏偏就是选了一个比你大了十五岁，还有了一个儿子的男人。我本来还对自己说，男人大了也好，老夫少妻的，至少懂得疼人，可是看看你现在的样子……”

母亲伸手在女儿的脸庞上轻轻抚摸着，女儿原本那犹如牛奶一样洁白细腻的皮肤，现在上面多了一丝淡淡的黄晕，而她原来纤细而美丽的手指，上面竟然多了一层日常操劳积累下来的薄茧，而她原来犹如暗夜星辰般美丽又清澈得直透人心的眼睛，现在上面不但蒙了一层淡淡的灰雾，更隐隐透着一股让人心疼的迷茫。

短短的一年多时间，她原本快乐得不知人间忧愁的小公主，就变成了一个带着忧郁气息，瘦得让人心疼的小女人。

心疼得眼泪都在眼眶里打转，但是不想让女儿难受，母亲还是强忍了下来，只是留下了一句话：“燕实祥，他怎么忍心这么对你？！”

裴嫣嫣的父亲，是一个知识分子，他有着中国传统文人的儒雅，也有着不背后论人是非的风度，在两个月时间里，他只是默默照顾着裴嫣嫣，在班车开过来，他扶着妻子登上汽车时，回过头留下了一句话：“对不起，爸爸宠了你一辈子，实在不知道该怎么去拒绝你的请求，那一天，我应该努力坚持下来，让自己态度更强硬的。”

班车开走了，裴嫣嫣呆呆地站在原地，父亲在向她道歉，虽然说得没头没尾，但他们可是父女，裴嫣嫣又怎么可能听不懂父亲的话？！

父亲从头到尾都不愿意接受燕实祥这个女婿，可是他宠爱了自己的女儿一辈子，实在无法拒绝女儿的请求，现在看着女儿憔悴的样子，他虽然什么也没有说，内心深处却满是浓浓的懊悔和歉疚，他并没有责怪燕实祥，而是在责怪自己为什么在裴嫣嫣带着燕实祥出现在他们面前，希望获得他们的同意和祝福时，不能拿出更强硬的态度去拒绝他们。

回想着母亲和父亲临走时说的话，裴嫣嫣只觉得自己的心正在被一点点搅碎。她一直努力经营着自己的家庭与爱情，她想要向父亲母亲证明，她的选择是对的，她找到了一个全世界最优秀的男人。

可是在她需要支持与安慰时，她的丈夫不见了，是她的父亲、母亲在三天时间，跨越了两千多公里道路，出现在她的面前，这段旅行有多辛苦，父母没说她也猜得出来。

和父母的爱相比，燕实祥不辞而别的行径，就显得太过刺眼，整整两个月过去了，他没有回来，也没有打上一个电话，就那样理直气壮地把差一点死掉的妻子丢到了家里。让她的父母就算是走了，心里都是浓浓的忧虑甚至是自责。面对此情此景，就算是坚强如裴嫣嫣，又怎么可能不黯然神伤？

“大妹子，你爹娘刚走了？”

身后传来了一个熟悉的声音，赵伟他娘刚刚从乡下娘家回来了，看着裴嫣嫣失魂落魄的样子，一向喜欢四处嚼舌根，唯恐天下不乱的赵伟他娘，声音也难得地变得温和起来：“男人嘛，都是贱骨头，你对他太好，他就不把你当一回事；你对他横挑鼻子竖挑眼的，他反而把你捧在手里当宝了。要我说，大妹子你就是太心善，把他们父子给惯坏了……”

赵伟他娘在裴嫣嫣的耳边，喋喋不休地劝了五六分钟，才拎着竹篮离开了。在这个过程中，裴嫣嫣一直精神恍惚，什么也没有听进去。

但是当赵伟他娘离开，四周再也没有一个行人后，裴嫣嫣突然放声大笑起来。

“燕实祥，好，真好，你真好啊！你看到了没有，就连赵伟他娘，都开始同情我，过来安慰我了，你知道这代表了什么吗？”

裴嫣嫣嘶声笑叫：“我裴嫣嫣不求夫贵妻荣，我喜欢你，愿意为你收起所有的骄傲，努力去做一个合格的妻子和母亲，你还给我的，就是这样的耻辱吗？！”

是的，裴嫣嫣宁可听到赵伟他娘的冷嘲热讽，也不愿意听到她的安慰。这个女人连自己的名字都写不出来，她一共嫁了四次，生了三个孩子，也死了三个男人，一个寡妇身后挂着三只拖油瓶，还能找到什么好人家？

最后她好不容易嫁给了军区大院后面豆腐房里，那个每天负责磨豆腐，有点驼背，走路有些跛，还有些酗酒的赵老四。两个人据说在洞房花烛夜，就直接大打出手，女人使出了一哭二闹三上吊的本领，男人更绝，直接将一瓶敌敌畏丢到女人面前，告诉她不想活了可以直接喝药……

现在夫妻两人是一天一小吵，三天一大吵，一周一干架，四周的街坊邻居一开始还去劝架，现在已经习惯了他们的争吵打骂，甚至已经开始学会抱着“欣赏”的态度去冷眼观旁。

这样的生活当然是不幸的，由于自身生存环境极度恶劣，她产生了严重的自卑心理，最是见不得别人生活得比自己好，只要别人幸福美满，她就会在背后说三道四，想方设法地煽风点火，用来发泄内心的不满。如果谁家发生吵闹，她百分之百会冲在最前面，眼睛闪亮地躲在一边听墙角。

可是在今天，她竟然开始安慰裴嫣嫣了。她能这样做，唯一的解释就是，在她看来，裴嫣嫣比她更可怜！

“燕实祥，我恨你！恨你！恨你！”

裴嫣嫣对着路边一棵大树拼命挥动双拳，她不停地打着，直到打得精疲力竭，当她终于停止挥拳时，她看着鲜血淋漓的拳头，她昂起了自己的头，任由溢出来的眼泪在眼眶中被风吹干，直到再也没有眼泪流出，她低声道：“燕实祥，我再也不会为你流一滴眼泪，我已经给了你太多机会，我们之间，完了。”

第四章 - **花生恐惧症**

十年后……

“丁零零……”

放学的铃声响起，随着老师离开，整个教室都热闹起来，燕破岳默默收拾着书包，突然有一条手臂搭到了他的肩膀上，一张笑脸出现在他面前：“小燕啊，我今天家里有点急事，可是正好又轮到我值日，江湖救急，帮哥们儿一下吧。”

燕破岳还没有回答，有一个男同学就在一边插口了：“今天我也有事，我在中午就拜托小燕帮我值日了，人分先来后到，二蛋你就别横生枝节了行不？”

二蛋不满地一撇嘴：“人分先来后到咋了，事还分轻重缓急呢。”

两个轮到一起值日的同学就像是两只好斗的小公鸡般彼此大眼瞪着小眼，可是他们谁也无法压制对方，他们最后又一起将目光投到了燕破岳身上：“要不，小燕你就帮我们两个人一起打扫了吧，反正教室不大，能者多劳嘛。”

燕破岳想要拒绝，二蛋凑前一步，在燕破岳的耳边低声道：“花生。”

仿佛是听到一个魔咒般，燕破岳的身体狠狠一颤，就连他眼睛里的神采都跟着黯然起来，两个同学就在燕破岳的肩膀上用力拍了拍，迈着欢快的脚步离开了教室，很快他们的脚步声就消失在走廊彼端。

燕破岳停止收拾书包，站起来走到教室后面拿起了扫帚。卫生委员立刻在一边叮嘱了一句：“燕破岳，记得要先洒水再扫地，别弄得教室里尘土飞扬的。”

燕破岳又放下扫帚拿起水盆，走出教室到水房去接水，今天才转学到这里，被临时分配到教室最后面课桌那儿的萧云杰，把这一切都收入眼底，他不解地皱起了眉头。如果他没有记错的话，燕破岳的老爹燕实祥，那么强势的一个老爹，又在自家地盘上，怎么养出这么一个人见人欺的𡱆货儿子?

但是这些，和他萧云杰又有半毛钱关系不?

燕破岳把水洒到了地上，一个人清扫起来，先把整间教室扫上一遍，再用拖把将地板擦干净，将课桌摆整齐，原本两个人合作用二十分钟就能做完的事情，他一个人用了近五十分钟才将教室清洁完成。

默默将书包收拾好，背着它走出教室，一个人慢慢穿过空荡荡的校园，就在他走过校园正中间那座辅楼时，有人在辅楼后面喊住了他："燕破岳，你过来一下。"

辅楼背部和校园围墙之间，有一块三米多宽十几米长的区域，阳光终年照不到这里，就算是夏季都阴冷得厉害，平时鲜少有人过来，这种半封闭世界，自然就成为学校里一些学生旷课、吸烟、喝酒的聚集点。

燕破岳略一犹豫，还是走了过去，在辅楼后面，四五个学生正坐在墙角吞云吐雾。坐在最外面的一个学生身边，放了一块碎镜片，只要往镜子里一看，自然就能看到大半个校园。这样就算是有老师出于某种原因偶尔过来，他们也能及时逃之夭夭。这种反侦察技术，也算是军人子弟学校和普通学校的不同之处。

犹如众星拱月般坐在正中间，那个块头最大的学生绰号"阿猪"，他一看到燕破岳就眼睛亮了，露出一个大大的笑脸："小燕，哥们儿我最近手头有点不方便，能不能借我点钱买烟？"

燕破岳抿起了嘴唇，没有吭声。

阿猪收起了笑脸，声音中透出一丝看多了港台片，不知道从哪个反面角色身上学到的阴森："怎么，连这点面子都不给？"

"我没钱。"

"没钱？"阿猪瞪起了眼睛，"你爸可是总军代表，他随便在外边捞点，就够我爹累死累活干上五六年，你没钱谁有？"

"我爸从来不给我零花钱，"燕破岳低声解释，"我爸也从来不会在外面捞钱！"

"切，少来吧，天下乌鸦一般黑，别看你爸在我们面前一本正经的，在外面谁要给他钱，他立刻就会变成一条汪汪叫的狗，说不定他天天在外面都会搂着那些大屁股女人睡。我敢打赌，你爸在家里一定藏了不少钱，我们也不多要，你找机会拿两张蓝票子就行。"

看着燕破岳捏紧了双拳，全身都在微微轻颤，阿猪却毫不在意地又向前走了一步，从口袋里取出一颗花生，用看似随意的动作轻轻一捏，将花生壳捏碎，发出"啪"的一声脆响。

在花生壳被捏开的瞬间，燕破岳突然脸色一片苍白，就连他的呼吸都变得像是要窒息般，喘得嗬嗬有声。

阿猪看着几乎喘不过气来的燕破岳，脸上露出一丝猫戏老鼠式的快感，他将剥出来的花生米丢进嘴里，故意嚼得津津有味，随着他这样的动作，燕破岳脸色更加地苍白，到了最后，他甚至失去了支撑自己的力量，坐倒在地上，他拼命用手压着自己的胃，只有这样，他才没有当场呕吐出来。

阿猪从燕破岳身上抢过书包，随手将书包倒转，将里面的东西都倒了出来，铅笔盒摔落到地面，里面的文具全部散开，阿猪看到其中有一支金属笔杆的英雄牌钢笔，他拾起钢笔顺手放进自己口袋，又用脚尖在书堆中扒拉了一下，从来没有零花钱的燕破岳，书包里当然一分钱也没有。

阿猪又从口袋里取出一颗花生，在燕破岳的面前来回摇晃着："给你一天时间，拿两张老头票过来，如果你敢拒绝，我一生气说不定会把一瓶花生酱都涂到你身上了。"

听到"花生酱"几个字，燕破岳暴露在衣服外面的皮肤上，可以清楚地看到鸡皮疙瘩炸成一整片，原本隐藏在皮肤下面的青筋更是一根根跳起，看起来犹如老树根缠绕在身上般，甚至就连燕破岳的嘴里，都发出了牙齿上下对撞发出的嗒嗒声。燕破岳的身体已经痛苦地蜷缩成了虾球状，在他的喉咙里，更发出一连串压抑的痛苦呻吟。

"阿猪，你看他的样子好像有点不太对劲。"另外几个学生中间，有人低声道，"别弄得太过了。"

阿猪不以为然地又将第二颗花生捏碎，刻意将花生米放到燕破岳面前，作势要往燕破岳嘴里塞："他能有什么不对劲的，我们每次在他面前吃花生，他不都是这尿样？再说了，他活该这样，他干了那些天怒人怨的事，就连老天都看不过眼了，才会叫我们出来替天行道！"

"啪！啪！啪……"

掌声突然从头顶响起，阿猪等几个学生一起霍然抬头，就看到萧云杰坐在辅楼楼顶，一边望着他们，一边拍着巴掌："当年日本人侵略中国，我一直都想不明白，他们怎么能一边屠杀中国平民，一边放声高喊什么中日亲善建设大东亚共荣圈，直到今天我终于在各位身上找到了答案，真是失敬，佩服。"

“你懂什么？”

阿猪指着在地上缩成一团的燕破岳，道：“你问问他自己，都干过什么好事！他知道后妈对花生过敏，就在后妈有了孩子的时候，花言巧语骗后妈吃掺了花生酱的蛋卷，让他后妈没了孩子，还和他爸离了婚，像他这样的人，就是狼心狗肺禽兽不如，我收拾他不是替天行道是什么？”

旁边的学生也帮腔起来。

“对啊，他何止是狼心狗肺，简直是没有人性，他连自己的妈都不放过，你对他再好，又有什么用？”

“你是今天刚转校，不懂是咋回事，我们也不和你计较，现在你有多远闪多远，千万别和这种人沾到一起，小心将来被他卖了，都还在替他数钱。”

如果是别的孩子，听到这些罪状，纵然不会人云亦云，也会立刻离开，再不管燕破岳的死活，但是萧云杰不是别的孩子，他从小就爹死娘改嫁，短短五六年时间，就换着投奔了四个亲戚，用自己的双眼看尽了人情冷暖，有着远超同龄人的心智。

一群十六岁的孩子，尤其是一群不良学生，哪懂什么体谅别人的痛苦，就算燕破岳只是无意中让他的后妈吃到了有花生酱的蛋卷，引起花生过敏，阿猪为了能让自己欺负燕破岳欺负得理直气壮，毫无负担地认定燕破岳是故意的，至于这种说法，会对燕破岳的心灵造成何等伤害，会给他的名誉带来何等打击，甚至是对他的一生造成何等影响……他们既不会理解，也不会去体谅。

萧云杰从辅楼上走下来，他的动作比猴子更灵活，他跳到了阿猪面前：“原来你是燕破岳的同谋啊。”

阿猪瞪大了眼睛：“你才是同谋，你全家都是同谋！”

“既然你不是燕破岳的同谋，你怎么知道他是故意让后妈吃花生酱蛋卷，如果你不是同谋，你又怎么知道，燕破岳当时是花言巧语地骗了他后妈？”

阿猪被问得有些瞠目结舌，根本没有办法回答这个问题，愣了好半晌才反应过来，指着萧云杰的鼻子叫道：“你个外校生，刚跑到我们这里来就胡说八道，我看你分明就是想炸刺。”

“别别别，我打架可真不行，别说是一对五，就算是一对一，我大概也不是你对手。”萧云杰连连摇手，“但是我打小报告却是一把好手。你们刚才不是骂了燕破岳的老爸，说有人给他钱，他就像狗一样汪汪叫，还天天搂着大屁股女人睡嘛。我只要把这些话，告诉燕破岳的老爹就行了。你们猜猜，我打小报告的结果会如何？”

不等阿猪反应过来，萧云杰就继续道：“燕破岳的老爹肯定不会对咱们这些小屁孩出手，那样太掉价了。但是燕破岳他老爹，收拾你们老爹，却是轻而易举，保证是脏活累活一起上，扣工资、扣奖金，罚款与小鞋共舞，等到你们老爹终于明白为什么会被总军代表收拾得像死狗一样，我想你们老爹自然会让你们知道，花儿为什么这么红。”

阿猪和另外几个学生一起脸上变色，阿猪一把揪住萧云杰的衣领，嘶声叫道：“小子，你真想挨揍？”

“打吧，打吧。”萧云杰扬起脸，当真是死猪不怕开水烫，“有种往脸上打，别以为就你会造谣，说到编故事的本事，我比你高出十倍不止，我甚至能让大家相信，是你唆使燕破岳给他后妈吃有花生酱蛋卷的。”

阿猪瞪圆了眼睛：“别做梦了，那年我才六岁，说我唆使燕破岳，谁信啊？”

萧云杰连连点头，他一脸笑容，却当真是语出如刀：“噢，你六岁，年龄太小，不懂唆使别人，那燕破岳六岁，就知道花言巧语，骗他后妈去吃有花生酱的蛋卷，弄出一个花生过敏来杀人于无形了？为什么同样的年龄，你就什么都不懂，燕破岳就能谋定后动，杀人不见血，难道就是因为你叫‘阿猪’，所以脑袋里的脑浆容量没有达标？”

阿猪瞪着萧云杰，他真的想冲上去对着萧云杰的脸上狠狠凿两拳，可是看着站在自己面前，毒舌如箭，能将打小报告这种不良行为说得理直气壮的萧云杰，他却一阵心中发虚。

他就是知道燕破岳不会把自己说的话告诉老爹，才敢这样放肆地胡说八道，如果他揍了萧云杰，让眼前这个家伙真的把事情捅到燕实祥那里，他们这几个隔三岔五就会拿着花生去刺激燕破岳的学生，真的会吃不了兜着走。

燕实祥，燕总军代表，他们当然都见过，那可是一个只需要静静站在那里，就能让人心跳加快、口干舌燥的，一眼扫过去，就连最凶悍的看家狗都得老老实实夹起尾巴，不敢再乱嗥乱叫的超级牛人！就算他们再不服气，也必须承认，燕实祥要真想收拾他们老爹，就和收拾几根豆芽菜没多少区别。

“算你狠，”阿猪狠狠瞪了萧云杰一眼，用力一挥手，“我们走。”

阿猪和几个学生离开了，萧云杰转头望着在地上缩成一团的燕破岳，沉声道：“你也别怪他们欺负你，历来是人善被人欺马善被人骑，更何况你还是总军代表的儿子，欺负你会让他们特别有成就感。别人在你面前吃花生，就能把你吓成这样，你可真是够孬的。”

丢下这串话，萧云杰把双手插进裤子口袋，斜背着书包，走向了外面，在身后传来了燕破岳低沉而嘶哑的声音：“谢谢。”

萧云杰停下了脚步，这个总军代表的儿子虽然够孬，但是至少还懂礼貌：“好说。”

“今天的事，能不能请你别告诉我爸。”

听到这句话，刚刚在心底涌起的那么一丝丝好感，在瞬间就无影无踪，萧云杰低哼了一声抬脚就走。

被人欺负成这样，自己不敢还手也就算了，甚至不敢让别人把自己受欺负的事告诉家人，萧云杰这些年连连转校，孬包他见多了，老爹强得登峰造极，儿子却孬得如烂泥扶不上墙，如此虎父犬子，这样的孬包，他还真是头一次见到。

除非……

萧云杰回头，侧眼望了燕破岳一眼：“喂，你小子不会真的六岁就能谋定而后动，把你后妈肚子里的孩子弄掉，以确保自己的位置吧？”

燕破岳的眼睛里，缓缓浮起了一丝悲伤。可是萧云杰却在他的目光更深处，看到了一缕发自内心的依恋与温柔。眼前这个被一颗花生就能轻而易举打倒的同学，大概喜欢极了他那个曾经的后妈，才会露出这样的表情，也许，就是因为太过喜欢，太过在意，在不小心伤害后，才会变成现在的这样子？

周围的人，不管不顾地往他内心最脆弱的位置猛戳，他又怎么可能不受伤？

萧云杰轻叹了一口气，别说人家燕破岳，他自己还不是爹死娘嫁人，这些年来在各个亲戚之间转来转去，看尽了人情冷暖？他走回到燕破岳面前，对着燕破岳伸出了右手，没好气地道：“起来吧，男子汉大豆腐，缩在这儿像什么样子？”

第五章 - **邪门歪道**

萧云杰和燕破岳两个人一起离开学校，往他们住的机关家属院走去。

现在已经过了晚上六点钟，骑着自行车下班回家的人多了起来，路上到处都是自行车铃发出的清脆声响，劳动了一天终于迎来下班的人们，一边蹬着自行车，一边放声谈笑着。

走进军工厂总部机关大院，到处都可以闻到饭香，再过上半个小时，吃饱喝足的人们，就会三三两两地走出来，聚集到有灯光的篮球场附近，去聊天或者摆起棋盘，呼朋唤友地对弈几局。由于大家都长时间生活在一个狭小的圈子里，彼此熟悉得不能再熟悉，所以互相扶持帮助，孩子们有时候会乱窜着跑到别人家吃饭，他们生活的世界，是一个既像城市又像农村的时代特殊产物。

燕破岳却没有回家，走到机关附属食堂时，他停下了脚步，向萧云杰低声解释道："家里没人做饭，我爸在这里给我办了张饭卡。"

萧云杰微微有些愕然，旋即他自嘲地笑了笑，没有娘的孩子，不都是这个样嘛。

燕破岳走进机关附属食堂，现在正是饭点，一掀开食堂的门帘，一股食堂特有的味道就扑面而来。

作为总部直属机关食堂，这里拥有相当大的空间，二十多张可以同时容纳十人就餐的餐桌摆放在大厅里，那些住在单身宿舍，一个人懒得开伙的职工，围坐在一起，一边小声地交谈，交换着自己单位发生的新闻，一边大口地吃着还算可口的食物。

燕破岳走到大厅右侧那一排网格状的个人储物柜前，从贴着自己名字的那个储物柜中，取出了一套餐具，抬眼看看今天晚上的菜谱，炒菜有两个，青椒炒肉八毛一份，素炒土豆丝三毛一份，主食是馒头和小米稀粥。

说实话，附属机关食堂的饭菜，只针对内部职工，不以营利为目的，伙食质量还是相当不错，八毛钱一份的肉菜，里面的肉片也不少，大师傅打菜时，整整一勺也不会抖上三抖，绝对是分量十足的良心之作。

排到打饭队伍的最后方，燕破岳慢慢地随着队伍向前挪着，大概十分钟后，走到了打菜的师傅面前，燕破岳把饭盆连带饭卡一起递进去，大师傅却没有挥动勺子，而是对着燕破岳露出一个笑脸：“你爸就在后面的包间里，刚才专门叮嘱我，叫你来了后过去找他。”

燕破岳点点头，捏着饭盆走进食堂后面的包间，他敲敲门走了进去，几双眼睛同时落到了他的脸上。

坐在酒桌主位，那个四十多岁，由于长时间手握大权，言行举止中自然而然拥有了不怒自威的气势，身体更是笔挺如剑的男人，自然就是燕破岳的老爹。

而在酒桌下位作陪，身高只有一百七十公分，长得其貌不扬，丢进人海中就会彻底消失的男人叫张闯，是老爹的司机，他曾经是老爹手下的一个排长，在同样身负重伤必须退出一线部队后，跟着老爹来到了军工厂，一待就是十年。也就是通过张闯的嘴，燕破岳才终于断断续续知道了老爹十年前，会在小妈最需要照顾时突然离开的原因……侦察营身陷重围，大部分军官都战死，剩下的人被打散，只能逃进原始丛林中，在没有支援没有补给的战场上，进行绝望的游击战，为了挽救他们这支集结了全军精华的王牌，部队老首长给燕实祥打电话，希望他能返回战场，想办法将已经被打散的侦察营重新集结起来，并把他们带回来。

据老首长身边的勤务兵说，老首长在打通电话后，说的第一句话就是：“实祥啊，去救救你那些老部下吧，他们就要死光了。”

最终跟着燕实祥活着返回军营的侦察营士兵，只剩下一百二十七人，有超过三分之二的老兵战死沙场，从军事惯例上来说，他们这支拥有最光荣历史与传统的侦察营，已经被成建制消灭了。

面对一群已经被打掉傲骨与军魂的部下，已经完成任务的燕实祥没有离开，而是经过两周的休整后，又带着他们走上了战场。燕实祥不喜欢用夸夸其谈来鼓舞士气，在他看来，在战场上丢掉了什么，就要从战场上再抢回来！

整整用了半年时间，他终于重新带出一支铁骨铮铮的侦察营，大家又开始用“骄兵悍将”来形容他们，但是当燕实祥返回阔别已久的家时，迎接他的却是裴嫣嫣的一份《离婚协议书》，以及一个对花生有了极度恐惧心理的儿子。

……

至于酒桌上另外三个人，应该都是当年侦察营被燕实祥救出来的老兵。

在这近十年时间，每年都会有侦察营的老兵来拜访，他们大都会在燕实祥家里或长或短地住上一段时间，然后每一个人都会毫无例外地对燕破岳产生兴趣，再随手“指点”燕破岳一番。

能进入侦察营的人，当然都是兵王，而且很多人在进部队之前，就已经身怀绝技。

这些年来，每年都有侦察兵来拜访，再主动成为燕破岳的师父，跟着不请自来的师父们，燕破岳学了陈式太极，学了硬气功，学了道家的子午养生诀，甚至还有一位从部队毕业后，就背着非洲鼓流浪，成为中国第一代流浪摇滚歌手的师父，教了燕破岳一边打着非洲鼓一边跳草裙舞……

时间久了，燕破岳也想明白了，这些师父们，在燕家一住就是两三个月，把一些绝不是大路货色的武术，尤其是气功心法填鸭式地硬塞给他，就是想让他通过练习气功修身养性，战胜内心深处的恐惧。

无论别人提什么要求，只要拿出一粒花生，他就彻底失去反抗力量，甚至会当场窒息，只能乖乖就范。男人只有意志坚定，才能出去闯荡世界，他的内心世界拥有如此大的一个弱点，将来长大离开父亲的庇护，只怕立刻会被人踩在脚下，一辈子也没法翻身。

那些感觉愧对燕家父子的侦察营老兵们，本着艺高人胆大的出发点，将他们认为有用的东西，一股脑地塞过来，只可惜十年过去了，燕破岳学了一堆杂而不精的东西，虽然身体要比同龄人强壮敏捷得多，却依然没有克服对花生的极度恐惧。

一看到燕破岳，张闯就连连招手：“破岳，快过来，我给你介绍几个叔叔，他们每一个人的本事，啧啧啧，说出来都能写上一本武侠小说了。”

燕破岳应声过来，低声道：“叔叔们好。”

看到燕破岳的样子，酒桌上的三个老兵一起皱起了眉头。他们在来之前就已经从其他战友嘴里听说了燕破岳的问题，可是直到亲眼看到，他们才发现，燕大哥儿子的问题比他们想象的更加严重……说话声音像女孩子一样小，眼睛都不敢往他们脸上瞟，站在那里全身透着股手足无措的气息，怎么看都活像是只无害小白兔，绵绵软软的让人看了就想踩他一脚。

有句话不是说得挺好嘛，不踩白不踩，踩了也白踩，白踩谁不踩？！

“来，小燕，端起酒杯，敬几个叔叔一杯。”

张闯将酒杯塞到了燕破岳手中，端着小小的白瓷酒杯，望着里面几乎能映出人倒影的白酒，燕破岳微微咬住了嘴唇，就在这个时候，坐在酒桌上的一个人开口了：“敬一杯酒没什么，但是这杯‘拜师酒’一敬，就得学一堆枯燥无味的东西，师父拍拍屁股走了之后，遇到不理解的问题都找不到人去询问，就算是这样，还要发誓绝不把学到的东西外传，这样的师父不要也罢，这样的拜师酒少敬最好，我说得对吗？”

燕破岳被人突然说破心事，下意识地抬头，顺着声音的方向望过去，说话的人坐在老爹右首，是一个同样四十多岁的男人，他留着三绺长须，身上穿着一身白色丝绸唐装，举手投足间，自有一股飘然出尘气息，让人一看就如沐春风。“你千万别把我们和以前那些师父相提并论，他们教你的那些玩意儿，都是堂堂正正枯燥得让人想睡觉不说，没有十年以上苦功，根本没有半点用处。”

这位全身透着一股飘然出尘气息的男人，向燕破岳眨着眼睛，露出一个诡异的微笑：“可是我们就不同了，我们在侦察营时就是公认的‘邪门歪道’，别人越是不能为，不敢为，不屑为之事，我们越是干得兴高采烈。”

燕破岳瞪大了眼睛，这些人都是他老爹的兄弟，以前见到的那些师父，哪一个不是在他面前摆足了亲切中透着威严的范儿，哪像这位叔叔，一张口就是一阵稀里哗啦，而且说得坦坦荡荡，甚至是以身为“邪门歪道”为荣？！

“这样吧，你先把酒杯放下，我先给你露上几手，如果你觉得我这个‘歪道’师父值得拜，再向我敬酒。”

“歪道”站了起来，他走到燕破岳面前负手而立，他白衣胜雪，三绺长须无风而动，一代宗师风范就那么扑面而来：“我练的是国术，你听说过‘国术只杀人，不表演’这句话吗？”

燕破岳用力点头，已经有三个师父教过他国术，这句话他早已经耳熟能详。

“那你知道为什么国术只杀人不表演吗？”

这个问题的确值得深思，至少以燕破岳现在的年龄和阅历，还无法找到答案，所以他只能摇头。

“歪道”看了一眼燕破岳身上的衬衣：“你这件衬衣，没超过十块钱吧？”

燕破岳老老实实点头，清仓大减价时买的，十五块钱两件，质量还不错。

“除了这件衣服，还有别的换洗的吧？”

燕破岳再次点头。

“我记得好像陈三前年来找过你，教了你几手陈式太极，你一定会觉得，太极拳这玩意儿软绵绵，慢吞吞的，就算练上二十年也没办法拿去打架。”

“歪道”伸出了右手，淡然道：“我可以让你看看，真正的国术高手，如何用国术杀人。你可以用任意方法向我进攻。”

燕破岳目光瞄向了父亲，燕实祥略一点头：“用力打。”

燕破岳深深吸了一口气，在猛地将肺叶中的空气以“爆炸”的方式吐出的同时，一拳重重直击过去，这只是一记最简单的直拳，但是练了近十年时间，只要一拳打实了，足够将一个成年男人一拳打倒。燕破岳一拳挥出，拳头几乎已经沾到了“歪道”身上那件唐装上，可是他突然觉得脚下一绊重心一偏，还没有明白发生了什么事，就被“歪道”引导得斜飞出两三米远，一直撞到了对面的沙发。

燕破岳从地上爬起来，张闯在一边提醒道：“还不快点谢谢‘歪道’师父手下留情？”

燕破岳看着自己摔倒时在地面蹭破皮的双手，揉揉酸得要命，就连眼泪都呛出来的鼻子，被人这么凶狠地摔出来，如果是玩对打游击，最起码被摔掉了四分之一管HP，这也叫手下留情？！

突然间燕破岳的目光定格到自己的右臂上，他穿的衬衣衣袖上，不知道什么时候，多了一条七八寸长的划痕，直接将衣袖从手肘部位到袖口划成了两块布片。“歪道”明明是赤手空拳，但是在他摔倒的同时，竟然直接划破了他的衣袖，如果两个人真的是生死相搏，他的右手最起码也是皮开肉绽鲜血长流，甚至可能伤筋动骨，让一条手臂彻底失去战斗力。

能将太极拳的云手用到这种程度的国术高手，燕破岳不要说是亲眼目睹，就算是听也没有听说过。

发现燕破岳望向“歪道”的目光中透出炽热，坐在一边的另外一位叔叔，嗯，肯定就是当之无愧的“邪门”轻哼了一声，开口了：“看他的右手。”

得到“邪门”师父的提醒，燕破岳望向“歪道”，“歪道”也没有避讳，大大方方地伸出双手，任由燕破岳观察。

“歪道”右手食指上戴着一枚戒指，这枚戒指是以青铜为底，在上面还嵌刻着一头独角龙头像，看着原本应该起装饰作用的独角龙，那微微弯曲中透着绝对锋利的独角，燕破岳猛然瞪大了双眼，如果他没有猜错，刚才只是借着一摔之力，就将他衣袖划成两片的最直接武器，就是这枚戒指！

“破岳，看清楚了没有，你真的应该谢谢‘歪道’叔叔对你手下留情了。”

“邪门”在一边不阴不阳地揭着底牌：“你的‘歪道’叔叔，负手而立摆足一代宗师的范儿，就是想要转移你的注意力，让你没有发现他在背后趁机戴上了那枚戒指。那枚戒指名为‘断筋钩’，借着推手卸力的功夫，只要他手腕微偏，就能将你的手筋生生挑断，让你一辈子不能再动武。这可是国术的不传之密，也是国术只杀人不表演的一个重要原因。”

燕破岳瞪大了双眼，他曾经听说过国术只杀人不比武的话，并一直坚定地认为中国民间自有高手在，可是当一位真正的国术“高手”出现在他面前，却让他看到了隐藏在手指上的“断筋钩”，这种现实与理想的冲突，当真是让燕破岳无语到了极点。

“不要用和平时代的思维，去硬套几十年前的世界。”

“歪道”收起了笑脸：“俗话说得好‘穷文富武’，想要练出一身好功夫，需要从小打熬筋骨，在练习过程中受伤，更需要好吃好喝来滋补身体，这些都需要钱。可是当时练武的人，又有多少是含着金钥匙出生的富家子弟？绝大多数人练武练到一半，就去给富人当了保镖，或者干脆铤而走险做了盗匪。换句话来说，练国术的人，除非家资不菲，否则练到后面，不是兵就是匪。”

兵匪有别，都是为了生存，双方一见面就会痛下死手，在生死相搏中，使用像“断筋钩”之类的武器当然无可厚非。

“很多人对国术一知半解，说国术全是花架子，这些看法，既不对，也对。”

练习武术不同于学习文化，必须从小打熬筋骨，这就要有金钱铺路，为了将这条武者之道贯彻始终，要么出生于富贵家庭，要么就必须抛头露面去赚钱铺路，而这后面一条路，就必须和同类生死相搏，能在这条路上走到顶端的人，必然都是身经百战，踏着无数战败者的身体铸成自己的丰碑。

所以中国的国术在民国时期就分出两个极端，有一部分国术不追求实战，只强调强身健身、陶冶情操；还有一部分，却是以实战为基础，演变成了杀人之术，国术只杀人不表演这句话，就是因此而出。

想想看也是，像“断筋钩”这种武器，就是一记暗门，如果光明正大地四处授徒，只怕会反受其害。

“歪道”突然一脚踏中燕破岳的右脚脚掌，他手掌一挥，用类似于勾拳的方式，直撑到燕破岳的下巴上，虽然撑到燕破岳下巴上的手掌并没有用力，燕破岳却从被踩得钻心疼痛的脚掌上，读懂了这一掌的可怕威力……他的下巴挨上一掌也许还不足以致命，但是他的脚趾却会在这一掌的推动下被生生踩断。

“歪道”退开一步：“我把动作放慢，你想想应该怎么抵挡我这一掌。”

“歪道”再次踩到燕破岳的脚上，一掌斜斜上撑，这一次他的手掌动作至少慢了四五倍，慢得就连燕破岳这个外行都可以抬起双臂硬架住“歪道”这一掌。

“嘣！”

弹簧声突然从“歪道”的衣袖内响起，燕破岳胸口部位传来一阵尖锐的刺痛，他低头一看，一只没有箭头的五寸袖箭，正从他胸前跌落。

“这叫袖里箭，安装在梅花筒里，一筒六箭，只要你双手一封挡，我就能把它从衣袖中发射出去。就算我没有携带梅花筒，你也会处处小心提防，不可稍有大意。我可以全力进攻，你却要分心他用，除非是你我实力相差太过悬殊，否则的话还没有开始，最终的胜负就已经见分晓。”

燕破岳看着跌在地上的袖箭，就算他这样性格绵软的人，现在都有了一种想要指着“歪道”鼻子破口大骂的冲动，可是就像“歪道”说的那样，一个生活在和平年代的人，凭什么用体育精神去要求那些几十几百年前，把脑袋挂在裤腰带上的国术传人？！

“歪道”弯下腰想要拾起地上的袖箭，他这一弯腰，在他的背部又连续响起“嘣嘣嘣”三记机簧劲颤之声，三支八寸长的弩箭同时钉到了燕破岳的胸膛上，纵然它们全部都取掉了箭头，可是弩箭的劲道实在是太大，疼得燕破岳差点一蹦三尺高。

“这叫背弓弩，一些国术新手去挑战当代名家时，就可能借着向武术名家鞠躬敬礼的机会暗下死手。跑镖的趟子手，遇到有名号的劫匪，在拜山请路时，也可以突然出手擒贼擒王。精通制造使用这种背弓弩的武学世家，绝不会将这记杀手锏流传于外，否则很可能会引来灭门之祸。”

这个道理燕破岳可以想明白，虽然说兵不厌诈，对拦路的劫匪用这种手段还情有可原，但是打着切磋武艺请名家指点的旗号，一见面就在鞠躬施礼时痛下杀手，未免也太下作了点。

可是看着含笑而立的“歪道”，再看看落在脚下的那三支背弓弩箭，不知道为什么，一种亲切感，就那么自然而然地从燕破岳的心底涌起，难道说他的天性，真的比较适合这种邪门歪道?

燕破岳狠狠摇头，刚想把这个荒谬的念头从脑海中甩开，张闯就向他介绍了“邪门”的底细：“这位‘邪门’师父，可是一个不折不扣的忍者。五行遁术，忍术，忍者镖，潜行，渗透，侦察，他都是超级好手，在侦察营时，就是我们全营最厉害的斥候，就连下闷药、投毒、刑讯逼供，都可以一力全接。”

忍者？！

燕破岳的眼睛瞬间就瞪得比猪尿泡还要大，他上上下下打量着“邪门”，脱口叫道：“忍者神龟的那个忍者？！”

“呃，”“邪门”郁闷了一下，但是在燕破岳发亮的目光注视下，他还是回答道：“忍者没错，至于什么神龟，还是免了吧。”

“告诉你一个好消息，”张闯在一边趁热打铁，“还有一周就要放暑假了，两个师父会在暑假对你展开为期两个月的特训。你爸已经说了，只要你能爷们儿起来，稍稍邪门歪道点，也没啥的。”

第六章 - **忍者传说**

（上）

某年，某月，某日，星期日，早晨，天气晴朗，是个郊游踏青的好日子……

“我们今天是第一次开始训练，我特意给你挑选了最简单的入门教程，现在把你身上的衣服都脱了，一件也不许留。”

燕破岳的眼珠子一下瞪得贼大，他们现在所处的训练场，是一个小山谷里，虽然这里鲜少有人路过，现在又是夏天，不存在着凉问题，但是要他把身上的衣服都脱得干干净净，这也太那个啥了吧。

“人类是一种很奇怪的动物，衣服的出现，原本只是为了保暖，可是到现在却硬是被赋予了新的含义。一个人身上的衣服脱光，就会感到不安甚至是手足无措，而你的敌人，却往往会在凌晨两点到四点之间，对你发起突袭。你从睡梦中惊醒，只有一次选择的机会，你是抓起武器抵抗，还是抓起衣服遮羞？！”

“邪门”将燕破岳带到了一条小溪前，在小溪旁边，有人挖出来一个四米见方的水池，由于有溪水不断注入形成流通，水池里的水清澈见底，透着阵阵清凉。

“邪门”从汽车后备箱里拎出一只蛇皮袋，当着燕破岳的面，将蛇皮袋里的东西倒进了水池里，看着一群身材优美而细长，通体发绿，脑袋尖尖，在水里快活地扭动着身躯，游来游去有说不尽的舒适与快意的可爱小动物，燕破岳只觉得喉咙发痒，不由自主地倒吞了一口口水。

“邪门”一口气往面前这个小小的水池里倒了十几条两尺多长的水蛇，如果跳进水池里，吸引了它们的注意，非要冲出上来进行一次亲密接触怎么办？由于身上一丝不挂，他只觉得全身上下到处都是要害，到处都得保护，那种从内心最深处涌起的极度不安，让燕破岳难受得几乎要吐出血来。

“你今天是第一次接受训练，前几天又头部受伤，所以我挑选了最低难度。”

“邪门”现在的表情，怎么看都透着一股狰狞：“你应该庆幸我的仁慈，我第一次拜师学艺时，师父给我在水池里准备的，是几只一尺多长，已经饿了七八天，看到什么都眼睛发绿的老鼠！我刚下水池，它们就从四面八方同时向我扑过来，咬得我全身是血，而师父帮我疗伤的方法，就是直接往水池里丢了一斤盐。”

一想到几只一尺长的大老鼠饿得两眼发绿，看到有人进入水池，一边吱吱乱叫，一边猛扑过来的样子，燕破岳都吓得一身冷汗。被水蛇咬上一口，只要没有毒，最多只是留下几个牙印，要是被饿得两眼发绿的大老鼠咬上一口，就凭它们连门板都能咬穿的牙齿，只怕身上立刻就会少上一块肉。

“你现在就可以下去享受溪水的清凉了，”“邪门”森然道，“如果没有我的许可你就从里面爬出来，我就罚你光着身子围这座小山跑十圈。”

燕破岳平时可以天天被同学欺负，去做值日，可是在这一刻也急了眼：“要是我遇到人怎么办？”

“你可以装疯卖傻，让别人以为你是从青山病院里跑出来的疯子；你也可以采摘树叶，给自己编上一个草裙；在两里外就有一个当地山民弄的化粪池，里面全是混了猪粪的烂泥，如果你愿意的话，往里面一跳，立刻就会披上一件黑色连衣裙，反正十天后，我就要训练你站在里面吃午餐，提早感受一下，也算是未雨绸缪。”

在“邪门”的注视下，燕破岳直接纵身一跃，用最夸张的姿势跳进水池，溅得水花冲天而起。看着有三四条水蛇被水浪硬生生冲出池塘，扭着漂亮的小麻花逃进旁边的杂草丛旋即不见了踪影，“邪门”不为所动，只是发出一声低语：“自作聪明。”

燕破岳背部紧紧靠着水池的边壁，他瞪大眼珠子，死死盯着水面，他突然双手在水中狠狠探出，旋即就像是触电般地猛跳上岸。

“燕破岳，我让你上来了吗？”

“两三条蛇一起上来咬我，有一只，有一只它的目标是我的……”燕破岳很想用一个比较文雅的词来向师父说明他要害受到攻击的紧迫性，但是想了又想，最终还是羞涩地道，“它想咬我的嘘嘘。”

“蛇能咬你的嘘嘘，你就不能反过来咬它的嘘嘘？难道说你发现它是一条母蛇，所以对它嘴下留情？！”

“邪门”指着山谷中那条羊肠小道：“去跑步吧，给你一个善意的劝告，千万把你的耳朵竖直了，不想被人当成暴露狂或者神经病，你就必须在别人看到你之前，先发现他们并找到躲藏的位置！”

看看自己光溜溜的身体，再看看四周，现在可是下午三点钟，朗朗乾坤，青天白日，方圆几里之内，都可以一览无余，燕破岳真的傻眼了。

“好好记住你这一刻的感觉，等你将来有资格收徒传艺时，自然有机会把今天积攒的怒火变本加厉转移到徒弟身上。现在你要做的，就是尽情地奔跑，好好享受一下和大自然最亲密的无障碍接触，顺便让我看到更多的郁闷和羞涩吧！”

背后传来了“邪门”夸张的声音，燕破岳真的不愿意想象，他的这位师父在当年究竟在师祖那里受到了何等的摧残，一股怨气竟然可以一存就是二十来年，直到收了他这个徒弟，才得到了一次总爆发的机会。

已经围着小山包跑了五圈的燕破岳，将绑在腰间的树叶版草裙扯下来甩到路边，刚才就是“邪门”建议他可以用树叶编制草裙，这事听起来容易，可是实际做起来绝不是那回事，树枝围着腰部绕成圈，是能形成一片绿色遮挡物保护住重要身体器官，但是他一迈腿跑步，树枝里那些毛毛刺刺就会在他皮肤上又磨又搓，更关键的问题是，那儿的皮肤多娇嫩啊，一边跑一边刺，又有谁能受得了？！

燕破岳也许自己都没有发现，他十六年养成的跑步习惯，因为缺了几件衣服，正在发生巨大改变。他的耳朵竖得和兔子似的，以雷达搜索信号波般的宽频率，警惕地监听四面八方，只要稍有风吹草动，就能让他立刻做出反应；他的眼珠子，更是活像重机枪扇面扫射，不断在眼眶中扫啊扫啊的，将面前的视野拓展到最大化，只要有人出现在他面前，绝对无法逃脱燕破岳的双眼。

而燕破岳的奔跑动作，更开始无限向猥琐流发展，怎么看都和偷地雷的鬼子有得一拼。这条路只是跑了四遍，哪儿有石头可以躲藏，哪条天然水沟能够钻人，哪块的草丛比较茂盛，这些平时鲜少有人注意的细节，燕破岳就已经记得清清楚楚，跑到第五圈时，甚至闭上眼睛，他都能把眼前的路用笔画出来。

不是他资质太高，天生就是做忍者的料，实在是，实在是……太丢人了！

“啊！”

身边突然传来一声年轻女孩的尖叫，燕破岳霍然转头，就看到在右侧草丛中站着一个十三四岁的女孩，她用双手捂住了眼睛，可是挡在眼前的手指，却可疑地张开一条太过明目张胆的大缝，在她的脚边，还有一只装了一半野菜的竹筐在地上滴溜溜地打着转儿。

这个小女孩应该是附近山里人家的孩子，她在山上摘野菜，当然没有理会那条羊肠小道，而是仗着腿脚轻便能漫山遍野地乱窜，也就是因为这样，燕破岳一个不小心，竟然让她从侧面迂回成功，演变成了现在的样子。

两个人面面相觑，中间隔着几根合得不怎么严密的手指，燕破岳心中不由狂叫了一声：“惨了。”

在这个时候，对一个小女生扮小绵羊，那无异于班门弄斧，而且很可能发生同性相斥的惨剧，燕破岳心头电转，他突然嘴角一斜，脑袋一歪，双手微曲，抬到胸部，做鸟爪状，就连他的双腿，也撇成了弧圈形，紧接着，他的嘴巴大大张开，舌头卷曲成一个诡异的形状，含含糊糊地对着面前的女孩，喊了一声尊称：“妈妈……”

女孩子一下被燕破岳的出彩表演给震惊了，就连双手从眼前塌落也浑然未觉。

“远看金鸡独立！”

燕破岳在心中念着打油诗，带着“风萧萧兮易水寒，壮士一去兮不复还”的悲壮，主动向女孩挪动了脚步，只是他走路时的动作，就像是一个在棺材里埋了二十年，终于重见天日的僵尸……先是左脚向前跨出一步，在立定后，又拖拽着身体，将右腿慢慢拽了上来，那个缓慢，那个吃力，那个举轻若重，都让人一眼就能看出他身患重症。

在这个过程中，他的嘴角还在撇啊撇啊的，就连那根舌头，都在不停地卷来卷去，最让燕破岳对自己佩服得五体投地的是，他这么一折腾，就连口水都流出来了，转眼就有了“飞流直下三千尺”的征兆。

“近看骏马抬蹄！”

在心中念出第二句密法口诀，燕破岳身体向后侧仰，一张扭得不成人形的脸，无语对苍天，仿佛正在控诉着什么，可是旋即，他脸上就露出了一个智商绝对接近于二百五的“天真”笑容。

女孩的嘴巴，张得能塞进去一只手雷，就连燕破岳都替她担心，会不会下巴突然脱落。

“细看小儿麻痹！”

恶狠狠地在心底念出最后的总口诀，在同时，燕破岳也对着面前一直坚守阵地，不肯当逃兵，摆明要将热闹看到底的小姑娘，发起了最后的决死攻击，他又是金鸡独立，又是骏马抬蹄，又是天真笑容，又是“飞流直下三千尺”，对着面前的女孩，抛出了最后的杀手锏：“妈妈，妈妈，妈妈，乖乖好饿，要吃奶奶。”

“啊！”

小女孩看到燕破岳再次向自己靠近，终于不胜负荷，发出一声比刚才惨烈百倍的尖叫，连地上的竹篮都顾不得去拾，掉头转身就跑。

看着丢在地上的竹篮，燕破岳深思熟虑了零点零零零一秒钟，最后还是没有追上小姑娘去把竹篮还给人家。

当燕破岳黑着脸回到水塘边时，他迎来了一连串的掌声，还有“邪门”老师充满赞赏意味的笑容。

“忍者有四项基本准则必须遵守，一是不能滥用忍术；二是为达目标，可以舍弃一切自尊不择手段；三是必须守口如瓶；四是绝不能泄露身份。”“邪门”打量着燕破岳，脸上流露出的欣赏，怎么看都像是真的：“你才开始训练，就已经掌握了四分之一的忍者准则了。”

他是在夸他呢，还是在骂他呢？

燕破岳突然开始怀疑，自己是不是真的像平时表现得那么温柔善良。在他“小儿麻痹”过一回后，他内心深处，仿佛有什么东西松动了。

“老师，商量件事行不行。”燕破岳从脸上勉强挤出一丝笑容，平时他脸上的表情真的不会这么丰富多彩，但是为了自身生理与心理双重健康考虑，他还是建议道，“下次再罚跑，能不能让我穿个裤衩？”

第七章 - **忍者传说**

（下）

师徒两个并肩走下山时，迎面冲过来一群气势汹汹的村民，跑在最前面的那个小不点，赫然就是刚才被燕破岳用小儿麻痹成功吓走的小女孩。

“就是他……”

小女孩看到燕破岳，吓得猛然停下脚步，指着燕破岳的鼻子，可是话只喊了一半，她的声音就戛然而止。

燕破岳现在当然穿着衣服，而且是穿戴整齐，称得上衣冠楚楚，就连他的脸上，都挂着一丝温和的微笑，迎着小女孩的目光，他嘴角一掀，露出两排可以拍牙膏广告的洁白牙齿：“怎么了，小妹妹，有什么我可以帮你的吗？”

小女孩眼睛有点发直了，眼前这个家伙，横看竖看，上看下看，都很像刚才那个臭不要脸的裸体男，可是那个男人一脸猥琐、全身扭曲，哪可能像眼前这个大哥哥一样，笑得犹如春风拂面，怎么看怎么顺眼？

燕破岳当面笑得云淡风轻，但是心里却在打鼓，刚才把他和小女孩狭路相逢的事情报告给师父“邪门”之后，“邪门”立刻根据轻重缓急，用半个小时，对燕破岳进行了忍术中关于间谍如何取得目标信任、消除隔阂的加急特训。

“你一定不能犯做贼者心虚，放屁者脸红这种低级错误，想成为一名优秀的忍者，就必须要拥有军人的勇敢，政客的善变，商人的狡猾，外加神父的善良。如果有人对你产生了怀疑，你要做的不是被动防守，而是主动出击，想办法干扰他，混淆他，让他自己对自己的记忆产生怀疑。”

“邪门”那貌似忠厚实则“毁人不倦”的教导，依然在耳边回响。燕破岳从口袋中取出一块手帕，硬着头皮迎着小女孩的目光直面而上。他蹲下身体，用手帕轻轻擦掉小女孩额角渗出的汗水：“都是一个漂亮的大姑娘了，怎么还像野小子似的跑得满头大汗。”

小女孩下意识地侧开头，想要避开燕破岳过于亲昵的举动，但是听着燕破岳的温声低语，迎着他那双亮亮的眼睛，已经有些朦朦胧胧对异性产生好感的小女孩，脸蛋却微微发烫，任由燕破岳用手帕帮她擦干了额角上的汗水，又顺手轻轻刮了一下她那翘挺的小鼻子。

看到女孩的脸红扑扑的，就像是一只刚熟了一半的小苹果，燕破岳脸上的笑容越发地温和。

到了这个时候，因为小女孩当面指证，而产生的紧张气氛当真是一扫而空，就连一脸警惕、手握棍棒的村民们，脸上的表情也明显放松下来。

“明知故犯，主动提及问题症结所在，这样做，往往会自曝其短；但是如果你够聪明，懂得审时度势，掌握好分寸节奏，就能更上层楼，再次降低对方敌意，化被动为主动！”

燕破岳立刻将老师的教导学以致用，脸上露出恰到好处的惊讶，他打量了周围一群人一眼：“你们一大群人杀气腾腾地冲上来，出什么事了吗？”

在知道附近山上有人无耻地裸奔，并且吓坏了面前的这个小姑娘，毒害了小姑娘的纯洁心灵，燕破岳眼睛微睁，脸上惊愕中混合着几分好笑的神情，再一次证明了只要用心，人人都能得奥斯卡金像奖：“竟然还有人在大山里玩裸奔，这也太豪放了吧，还让个小女孩看到了，难怪你们要人人喊打。在古代如果抓住这种有伤风化的家伙，那是要浸猪笼的！你说是不是啊，叔叔。”

“邪门”口袋里摸出一包香烟，一甩手就像是甩飞镖似的甩到人群中一个男人手中，那个男人微微一愣，伸手的速度慢了一分，香烟先是射到他的身上，反弹出半尺多远，又落到了地上。

男人弯腰拾起在地上染了几分尘土的香烟，看了看烟上印的商标，是十块一盒的“红塔山”，男人脸上露出一丝笑容，将香烟填进了嘴里。从口袋里摸出个一次性打火机，男人先给“邪门”点上，才点燃了自己嘴里的香烟。

蓝色的烟雾袅袅升起，彼此对视中，“邪门”和那个男人脸上都多了一分笑意。

“邪门”一开口就先申明了他和燕破岳能够站在这里的合法性和主导地位：“这座山是我兄弟承包下来的，他叫杨洗然，绰号叫‘大妈’。”

男人脸上的笑容更加灿烂：“认得，认得，我爹是西家坡的村长，这座山的承包合同，还是我爹和大妈……杨先生一起签的字。”

燕破岳必须承认，他的眼光和“邪门”相比，差了不止七八个段位，“邪门”只用了一眼，就硬是把这一群村民的带头人给揪了出来，这一招擒贼先擒王玩得漂亮。

“怎么回事？你们一大群人突然冲出来，倒把我们叔侄两个吓了一跳，还寻思着是不是遇到打劫的了呢。”

“刚才李家丫头在山上遇到了一个不穿衣服四处乱跑的疯子，把她给吓坏了。”

村长儿子脸上透着一份年轻气盛的狠辣：“对付这种发了癔症，家里人还不看好，让他四处乱跑的疯子，只要逮住一顿暴打狠踹，打疼打怕了，自然就躲远了。如果是有人装疯卖傻地想占我西家坡人的便宜，我会让他知道马王爷究竟长几只眼。”

听着“暴打狠踹”这几个字，再看看一群村民手里捏着的扁担、锄头甚至是镰刀，燕破岳就觉得头皮发麻。

“邪门”脸上透出一丝隐忧，叮嘱道：“你们这些年轻后生平时没事时，就多留点心，如果能找几个人轮流上来看看那最好不过。这疯子现在还只是不穿衣服到处乱跑，要是疯病加重，突然跳出来逮着人就往死里掐怎么办？就算他不喜欢攻击人，再让村子里的闺女撞上也不好，她们以后终归是要嫁人的，遇到这事吓得够呛不说，还让人背后嚼舌头，就不太好了。”

村长儿子连连点头：“叔，您放心，那疯子敢跑咱们地头上闹事，我一定会让他吃不了兜着走。”

在一群村民的目送下，燕破岳和“邪门”走出山区，坐上了他们停在山脚下的汽车。

“今天你干得不错，当着小女孩的面频频主动出击，不止成功打消了她对你的疑虑，甚至让她开始有些喜欢你这个大哥哥。”

“邪门”发动了汽车，微笑道：“为了不破坏小女孩心中对白马王子的憧憬，在未来的训练当中，你要千万小心，绝不能暴露身份，更不能失手被擒。要是别人被抓，充其量只是一顿暴打狠踹，要是你，就算是变成中国最后一个太监，也不是不可能。”

说到这里，“邪门”意味深长地轻笑起来：“那个村长儿子，看起来可不是一个善碴儿啊。”

燕破岳的脸彻底塌了下来，村长的儿子为了找到裸奔变态男，肯定会找上一群村子里无所事事的同龄人，时不时就跑到山上来“巡逻”，他们兴致起来了，提前找个地方蹲坑，一边打扑克一边守株待兔等着他燕破岳自投罗网，也不是不可能。

“师父，”事关自身生命安全，在这个大是大非问题面前，燕破岳化腐朽为神奇地迅速学会了油嘴滑舌，“俗话说得好，人有失手马有失蹄，更何况弟子我还是一个刚入门不足二十四小时的菜鸟级忍者，不，别说是忍者了，我现在连一根忍毛都不如，您看，为防弟子身心受到终身不可痊愈的伤害，您能不能赐予弟子一件护身法宝？”

汽车已经平稳地在山路上奔驰，“邪门”反问：“法宝？”

“就是那种往地上一丢，‘噗’的一声就能冒出满天白烟，趁机让忍者逃之夭夭的法宝啊！”

“逃之夭夭，你往哪儿跑？”

“邪门”轻轻一挑眉毛，脸上满是不屑：“你说的那种烟雾弹，是用氯酸钾加红鳞制成，我随手就能做出七八十个，问题是那种东西放在山里用，覆盖范围充其量就是五六米直径，山风一吹，十几秒钟就会消散，众目睽睽的，你小子十几秒钟能跑多远？！”

“邪门”说的是实理，但是燕破岳依然不死心：“那就教我隐身术啊，忍者不是会一大堆隐身术吗？”

“行，这个没问题。”

“邪门”点头，“其实，你已经学会一项隐身术了。”

他学会了忍身术，他自己怎么不知道？！

“刚才你直接站在那个小女孩面前，她除了第一眼确定之外，后面已经无法再将你和那个变态裸体小儿麻痹男联系在一起，利用种种方法，混淆对方记忆，抹除自己曾经存在的痕迹，这难道不是一项非常优秀的隐身术吗？恭喜，你刚刚成功使用过的，可是忍术中难度最高的‘影隐’。”

燕破岳瞠目结舌起来，“邪门”说的是有一定道理，但是……这不就是睁眼说瞎话嘛，也算是忍术？！

“忍术中的隐身术，来源于中国汉代道家的五行遁术，在中国汉朝末期，战乱不断，人们失去秩序保护，随时可能死在兵荒马乱之下，当时道家学派，为了济世救人，由智慧人士共同创造了五行遁术，帮助平民躲避战乱刀兵之灾，中国汉代的解奴辜、张貂都是以擅长隐遁之术而闻名的大家。日本的忍术，虽然有着他们自己上千年的智慧结晶，但是万变不离其宗，还是逃不出金木水火土五行遁术。”

“邪门”讲起忍术秘史，燕破岳听得目不转睛。他平时通过影视作品甚至是游戏机，不止一次看到过“忍者”的身影，在影视作品或者游戏中，这些人物都是能够上天入地，拥有非凡能力的超级强者。而他们的隐身术，更是被无数人津津乐道，如果没有他老爹燕实祥十年前留下的恩泽，他绝对不可能听一名真正的忍者向他讲述真正的忍术。

“金遁术，是利用镜子等金属物体反射强光，影响敌人的视线，自己趁机逃走，李小龙曾经拍过一部电影《唐山大兄》，在迎战最后BOSS时，对方就是在一个到处都是镜子，处处都会有虚影的房间内，对李小龙展开偷袭，这就算是最典型的金遁术。”

有了电影镜头的直观印象，燕破岳很容易就理解了“金遁术”的含义。

“至于木遁术，那就更容易理解了。狙击手全身披着用杂草编成的伪装网，趴在杂草丛生的山坡上，只要他们能够保持足够镇定，就算是敌人从自己面前不足一尺的位置走过，都无法发现他们的行踪。在击毙目标后，狙击手更会利用身上的伪装成功撤退。”

燕破岳必须承认，他听傻眼了：“这也能称为隐身术？”

“在忍术中，这叫作木遁；在侦察兵中，这叫伪装；在狙击手中，这叫潜伏。”“邪门”轻耸着肩膀，淡然道，“称谓不一样，道理相同，这就是万变不离其宗嘛！”

“你的意思是，美国的蛙人部队，他们擅长穿着潜水服从水下接近目标，在完成任务后又从水下返回，这就是水遁？！”

“邪门”点头：“差不多，就是这意思。只不过忍者们是没有氧气瓶可以用的，所以他们会使用特制的吸气管，需要长时间在水下潜游时，也会用皮囊之类的东西，让自己可以在水下换一次气。”

“我看《董存瑞》这部电影时，他们拿着炸药包炸敌人碉堡，经常会有几个人在后面不停丢手榴弹，手榴弹炸起黑烟，他们就趁机跳起来向前冲，这么说，这种战术，就可以称为火遁了？”

“邪门”打了一个响亮的响指，面对可以举一反三的徒弟，他毫不吝啬地夸奖道：“聪明，完全正确。”

燕破岳只觉得自己内心深处，某种充满期待的东西，正在片片破碎，再也没有重新修补起来的可能：“我在三岁时，就看过《地道战》这部电影了。为了打日本鬼子，村子里的民兵们，把整个村子下面都挖成了地道，打一枪换一个地方，就算是日本鬼子往地道里灌水灌烟，民兵们都有办法应付，就应该算是特大型土遁术了吧？！”

看着燕破岳脸上那浓浓的失望，“邪门”依然笑得没心没肺：“忍者传得再神乎其神，他们也还是人。你不会认为，小日本在几百年前发明的东西，能比得上几千年前，中国人发明的东西吧？！”

第八章 - **魔法师的世界**

半夜，坟地，阴森森的，怎么看怎么吓人。

连教徒弟，都能选这么一个鬼地方，也不愧“歪道”这么一个花名了。

“歪道”手中捧着一个能挂在胸前的刀囊，刀囊上整齐地插着一排飞刀。

“练国术的人，有近四成当了镖师，他们身上都会背七把飞刀，其中前六把重八两二钱，最后一把被称为‘夺命镖’，重一斤二两三钱，不到生死相搏的最后关头，绝不会轻易使用。”

“歪道”将最下面一把明显要大上一圈的飞刀拔出来，又加上一把普通的，一起递到燕破岳手中。燕破岳一接到手中，脸上就露出惊讶的表情，那支夺命镖按说要比普通的飞镖重上四两，可是他拿着两把飞刀，从手感上来说，竟然是普通的那把更沉一些。

试着去转动那把“夺命镖”的刀柄，只是略一用力，刀柄竟然真的被燕破岳一路转了下来，看着空心的刀柄和刀身，燕破岳彻底愣住了，这柄飞刀的刀身，不但中间是空的，而且看露出来的金属颜色，竟然好像是铅，这种银样镴枪头的样子货，究竟有什么用？！

“这支夺命镖有个很好听的名字，叫作‘天女散花’，是民国时期河北一带国术高手密制的杀人利器。当时已经有了黄色炸药，你想想看，把黄色炸药填充进去，再飞甩到敌人面前后突然爆炸，会形成什么效果。”

这支飞镖，竟然是一颗异形版的手榴弹？！

看着手中的夺命镖燕破岳真的想笑，但他毕竟是从军工厂里走出来的孩子，他还没有来得及笑出声，脸上就露出了绝对的震惊。这支夺命镖的威力，可是要比一枚军用手榴弹还要可怕十倍！

黄色炸药的应用，让飞镖在爆炸时，已经拥有相当的威力，但是最可怕的，还是用来铸造刀身的那层铅制外壳！只要在炸药中填加镁粉之类的助燃剂，黄色炸药就会变成高热能混合炸药，在将飞刀外壳炸碎的同时，铅壳就会被高温熔化，形成铅汁。一旦人体被这种铅汁溅到，就会在瞬间产生烫伤。

这支“夺命镖”真正可怕的地方还不仅仅如此，铅汁烫伤皮肤，如果只是小面积烫伤，当场就把烫伤部位割下来还好，如果是大面积烫伤，还不如把伤员一刀宰掉。因为铅会透过受伤的皮肤渗进血液，形成血铅中毒，也许几年时间，烫伤的皮肤都不会愈合，而铅中毒更会破坏人体的免疫能力，让受伤的人无时无刻不在承受病痛的困扰，眼睁睁看着自己的健康被一点点摧毁，直至变得骨瘦如柴，死得惨不可言。

这种武器从杀伤力和残忍程度来看，和被《日内瓦公约》明令禁止的“达姆弹”“白鳞燃烧弹”相比，都不遑多让。

这就是中国的国术，糅合了兵法、谋略、机关、暗器等诸多战争精华，注定是无法搬到擂台上去表演的杀人之术！

经常有人说中国的国术软绵绵的，是中看不中用，究其原因，固然有精髓失传的因素，但是更重要的，还是里面少了这些只能应用到生死相搏上的杀人技术。

这些杀人技巧，只可能是民间拳法世家代代口耳相传，非嫡系子弟绝不外传，有时候真的不是国术大师们不想努力光大门楣，把自己精通的国术像日本的空手道、韩国的跆拳道一样发扬光大，实在是他们不知道如何将最纯粹的战场格杀术，在不减少其威力的前提下，弄成堂堂正正，可以在摄像机的包围下登上擂台的格斗术。

格杀术，格斗术，两者之间只有一字之间，却相距何止千里。

燕破岳听得津津有味，他必须承认，和那些堂堂正正的武术相比，他更喜欢邪门歪道。

两团蓝色的火焰，突然在黑暗中无风自燃，并且一路向燕破岳他们所处的位置飘来。在坟地中，这样的火焰，显得越发阴森诡异。

望着那两团鬼火，燕破岳差点一蹦三尺高，就连“邪门”“歪道”两位师父也皱起了眉头。

两簇蓝色火焰一直飘到眼前不足三十米的位置，燕破岳才终于看到了一张被蓝色火焰映得微微发蓝的脸，紧接着，一个双手手心上各托着一团火焰的男人，就那样带着绝对诡异和震撼，走到了燕破岳面前。

蓝色火焰，或者说蓝色的火球，在男人双手掌心上方不足三寸的位置虚虚飘浮，这个突然出现的男人，看起来就像是一个拥有强大法力的魔法师，看到这一幕，一个词突然从燕破岳的脑海中扬起：“特异功能？！”

男人上下打量了一番燕破岳，突然开口了：“想学吗？”

燕破岳的脑袋点得犹如小鸡啄米，想，真想，不管眼前这位是人是鬼，也别管他是魔法还是特异功能，人家都送货上门了，不学是王八蛋！

“臭小子，你是眼睛发花啊，还是脑袋进水了？”

“邪门”真的怒了：“你看清楚点，这小子不过就是一个学了几天魔术的半吊子，他要是在你面前来上个凌空飞渡，或者大变活人，你是不是都要跪下拜见神仙了？！”

有人曾经说过一个相当经典的段子，当两个男人去争一头母猪时，这头母猪在男人的眼里就会变得分外美丽起来，当一个男人突然放弃争夺后，另外一个男人在半分钟内也会醒悟，他一直争到最后的，也就是一头母猪罢了，一想通这点，第二个男人也会在半分钟内放弃。

这个故事很好笑，但是它包含的道理却并不好笑。两个师父争一个徒弟，徒弟就已经变成香饽饽，现在又跳出第三个想当师父的家伙，这徒弟的吸引力和身价，立刻又暴增了数倍。

就是为了争抢徒弟，“歪道”生平第一次和“邪门”联手对敌，他轻哼道：“什么鬼火魔法弹啊，不就是两个特制的气体打火机嘛，也真难为你可以点这么久，难道就不怕烫？！”

天知道是不是心理作用，燕破岳在听到“歪道”的话后，好像、大概、可能、依稀，在空气中闻到了一点点什么被烤焦的……烤肉味道？！

这年头，就算是魔术师想冒充特异功能，也是件要下血本的事情了，还好这位不请自来的魔术师叔叔十年前也是侦察兵，忍受痛苦的能力，肯定比一般的魔术师要高得多。

魔术师手掌上托的两团蓝色火焰戛然熄灭，他脸上那犹如戴着面具般，高傲神圣、一尘不染的表情，在瞬间就彻底变形，他咧着嘴，吸着气，在燕破岳的面前像没头苍蝇似的来回乱窜，一边窜一边用力甩着手大叫：“烫死了，烫死了……”

可能是双手被自己弄出来的打火机给烫得惨了，魔术师突然又停下了脚步，脸上露出破釜沉舟式的惨烈表情：“疼成这样，徒弟也没捞到，这手还要它干什么？”

“喀啦……”

魔术师用右手抓住左臂用力一扭，一声木棍折断般的声响从他手臂上传来，再使劲一扯，半条鲜血淋漓的手臂就被他硬拽了下来。魔术师打算把自己的手臂用力丢掉，可是转念一想，又发狠道：“身体发肤受之父母，怎么能说丢就丢呢。”

说出这句貌似很正常的话，魔术师大嘴一张，直接咬到了半条手臂上，他咬得嘴角都沾满了鲜血，更咬得嘴里咯吱咯吱直响。

呆呆地看着眼前这一幕，燕破岳在心里不断告诫着自己，眼前这个人是魔术师，他啃的手臂百分之百是假的，可是就算心里明白，他的胃袋仍然不受控制地剧烈抽搐起来，忍了又忍，就在燕破岳拼命压制住呕吐的欲望时，身后不远处突然传来“哇”的呕吐声，赫然是“歪道”的徒弟阿杰，已经蹲在墙角开始大吐特吐。

空气中飘来呕吐物特有的酸臭，原本已经到了忍耐极限的燕破岳，再也无法抑制胃部的冲动，也冲到了墙角，开始大吐特吐、狠吐、狂吐，将他今天早晨吃的东西都一起慷慨地吐了个干干净净。

“来，漱漱口。”

连续吐了三四回，燕破岳终于抹着眼角呛出来的泪花勉强挺起了身子，一瓶水递到了面前。

燕破岳接过水瓶，连漱了几遍口，嘴里的异味才稍稍淡去，胃部的抽搐也勉强被压制平静下来。

“来口尝尝吧，浇了红糖汁的新鲜莲藕，吃一口脆生生的，治疗反胃有特效。”

魔术师脸上带着温和的微笑，将那只他啃了半截的手臂递了上来，看着这件制作得惟妙惟肖，已经接近艺术品等级的莲藕手臂，还有上面滴滴答答的红糖汁，刚刚平复下来的胃再次抽搐起来，燕破岳冲回墙角，又开始了新一轮的呕吐。

吐得晕天黑地，差一点连膝盖都无法挺直，回首望着三个抢着要当他师父的家伙，燕破岳的心里突然对自家老爸有了一种高山仰止的敬佩。

都是四十多岁的老男人了，这三个家伙一个比一个刺儿头，一个比一个能折腾，在十几年前，他们肯定都是花样百出的问题人物，都是那种折腾死人不偿命，把你卖了还能让你心甘情愿帮他数钱的阴谋家、战略家、纵横家，随便从他们当中扯出一个，都能让上级少活十年，心脏病发作率提高三十倍。

当年他的老爹，究竟有多牛，才能将这帮子家学渊源，不走寻常路的怪物给收拾得服服帖帖，一个个心甘情愿地喊他为大哥？！

第九章 - **小草**

看着跟着三个师父，在深山里整整特训了两个月的燕破岳，燕实祥的脸上不动声色，但是熟悉他的人，却可以看到他的唇角正在轻轻扬起。

在野外生活了两个月，燕破岳明显黑了、瘦了，但是他的精神好了很多，最重要的是，在以前燕破岳无论和谁说话，头都会习惯性地下垂，小心翼翼地避开对方的眼睛，怎么看都像是一个胆怯而内向的女孩，可是现在他竟然可以牢牢地挺立在那里，和燕实祥彼此对视了。

可是魔术师他们三个人，却并没有太高兴，魔术师在燕实祥面前低语道："他还是害怕花生，怕得厉害。"

燕实祥眼睛中闪过一丝黯然，如果他知道裴嫣嫣临走前，撒到燕破岳身上的那把花生，会给孩子的心灵造成如此巨大的重创，他一定会冲上去制止。

燕实祥伸手在魔术师肩膀上用力一拍，他望着两个月没见的儿子，放柔了声音："走吧，饭应该已经做好了，我还有一个小小的惊喜要送给你，你要做好心理准备。"

这一次燕实祥没有带着他们进入食堂，而是径直走向了他们的家。刚刚走到二楼下面，燕破岳就清楚地听到，自家厨房那里传来了叮当作响的炒菜声，闻着从窗户里传来的菜香，燕破岳猛地愣住了。

自从小妈走后，他家已经有将近十年没有开伙了，刚才老爹也提醒过他，会有一个惊喜，难道说，难道说，难道说……小妈回来了？！

心脏突然不能自抑地高速跳动，这突如其来的变化，让燕破岳脚步都微微一晃，旋即他反应过来，猛地冲进走廊，冲上楼梯，几乎是破门而入地冲进了厨房，望着正在炒菜的那道倩影，眼泪在瞬间就涌上了燕破岳的眼眶，他冲上去从背后抱住了"裴嫣嫣"，近乎贪婪地嗅着对方身上那股若有若无的馨香，感受着生命中最重要的东西失而复得的快乐，燕破岳在这一刻只觉得心神皆醉："妈，你回来了？！"

"裴嫣嫣"挣扎着转过身，把燕破岳推开半尺，右手一扬"啪"的一声在燕破岳脸上扇了一个响亮至极的耳光，打得燕破岳眼前金星狂冒。就算是这样她还不解气，再次扬起了右手，可是看着燕破岳眼眶里的眼泪，还有他脸上没有来得及消散的狂喜与依恋，"裴嫣嫣"微微一滞，最终还是将右手放了下来，就算是这样，她的利舌依然如刀般袭来："我可没有只比自己小一两岁的儿子，想占便宜的话，能不能想个更好的理由？"

说到这里，“裴嫣嫣”心头又是一阵火起，他们两个人身高差不多，燕破岳突然从背后抱上来，两只手就那么“自然而然”地抱到了她的胸部，而且还抱得超级用力，就算真的是面对自家老娘，也没有哪个儿子十六岁了，还会用如此下流猥琐的方式从背后袭胸，燕实祥总军代表是个人物，怎么就养出这么一头小色狼来？！

燕破岳怔怔地望着眼前的“裴嫣嫣”，挨了一个沉重的耳光，终于让他恢复了几分清醒，站在他面前的是一个看起来只有十八九岁的女孩，她大概经常在阳光下活动，皮肤闪烁着健康的色泽，浑身上下透着干净利落。她当然不是裴嫣嫣，裴嫣嫣不会像她这样剪一头齐耳短发，也没有她身上这股张扬的活力，甚至就连她的面部线条，都透出一种野性难驯的硬朗。可是这样一个假小子般的女孩，她的眼睛却像极了裴嫣嫣，亮得纯粹而清澈，静静映射着周围的一切。

而让燕破岳认错人的原因，除了老爹一开始所说的“惊喜”，让燕破岳心里产生了超现实的期待，从一开始就误会外，还有一点非常重要，她身上穿的那件围裙是小妈穿过的，在裴嫣嫣离开后，当时只有七岁的燕破岳，亲手将这条围裙洗干净，并放进了衣柜最下层，就算是已经过了将近十年，他又怎么可能认不出来？！

一股愤怒的火焰猛然从心底扬起，这个女人怎么敢系小妈系过的围裙，她怎么敢大模大样地以女主人的姿态出现在他们这个家里！而他的父亲燕实祥，又怎么能在短短两个月时间里，就把一个女人带回了家，让她装模作样地跑进厨房做饭，还美其名曰给他个惊喜？！

燕破岳的身体轻轻颤抖起来，他咬着牙伸手狠狠抓向女孩的胸前，就在女孩下意识地抓起灶台上的勺子准备反抗时，他一把将围裙抓了下来，然后转身就走。

燕实祥在这个时候才走进家门，看到燕破岳脸色铁青地从厨房里走出来，仓促之下燕实祥还没有发现气氛不对：“你已经见过刘招弟了吧，以后她就住咱们家了，你们要好好相处。”

燕破岳狠狠一挥手嘶声叫道：“小妈还没死呢，你就让这个野女人进家门，还要我和她好好相处，别做梦了！你们这是……非法同居！”

“我呸！”背后的女人，也就是刘招弟开口了，“你倒是给我说清楚，是你爹看起来像是老牛吃嫩草的禽兽，还是我看起来像是见到男人就往上倒贴的破鞋？还非法同居，你真以为你爸是国家元首还是千万富翁，值得我以后围着一个老头子，守二十年活寡？！”

邪门、歪道、魔法师三个无良大叔，都缩在客厅里，但是一个个耳朵却竖得比兔子耳朵还要直，他们闭紧嘴巴一声不吭，但是眼珠子却是在滴溜溜转个不停，脸上露出看热闹的笑容，灿烂得就像是三朵喇叭花。

燕破岳在大山里被他们集训了两个多月，对家里发生的事情一无所知，他们三个师父，因为能轮流回来补充物资，已经知道眼前这个叫刘招弟的女孩究竟是何方神圣。

为了给老妈筹集医药费，就敢编造“坦克履带轧过田地，会五十年不长庄稼”的谎言煽动村民，去阻拦坦克车队在山区进行性能测试，您听清楚，是硬拦坦克组成的车队，这份胆气只能用一个词来形容，牛！

张口就要求在军工厂和当地村庄签署的原有赔偿协议上增加二十倍；面对燕实祥老大，都能面不改色，谈判破裂甚至敢一棒子砸向燕实祥脑袋，发现根本无法撼动燕实祥，立刻就能反手给自己一下子，然后躺在地上大叫当官的打人了，弄得老大燕实祥都头痛不已……这个疯丫头，果然没有让他们失望，这一张口，那股犀利，那股洒脱，不，那股泼辣，把燕破岳震得目瞪口呆，也真不枉他们一个个守口如瓶，硬是把燕破岳蒙在了鼓里。

别说是燕破岳，就连燕实祥都脸色尴尬，轻轻咳了一声。

“燕叔，您别咳，您出钱给我娘治病，还托关系给我娘转到了总军区医院，大恩大德我刘招弟这一辈子也不敢忘，您对儿子说我们是一家人，我还真不敢承您这份情，我就是一个来您家当小保姆，打工还债的乡下妹子，不敢高攀，更不敢让您儿子起了误会，将来我还要嫁人，这个‘非法同居’的大帽子一扣实了，年轻精干的后生那是自不用多想，就算是嫁给死了老婆带着拖油瓶的男人，仿佛都是我捡了大便宜。”

刘招弟的嘴巴就像是机关枪，又快又准又毒，打得燕实祥都苦笑连连，她又踏前一步，走到燕破岳面前：“你可以不道歉，我是一个女人，心眼比针尖还小，最喜欢的就是记仇，你今天先对我又搂又抱占足便宜，转手就翻脸不认人，指着鼻子骂我是野女人，你小心我嫁不出去，就反过头来天天缠着你老爸，你老爸可是单身十年了，现在还不到五十岁，你认为你老爸能抵挡多久，才会让我成为你的小小妈？！”

在客厅中，几个无良师父嘴里都在轻轻吸着气，彼此亮出一根大拇指，牛，真是牛！

燕破岳纵然被三个无良师父教导了两个月，本质上来说依然是纯洁少年一枚，记忆中对女性认知最多的，就是温柔可亲的小妈，猝不及防之下，当真是被刘招弟集泼辣、大胆、放肆于一体的唇枪舌剑攻击得体无完肤兼、目瞪口呆。

“怎么着，是不是心里寻思着，没有见过我这么没皮没脸的野女人？”

刘招弟再次踏前一步：“我还没出生爹就死了，是我娘一手把我拉扯长大，我从小就能揍得村子里那些小屁孩抱头乱窜，看到有人敢欺负我娘，我能脱下鞋巴子就往他们头上砸，真被逼急了眼，扛桶洋油往他们家门口一倒，点上一根火柴一起完蛋，也没有什么大不了的。我刘招弟就是这个疯样，这辈子怕是都改不了了。”

燕破岳现在根据刘招弟说的话，已经渐渐理清了脉络。这丫头为了给母亲治病，铤而走险煽动村民，却不想遇到了自家老爸，敲诈勒索不成可能是母女连心，急红了眼之下，不顾一切地对着老爸发起攻击，也许是她的孝心，也许是她的泼辣，也许是老爸真的抽了疯，总之是不打不相识，老爸以私人的名义帮助了刘招弟。刘招弟平时是个不吃亏的主儿，得了别人的恩惠，也不愿意平白受着，就跑过来担任起“小保姆”的角色，看她展现出来的唇枪舌剑，只怕老爹一开始不同意，也是被她纠缠得无可奈何，才终于点头放行。

燕破岳的目光突然微微一凝，他看到在刘招弟的右胸上，别着一朵白色的布花，虽然她现在并没有戴孝，但是那朵布花已经足够说明，她刚刚失去了一个最重要的亲人。

“我娘去了，虽然有燕叔帮忙，让她转到了大医院做手术，但她还是没挺过来。”

说起自己的亲娘，刘招弟的声音也微微低沉，旋即又高昂起来：“我娘病了三年，在这三年时间里，我能做的，可以做的，不能做的都做了，现在我娘去了，我不需要在我娘走后才装模作样地扮什么孝子贤孙，欠债还钱天经地义，所以我这个野女人就来了。”

一个从小就没有了爹，娘又身患重病的女孩，她一路走来必定是磕磕碰碰，无论是她的唇枪舌剑，还是她一言不合，就敢脱下鞋子追打男人的泼辣野蛮，都是为了生存而渐渐拥有的保护色。

看着面前这个猛一接触显得过于粗鲁，几和泼妇无异，但是内心深处却自成天地，绝无半点自卑，骄傲得仿佛天之骄子般的女孩，燕破岳的耳边，突然响起了郑智化唱的《小草》这首歌：

小小的草，迎风在摇，
狂风暴雨之中挺直了腰；
别笑我小，别笑我孬，
风吹雨打之后依然不倒；
动荡的大地之中落地生根，
苦难的时代之中不屈不挠；
小小的草，志气不小，
风雨之中任我招摇……

这个女孩，她分明就是一株在风雨之中依然不倒，在苦难之中不屈不挠的小草，不，以她的坚强和骄傲，只要得到适当的土壤和阳光，她甚至可以成长为一棵参天大树。

燕破岳嘴唇微动，想要收回自己曾经说过的话，但是刘招弟微微昂起的下巴，却在瞬间刺痛了他的双眼，让燕破岳举起了手中的围裙："你想来当保姆还债，只要我爸同意，我无所谓，但是这条我小妈用过的围裙，你不能用，也不许用。"

刘招弟瞪着燕破岳："小破孩，我不喜欢你，很不喜欢。"

"彼此，彼此。"燕破岳当着刘招弟的面，把围裙放进脸盆里，倒上洗衣粉开始揉搓，他用力搓得满盆都是泡泡，"拜托你下次翻主人家的衣柜时，先想一想，不问自取这种行为的另外一个名称是什么。"

"不愧是读书人、高才生，拐弯抹角的，不就是想说我是贼嘛，围裙是燕叔帮我找的，这不问自取的名头，您还是留给自己用的好。"刘招弟眉梢一挑，嘴上的火力全开，“看不出来，你这个看到几粒花生米就会晕倒的小破孩，嘴皮子还挺溜，那我就想请问一下读书人了，在外面被人欺负得连个‘不’字都不敢说，回到家里就神气活现、指手画脚，这种行为又叫什么？”

燕破岳抛掉围裙猛地站起，怒视着刘招弟，却看到刘招弟一伸手从口袋中掏出几粒花生米，取出其中一粒抛进嘴中。

燕破岳的脸色在瞬间变得一片苍白，他捂着自己的胃蹲到了地上，几乎喘不过气来，刘招弟没心没肺地继续吃着花生米，以嘲讽的语气道：“看看你现在软成一摊烂泥的㞞样，说你是窝里横都是抬举。你这比大姑娘还大姑娘的娇气病，得治！实在受不了的话，你求我啊。”

燕实祥嘴角轻轻一抽，想要说什么，却看到魔法师对他竖起一根食指，做出一个“噤声”的手势。

受到刘招弟的刺激，燕破岳咬着牙，竟然一点点慢慢重新支撑起了身体，但就是这么一个看似简单的动作，就耗尽了他所有的体力，汗水就像是下雨一样从他的皮肤中渗出，转眼间就将全身的衣衫都浸透了。

燕破岳狠狠反瞪着“野蛮女”，他发誓，他讨厌极了这个泼辣得过分，而且骂人专门揭短，打人专门打脸的女人，他讨厌这个女人脸上的坚强与得意，他讨厌这个女人在他面前嚼花生米的模样，他讨厌这个女人身上的每一个细胞！

“咦，扶不上墙的烂泥，一咬牙变成软脚虾了？怎么说也算是一种巨大进步了，不错，不错。”

刘招弟将最后一粒花生米送到燕破岳面前，脸上的笑容怎么看怎么可恶，怎么看怎么讨厌：“怎么样，要不要来上一粒，很香的。我知道你讨厌我，要不这样吧，只要你能把这粒花生米吃掉，就说明我帮你治好了病，也算是还清了债，我今天就可以直接滚蛋回家……”

刘招弟还没有说完，就看到燕破岳脸上露出难受至极的表情，喉结都在上下涌动，紧接着燕破岳猛地张开了嘴。

“呃唔……”

“呸呸呸，你这个小破孩儿，往哪吐呢？这是我今天刚换的衣服！”

第十章 - **两年**

“那个野女人，真是太讨厌了，长得讨厌，脸上的表情讨厌，嘴巴更讨厌。她不是来还债报恩的吗，我怎么感觉她像是来讨债的，嘴皮子上下一翻，就能像机关枪似的发射个不停？算了，不提那个野蛮女人了，明天就是开学的日子，三个师父晚上就都要走了，他们和我约定，以后无论是寒暑假，都至少会有一个人过来，监督我训练。趁着晚上道别的机会，我终于向‘邪门’师父提出了在心中盘旋已久的问题……忍者可是在日本才会出现的特殊职业，他身为一个地地道道的中国人，怎么会懂忍术？

“邪门”师父是这么说的，日本侵略中国时，征召了大量国民参战，像忍者这种拥有特殊能力的群体，更是日本陆军重点征召的对象。“邪门”的师父就是一名忍者，在中国参战身受重伤，被老百姓收留，日本侵略军是很坏，但并不是每一个日本人都赞同侵略，也不是每一个日本人都愿意屠杀，战争结束后“邪门”的师父就留在了中国。

一辈子没有娶老婆，当然也没有孩子，一个人住在一间泥坯房里，那时候没有电视可以看，当然是无聊得要命，据“邪门”师父说，他师父平时总是一个人静静地坐在门前，谁也不知道他在看什么想什么。

在某一个大年夜，“邪门”师父悄悄给老头子送了两个红皮鸡蛋，还陪老头子聊了半宿的天，莫名其妙地就成为了柳生派忍术的第十七代传人，好吧，原来在电影中，牛到爆的忍者，竟然廉价到了只值两个红皮鸡蛋。以后我再遇到什么落难的老头、无名的乞丐，是不是也要送他们两只红皮鸡蛋，看看能不能混个什么奇遇？

唉，还是算了吧，要是见人就送两只红皮鸡蛋，把老爹的工资全送出去估计都不够。

再说说忍术，“邪门”师父临走前，教会了我忍者九字真言，这九字口诀其实在以忍者为主角的电影中我已经听过，它们是‘临，兵，斗，者，皆，阵，列，在，前’这九个字听起来很神秘，其实来源于中国道家秘法，据说这九字真言在中国道法中有辟除百邪之效，忍者在战场上结合手印念出，会起到激发人体潜能，短时间内消除疲劳和痛苦，增加战斗力的作用。有没有实际效果我不知道，但是听完“邪门”师父的解释，这九字真言都是忍者面对战斗时，为了让自己更加疯狂，而进行的自我催眠，从本质上来说，和‘二战’时日本士兵动不动就喊的‘为天皇陛下献身’‘大日本帝国万岁’有着异曲同工之妙，有信仰的人，在战场上的确可能爆发出远超平时的可怕力量，那么我的信仰又是什么呢？”

这一天，发生了太多事，有太多想法想要吐露，所以燕破岳整整写了三页。他已经写完日记，在最后又加了一句：“那个野蛮女人睡到了我隔壁的小屋，虽然我的书房被她侵占了，我还是松了一口气，要是她和老爸睡到一起，那我可真会疯了的。”

随手再翻开一页，这一天，燕破岳的记录很短。

“真不知道老爹抽什么疯，竟然要那个野蛮女人和我一起去上学，她比我大两岁，都十八岁了，竟然还好意思跟着我们一起读高中，她不是来打工还债的吗？我怎么感觉她是来讨债的，是来当大爷的，老爹没有说我也知道，给她办理入学手续是多么地麻烦。”

在相对应的另外一页上，燕破岳记录的当天内容也很短，但是内容却相当充实：“二蛋他们又想用花生米来威胁我，这一次我身边的萧云杰竟然脚底抹油溜了，亏他还天天把哥们儿义气挂在嘴边，结果还没过三分钟，那个野蛮女人接到萧云杰的小报告就杀气腾腾地冲过来，我的眼睛一定是出问题了，才会看到一个野丫头，把二蛋他们四五个男生揍得满地乱窜，她真的脱下鞋子在揍人！把二蛋他们揍跑，我心里难得地涌起一点点好感，就被她的一句话全部扫得干干净净，她说，只有她刘招弟才有权利用花生米对付我，别人都不许这么干，谁要敢抢她的权利，她见一个打一个。妈的，这个讨厌的疯女人，还有，萧云杰啥时候被这个疯女人收买了？！”

……

翻翻这两年写的日记，上面有大约五分之一的内容，是在写被三个师父轮流“荼毒”后，对忍术、国术、魔术的认识，有十分之一的内容，在写生活中的其他琐碎事，剩下的篇幅全是在讲那个野蛮女人、疯丫头。什么又和野蛮女人吵架了，什么疯丫头又拿着花生米威胁他了，什么野蛮女人做饭能做一大锅，炒菜却每次都只炒猫吃的一小口，油都舍不得多放……

虽然彼此看着对方就讨厌，但是在过去的这两年时间里，刘招弟这个野蛮女人，硬是用她的野蛮泼辣，挤进燕破岳的生活中，并抢占了相当长的篇幅。

还好，这个野蛮女人已经二十岁，终于要嫁人了。事实上在两个月前，她就已经搬出了燕家，再也没有人动不动就对燕破岳冷嘲热讽，再也没有人动不动就拿出几粒花生米在他面前嚼啊嚼的，当然了，再也没有人走进厨房去端出热气腾腾的饭菜。

“今天就是那个野蛮女人嫁人的日子，我真的很好奇，是哪路大神大仙，能忍受这么一个野蛮、粗鲁，心地说不上歹毒，但是也绝对和善良沾不上半毛钱关系的死女人。老爹今天有事，没有时间赶去参加婚礼，就那么一脸淡然地将新婚贺礼丢给了我，凭什么那个死女人都要嫁人了，还要我眼巴巴地凑上去讨不自在？而且老爹还反复叮嘱我，见到死女人的男人，一定要喊他姐夫，擦，凭什么啊？！”

写到这里，燕破岳已经要合上笔记本了，他想了想又在上面添了一句：“我敢打赌，那位‘干姐夫’一定丑到了姥姥家，而且还有口臭、脚臭、狐臭，只要一进屋子脱下衣服，那臭味堪比丢了一颗催泪弹，我还得预祝洞房花烛夜一年后，野蛮女人能生上个大胖小子，仔细那么一看，嘿，可惜没屁眼。”

在日记本上，写完这一段足以让任何一个正常女人为之愤怒的恶毒诅咒，燕破岳心满意足地放下了笔，拎着新婚贺礼走出了家门。头顶的天空还是一片最深沉的黑暗，满天星斗都在空中眨着眼睛，放眼望去整个军工厂家属大院依然陷入沉睡，也只有几盏路灯散发着晕黄的光芒，默默照亮了一片小小的空间。

现在不过是凌晨五点钟罢了。

第十一章 - **苦水村**

天阴沉沉的，仿佛要下雨。但是阴了四五个小时了，硬是一滴雨星也没有飘落下来，让人烦得只想抬头指着老天问一声，你不上不下吊在半截究竟是什么意思？

就是在这一片阴沉的天空下，黄色与绿色交杂的群山当中，一条只有三尺多宽的山路蜿蜒曲折地向远方不断延伸，每次到了仿佛再也没有了前路时，一个妙手天成的曲折辗转之后，又是一片周而复始的群山，一条继续向前延伸的山路。

在足足有五十度角的陡峭的山坡上，一群脏兮兮的山羊，淡定地在上面来回踱着猫步，时不时低下头，啃上一嘴并不算特别鲜美的野草，偶尔它们欢快地跑蹿起来，系在脖子上的铜铃就会轻响起来，一直闭目养神的放羊老头眼睛微微一睁，手中的皮鞭一甩，一块石头就会带着惊人的精准砸到调皮的羊身上。当羊群恢复安静后，老头又会再次眯起了他蒙着一层灰色的眼睛，仿佛一尊石雕般，再不动分毫。

挎着一个绿色军用书包走在这样的山路上，燕破岳一直抿着嘴唇，他脸上的表情比头顶的天空更阴沉，从头到尾都没有说上一句话。

走了四五个小时的山路，汗水已经浸透了燕破岳的衣衫，混合着尘土黏在皮肤上，腻得让人难受。狠狠甩掉一片黏在额头上的树叶，望着眼前又出现的一座山峰，燕破岳从牙缝里挤出一声低语："太长了！"

"当然长了！"

萧云杰吹出一个足有铅球大小的泡泡，在爆炸后发出"啪"的一声脆响，他伸出灵活十足的舌头，围着嘴唇打了一个转儿，就将炸裂的泡泡糖一丝不漏地扫回嘴里，一边用力咀嚼，一边回答道："足足四十里山路，最起码还得再走两个小时才能赶到目的地，除了我这个冤大头，有谁愿意陪你夏天顶着个大太阳往山沟子里钻？"

在他们前方，是大山，在他们身后，是大山，在他们的左右两侧，依然是大山。他们脚下这条三尺多长的土路，就是连接这片大山与外界的唯一通道。燕破岳横着在路上走了一遍，他只有十六岁，个子还没有长全，只有一百七十公分高，但是这条路对他而言也只有一步半那么宽。

"你说，吉普车能走这样的路吗？"

萧云杰翻了一个大大的白眼："别说是吉普车了，就算是手扶拖拉机都没戏，你小子以后想见你姐，又懒得走路，唯一的交通工具，就是想办法搭上一辆骡车。"

"我呸，什么我姐，那个野蛮到爆的死丫头，凭什么做我姐？"

燕破岳瞪起了眼睛，萧云杰也不以为意，专心地和嘴里的泡泡糖战斗，两个人就这样一前一后，脚步轻快地走着，一直到了两个小时后，当他们跟着山路一路盘旋着绕上一个山坡时，一个坐落在群山之间的小山村，就那么突兀地出现在了他们眼前。

几十幢青砖与土砖混合的瓦房，横七竖八地依山而建。这种瓦房下半部分用青砖砌垒，保证房基足够坚固不会被雨水浸泡后变得松软，剩下的三分之二墙面则是用村子里人自己打制的土砖层层叠起，又往上面涂抹了一层混合了麦秸的泥皮，这样既能挡风遮雨，又能省钱省力。

由于远离城镇，平时鲜有外人到访，这个小山村并不需要刻意做什么防盗事务，他们用树篱把瓦房一围，就算是划地为界成为自家院落，在院子里，女人们搭起木架，种起了丝瓜和葫芦之类的植物，到了夏季植物的藤蔓依着木架盘绕，自然而然就成为一个天然凉亭，而且还有蔬果可以吃，算得上一举数得。

这个人迹罕至的小山村，就是燕破岳他们此行的目的地苦水村。

据说就是因为在村子下面的山脚，有一个自东晋时代就存在的苦水泉，人们才会慢慢聚集，直至在这里形成了一个小山村。

有一口泉水，就有了一个村子，这样的因果关系，如果在平时听到，燕破岳一定会放声大笑，但是现在看着那座小山村外面挂起的红色喜布，听着稀稀拉拉的鞭炮声，燕破岳嘴角抽动，无论如何都无法笑得出来。

生活在这个小山村里的人们，就算是双手空空，也需要七个小时才能走出这片群山，接触到外面的世界。他们这里没有电源，自然也没有电视，没有电灯，他们就算是想喝水，都要用扁担挑起水桶，走到山脚下的苦水泉那儿，再将泉水慢悠悠地挑回家。这一来一去的时间，最起码也需要三十分钟……

野蛮女人就要嫁到这个小山村，成为这里的一员了。燕破岳真的无法想象，在这样一个和外界绝隔，时间已经变得如此廉价的世界，生活一辈子是什么样子！

突然间，燕破岳想到了那个放羊的老头，想到了一个不是笑话的笑话……记者问一个放羊的老头，为什么要放羊，放羊的老头回答，赚钱娶媳妇；记者再问，娶媳妇干什么，老头回答，娶媳妇生儿子；记者三问，有了儿子打算让他干什么，老头瞪着眼睛回答，放羊！

看着面前的小山村，萧云杰也忘了咀嚼嘴里的泡泡糖，他愣了好半晌，才发出一声低叫："靠，那家伙把你姐带走时，可是拍着胸脯保证，说费尽心思给你姐找了一户好人家，还扯什么村子里的女孩子嫁得都早，要是再晚两年，好后生就都有了媳妇，你姐就很难再找到合适的对象，死乞白赖赌咒发誓，最终你爸明明不舍得还是生怕耽误了你姐一辈子，才举手放行，敢情他给你姐找的就是这么个好地方？！"

萧云杰嘴里的那个"他"，就是刘招弟的亲舅舅，她在这个世界上唯一的直系长辈。

燕破岳阴沉着脸，从书包里取出一个什么东西，插到了腰间的皮带上，大踏步走向那座小山村。

站在燕破岳身后的萧云杰猛地瞪圆了眼睛，因为他清楚地看到，燕破岳插到腰间的，赫然是一枚已经扭开保险盖的六七式木柄手榴弹！

"燕爷，"萧云杰紧追上来，他的声音中透出兴奋，"你到底是来送贺礼，还是来抢婚的，连手榴弹都搬出来了？！"

"死丫头的娘重病快死时，亲舅舅没出来；她打伤了我老爸，惹下大祸，亲舅舅没出来；她在我家生活了两年，每天帮着收拾屋子、洗衣、做饭来偿还我爸给她娘垫的医药费，亲舅舅仍然没出来；现在她把所有医药费都偿还清楚了，刚刚年满二十岁，亲舅舅就出来了。"

燕破岳大踏步走向小山村："我是不喜欢刘招弟，但是我更不喜欢遇到麻烦就躲，遇到好处就沾的所谓亲戚！"

第十二章 - **姐夫**

村子里的人用奇怪的目光打量着闯入他们这个偏僻世界的燕破岳和萧云杰，他们一眼就能看出，穿着海军蓝衬衫和牛仔裤的燕破岳和萧云杰，都是城里人。而他们两个人在村子里走得昂首挺胸，目光总是直直落到别人脸上的样子，更和村子里同龄人目光躲闪的小家子气，有着一目了然的差异。

踩着地面并不多的鞭炮纸屑，沿着锣鼓声一路找上去，燕破岳最终走到了一个门上贴着红色喜字的小院前。

院子的木门大大敞开，在院子里摆着五六张桌子，硕大的海碗里热气腾腾，足有一尺多宽的盘子里放满了硕大的馒头，站在院门前就可以闻到一股猪肉炖粉条的香味扑面而来。坐在席面上的人们，一个个笑逐颜开，将他们脸上的皱纹挤得更加明显。

还有三人一组的“小乐队”在那里卖力地吹着唢呐，敲着锣鼓，在不停制造着噪声的同时，也给这片小天地注入了几分喜庆气息。

一个可能是被挑选为喜庆管事的人快步走过来，还没有说话，脸上就露出大大的笑容：“两位大兄弟这是打哪儿来啊？！里面坐，里面坐。”

燕破岳根本没有理会面前这个男人，在人群中一扫，没有，他没有找到熟悉的身影，也许新娘子在这个时候正在屋子里，等待被喜娘搀出来拜堂和给众人敬喜酒？

燕破岳深深地吸了一口气，猛然放声暴喝：“刘招弟，你给我滚出来！”

坐在院子里的二十多个男人同时站起，一起怒瞪着燕破岳。其中最年轻气盛的几个年轻小子，劈手抓起院子里诸如木棍之类的武器，不约而同地向燕破岳围了过来。

无论在什么时候，在哪里，在别人新婚喜庆时，突然要新娘子滚出来，都犯了大忌中的大忌。就是在这一片敌视的目光中，感受着千夫所视的压力，燕破岳的目光却跳过面前这些手持武器马上就要冲上来，对他展开攻击的“敌人”，落到了院子正对面房屋中，被喜娘搀着走出来的那个红色身影上面。

“刘招弟，你真的很牛啊！”

燕破岳伸手指着新娘子，放声吼道：“很奇怪我这个从来和你不对眼的货色，专程跑过来凑热闹是不是？我就是想过来看看，你舅舅给你究竟找了一门什么好亲事，能让你开心得到现在都没有和我们联系过一次！”

站在燕破岳身后的萧云杰捂着眼睛，在心里发出一声无言的叹息。燕破岳连早饭都没有吃，凌晨五点钟就拉上他，从军工厂大院骑自行车骑到山脚下，再徒步往上爬，一连走了七个小时，在这个过程中，燕破岳至少看了五十次手表，就算他自己不肯承认，萧云杰也知道，这位好兄弟是担心刘招弟的情况，才会赶在十二点正式拜堂前闯进了这个小山村。他心里甚至已经做好了刘招弟被拐卖，失去人身自由的最坏打算，所以才会不知道从哪里弄出一颗手榴弹以防万一。

但是燕破岳和刘招弟一定是八字不合，甚至上辈子就是生死冤家，否则的话，怎么两个人一见面，就会矛盾冲突不断？！

刘招弟甩掉头上的红盖头，推开面前的村民，大踏步走到燕破岳面前："如果我没有记错，我应该已经把钱都还清，不再欠燕家什么了吧？燕少爷您也看到了，这里没电话，没邮局，没班车，一来一回就是一整天时间，我们山里人的时间就算没城里人金贵，也不能这样浪费，您说是不？"

"你……"

燕破岳不由得气结。

别看燕破岳气势如虹，但是说到吵架，他却远远比不上刘招弟的牙尖嘴利，刘招弟毫不客气地就打出了一套嘴炮组合拳："噢，难道燕少爷屈尊降贵在我大喜的日子专程赶过来，是因为我给您当了两年老妈子，每天洗衣做饭终于得到了燕少爷的垂怜，专程跑过来给我道喜？这可真是不敢当，不敢当，谢谢了啊。现在您大驾光临，威风也抖过了，小女子已经感到蓬荜生辉，大少爷您是不是也该打道回府了？"

刘招弟回过头，望着村子里的人："我给大家介绍一下，这位燕少爷，燕公子，可是山下兵工厂总军代表的儿子，是大官家的公子爷，平时被人巴结多了，那脾气自然就有了，喜欢到处抖威风。大家以后在山下看到他，可千万要注意，要是被他逮着往死里咬，传染了啥病，那就不太好了。"

"刘招弟……"

燕破岳指着刘招弟，连磕巴了几下，才终于气急败坏地挤出一句话："算你狠，萧云杰，我们走！"

燕破岳抓起萧云杰的手臂，掉头就走。刘招弟在后面突然道："等等！"

刘招弟走到一桌席面前，拿起四个馒头从中间掰开，往里面夹了几块最大的瘦肉，用油纸把这四个馒头包起来，她没有理会燕破岳，将四个夹肉馒头都交到萧云杰手里，伸手摘掉了萧云杰额角黏着的一片草叶，低声道："下山的时候小心，现在白天长，太阳落得晚，时间足够了，不要赶得太急。今天是姐嫁人的日子，你专程赶过来，姐很高兴，也没有什么能招待的，这几个馒头，你路上带着吃。”

萧云杰一边点头答应，一边偷瞄着燕破岳，燕破岳却始终没有回头。

燕破岳从军用书包里取出那包老爹交给他的贺礼，往萧云杰手里一塞，分开挡在面前的几个年轻后生转身就走。那些手持棍棒的年轻后生彼此对视了一眼，为燕破岳的气势所慑，最终还是没有人冲上去追打这个大官的儿子。

萧云杰苦笑着将贺礼转交到刘招弟手中，夹在这一对活宝当中做缓冲垫的事，他已经干了不止一次两次了：“招弟姐，新婚快乐。”

纸包里的东西沉甸甸的，不知道是什么东西，萧云杰踏前一步，低声道：“燕破岳就是属驴的，他一进门用嘴炮乱轰，就是想看看你是不是被拐卖强迫嫁到这里，看到姐姐您依然生龙活虎、战力强悍，他自然可以放心地滚蛋了。”

萧云杰紧追在燕破岳身后跑向了村口，刘招弟斜倚在院门前，静静看着他们离开的背影，在这个年仅二十岁，正应该像花儿一样初次绽放的年轻女孩脸上，扬起的竟然是一种看破世事般的平静的笑。

一个头发已经灰白的老妇人走了过来，看她脸上犹如风干橘皮般的皱纹，还有微微弯驼再也无法挺直的腰，谁也不会相信，这只是一个四十岁出头的女人。恶劣的生存环境，过早地摧毁了这个女人的健康与青春，却让她磨砺出一双精明而锐利的眼睛，她站在刘招弟身边，也眺目遥望着正在离开的燕破岳：“那就是燕家公子？”

刘招弟点头。

“我们不图什么贵人帮扶，小门小户也经不起闹腾，以后不要来往了。”

刘招弟低声回应：“知道了，娘。”

“娘知道你在外面待过几年，还跟着燕家公子一起上过学堂，就连村长都没你肚子里的墨水多。”

女人为了镇服刘招弟这个曾经在山下住过几年，眼界远比山中女孩开阔的儿媳，她从一开始就把自己摆得够高，婚礼还没有结束，就开始立婆婆的规矩：“做了媳妇，就要守媳妇的本分。要好好对你男人，早点生个男娃，而不是牙尖嘴利地和外人吵架，给我们老张家丢脸！”

刘招弟脸色淡然，她的声音依然恭敬得没有一丝波折：“是。”

未来婆婆抓起刘招弟的手，审视刘招弟每一根手指，越看她的眉头皱得越紧。刘招弟的手，纤细而修长，指甲修剪得整整齐齐，虽然平时也没有特意用什么化妆品去保养，但是年轻女孩特有的青春美丽，却让她的双手显得白皙而细腻，和未来婆婆那干燥黝黑、布满老茧的双手相比，形成了极为鲜明的对比。

“我们庄户人家风里来雨里去，从土坷垃里刨食吃，可养不起这么一双金贵的手。还有你来时带的衣服，就是驴粪蛋子上下霜中看不中用，又软又薄一扯就烂，那是城里太太小姐们穿的玩意儿，娘帮你收起来，以后别穿了。”

刘招弟用力握紧了双拳，那整整一箱衣服，都是知道她要出嫁后，燕破岳老爸四处托人给她买的，其只有几件还是从香港带回来的时装，不说它们的价值，也不说一个男人在时装方面的眼光烂到了什么程度，这里面蕴含的情意，就让刘招弟把它们当成了自己一生中最重要的瑰宝。

别看婆婆把它们说得如此不堪，其实是未来小姑子早就盯上了它们，等三天后小姑子嫁人的时候，这些驴粪蛋子上下霜的玩意儿，就会直接成为小姑子的嫁妆。

看到刘招弟没有再恭顺地回应，未来婆婆的目光猛地变得更加犀利起来。

刘招弟慢慢地咬紧了嘴唇，就连自己咬破了嘴唇，渗出几缕血丝都毫无所觉。在婆婆犀利目光的逼视下，她再次弯下了自己的腰：“一切都听娘的。”

未来婆婆满意地点了点头，就在这个时候，村口突然传来了燕破岳的一声怒吼：“我操，你就是新郎官？！”

燕破岳真的已经放心，准备离开了，但是在走出村子前，他却看到了穿着一身红色喜服，胸前还扎着一朵大红花，坐在一头毛驴上，被人牵着在村子里巡游夸官的新郎。

这本身并没有什么，只是这片区域共有的结婚传统，喻义是说男人在外面金榜题名，现在正在承蒙皇上恩典夸官游行，在夸官游行之后衣锦还乡，再回家洞房花烛，这就是中国人最喜欢的双喜临门。

看着这样一个新郎官，一股绝对的凉意，却猛地涌上燕破岳的心头，在瞬间又转化为火焰一般的愤怒……这个新郎坐在毛驴上一边傻笑，一边从嘴角不停流着口水，口水在他的嘴角，拉出了足足半尺长，更将他胸前那朵大红花浸湿了一半。

燕破岳冲上去一把揪住新郎官的衣襟，瞪圆了眼睛猛然发出一声声震全场的暴吼：“给我滚下来！”

燕破岳双手一起用力，竟然将身高足足有一百八十公分，体重起码有一百六十斤的新郎官硬生生从毛驴上揪下来，在空中抡出一道小小的半圆猛甩向地面。

新郎官被甩到地上，发出一声夸张的尖叫，山里人习惯了风霜雨雪，他们每天都用自己的双脚跋山涉水，身体素质远非一般的城镇居民可比，挨了如此沉重的一记猛摔，新郎官却毫无停滞，一个懒驴打滚儿就从地上翻了起来。他瞪着只有十八岁，却比自己都要高出两公分的燕破岳，没有想着挥拳反击，只是流着委屈的眼泪开口问道：“你为啥打俺？！”

站在一边的萧云杰也呆住了，就算是瞎子也能看得出来，燕破岳这个“姐夫”竟然是一个白痴，一个智商估计连五岁都不到的白痴！

燕破岳突然一声不吭地就往回跑，因为跑得太快太急，地面又不平整，他只跑了几步就脚下一勾，“啪”的重重摔倒在地面上，撞得鼻血长流。燕破岳爬起来连鼻子上的鲜血都没有擦，继续撒腿飞奔。

第十三章 - **疯狂杀意**

硬生生用自己的身体撞开三四个挡在面前的村民，燕破岳用发红的眼睛四下一扫，轻而易举地看到了还站在院门边的刘招弟，他猛扑过去一把抓住了刘招弟的手，不由分说就往外猛拽：“跟我走！”

刘招弟站在原地，她的另外一只手死死抓着木框，燕破岳没有拽动，燕破岳霍然回头破口大骂：“你是疯了，还是脑袋进水了，你要嫁的那个男人是个白痴，是个傻子，是个掉在地上就会找妈妈的大傻子！快松手啊！”

刘招弟没有松手，她微微昂起自己的头：“他是傻子没错，但和你有什么关系？”

“你……”

燕破岳彻底傻住了，他这一刻脸上的表情，比发现新郎官是白痴时更要震惊百倍不止，他瞪着一双不解的眼睛，足足愣了十几秒钟才如梦初醒，嘶声叫道：“你知道不知道嫁给一个傻子，就算是生出儿子，也同样是傻子？你知道不知道你嫁给一个傻子，你就完蛋了，他们害怕你逃跑，会死死地盯着你，你这一辈子都休想再离开这里，你这一辈子都只能待在这个小山村，守着一个傻子，不，是守着一堆傻子……”

一个身影突然从侧面对着燕破岳猛撞过来，猝不及防之下，燕破岳被撞得连退了三四步，他还没有搞清楚是怎么回事，那个人影就扬起双手，用尖锐的指甲对着他的脸劈头盖脸猛抓过来，抓得燕破岳脸上扬起一片火辣辣的疼痛。

新郎官的娘在这个时候真的疯了，她对着燕破岳用指甲拼命猛抓，她用口水吐，用脑袋撞，用牙咬，用脚踢，她用尽了身上所有可能对燕破岳造成伤害的部位，对着燕破岳不停发起进攻。她一边进攻一边发出犹如鬼泣般地嘶叫：“你才是傻子，你全家都是傻子……你敢骂我儿子，我和你拼了！”

面对势如疯虎，一边哭一边对他发起疯狂进攻的女人，燕破岳本能地扬起反击的拳头，在要落到对方头上时，却猛然停顿了。那个女人却毫无所觉，继续扬起她血淋淋的十指，对着燕破岳的脸上猛抓，在燕破岳脸上抓出一道道横七竖八的血痕。

“这小子就是来找事的，大家抄家伙上啊！”

在村民当中不知道是谁先发出一声嘶叫，一群旁观的村民都抓起了手中的武器，对着燕破岳冲了过来，冲在最前面的一个年轻后生，抡起了手中的木棍，对着燕破岳劈头盖脸地砸下去。

在这个时候时间仿佛停滞了，在所有人的注视中，一直对着未来婆婆低声下气的新娘，无论未来婆婆说什么都从不回嘴的新娘，突然从侧面狠狠撞到婆婆身上，硬生生把婆婆撞出了四五米远，脚下一软重重摔倒在地面上。

新娘冲过来撞飞婆婆，用自己的身体挡在了燕破岳面前，那只原本要砸到燕破岳身上的木棍，重重砸到了新娘的肩膀上。足足有鸡蛋粗细的木棍被生生折断了，在场所有人都清楚地听到新娘肩膀部位骨头发出的可怕哀鸣，刘招弟涂了一层胭脂红的脸上，瞬间就被一片苍白覆盖。

高举木棍扁担猛扑上来的村民都猛地停下了脚步，新娘子都还没有拜天地，就敢直接把婆婆揍飞，这份强悍狂野，在这个小山村的历史中，纵然不能说是绝后，也必然是空前了。

刘招弟被这一棍子打得脚步摇晃，却咬牙硬生生支撑住了身体，她指着正在从地上爬起来，脸上满是惊讶与不敢置信的未来婆婆嘶声叫道：“你怎么对我都可以，反正我这一辈子是卖给你了，怎么搓怎么揉随你便，但是你打我弟就不行！”

未来婆婆被刘招弟吼得下意识地连退了两步，当她发现时，她已经在这场气势的对拼中，落入了绝对下风，而且很难再扳回来时，未来婆婆突然盘膝坐在地上，脱下了脚上的布鞋，用力拍打着地面，在这一刻她披头散发状似疯狂，她一边用力拍打地面一边放声哭叫：“孩他爹，你这个死没良心的，你为什么死这么早，你睁大眼睛看清楚，有人找上门欺负你老婆孩子啦！媳妇还没过门就帮着外人打我这个婆婆，村子里的老少爷们儿都只会站在一边看热闹，他们不就是欺负我们老张家的男人死得早嘛……”

越来越多村民脸色沉了下来，他们祖祖辈辈生活在这里，彼此守望相助，一代又一代的娶娶嫁嫁，更让他们家家户户之间，都多了千丝万缕的亲戚联系，女人的哭叫看起来是在骂她早死的男人，不如说是用手中的鞋子，对着在场每一个男人的脸上用力猛抽。

在女人一波高过一波的哭号声中，不止是血气方刚的年轻人，就连一些三四十岁的村民，也抓起了身边的武器，只要在这个时候有一个声音出来带头，他们就会一起猛扑上去。

刘招弟猛地张开双臂，把燕破岳和萧云杰死死护在了身后。她寸步不让地瞪着面前几十个村民，嘶声叫道：“你们谁想动我弟，就要先从我刘招弟的身上踏过去！”

没有人愿意听一个刚刚嫁入村子，就给村子惹来如此大麻烦，就连婆婆都敢冲撞的新媳妇的话，一群村民越逼越近。燕破岳想要挺身而出，可是当他试图推开刘招弟时，却发现，他竟然没有推动，他竟然没有推动面前这个比自己矮了小半头，体重至少要轻上二十斤的女人，她的身体，竟然就像是一根钢锥般死死钉在了那里。

“你们来啊，你们来啊！”

眼看着村民越逼越近，刘招弟也疯了：“我知道你们人多势众，我护不住我弟，我会睁大眼睛死死记住每一个打了他的人，不管是一年，五年，还是十年，我都会死死记住，我打不过你们男人没有关系，我可以用剪刀去捅你们的婆娘，我可以把你们的儿子推下山沟！我可以在你们睡觉的时候把你们的房子点了，我也可以在你们吃饭的时候把耗子药丢进你们锅里！反正我这辈子嫁给一个傻子，已经完蛋了，能带着全村的老少爷们儿一起上路，我刘招弟赚了！”

近乎疯狂的怒吼，犹如狂风骤雨般冲击着在场每一个人，顺着耳膜重重撞击着他们的神经，几十名村民终于停下了逼进的脚步。他们彼此对视，都在对方的眼睛深处，看到了一抹发自灵魂的惊惧……这个叫刘招弟的女人是认真的，她身后的燕破岳就是她的绝对逆鳞，如果他们今天真的不管不顾一拥而上，将燕破岳乱棍打出甚至是乱棍打死，他们自己连同家人必然会招惹下一个不死不休的疯狂死敌！

是的，一个手无寸铁，面对几十个男人，还敢直接放言要杀对方全家，连孩子都不放过的女人，本来就注定是疯狂的！

第十四章 - **教练弹**

未来婆婆的哭叫声戛然而止，看着张开双臂死死护住燕破岳，和村子里几十号大老爷们儿对峙，在气势上竟然还反压一头的刘招弟，她嘴唇在不停颤抖，也不知道是气的还是吓的。她一开始就在不断敲打刘招弟，想要拿捏着这个在山外见过世面的儿媳，在她看来，一个能被嫁到这里的女人，必然是唯唯诺诺连话都不敢大声说的小女人，这些天刘招弟的表现，也的确印证了她的判断。可是谁能想到，当他们触及了刘招弟的逆鳞让她彻底疯狂起来时，她竟然会变成一头人形猛兽，和村子里最强悍的男人相比，她身上这股疯劲，嚣张狂野了何止十倍？！

突然，所有人的目光，都跳过势若疯虎的刘招弟，落到了燕破岳的身上，所有人都下意识地后退了几步，脸上露出惊恐到极点的表情。

刘招弟下意识地回头，她首先看到的，就是一颗六七式木柄手榴弹。

就算是再强悍的人，在近距离面对手榴弹这种只应该出现在战场的最纯粹杀人武器，心中都会涌出最真实的恐惧，更何况这枚手榴弹的拉环，已经扣在了燕破岳的手指上。

捏着这颗手榴弹，燕破岳越过刘招弟，站到了村民面前。

燕破岳突然右手一拽，将手榴弹上的拉环拉下。看到这一幕，人群中一片鸡飞狗跳，所有人都四散奔逃，将院子里支起的桌子撞得东倒西歪。一些人更是不管一切地往地上一趴，死死抱住了自己的脑袋。

可是足足过去了几十秒钟，惊天动地的大爆炸声也没有传来。人群中胆子稍大的，把手臂挪开小心翼翼地打量四周。

那枚拔掉拉环的手榴弹，依然还停留在燕破岳的手里，它并没有爆炸。这只是一枚燕破岳从学校体育室里偷来，并做了一点点改装，让它看起来更像实弹的教练弹罢了。

看到这一幕萧云杰差一点失声惊呼，他真的不明白燕破岳在这个时候究竟抽了什么疯，把他手中最后一道杀手锏亮出来，旋即又让这道杀手锏失去了威慑力。

把手中永远也不会爆炸的教练弹连同那根拉环一起丢到地上，燕破岳回过身，凝望着刘招弟，轻声道："姐，这婚别结了，跟我一起回家吧。"

迎着燕破岳认真的眼睛，听着他温和的声音，突然间刘招弟想要哭。当她意识到自己做了什么的时候，她竟然已经紧紧抱住了燕破岳，她明明嘴角绽放出一个最快乐的笑容，炽热的眼泪像是开了匣的自来水般喷涌而出，在瞬间就浸透了燕破岳的衣衫。

她的亲舅舅把她带到了这个小山村，要把她嫁给一个白痴，面对无情的抛弃，她不能不哭；在她最绝望，甚至开始自暴自弃的时候，这个只有十八岁的大男孩，却拿着一颗教练弹出现在她面前，要带她一起离开，回到那个她一直渴望，却感觉从来没有真正融入过的"家"，面对这份失而复得的最真挚感觉，面对她已经再也不会拥有，却突然又出现在她生命中的亲人，她快乐得难以自抑，又怎么可能不笑？

她又哭又笑，她紧紧抱着这个男孩，抱着她失而复得的希望和所有感情，任由她的欢笑与眼泪一起像花儿一样在她的脸上肆意绽放。

在泪眼模糊中，一遍遍打量着面前这个大男孩，第一次，她发现这个大男孩，虽然唇角还带着软软的绒毛，但是当他抿起嘴唇时，面部线条中已经透出了属于男人的坚韧硬朗；他站在自己面前，挡住了几十名村民时，他那宽阔的肩膀，更已经拥有了男子汉想要为女人支撑起一片天空时，必须拥有的沉稳如山。

而他亮出那颗教练弹，拔出拉环，看起来是近乎白痴地自曝其短，实际上这恰恰说明，就是在刚才短短几分钟时间里，燕破岳经历了一个男孩从色厉内荏到内心真正坚强起来，再也不需要外物支撑就可以无畏无惧的灵魂蜕变。就是因为从灵魂深处拥有了属于男人的坚强，他才能，也才敢，站在面前用自己的身体，护住了刘招弟。

伸手轻轻抚摸着燕破岳的脸庞，她贪婪地一遍遍将这种最真实触感印刻进自己的灵魂深处，直至变成了再不可能磨灭的永恒画面，她的声音从来没有这么柔和过："我不走，你回去吧。如果你真的把我当成姐，请你不要来看我，永远不要来看我。"

迎着燕破岳惊愕不解到极点的目光，眼泪忍不住再一次夺眶而出："我欠了舅舅一大笔债，一笔只有把自己卖了，才能偿还的债。他要把我嫁到这里，嫁给一个傻子，我就只能留在这里，嫁到这里了。"

"你欠了他多少钱，我们可以回去找爸，让爸帮你把这笔钱还了……"

刘招弟眼睛中的绝望，让燕破岳慌张起来，他用力摇晃着刘招弟的肩膀："你说啊，你究竟欠了你舅家多少钱，就算爸那儿不够，等以后我们长大了，我可以赚钱的时候，我帮你一起还，你究竟欠了他多少钱，你说啊，我就不信我们一起还它二十年，还能还不清了！"

刘招弟在摇头，燕破岳的心随之沉到了谷底，就是在这个时候，背后一个带着几分尖锐质感的声音，突然响了起来："她欠了我儿子两条腿！"

燕破岳整个人微微一滞，他认识这个声音，一个半月前，就是这个声音的主人跑到燕破岳家里，用了无数承诺，将刘招弟给带走了。他承诺会给刘招弟挑选一个合适的婆家，嫁给一个不错的后生。

作为"娘家人"，在最后关头，他终于还是出现了。只可惜，他出现的目的，不是来帮刘招弟出气，而是要挡住燕破岳带刘招弟回家的路。

"姐，告诉我他说的不是真的。"燕破岳凝视着刘招弟，声音中透出了一丝就连他自己都没有发现的恳求，"只要你摇头，我们就一起回家。"

燕破岳这一辈子，还从来没有像恨刘招弟舅舅这样恨过一个人，也从来没有像现在这样，渴望过一件事情。

刘招弟的眼神，就像是蒙了一层灰雾，再也不见了昔日的神采飞扬：“还记得我们第一次相逢吗，那时候我娘快要病死了，医院连下了几次催款通知书，如果我们再不能交齐拖欠的医药费，我娘就必须出院，可是在那个时候，家里砸锅卖铁，已经再也挤不出一分钱了。”

刘招弟的声音很轻、很淡，她脸上的表情，就像是陷入了梦里，有着几分追忆和甜蜜，但是她这样一个梦注定不会是美梦：“表哥从小对我就很好，他带我摘酸枣，逮知了，他有了什么好吃的，总会留给我一起吃。知道我娘的事后，他一个人半夜去抓蝎子想要拿去卖钱，却一夜没有回来，直到第二天，村里的人才在一个断崖下面找到了表哥，他的腿被摔断了。舅舅家里的钱早就用到了我娘的医药费上，实在没有办法，舅舅就找人用土办法医治，最终表哥只能靠拐杖的帮助才能重新站起来……我真的，欠了他两条腿。”

刘招弟说到这里，又看了一眼她的舅舅：“五尺男儿，靠的就是两条腿来支撑，连腿都废了还怎么称是男子汉大丈夫？！山沟里本来就穷，一个只能用拐杖站起来的残废，只能打一辈子光棍。一个半月前，舅舅找到了我，说要我负责，以亲换亲给表哥说一门亲事。”

燕破岳的表情如听天书，以亲换亲这种事情，离他的生活真是太遥远了。

“我嫁给一个傻子，他们家的闺女嫁给一个残废，”刘招弟轻声道，“这个交换，很公平！”

“扯淡！”

燕破岳抓着刘招弟的肩膀用力摇晃：“这是一辈子，一辈子啊，你真的要一辈子心静如水，窝在这个巴掌大的小山村，守着一个傻子和一个恶婆婆过日子吗？”

“那你说，我能怎么办？”刘招弟问道，“装作什么也没有发生，告诉我舅舅，表哥摔下山坡，是他自己不小心，他只能拄着拐杖站起来，是舅舅没把他送到医院，所以咎由自取？如果我是这样的人，你还会认我当姐姐吗？”

燕破岳呆住了，他真的呆住了，摆在他面前的，是一个注定无解的死循环。他从小就从父辈那里接受了受人滴水之恩当涌泉相报的思想，以他仅仅十八岁的年龄，他真的不知道如何在不违背自己做人底线的情况下，解开这个死结。

第十五章 - **断金碎玉**

刘招弟的舅舅突然一扬手，将大把的花生砸到燕破岳身上，面对这突如其来的攻击，燕破岳的脸色在瞬间变得一片苍白。

“按住他！”

刘招弟的舅舅猛地发出一声厉叫，几个年轻力壮的村民趁势一起冲上来，待精神恍惚的燕破岳反应过来时，已经被五六双手同时按住，就算是他用力抵抗还是很快就被死死按在了地上。

舅舅拦到了刘招弟面前：“怎么，连我也想一起打，还是说你打算弄一包耗子药，把你舅一家都毒死算了？”

刘招弟为了保护燕破岳，不惜和整个村子的男人为敌，可是面对一个她欠了如此多债的舅舅，她却根本无力反抗。只能咬着嘴唇，用担忧的目光望着被村民死死压在地上的燕破岳。

“他怎么说也是山下面大官的儿子，没有逼到绝路上，谁也不愿意和官家人物结怨。”

舅舅拾起那块掉在地上的红盖头，随意拍打了两下，把它丢给刘招弟：“吉时已到，该拜天地了。”

在刚才的混乱中，红盖头上面被踩得全是脚印，刘招弟再次深深看了一眼燕破岳，慢慢地，慢慢地，慢慢地……将那块红盖头盖到了自己的头上，就在红盖头将她的视线和外界隔绝的一刻，她已经泪流满面。

别了，弟弟；别了，我的人生；别了，我的梦想，我的未来，我的希望；别了，这充满争吵与幸福的两年时光，就让我把它变成一场最美丽的梦，让它可以伴随着我再也没有未来与希望的岁月，在心底支撑起一片小小的，只属于自己的天空。

谢谢你，在我最绝望的时候，对我喊了一声姐姐；谢谢你，在我最悲伤时，对我伸出了手，想要带我回家；谢谢你，让我知道，原来躲在一个宽厚的肩膀后面时，会这么心安。虽然只可能有一次，虽然只有短短几秒钟，但是，我不贪心，够了，真的够了……

在旁人的搀扶之下，刘招弟一步步走向了大门，她可以清楚地听到燕破岳的拼命挣扎与低吼，她甚至可以听到燕破岳因为挣扎过度用力，皮肤在粗糙的地面上，磨得血肉模糊而发出的声响。

新郎官被人用一串糖葫芦骗了进来，舅舅没有在人群中找到婚礼司仪，他索性直接自己担任了这个角色，舅舅清了清嗓子，放声叫道："吉时已到，婚礼开始！"

已经放弃希望，根本不愿意反抗的新娘，纯粹就是一个傻子。她和拿着一根糖葫芦就高兴得眉开眼笑的新郎，在旁人的引导下，并肩站到了一起。

舅舅拉长了声音："一拜天地，二拜高堂，夫妻对拜！"

没有喝彩，没有欢笑，也没有小孩子的起哄，婚礼的仪式，只用了不到三十秒钟，就到了最后一个环节，舅舅看了一眼被死死压在地上的燕破岳，眼睛里露出了一丝诡异，他深深吸了一口气，放声叫道："送入洞房！"

"还记得进洞房后该怎么做吗？"

在把一对新人送进洞房的时候，有人还在反复提醒着新郎官，唯恐所谓的洞房花烛夜变成了一个最大的笑话。

"当然记得，"新郎官歪着脑袋猛舔糖葫芦，"俺要先把媳妇儿的衣服脱光，她要不听话，就大耳刮子扇她，一直把她打老实为止。然后俺再把自己的衣裳脱光光，和媳妇儿睡在一个被窝里，小娃娃就生出来了。"

婆婆也将一块白布塞到刘招弟手里："该做什么，村子里的喜婆已经提前给你说过，只要见了红，三天后我老张家的闺女，就会嫁到你表哥家！如果你欺负我儿子心善不懂事，或者本来就是双破鞋，就别怪我这个老婆子翻脸不认账！"

眼睁睁看着刘招弟将那块白布接到手里，一股酸楚的痛苦，就像是电流般猛刺进他的心脏，让他整个人都痛苦地挛缩起来。他是一个男人，他也许一辈子都无法真正理解，一个女孩要被迫嫁给一个傻子，在洞房花烛夜时，还要去引诱傻子，主动把自己人生彻底推入一片绝望，会带来何等的耻辱与悲伤。

但是在这一刻，看着正在被人送进洞房的刘招弟，听着四周的声音，一股痛彻心扉的痛苦混合着不甘，刺激得他猛然发出一声压抑到极限的痛苦嘶吼。

“你去过北京吗，去过上海吗，去过深圳吗，去过西双版纳吗，去过海南吗，去看过万里长城吗，看过黄果树瀑布吗，看过世界最高的喜玛拉雅山吗？这个世界有那么大，还有那么多美丽的风景我们没有看过，你把自己一辈子都放到了这个小山村，你真的甘心吗？！”

燕破岳在地上不停挣扎，他嘶声狂叫：“姐，快跑，你快跑啊！你不就欠了你表哥一双腿嘛，凭什么你只欠了一双腿，就要用一生来还？！”

刘招弟舅舅快步跑过来，一扬手又砸下来一把花生，他一边砸一边瞪起了眼睛：“花生还塞不住你的嘴了？谁不知道你是个用花生一砸就尿的尿货，跑到这里充什么大头蒜啊！”

在众目睽睽之下，刘招弟舅舅将花生一把一把地狠狠砸到燕破岳身上，每一次花生砸下去，燕破岳的身体都会像触电般地狠狠一颤，刘招弟舅舅也越发地声色俱厉：“你起来啊，你叫啊，我倒要看看你还有什么本事。”

“砰！”

房门被紧紧关上了，就是在这个时候，压着燕破岳的几个村民同时脸上变色。

就是在房门被关上的瞬间，一股疯狂到极限的野蛮力量，就那么浩浩荡荡从他们身下这个城里男生的身上轰然炸起，在看似绝不可能的情况下，燕破岳竟然在五六个人的压制下，生生地重新站起来了！

“你小子发什么狂，给我躺下！”

刘招弟舅舅用力将一把把花生对着燕破岳狠狠砸过去，那些花生落到燕破岳的脸上，砸到他的身上，在反作用力的影响下，反弹开来，在空中翻着小跟头又落到了地面。如果在平时，燕破岳一定会脸色苍白摇摇欲坠，甚至会因为无法呼吸而失去所有力量。

可是在这一刻，燕破岳再也没有动摇，他就那么踏着满地的花生，一步步向婚房大门走去。

直到这个时候，燕破岳才知道，原来在两年的争吵对峙中，他早已经不知不觉地接受了刘招弟。他喜欢刘招弟的爽朗和率直，喜欢刘招弟有点野蛮的泼辣，喜欢她只要性子一来，不管三七二十一都要先说出来的坦坦荡荡。如果他真的不喜欢刘招弟，又怎么可能在日记本上，写了那么多和她相处的点点滴滴，写了那么多对她的抱怨与不满？！

地上的花生踩在脚下，发出“啪啪”的声响，但是这些声音，现在对燕破岳已经再无影响，他想保护刘招弟，他想带着刘招弟离开，他想让刘招弟再不也用流泪，更不想刘招弟未来的人生，就在这个小小的山村中度过，在这个时候，别说他脚下只是毫无威胁的花生，就算他踏进了十八层地狱的幽冥血池，他也要一步步地走下去，走完它，走到刘招弟的身边！

在十年前，他最关心的亲人，对他发起进攻，在他的内心深处形成了一道心锁，在十年后，同样是他最关心的亲人，让他在退无可退，避无可避的时候，硬生生挣碎了那道心锁！

如果是燕破岳那十几个师父能够看到这一幕，他们一定会释然地微笑起来，这才是他们心目中营长大哥的儿子，这才是真正的燕破岳，一个再无心锁，可以将自己的天性彻底绽放出来的燕破岳！他的父亲是一头可以独行千里，率众则可以转战天下的怒虎，他又怎么可能是一条任人揉捏的癞皮狗？！

刘招弟舅舅彻底变了脸色，他丢掉再没有任何用处的花生，伸手指着燕破岳嘶声狂叫：“快，拦住他，不要让他闯过来！”

“我爸从小就告诉我，作为一个男人，要对国家忠，对朋友义，对亲人爱，对女人疼，对敌人狠！我爸还对我说，是男人就要活得仰不愧对天，俯不愧对地，只要是问心无愧，就算是老天爷成为敌人，也要先干他一梭子，把他打疼了再说！”

燕破岳放声地吼，用力地叫，将他父亲从小灌输给他的思想，灌输给他的力量，灌输给他的无怨无悔一波波地吼叫出来，在看似绝不可能的情况下，他的气势，他的疯狂，他身上那股足以让千军辟易的最疯狂杀气，竟然在达到巅峰的情况下，一次又一次向上激增。

就是在这样的狂吼中，被人压制在院子门口的燕破岳，一步步走向洞房大门。

一步，两步，三步，四步，五步……

从院口走到大门，需要十三步，转眼间他就整整走了十步！

在他走过的路上，横七竖八躺着十个村子里最强壮的男人，他们在地上不停翻滚呻吟着，在他们的手边，跌落着一地断成两截的木棍和扁担。这些武器有些是被燕破岳一拳打折的，有些是重重砸到燕破岳身上，和燕破岳的骨头对撞在一起生生折断的。

走完这十步，燕破岳的身上，几乎再也看不到一块完好的皮肤，横七竖八的伤痕，在他暴露在空气中的皮肤上彼此交错，鲜血从燕破岳被打裂的头皮上不停渗出，从他的脸庞上滑过后，一连串地滴落在地上，形成了一条淅淅沥沥的血线。

“啪！”

一根木棍突然迎头劈落，重重砸在燕破岳的脑袋上，几乎要淹没一切理智的黑暗在瞬间就浸遍了燕破岳的全身，让他脚步摇晃，眼前的画面和声音似乎也变得模糊缥缈起来。燕破岳伸手推到了对方的胸膛上，这一掌轻飘飘的没有半点力量，就在对方脸上露出一丝惊愕的同时，燕破岳挥起右拳对着自己按在对方胸膛上的手掌直贯下去。

“滚开！”

燕破岳放声狂喝，右拳重重砸到左手手背上，左手在同时猛地逆时针旋转，挨了这么当胸一拳的年轻男人，没有被打退一步，但是他的脸色在瞬间变得苍白如纸，一张口猛地喷出一口鲜血。

燕破岳的这一拳，是国术不传之秘，它有一个响亮的名字，叫作“碎心拳”。看起来他用左手挡在前面，似乎分散了拳力，实际上真正造成杀伤的，还是他的左掌旋转时，对人体形成的螺旋形贯穿力，而右拳击打上来，就是在增加左掌的贯穿效果，从本质上来说，这一拳和李小龙最擅长的“寸拳”，有着异曲同工之妙，而杀伤力更加恐怖。如果是生死相搏，只要这一拳打中对方的心脏部位，就会当场将对方击毙。

周围所有人都呆住了，他们是不懂国术，更不知道什么叫“碎心拳”，但是燕破岳这最后一拳，却让他们都明白了一件事……这个大男孩只要愿意，他的双手就是最纯粹的杀人武器！

嘴里尝到了自己鲜血的甜甜味道，一股几欲冲破理智的疯狂，就那样莫名其妙、不可控制地直接从心底涌起。

他是燕实祥的儿子，这么多年来他接触最多的，就是身经百战杀人无数的职业军人，他学到的，都是经过战场考验的格杀之术！

这些格杀之术，无一不是在人类历史上经过无数千锤百炼，无一不包含着武术家们逆水行舟不进则退的生存法则，在练习它们的时候，“必杀”的自信，绳锯木断、水滴石穿的坚毅，逆境之中破釜沉舟冲出一个柳暗花明的惨烈，有无敌狮子搏兔亦尽全力的横行霸道……这些格杀术中蕴藏的哲学，在年复一年，日一日的反复磨砺中，潜移默化地不断改变着燕破岳，但是由于“花生”的压制，没有人能够感受得到，也没有人能够看见。

可是当燕破岳今天终于破局而出再也没有了心灵中那根铁链封锁的时候，被压制了十年的委屈与愤怒，在瞬间就化为最疯狂的火焰彻底爆发了。

燕破岳从地上抓起一把花生，连壳都没有剥就把它们丢进嘴里疯狂地咀嚼，他咬得咯吱咯吱直响，他将花生连壳一起嚼碎吞进胃里，猛地抬起头对着天空放声狂吼，疯狂得几乎再没有半点人样的长号，犹如大漠风起般扑面而来，那股瞬间爆发出来的狂野杀气，在瞬间就让在场所有人寒毛倒竖。

最后的一丝理智，驱使着燕破岳走到了院子正中那棵一尺多粗的大树前。燕破岳一脚踢出，狠狠踢到大树根部距离地面一尺半的位置上，如果他面前的是人类，这一脚踢中的就是对方的膝弯。

“啪！”

一尺多粗的枣树就像是被汽车高速撞中般剧烈颤抖，无数树叶随之在空中飘舞，一些眼睛尖的人，看着燕破岳踢中的位置，猛地发出一声压抑的惊呼：“我的天哪！”

只是一脚，燕破岳就将坚硬的枣树树干硬生生地踢得陷下去半寸，如果这一脚踢到人的身体上，说不定会把对方的腿生生踢断。

父亲燕实祥曾经说过，想要在攻击时获得比正常人更强大的力量，没有任何捷径，唯一的选择就是练习。所以这一腿没有多少技术含量，只是最普通的低段位侧踹，非要说它有什么特点，那就是燕破岳从六岁半开始，就开始每天对着沙包踢击，到今天为止已经整整持续了十年！

先是踢打放了三分木屑七分黄沙的沙包，再将木屑倒掉全部换成黄沙，最后直接在树桩上练习，这种反复踢打，本身就是在消耗自身的健康来换取力量，踢击目标的部位，就算是天天用槐树之类拥有消炎镇痛效果的树枝和中药煮汁后浸泡，依然会浮肿起来，而练习者就是要忍受住身体向自己发出的警告，用十万甚至百万次的练习，将速度、力量一点点强化，一点点激发，直至形成最可怕的杀手锏。

绳锯木断水滴石穿，非十年不成功，所以这一招，可以名曰……水击！

“啊呀！”

燕破岳再次狂吼，他右掌狠狠砍到树干上，这一次枣树没有再剧烈晃动，但是被他手掌砍中的位置，树干上竟然硬生生砍出一道半寸深的印痕。

“邪门”师父说过，把所有的力量集中到手掌的掌锋部位，在劈击下去之前就要把自己的手掌想象成一把最锋利的武士刀，要用它劈开任何敢于阻拦在刀锋面前的物体，就算是最坚固的铠甲也要一举破开。

这一掌最重要的特点是够快、够准、够狠，要在瞬间形成最强大穿透力，对目标形成无视防御斩击效果，甚至能将对方阻拦的手臂骨骼生生斩断，所以这一掌，可以名曰……破甲！

燕破岳扎成马步，一记直拳打出，先是双脚发力，再通过脚踝、膝盖，传递到腰部，再通过腰部的转动，以抛射原理传递到右肩、右肘、手腕，通过十七次关节发力，直至形成了这样一记看似普普通通的马步冲拳。

“歪道”师父说过，力量要集中到一点，在击中目标的时候，要像子弹打中人体一样形成以点破面的破腔效果，所以这一拳，可以名曰……贯穿！

燕破岳的左手一扬，一片粉末被他劈手扬出，撒到了树身上，附在树身上的粉末突然开始自燃。

魔术师师父说过，魔术师要有一双比正常人灵活百倍的手，在所有人睁大眼睛的关注中，翻手为云覆手为雨地创造出一个又一个美丽的奇迹，在生死相搏的时候，更要通过灵巧的双手和适当的道具，对敌人心理造成重创，迷惑对方，打击对方，让对方无所适从，直至露出致命破绽，所以这一击，可以名曰……迷魂！

燕破岳放声地吼，用力地叫，对着面前的大树拳打脚踢，拼命倾泻着他这么多年来学到的每一种格斗技，如黄河决堤般的汹涌，钱塘江潮涨般的浩浩荡荡，让心灵被压制封锁的他，越打越是兴奋，越打越是疯狂，树干不停颤动，落叶就像是到了深秋季节般不停飘落，一个个触目惊心的拳印、脚印、肘印就那么硬生生地砸到了树干上。

当燕破岳喘着粗气停止攻击时，整棵枣树上，几乎再也没有一片绿叶，树干上那一片伤痕累累，无不在向所有人诉说着燕破岳身体里所蕴藏的最可怕力量。

整个院子里一片死一样的寂静，他们看向燕破岳的眼神，就像是在看一头来自史前文明的怪兽。没有人愿意想象，燕破岳的攻击落到自己身上，会变成什么样子，究竟是谁，会训练出这样一台人形战车？！

“里面的人是我姐，无论什么原因，我不能让她嫁给一个傻子。请你们给我让出一条路！”

燕破岳面对拦在面前，一个个早已经再无斗志的村民，深深弯下了自己的腰：“拜托了！”

所有村民都心头剧震。他们祖祖辈辈生活在这里，他们的世界就是小山村方圆五里之内，他们一年到头都难得到山下一趟，但是这绝不代表他们是傻子。

眼前这个男孩，不是没有力量冲破他们的封锁，而是他现在进入了某一种连他自己都无法控制的状态，如果再交手，他说不定会失手打死人！但是如果他们还坚持拦在这里，一场以寡敌众，但是胜负难料，更生死难料的战争就会爆发！

不少人都在打量着燕破岳，他们都在心中计算着燕破岳的真实年龄，是十八岁，还是二十岁？

如果他今天死在这里，村子固然会大祸临头，那么，假如他没有死掉呢？

一个如此年轻的男人，就已经这么狠这么绝，十年后，他会变成什么样子？十年后，当他怀着不可调和的死仇重新返回这个小山村，还有什么力量能够阻挡他的复仇？！

一想到这里，在场稍稍老成持重点的人就觉得全身发凉，他们不约而同地看向了脸色铁青，披头散发，看起来有若厉鬼，眼神中却再无半点犀利，只剩下彷徨恐惧的婆婆，还有双手都在不停轻颤的舅舅。

第十六章 - **我想飞上更广阔的天空**

“你们快看！”

不知道院子里谁发出一声惊叫，直到这个时候大家才注意到，新房里竟然冒出了浓烟，刚刚新裱的窗纸被火焰舔卷着，窗梁的木架转眼就被点着，发出噼噼啪啪的声响。

这场火灾扩散速度快得让人措手不及，房间中冒出来的浓烟中，还夹杂着桐油的味道，当窗纸被烧尽，隔着火焰可以看到屋子里面的一切时，村民们可以看到，新郎官正一脸兴奋地在那里拍着手：“着火喽，着火喽，真好看！”

刘招弟坐在床沿，对着新郎官招了招手，新郎官就屁颠颠地跑了过去，刘招弟把双腿架到木椅上，将一根枣木制成，足足有鸡蛋粗细一米多长的擀面杖递给了新郎官。刘招弟嘴里咬着一块毛巾，她用力一挥手，还以为是在陪他做一场游戏的新郎官，手中那根足足有鸡蛋粗细的擀面杖狠狠下挥，砸到了刘招弟架在椅子上的双腿腿骨上。

透过窗户边形成的火幕，清楚地看到这一幕，燕破岳瞪圆了眼睛嘶声狂吼：“不！”

“啪啦！”

新郎官手中的擀面杖直接断成两截，就算是站在房外，燕破岳都可以听到人类骨头被砸断时，那可怕的脆响。两条腿一起被砸断，刘招弟一声不吭直接一头栽倒在地上。

新郎官不解地眨着眼睛，蹲下身体推着刘招弟：“媳妇，媳妇，你怎么了？”

连推了刘招弟好几下，也没有将刘招弟推醒。房间的火势在这个时候已经凶猛起来，新郎官终于感到害怕，他嘴巴一扁，坐在地上哭了起来：“娘，娘，娘，你在哪儿，铁蛋害怕……”

燕破岳猛地冲上去，才跑两步他就腿一软重重摔倒在地上，他旋即跳起来，重重撞到房门上。他已经拼尽全力，可是却没有撞开。大山里的人家，房门都是用上好的木料，绝对结实，最重要的是，燕破岳在突破心灵封锁时，在刚才对着大树拳打脚踢，已经在短短几分钟内，把他几乎所有的力量都倾泻一空，在短时间内他竟然失去了击碎这道木门的力量。

看来可能是怕新媳妇逃跑，所以专门用粗大木料钉死的窗户，燕破岳嘶声狂叫：“水，快拿水来！”

人们冲到水缸边，可是在掀开缸盖后，他们都愣住了。水缸的缸底被人钻出一个小洞，现在只剩下缸底浅浅的一层，一个小小的软木塞丢在一边，说明平时是用软木塞塞住，只要把它一拔，水缸里的水就会不引人注意地全部流进旁边的小菜地里。

根本不用再去多想，水缸的洞肯定是刘招弟弄出来的，她已经下定决心抱着新郎一起走向死亡，在临死前让新郎当众打折她的两条腿，她就是要在死亡前，还清欠舅舅家的债！

“斧头，斧头呢，快拿斧头来！”

燕破岳嘶声狂叫，可是他的心却已经沉到了谷底。整个屋子里都浇了桐油，就算是找到斧子，他也很难在劈开房门前，把刘招弟抢出来了。

“老大，快来帮忙啊！”

身后突然传来了萧云杰的喊声，燕破岳霍然回头，就看着萧云杰歪歪扭扭地推着一辆手推车冲了过来，在手推车上还放着两只装满玉米的麻袋。在这两只麻袋上还放着一张萧云杰不知道窜到谁家里抄出来的棉被，棉被上一路淌着水，显然萧云杰往棉被上浇过一两桶水。

萧云杰早在刘招弟给他夹肉馒头时，就隐隐嗅到了刘招弟身上的桐油味，当时萧云杰还并没有当回事，但是当他陪着燕破岳第二次冲回院子时，他看到了那只放在院角，水已经快要漏光的大缸，就是在那一刻，他猜出了刘招弟可能做的事情。

燕破岳飞扑过去，抢过一个扶手，兄弟两个人对视一眼，一起将被子蒙在身上，猛地从喉咙里挤出一声相同的低吼：“冲啊！”

手推车被兄弟两人一起拼命全力推着向前飞奔，眼看着手推车即将撞到房门上，两兄弟一起低头，用浇过水的棉被保护住自己的身体。

一麻袋玉米是两百斤，两麻袋玉米就是整整四百斤，手推车带着惊人的动能，撞在木门上发出轰然巨响，燕破岳和萧云杰只觉得一股反震力传来，紧接着又狠狠一松，手推车直接撞开了房门，又将堵在房门后面的橱柜生生撞出一米多远，直至车身卡在了门框上。

燕破岳掀开棉被，一脚将挡在面前的木柜踢翻，冲进火焰翻滚，空气都炽热得灼人起来的房间，一把抱起刘招弟，正准备不顾一切地向外冲，大腿却被人死死抱住。

新郎官真的吓坏了，他死死抱着燕破岳的大腿，哭得一把鼻涕一把泪，燕破岳嘶声叫道：“老萧，快来帮忙！”

萧云杰掀开被子露出脑袋，却没跳进火场，他拼尽全力拉出手推车，指着新郎官身后，放声惊叫：“哇，快看啊，你们身后有鬼，正伸着舌头往你们脖子上舔呢！”

新郎官猛地发出一声惊天动地的大叫，松开燕破岳的大腿，不顾一切地硬冲出房间，燕破岳松了一口长气，双手抱紧刘招弟，上身屈下用自己的身体保护住刘招弟，紧跟在新郎官身后冲出火海。

就是这么短一个过程，因为腿部的断骨被挪动，刘招弟就疼得醒过来两次，又晕过去两次，看到她嘴里的毛巾掉了出来，在刘招弟第二次晕迷时，燕破岳闪电般伸出手臂，任由刘招弟疼得晕迷时猛地合起的牙齿狠狠咬进了他的肌肉。嘴里尝到血液的味道，刘招弟又恢复了意识。

这种痛得晕过去，又疼得醒过来的滋味，让刘招弟全身都在发颤，豆粒大的汗水不停从她的身上渗出来，转眼就浸透了全身的喜服。

萧云杰目光一扫，在院子里看到一瓶在刚才冲突中被打翻，却没有摔碎的酒瓶，他飞扑过去，把酒瓶带了回来："燕爷，酒！"

燕破岳扭开瓶盖，把瓶嘴凑到刘招弟嘴边："姐，把它喝了，可以止疼。"

萧云杰急声提醒："燕爷，刘姐疼得力量不受控制，她要是一口咬碎瓶口就麻烦了！"

燕破岳一扬脖子，猛地灌了一口烈酒，不假思索地低下头，直接吻到了刘招弟的嘴唇上。就是在两个人嘴唇相接触的瞬间，一股难以言喻的销魂蚀骨，猛地袭上了两个人的心头，让他们齐齐一震，更让刘招弟不由自主地微微张开了嘴唇和牙齿，旋即混合着燕破岳体温的五十二度烈酒，就灌注到她口中。

酒汁一咽进胃里，就化为一股灼热的暖流直刺大脑，大大缓解了刘招弟双腿部位传来的疼痛。看到这样喂酒有效果，燕破岳再接再厉，又弯下腰将第二口酒喂到刘招弟口中。

大半瓶烈酒灌进刘招弟的口中，让她原本苍白的脸上腾起了一抹嫣红，就连她的嘴唇都变得娇艳欲滴起来，也许是刚刚喝了这么多烈酒的缘故，她的身体散发出惊人的热度，几缕发丝沾在她的额角，透出一种虚弱的美感。

看着她那双原本亮如明辰，却因为酒精作用，而多了一丝蒙胧的眼睛，明明知道这个时候不应该兴师问罪，燕破岳忍了又忍，还是忍不住放声吼道："你抽什么疯，干吗要放火自杀啊，还有，让人拿根大木棍子往腿上砸很爽吗……"

燕破岳的怒吼声戛然而止，要是在平时，刘招弟一定会反唇相讥，拿出一堆理由来堵他的嘴巴，可是这一次，刘招弟还没有开口，泪水就迅速在她的眼眶中聚集，让燕破岳直接就慌了手脚："哭什么啊，是不是还疼得厉害，对不起，你受了伤我不该吼你的。"

燕破岳手忙脚乱地道歉，刘招弟眼睛里的泪水却越涌越快，她伸手抱住燕破岳，害怕再弄伤她的腿，燕破岳只能弯下腰，把自己的上半截身体直接压到了她的身上。

他们现在的动作暧昧得要命，在酒精的刺激下，刘招弟终于哭着喊出了她一直盘旋于心里的话："我不想嫁给一个傻子，我不想一辈子待在这个村子里。我，我，我，我想要和你一起去北京去上海，去广东深圳，我想去西双版纳，我想去三亚，我想去看万里长城，我想去看世界最高峰，我想去看黄果树瀑布，我想和你一起用双脚走遍世界，贪心地去看更多、更多的美丽风景，我想让自己的生活越来越精彩……你知道不知道，在我答应嫁到这里后，我做梦都在盼着，有人可以像童话中的白马王子一样出现，可以把我救出去……可是我也知道，这只是做梦，可是我又不甘心，我宁可自己死了，也不想陪着一个傻子，在这里过上一辈子！你为什么现在才来，直到我要彻底绝望的时候才来啊……"

炽热的眼泪浸透了燕破岳的衣衫，眼泪中的温度，烫得燕破岳全身的皮肤都在轻轻抽动，从来都是大大咧咧，不知道温柔为何物的燕破岳，无师自通地伸手，轻轻拍打着刘招弟的肩头，在她的耳边，低声道："我燕破岳在这里向你保证，从今天开始，无论在何时，在何地，无论谁敢要你做自己不喜欢的事，只要我得到消息，哪怕是在千万里之外，我也会在你需要的时候飞奔而至。"

呆呆地看着燕破岳，刘招弟觉得自己一定已经醉了，否则的话，为什么在她的心里突然有了想要燕破岳再次低下头，吻一吻她嘴唇的想法？

无法将这个念头说出口，刘招弟只是用力抱住了这个喊她为"姐"的男人，把她的脑袋埋进了他的怀里，再也不想理会外面的风风雨雨。虽然前途未卜，身边到处都是充满敌视的眼睛，但是她相信有燕破岳在，她一定不会再受到伤害。

这个信念是那样地坚定，坚定得就像是燕破岳的怀抱那样，温暖而有力得让她心神皆醉。

第十七章 – **第六特殊部队**

屋子里的大火已经被扑灭，看着村民们灰头土脸地聚拢过来，燕破岳抱紧了刘招弟："老萧，怎么办？"

萧云杰倒翻着白眼，他燕爷闯祸时够牛，现在娄子捅大了，终于想到身边还有一个叫萧云杰的兄弟了？

"弟弟我虽然聪明，才智过人，但是今年才芳龄十八，您指着我解决这样的难题，是不是太赶鸭子上架了？"

萧云杰嘴里唧唧歪歪，手上却绝不拖泥带水，他扑上去从一堆花花绿绿的贺礼中，挑出了燕父让他们转交给刘招弟的那一份，飞快地开始拆外面的包装："你老爷子是谁，总军代表，十八岁参军，抓过特务，进过老山，剿过流窜持枪悍匪，现在管着十六个军工厂分厂，手下有几万职工全部对他老人家服服帖帖，不敢说年老成精，像刘姐舅舅这种货色，也绝不可能让他老人家走了眼。"

拆开纸包，萧云杰"哈"了一声欢叫道："我就说嘛，你老爷子怎么可能会什么准备工作也没做，就让独生儿子轻身犯险了，瞧瞧，瞧瞧，这可真是有备有来，瞧瞧，什么叫老奸巨猾！"

在萧云杰的啧啧感叹中，他从贺礼中拎出一扎裹得整整齐齐的钞票，除此之外，还有一份由燕破岳老爹弄来的红头介绍信。有了这封加盖着军工企业单位公章的介绍信，刘招弟的舅舅可以带着残废的儿子，到省军区医院，找一位著名的骨科专家进行治疗。那名骨科专家已经从燕父口中知道了大概的病因，并做出了一个简单的医疗计划……敲断患者的腿骨，经过打磨修整后重新拼接，等到一百天后自然愈合，虽然可能还会略略有些跛，却可以永远地丢掉拐杖了。

燕老爷子的确是准备充分，如果燕破岳和刘招弟两个人能够稍稍控制一下情绪，不是一见面就吵架，把贺礼丢到一边，又何至于弄到这个地步？

看着除了给刘招弟表哥治疗用的费用，还有一沓钞票被单独分立出来，萧云杰好奇地抽出中间夹的纸条，看到上面写着"他们两人八字不合，见面即吵，恐事情有变，此钱专防万一"这句话，萧云杰真正地叹息拜服了。

不愧是手下有几万号小弟的总扛把子，这份算无遗策、谋定后动，还真不是他这个十八岁毛头小子能够比拟的。就凭这叠钱，再加上他萧云杰的三寸不烂之舌以及燕破岳刚才的野猪式爆发作为武力震慑，怎么也能混个全身而退了吧？

发现在贺礼包中，还有一封信，萧云杰有些意外地拿起来，他很快就发现这封信的与众不同之处。

这封信的信封乍一看是纯白色的，但是上面却隐藏着和钞票类似的暗纹，萧云杰下意识地把它举起来正对着天空，他很快就发现，这个信封拿在手里并不厚，但是光线却根本无法穿透。

这封信没有写是谁收，信口并没有被粘死，萧云杰怀着好奇，把信打开，还没有看信里面的内容，就先翻看了一下信封的内部。在信封内部，上下两边各垫着一层薄薄的黑色材料，有事没事就经常翻看一些国内外军事杂志的萧云杰，依稀记得这是一种用于防谍报领域的专用特种隔离层，不要说是阳光，就算是直接动用X光机器扫描，也无法在不破坏信封的情况下，把里面的内容读取出来。

它还有一个特性，就是能够阻隔低辐射源，打一个比方，美国特工为了追踪毒贩资金流动情况，有可能对毒贩使用的钞票进行辐射处理，这样钞票就拥有了对人体无害的辐射，只要用特殊仪器扫描，这些钞票的流动渠道就会彻底暴露在职业特工面前。类似于此的方法，也经常用于保护特殊机密材料。

萧云杰绝不相信以燕破岳他爹的滴水不漏，会不慎将重要军事机密资料夹进贺礼当中，但是他又实在想不明白，这样一封连收信人都没有写的信，又有什么用？

萧云杰抽了信封里的纸张。看着上面的内容，他皱起了眉头，信纸上印了一个大大的四方形黑色图案，在黑色方框里，满是各种线条和无机组合的几何图形，线条和几何图形彼此相连密密麻麻的，让人一看就会觉得头昏脑涨。在图案正中央，还有一个缩小版的黑色方框，里面密密麻麻的满是黑点。

萧云杰将这封“信”拿给了燕破岳，燕破岳只看了一眼就连连挥手，刘招弟却似乎被上面的内容给吸引了。她轻轻晃了晃燕破岳，燕破岳立刻心有灵犀地将信纸举到了刘招弟面前。

刘招弟盯着纸张上那个用打印机打上去的黑色图案，眉头忽皱忽展，大约过了一分钟后，她慢慢地在这封有若天书的信里，读出了一行话：入学通知函。

燕破岳和萧云杰面面相觑。可能是已经找出规律，刘招弟读信的速度越来越快：中国人民解放军，第六特殊部队精英训练学校入学通知书，学员……刘招弟，入学时间，9月12日。

燕破岳和萧云杰的眼珠子在瞬间瞪得比鸡蛋还要大，在传说中，在他们看来仅仅是一个传说。

在中国有一支集结了各类天才人物的战略级特殊部队，这里面的人每一个都堪称是异类，在他们当中，有数字计算能力比计算器还要快还要准的人形电脑，有一眼就能记住超过一百种符号排序的复印机，甚至还有只要看上一眼，就知道别人是否说谎的生物测谎仪。这些另类天才，在某一个领域，拥有远超常人的强大能力，他们经过强化训练后，就会在国防领域，做出常人无法企及的特殊贡献。

当传说竟然变成了现实，燕破岳和萧云杰两个人的眼珠子齐刷刷落到刘招弟脸上，上上下下、左左右右、前前后后用打量国宝般的目光，把刘招弟看了几个来回。把根本不知道何谓第六特殊部队的刘招弟看得莫名其妙。

“姐，”燕破岳举着那张纸，“你真的看得懂？千万别忽悠我啊！”

萧云杰也在一旁紧着追问：“刘姐，您是怎么看出文字的？”

“这幅图画就是一个连锁谜题，你们看这些小方格，它实际上就是使用了我们数学课上学过的矩阵，把一连串的数字隐藏在了里面。你们再看旁边这些线条，它们是一些简化的图画；还有中间这小方框里面的黑点，一开始就是它转移了我的注意力，让我浪费了太多时间，后来我才确定，它是一个影响我判断力的陷阱……”

“停！停！停！”就算是萧云杰的聪明才智，也听得头大如斗连连摆手，他终于可以确定两件事情。第一，刘招弟的确在个鬼画符般的黑色图片中，看出了可能只属于她的招生函；第二，有资格进传说中第六特殊部队的人，哪怕还是一个未进校门，也没有接受系统培训的学员，都是变态！别说是一分多钟，就算是给他一年，他只怕也没有办法从这幅图中看出一个字来！

燕破岳突然放声大笑，他越笑越欢畅，他的笑声在群山中反复回荡，形成了几可连成一线的回音。

燕破岳笑够了，伸手指着面前的村民，指着远方的群山，指着头顶的天空，对刘招弟大声道：“姐，仔细记住他们，仔细记住这里面的一切吧，你再也不会回来了！”

第十八章 - **恩怨情仇**

燕破岳、萧云杰和刘招弟，他们都不知道，就是在对面的山峰上，燕破岳的父亲燕实祥和一名上校军官，就并肩站在那里，他们通过手中的望远镜，清楚地看到了苦水村里发生的一切。

上校满意地点头："这个丫头有个性，我喜欢。"

燕实祥却面露不豫："刚才她差一点抱着一个傻子同归于尽，我明白你们对学员都要精挑细选，但是那种考核，是不是太严厉，也太危险了？"

"强者之所以强，除了天分，更重要的是要有一颗足够坚韧的心。战略层次上的交锋，没有硝烟，没有鲜血，但是在沙盘上的每一个棋子，都代表了上千甚至是数以万计的士兵。每一个决策，都会关系到整个国家与民族的命运。面对瞬息万变的未来战争，如果没有破而后立的勇气，没有迎着危险挺身而出，纵然是刀斧加身也绝不后退的坚强，这样的学员能力再强，在其他领域再出类拔萃，也不过就是一个比较优秀的'人才'罢了。"

上校在这一刻当真是语出如刀："如果她面对一点点挫折，真的就心灰意冷，嫁给了一个傻子，她愿意委曲求全以尽忠义，我又何必抢着跳去自做恶人？！"

燕实祥脸上虽然透着几分不以为然，心里却也承认这位上校秉执的"强者恒强，弱者恒弱"理论，的确是最残酷又是最有效的淘汰选拔手段。

"你儿子不错，就算是站在这里，我都能感受到他身上露出来的杀气。培养好了就是个纵横沙场，可万军当中斩上将首级的最优秀战地指挥官，还有他身边那个死党，心思活络观察入微，又能提前做出预防，假以时日，可以成为相当不错的作战参谋。"

上校明显是吃着碗里的，看着锅里的，声音中透着怂恿："他们两个再过一年就要高中毕业了，有没有兴趣把他们送进部队历练历练？说不定就和你一样，成为终身职业军人了。"

燕实祥对上校侧目而视，上校压低了声音："看在我们相识多年的分上，给你透露点小道消息，上头已经动了心思，打算从侦察营抽调一部分精英，再从新兵中招取一部分优秀人才，组建西南地区第一支山地特种部队，你儿子生活在这片大山里，早就习惯了山林地形，又被你那群侦察兵兄弟断断续续训练了十二年，这可是天生的特种兵苗子。想想看吧，特种兵，要是干得好了，说不定那小子会比你这个老爹更牛！”

……

刘招弟成功通过考核，上校带着考试现场全程录像满意地走了。在萧云杰的三寸不烂之舌和钞票收买下，苦水村有人弄出一辆驴车，燕破岳和萧云杰两个人小心翼翼地将刘招弟抬了上去，他们两个人一左一右守在驴车两侧，也带着刘招弟离开了苦水村……就连刘招弟的舅舅，也头也不回地走出大山。

不用问，这门在法律上绝不认可的“换亲”已经彻底泡汤。

刘招弟的舅舅走出大山，站到了水泥马路上四处巡视，看到在马路边停着一辆越野汽车他快步走了过去。

一个三十多岁的女人走下汽车，她犹如少女般盈盈一握的腰肢，配合长期手握大权受尽万千宠爱追捧培养出来的自信，完美支撑起一个女人的美丽与骄傲。

洁白细腻的皮肤，精致小巧的五官，配合一身黑色裙装，让她看起来既拥有十六岁少女的青春，又拥有三十岁女人的成熟风韵，在举手投足间，充满了难以言喻的风情。但是她的那双眼睛，却像是久经宦海的政客，在上面蒙着一层淡淡的薄膜，不动声色地将她所有内心活动都隐藏起来，纵然是坐在她面前仔细观察，也休想窥破她的天机。

刘招弟的舅舅从身上拿出一个微型摄像机，在身上擦了擦，将它双手交到那个女人手中，一脸小心翼翼地向女人解释着什么。女人在认真地聆听，时不时点头微笑，女人的温和态度大大缓解了刘招弟舅舅的紧张，让他越说越来劲，到最后都手舞足蹈，更是说得口沫四溅。

口水溅到女人的脸上，让她微微一皱眉，却只是不动声色地退后一步，继续通过刘招弟舅舅的嘴，仔细聆听几个小时前在苦水村发生的一切。苦水村里发生的冲突全部讲完，女人将一只厚厚的信封交到刘招弟舅舅手中，刘招弟舅舅立刻打开信封，里面放着厚厚一叠百元大钞。刘招弟舅舅把脏得发黑的手指放进嘴里舔了舔，沾上口水后，将那叠钞票反复数了两遍，又取出其中两张，仔细观看辨别真伪，确定无误后，刘招弟舅舅笑眯眯地退后，捂着口袋像做贼一样跑掉了。

女人慢慢吁出一口长气，她的目光不经意地从汽车反光镜上掠过，她整个人突然都凝滞了。

不知道什么时候，燕实祥出现在了她的身后。

愤怒、欢喜、悲伤、歉疚……各种复杂的情绪，在燕实祥的脸上交替闪过，沉默了很久，他才低声道：“嫣嫣，好久不见，你过得还好吧？”

裴嫣嫣的脸上透出一丝苦涩，十年后的重逢，他问的第一句话，竟然是：“你过得还好吧？！”

背后那个熟悉得几乎刻进骨髓中的声音再次传来，她以为自己已经做好了重新面对他们父子的准备，可是在这一刻，她甚至是不敢回头，只能静静聆听着燕实祥的声音一字字地传来：“当年是我对不起你，你有怨气想要报复我不怪你，但是有什么冲我来。”

裴嫣嫣猛地咬紧了嘴唇，她没有回头，所以燕实祥始终看不到她脸上的表情。一言不发登上汽车转眼间就绝尘而去，当汽车在公路上奔出几公里远，燕实祥的目光再也看不过来时，裴嫣嫣猛地刹住汽车，在这个时候她早已经泪如雨下，她用力拍打着方向盘大喊：“燕实祥，你是个混蛋，更是个笨蛋！我恨你，我恨你，我恨死你了……”

站在原地，沉默地看着汽车离开自己的视线，燕实祥一直没有动，直到夜色彻底笼罩了整片大地，他才慢慢转过身，以一种机械的节奏走向不远处那片灯火通明的世界。

当燕破岳和萧云杰将刘招弟送进医院安置妥当返回家时，一推开房门他就闻到一股浓重的酒味，房间里没有开灯，他的父亲燕实祥就静静坐在沙发的阴暗角落，在他的手中还握着一个已经喝空一大半的酒瓶。

在黑暗中父子彼此对视了一眼，燕实祥站起来从桌子上拿起两只玻璃杯：“来，陪我喝一杯。”

父子两人将杯中的烈酒一饮而尽，燕破岳开口道：“爸，明年高中毕业了，我想去当兵。”

第十九章 - **何谓军人**

燕实祥有些意外，他给两个人手中的杯子重新添满酒，问道："为什么？"

听到这个问题，燕破岳的眼神有点迷离了，在这十年时间里，他接触最多的就是侦察营的老兵，这些曾经走进军营，手挽手心连心一起用他们无悔青春与忠诚，铸成一道时代丰碑的共和国守卫者们，曾经在战场上伤痕累累、险象环生，但是他们没有一个人后悔过自己的选择，他们都把在军营中的经历，视为自己人生中最值得珍惜的瑰宝。

看着他们讲起曾经往事时，那种眉飞色舞、神采飞扬的神态，燕破岳虽然没有说话，只是静静聆听，但是在他的内心深处就已经开始想象绿色军营中的一切，当他想到在炮火连天、弹如雨下的战场上，士兵们彼此保护，发起无畏攻击，并将红得艳丽而灿烂的五星红旗高高举起，让它迎风招展时，燕破岳的内心深处就会涌起一股近乎战栗的悸动。

燕破岳的爷爷死在了抗美援朝战场上，他的姥爷是侦察兵，两次进入朝鲜战场，虽然因为没有文化，最终只走到了副营级就退伍，但是说他们燕家是军旅世家，却绝不过分。

因为对花生的恐惧，燕破岳以为自己永远也不可能踏入军营了，可是在今天，他终于有勇气，也有资格向自己的父亲提出了内心深处的这个愿望。"我已经十八岁了，可是我真正的朋友只有萧云杰一个，我想像老爸这样兄弟遍天下，我想真正知道，什么叫作'没有血缘关系，却比血缘更亲密的牵绊'……"

燕破岳说到这里声音微微一顿，他霍然抬头，在黑暗中盯着静静坐在那里，就犹如一座大山般沉稳得无懈可击，更蕴藏着最可怕力量的父亲，一字一顿地道："我想做一个比老爸更强的军人！"

燕实祥愣住了。

他从一线部队退下来，算一算时间已经近二十年了，第一次有人在燕实祥面前，夸下海口说要做一个比他更强的军人，而这个人竟然是他的儿子。这究竟是初生牛犊不畏虎的无知者无畏，还是一个对自己太过拥有信心，而为自己定制的绝对目标？！

燕实祥第一次开始以侦察营营长的眼光打量自己的儿子。

他的儿子燕破岳十八岁了，他从七岁开始，在侦察营老兵们的带领下，开始走进武学殿堂，他学到的东西，与其说是中国国术的精华，不如说是侦察兵们的在走进战场后，化繁为简凝聚出来的最纯粹杀手锏。

燕实祥表面上对燕破岳在学校受到欺负的情况不闻不问，实际上他却清楚地知道，在自己的儿子内心深处，藏着一团火焰，只不过是因为有心灵缺点的压制，才无法释放出来。那些天天以欺负燕破岳为乐的学生，又怎么可能知道，每天凌晨五点半，燕破岳就会起床，穿起负重背心，在大山里开始长达十公里的越野跑？！

那些欺负燕破岳的学生，又有几个会知道，燕破岳每天晚上，都会对着沙包、树桩进行长达一个半小时的进攻，平均每隔三个月，就会踢坏一只沙包？！

那些欺负燕破岳学生，当然更不可能知道，每年寒暑假的三个月时间里，燕破岳都会在不同的师父亲手指点下，进行每天六至八小时的最残酷、无间断训练。

十年的磨砺，让燕破岳拥有了远超同龄人的强健体魄，一百八十二公分的身高，虽然说不上鹤立鸡群，但是在他的身上，却找不到一丝赘肉，全身任何一个部位，都透着猎豹般的敏捷与爆发力，他的肩膀更宽厚得足以支撑起一片男儿的天空。

长期浸淫在武学殿堂，他举手投足间，都拥有了一种犹如庖丁解牛般的韵律感。这种韵律感其实就是一种肌肉已经找到放松与紧张的临界点，形成了水银泻地般无处不在，而又无懈可击的防御与反击力。

但是真正让燕实祥都必须注意的是，燕破岳今天对着那棵大树拳打脚踢时，释放出来的疯狂杀意！

就算是以燕实祥远超常人的眼光，都要承认燕破岳在瞬间爆发出来的杀气够重！其实想想看也是，一个从小心理上受了创伤的男人，没有通过温和的心理治疗来摆脱束缚，而是被一群老兵不断往内心深处填装火药，整整压制了十年，又在瞬间被引爆，这样的人他的杀气怎么可能不重？！

“不错。”燕实祥略一点头，举起手中的酒杯，“干了。”

父子两个人手中的酒杯碰在一起，发出“叮”的一声轻响。

燕实祥打开电灯走进屋内，当他掏出钥匙打开一个抽屉时，抽屉里那一枚枚闪亮的军功章，在瞬间就闪花了燕破岳的双眼。

“我在战场上，亲手击毙敌军军官十二人，其中包括一名上校；我击毁过坦克三辆，装甲车及各式军用卡车十一辆，击落武装直升机两架，在‘超限制特种对抗战中’，击毙敌方特种兵九人，普通步兵三十七人，而在我的指挥下，侦察营一共消灭过多少敌人，就连我这个营长都统计不出来。取得这些战绩付出的代价是，我挨过四颗子弹，两记刺刀，被排炮炸晕过两次，现在我的右耳几乎听不到声音，左眼的视力，只有正常时候的一半，一到下雨天气转潮，我全身的骨头就像是散了架般地疼，但是至少我活下来了。”

燕实祥霍然转头盯着燕破岳：“告诉我，你凭什么比我强？！”

看着那一枚枚军功章，听着父亲说出来的那一连串数字，燕破岳深深吸了一口气，放声道：“就凭我是你儿子，长江后浪推前浪，我们燕家的人，当然要一代比一代强！”

燕实祥愣住了，他这一次是真的愣住了，思索了片刻燕实祥突然大笑起来，他越笑越是欢畅，越笑越是开怀，他用力拍打着已经和自己长得一样高的儿子，放声道：“好一个长江后浪推前浪，好一个一代更比一代强，虽然狗屎得没有半点实质内容，但就凭你这份理所当然的锐气，就凭你小子敢当面挑战，绝不为前人成功所束缚的勇气，老爹就要对你刮目相看！”

第一次得到父亲的认可和称赞，让燕破岳的脸上扬起了兴奋的红光，他就像是一只骄傲的小公鸡般，努力让自己在燕实祥的面前站得更直，胸膛挺得更高。看到他的样子，燕实祥只觉得心中所有的郁闷竟然被扫掉了大半，他伸手指着自己卧房中，那一排书架：“你想比老爹强，你就要在未来一年时间里，拼命用里面的内容充实自己，哪怕你现在还读不懂，你至少也要记住它们！”

燕破岳瞪大了眼睛，看着用三个书柜组成的书架，上面摆满了各种军事书刊和杂志，几乎囊括了所有国内能够订到的军事类刊物，这可是老爹用十几年时间积累下来的山堆，要他在一年时间内读完，这也太扯了吧？！

“我会帮你挑选合适的书籍，”燕实祥随手从书架中取出一本描写世界空军作战形态的书籍，又取出一本炮兵类的书籍，“你既然要向老爹学习，肯定就是要加入陆军，所以你必须先了解空军与炮兵。”

将两本足有一寸厚的书塞到燕破岳怀里，燕实祥眯起了眼睛：“如果有一天，你在战场遇到敌军轰炸，甚至被一架战斗机盯住，人家就是脑袋生锈地和你较上真儿，非要打死你才能离开，你怎么办？你想活，就必须知道，世界主流战斗机和轰炸机，它们装载了什么武器，攻击频率是多少，火力覆盖半径是多少，只有这样你才能知道，如何在一架战斗机或者是一架轰炸机的追杀中生存下来。如果有必要，你甚至要考虑，如何运用手中几千块钱一把的武器，把价值几千万的飞机给打下来！”

燕破岳用力点头，燕实祥提的案例很偏，也许一万个人走上战场，撑死也就一个人会引得对方战斗机或者轰炸机驾驶员不顾一切地发狠追杀，但是一旦遇到这万分之一的概率，生存的概率可以说是无限接近于零。

“再说炮兵，在‘一战’的时候，炮兵被称为战争之神，它的杀伤力可想而知。你千万不要相信电视剧中，日军火炮轰击个不停，炮弹落到主角身边，主角摇摇脑袋拍拍身上的土，就一脸没事爬起来的画面。炮弹真正的杀伤力，绝不是影视作品中展现的那样弱，炮弹不是鞭炮。”

燕实祥取出一盘录像带，把它插到了录像机里：“睁大眼睛看清楚了，这是一发155毫米口径的炮弹，造成的杀伤效果。”

在电视机屏幕上，一台外军使用的155毫米口径自行火炮，静静地停在那里，炮口高高昂起。画面一转，又落到了炮弹即将着弹的位置，进行火炮试验的国际军火公司，他们刻意在地面上，画出了一目了然的巨大标靶，一圈圈的白线，每一层有十米宽，连续五层白线圈，代表了从爆炸点到五十米外的杀伤半径。

在慢镜头下，一枚带着稳定翼的155毫米口径炮弹被射出，带着惊人的精准一头砸到事先画好的标靶正中心，就在瞬间，五十米半径内的所有区域都被爆炸形成的火焰和冲击波彻底覆盖，不止是如此，在五十米半径圈之外，依然有弹片飞出打在地面上，溅出的大片尘土。

就算正在播放的，只是没有任何声音效果的画面，燕破岳依然感受到了人类发明的最纯粹战争武器，在瞬间形成的最可怕杀伤力。

“一发155毫米口径榴弹，它的有效杀伤半径就是六十米，换句话来说，这样一发炮弹落下来，大半个足球场上的人，不管你是跑是跳还是卧倒，都会被冲击波覆盖，被生生炸死。”

燕实祥将录像带倒回，再次重放：“你看清楚，爆炸瞬间形成的火焰，直接覆盖了二十五米半径范围，这叫绝对杀伤范围。如果在这个距离挨到炮击，你就算是躲在战壕里都会被生生震死。这种炮弹一旦打过来，很少是一发，而是十几发甚至几十发地打过来，一遍遍地反复炮击。一个士兵受到的训练再严格，他的实战经验再丰富，遇到这种大规模杀伤武器攻击，生存下来的概率也不会比普通新兵高多少。告诉我，现在你还想着去当兵吗？”

燕破岳轻轻舔了一下发干的嘴唇，低声道：“那我应该怎么做，才能让自己被炮击时，最大化地活下来？”

“这里面涵盖的内容太多，你需要自己到书里去寻找，但是有一个小技巧，你必须知道。”

在燕破岳的侧耳倾听中，燕实祥沉声道：“侦察兵会放诡雷，身经百战的老炮兵，也一样会玩‘诡炮’，尤其是在特种兵对抗中，遇到擅使迫击炮的对手，你一定要小心他们可能使用的‘两点夹叉’。他们会在你前方先射一发炮弹，让你因为怀疑被敌人发现而停下脚步，在这个时候，他们又会向你后方射一发炮弹，一旦你选择撤退，很可能会自己凑到炮弹上，而第三发，他才会向你真正所处位置发射。有了一前一后两发炮弹，很多人都会选择立刻卧倒，这样第三发炮弹直落下来，就会要了你的命。”

冷汗，已经在不知不觉中从燕破岳的额角渗出，顺着他的脸庞在慢慢淌落。在真实的战场上，敌人不是单机游戏中的NPC，也不是电影里智商无限接近于零的傻子，大家都是活生生的人，都有自己的思想与坚持，都有在身经百战后沉淀出来的智慧光芒。也就是在这个时候，燕破岳才终于隐隐有些懂了，“战争就是一头最嗜血的怪兽，在不断啃咬着敌我双方血与肉，就看谁能坚持到最后”这句话背后，那无比残酷的含义。

……

就是在这两父子对话的时候，刘招弟的舅舅和他的婆娘，正在家里挖着坑。他们小心翼翼地将钞票包在塑料布里，包了一层又一层，将钞票放进坑底又重填上土，直到将一只水缸挪到上面，夫妻两个才一起松了一口气。

“你说这有钱人的心思就是怪。”

刘招弟舅舅回到屋里，坐到土炕上，取出旱烟袋，一边吸着一边眯眯笑道：“燕实祥的老婆，就他那个前妻，不想让我把招弟嫁到苦水村，给了我足够狗儿媳妇的钱也就算了，可是又告诉我，如果燕破岳那小子没有赶到，一定要在洞房前还人家两倍彩礼，把招弟再领回来。如果燕破岳去了，一旦那小子想要闹事，就拿花生使劲砸他，把他砸趴下了，给我一万块奖金，如果能把他再砸得爬起来，再多给我一万，我当时就琢磨着，这女人是不是脑袋撞树撞傻了啊，谁想她这后娘还真不是白当的，我几把花生砸下去，竟然真把那小子砸趴下，又重新砸得爬起来了。嘿，这一来一去，就多赚了两万。”

说到这里，刘招弟的舅舅想起燕破岳和刘招弟当时展现出来的决然狠辣，不由得打了一个冷战，他心中突然有点空荡荡的，经历过这次事件后，他是获得了一笔足够儿子娶媳妇的钱而且还绰绰有余，但是在同时他和刘招弟之间的情，也算是断了。

究竟是赚了还是赔了，他也不知道。

第一章 - 离家

军工厂里锣鼓喧天，燕破岳和萧云杰等七八个即将踏上参军之旅的军工厂内部子弟，身穿军装看着挂在胸前的大红花，他们彼此对视了一眼，都无言地闭上了嘴巴，心中却都在转动着“红配绿赛狗屁”这样的诅咒。一些刚刚年满十八岁的孩子，还没有登上载他们去火车站的班车，眼睛就湿润起来，看他们的样子，仿佛明天就会拿着自动步枪走上战场，说不定后天就会和自家老娘天人永隔似的。

燕实祥整理了一下燕破岳身上的军装，退后一步仔细打量了一眼，沉声道：“不错，有点兵样了。”

略一沉默，燕实祥压低了声音：“有女朋友没？”

燕破岳下意识地摇头。

燕实祥的声音继续压低："你连女朋友都没有，大概也没有和女孩子有过什么浪漫接触吧，如果就这么挂了，那这一辈子活得多亏啊。只要你能全身零件一个不少活蹦乱跳地窜回来，老爹就给你介绍最漂亮的女孩子。"

燕破岳瞪大了眼珠子，老爹在"色诱"他？

可是当燕破岳下意识地抬头，迎上燕实祥那双含着鼓励与担忧的眼睛时他突然懂了，人们常说儿行千里母担忧，实际上儿行千里父亲一样会担忧，只不过他们表达的方式不像母亲的眼泪那么直接、那么坦率罢了。

作为总军代表，在新兵离家前，按照惯例都会由燕实祥对新兵们进行一次讲话。包括燕破岳和萧云杰在内的八名新兵排成一个横排，站到了燕实祥面前。

"新兵入伍，有'三带三留'，现在我说你们自己检查！"

燕实祥在队伍面前，沉声道："你们中间，有些人是奔着进入部队，再以部队为跳板报考军校去的，那么带好自己的学习资料，不要嫌重就把它们丢在了家里，进入部队还不忘携带这些资料，就会给周围的人看到自己积极上进的一面，抢在别人之前，站在起跑线上，最重要的是，能给家里省点钱吧！"

燕实祥的话声刚落，立刻就有家长往回跑，显然是给孩子去拿放在家里的学习资料。

"如果谁有什么特长，比如会吹笛子、口琴、画画，把你的工具带上，遇到连队文艺晚会，就可以一展身手，被挑进文工团自然是上上大吉，挑不进去，在连队中混个好人缘，最起码可以少受老兵欺负。"

这绝对是一个老兵的经验之谈，立刻又有家长开始往回跑。

"带上一套便装。虽然现在并没有规定，说是不许穿军装外出，但是穿着军装外出，代表着你们必须时时刻刻保持军容军姿，就算你们刚入军营，还没来得及学格斗术，看到歹徒持刀行凶，就算是为了身上的军装，你们也必须给我向前冲！否则的话，在离开军营时，换上便装。"

这一次没有家长再往回走，每个人的包里，都至少有着一套可以更换的衣服。

"现在我们再说一下，有什么东西必须留下。第一，绝不允许携带传呼机，大家都是军工厂子弟，我不需要向你们解释什么叫作保密条例，如果有谁带了，现在就能交出来。"

有两个新兵对视了一眼，不情不愿地将他们口袋中的传呼机拿了出来。

“第二，身份证留下。入伍后部队会给我们发放士兵证，曾经有士兵到了部队后，同时拿着士兵证和身份证，用身份证和当地在校女生开房，还被人家父母给抓住了直接给扭送到军营，我不希望这种事情，发生到你们身上！”

“第三，把你背包里的游戏机、CD机，所有的项链首饰，包括护身符一起留下。这些东西一带入军营，就会被班长立刻收走，直到离开军营那一天才能领回来，与其生生放坏放烂，还不如留到军工厂，给弟弟妹妹们拿去玩，至少能获得个人情。”

“三带三留”讲完了，每一个人的背包都重新做了整理。

燕实祥的目光，从新兵们的脸上掠过，这些新兵当中有些人是想要在部队转一圈，混个退伍证回来接父母的班，捧上旱涝保收的铁饭碗；有些人是高考分数达不到军校录取标准，怀着条条大路通罗马的野心，想进部队后再去报考军校，从而鲤鱼跳龙门；还有一些人，纯粹是为了圆自己从小就有的军旅梦；他的儿子燕破岳，是想要在军营中，找到属于自己的光荣与尊严；至于萧云杰，则是清楚地明白，亲戚就是亲戚，能供他读完高中已经是仁至义尽，再奢望亲戚供他读大学，那纯粹就是不知进退地上去找抽，反正闲得没事干，户口也调到了军工厂，进部队转转也能“杀掉”几年无聊时光。

每个人都有自己的原因和理由，谁也不能说他们的选择就是错误的，像他们这样的孩子，会从天南地北聚集到一起，在军队这个大熔炉中，一点点地磨砺，直至形成一个最亲密的整体。

“你们在踏入军营的那一刻，就会成为一名士兵，我不想对你们说‘保家卫国，纵死无悔’的口号。”

燕实祥的声音，高昂而有力，可以让在场所有人都听得清清楚楚：“在你们走进军营后，吃的，穿的，用的，还有接受军事训练时的各种消耗，都是从千千万万老百姓纳税中获得。你们就是老百姓养的‘士’，一旦有强敌入侵，你们这些‘士’就要为知己者死，哪怕前面是几十挺重机枪，上级一声令下，你们也要向上冲！这就是你们成为士兵的同时，和老百姓签下的守护契约。不管你们抱着什么目的进了军营，到了需要的时候，保家卫国、纵死无悔，这就是你们的天职与使命！”

所有人闭紧了嘴巴，全场一片肃然。

“再看看我们这个军工厂，还有我们四周的大山。我们这个军工厂，是国家第二坦克生产基地，为巩固华北和西北守卫，提供重型武器装备，是由二十八军援建，建立时就直属中国人民解放军装甲司令部，后归属第五机械工业部。七十年代初期，在‘靠山，分散，隐蔽’方针下，搬迁进入中条山，分散到一百三十公里的大山里，跨越了两个地区四个县。铺出这么大一个摊子，我必须要说，这不是光荣，而是耻辱！不是我们想把军工厂建成这样，而是在当时军队无法保证在可能爆发的战争中，将强敌拒之于国门之外，只能牺牲规模化工业生产降低产能，把军工厂化整为零迁入大山。”

燕实祥目光凛然：“到了今时今日，中国无论是科技国力还是军事力量，都在一日千里地飞速发展，作为一个老兵，我希望你们可以苦练杀敌本领，为中国支撑起和平的盾牌。如果战争避无可避，真的要来临，你们要手挽手心连心，把强敌拒之于国门之外，不要再让我们的国家，我们的人民，我们脚下这片土地承受战火的痛苦！拜托了！”

燕实祥猛然立正，对着面前这群还没有正式踏入军营的新兵，敬上了一个最认真的军礼。

八只右手，猛地一起划过虚空，狠狠落到了他们的右眉梢部位，就是在这一刻，八个刚刚年满十八岁的孩子，他们笔挺站成一排，每一个人身穿绿色军装在昂然屹立之中，一股虽然还微弱却已经真实存在的军魂，就那样自然而然地腾升而起。

站在这些新兵面前的家长，突然都有了一个明悟，就是在这一刻，他们的孩子长大了。

第二章 - 雷达

火车在向西南方向不断奔驰，一个个城镇，一片片大山，一块块绿色的田地都被飞快地甩到身后，几十个小时后，他们眼前的一切渐渐变得荒凉起来。放眼望去，到处都是细碎的石头和稀疏的杂草，甚至还能看到小片寸草不生，已经出现沙漠化的土地。

也许是触景生情，原本在车厢里热闹成一片，叽叽喳喳说个不停的新兵们都沉默下来，他们能看到的世界，还紧贴着铁路线，沿途还有城镇乡村，可是他们将要进入的军营，却远离这里，相信比他们看到的世界更加荒凉，如果没有特殊情况，他们绝大多数人都要在那里驻守上整整三年。出身农村，尤其是从大山里走出来的士兵还好说，那些自小就住在城市里，习惯了满眼繁华的城市孩子，面对这一切他们的情绪当然就低落下来。

几十个小时后，燕破岳他们在带兵干部的指挥下，离开了车厢，由于列车员不能随时进入载着新兵的车厢清扫，看起来这节车厢就像是一个大垃圾箱，到处都是没有吃完就丢到一边的零食和各种垃圾，在车厢地板上还能看到一些士兵随口吐到地上的浓痰，甚至就连擦过鼻涕的卫生纸，都能在座位下面扫出一小堆来。

但是在这一片混杂当中，有两排位置却显得干干净净，没有留下一点垃圾。

也许是军队特有的保密制度，火车到站时，还是凌晨时分，天空一片黑暗，大家跟着带队干部默默走出火车站，登上了几辆披着迷彩布的“康明斯”军用卡车。军用卡车的后篷车厢里，当然没有电灯，每一个人只能勉强看到旁人的轮廓，一群新兵蛋子挨挨擦擦地摸了上去，也只有接受过“忍术”训练，已经习惯了夜视的燕破岳，能够借助火车站透过来的微弱灯光，看到在车厢最里面的阴暗角落，坐着两名老兵。

燕破岳猛地张开双臂将其他人拦在身后，放声低喝：“等等！”

紧跟在燕破岳身后的萧云杰立刻做出反应：“老燕，怎么了？”

燕破岳没有回答，虽然心里觉得应该不可能，他却睁大了眼睛，仔细打量着车厢里的一切，最终他的目光定格在距离车厢地面，大约二十公分的位置上。在那里横着一根白色的丝线，白色虽然在黑暗中非常醒目，但是这根丝线实在太细，车厢中的光线又实在太暗，最重要的是，在火车车厢里闷了几十个小时后，又有谁会想到，接他们的新兵接送车上，会有人弄出这么一个陷阱？！

其他几辆军车里面传来一阵惊呼，显然是其他新兵已经遭了“毒手”。怪不得火车非要选择在凌晨到站，军车停泊的位置又这么偏僻，敢情是他们还没有进军营，就要先吃上一记杀威棒。难道这就是戍边部队和内地部队的区别？！

燕破岳和萧云杰不动声色地对望了一眼，萧云杰形若无其事地踏过那根绊线走进车厢，他从口袋里取出一包红塔山，给两名老兵一人发了一支，然后按亮了打火机，打火机上寸许长的火苗映亮了两名老兵的脸，也照亮了他们军装上的肩牌，他们是士官，看样子应该是部队里的班长。

萧云杰也往自己嘴里丢了一根香烟，还没进军营，就敢当着班长面吸烟的新兵还真不多：“两位班长大哥贵姓？”

“姓张。”

“姓杨。”

两名班长回答得相当简单，他们甚至忘了教育萧云杰，到了部队“大哥小弟”这套江湖伎俩要收起来，一律只能用官阶和同志来称呼，他们两个人的目光跳过萧云杰的肩膀，齐齐落到了燕破岳的脸上。

他们这个师，在迎接新兵时，都会由老兵出手设置陷阱，给还没有入伍的新兵上一堂震撼的教育课。这个传统已经持续了近二十年，每年的新兵都被折腾得鸡飞狗跳，这么多年下来周而复始，他们还是第一次见到，有新兵能够在踏入陷阱前，就发现了危机。

这小子难道是属耗子的？！

“我在来之前，我叔就说了，我要加入的是戍边部队，是真正守在边防线上保疆卫土的英雄部队，当时我还有点不以为然，可是现在我信了。就凭这种居安思危永不放松的警惕，我们的部队的战斗力不强，谁强？！”

萧云杰的马屁拍得恰到好处，让两个班长的脸色都缓和起来，萧云杰趁势问了一句：“两位班长大哥，你们看这次入门考验，我们算通过了吗？”

姓张的班长站起来，随手拆掉了车厢底部暗藏的一个发烟器，他盯着燕破岳的眼睛：“小子，有一套，叫什么名字？”

“燕破岳。”

“你怎么知道在车厢里有陷阱，不要告诉我，你恰好看到了地面上的绊线。”

他们横拉在车厢内的绊线的确是白色的，似乎应该很醒目，但这两名班长，却是边防部队中的老兵，埋地雷、下绊子一个个是行家里手，他们借助火车站投到车厢内的微弱灯光，将白色绊线拉到了阴影里，再加上他们拉的绊线，距离地面有十八公分，燕破岳在跳上车厢的那一刻，绊线就在他眼皮子底下，处于“灯下黑”状态，被意外发现的可能性几乎是零。

当然，如果新兵踏中了陷阱，老兵们是绝对不会向他们讲解这其中的奥妙的，而是会放声嘲笑新兵们有眼无珠，连一根白色绊线都无法看到。

“我看到你们在笑，而且笑得很诡异。在我登上车厢后，你们两个人不约而同一起吸了一口长气，又同时屏住了呼吸，形成这个场面唯一的解释就是，有什么不太好的东西，就要被我触发了。”

张班长忍不住回头和杨班长对视了一眼，他们齐齐看到了对方眼睛里的震惊，更读到了对方想要说出来的一个词……雷达！

燕破岳跳入车厢不过就是区区一两秒钟，不但看清楚了他们两个人脸上的表情，甚至就连他们的呼吸声都听得清清楚楚。像这样对环境有着敏锐观察，在危险来临时，能瞬间做出判断，并带领身边战友有效回避危险的人，在他们这些老兵当中，有一个相当响亮的绰号叫作“雷达”。

放眼全师有资格当“雷达”的人，无不是经过最严格训练的老兵，有相当一部分人，更是进入侦察部队后，才慢慢磨砺出这种本领，这种人就算不是军官，一旦在战争来临部队编制被打散，所有人只能各自为战时，所有士兵就会自然而然向“雷达”身边凝聚，形成一个新的战斗团体。还是新兵就有资格成为“雷达”的角色，别说是全师，就算是全军，估计都是屈指可数。

张班长再次深深看了燕破岳一眼，猛地一挥手，对着还站在军厢外的新兵们放声叫道：“都愣着干什么，上车了！”

新兵蛋子们得到命令一拥而上，他们分坐在车厢两侧，耳朵尖的人还能隐隐听到另外几辆“康明斯”里，传来老兵的咆哮：“你们眼睛都瞎了吗，那么明显的一根绊索横在那里，你们怎么就像是没头苍蝇一样一头撞了上来？将来要是打仗了，像你们这些菜鸟中的菜鸟，南瓜中的南瓜，自己当炮灰也就算了，连你们身边的战友都会被一起坑了。要我说你们还是别当兵了，就在这里买块豆腐，直接撞死算了，免得以后害人害己！”

第三章 - 丧尽天良变态强

“康明斯”卡车在大山里晃晃荡荡地行驶，燕破岳的感觉就是车在不停地绕圈，不停地上上下下，现在海拔已经超过三千米，随着卡车在山路上不断盘旋，海拔也在持续上升，车厢中已经有人因为高原反应，脸色苍白地吸上了氧气，其他人就算是勉强忍耐，脸上也流露出不舒服的表情。

突然有人冲到车厢边，把脑袋探到外面“哇”的一声开始呕吐，随着异味在车厢中回荡，又有三四个新兵蛋子脸色苍白伸手捂着嘴巴冲到车厢后方，轮流开始了呕吐。

张班长走过去，一边在呕吐的新兵后背轻轻拍打，帮他们减轻呕吐时的痛苦，一边微笑着道：“这高原反应啊，也是欺软怕硬的主，只要你自己够强壮，又不紧张，它就根本不敢找上你。你们都是十八九的大小伙子，扛上几天就过去了，没啥。来，喝口水涮涮嘴。”

吐过的几个新兵，回到座位上后，一个个喘着粗气，有些人的喉结还在上下涌动，显然是只要稍受刺激就会再次冲到车后面放开呕吐。

杨班长也站起来，把一些削得薄薄的木片状物体送到那些士兵面前：“这可是野生圣地红景天，听说过没有，它们都长在四千多米高的青藏高原上，想采集它们，都得扒着石缝子去找，你们别看它长得不咋地，却是治高原反应的灵丹妙药，往舌头下面含上一片，保证你们立刻就会活蹦乱跳。”

给每个呕吐的新兵发了一片圣地红景天后，杨班长又从口袋里摸出一只绿色的小瓷瓶，他随手一晃，小瓷瓶里就发出“沙沙”的声响：“这是复方丹参滴丸，如果谁觉得心跳得厉害喘不过气来，可以找我来领上几粒。但是我提醒大家，不到万不得已，不要借助这些东西来对抗高原反应，我还真见过进入军营半年，还得天天抱着氧气枕，一离手就会要命的兔子。记住，在这片土地上，你们要努力做吃肉的狼！”

一群新兵都抿紧了嘴唇，车厢内再次恢复了安静，只剩下卡车在并不算平整的路上颠簸时发出的声响。

不知道卡车又在山路上行驶了多久，汽车终于停下了，汽车后厢板被人放下来，两名班长直接从车厢里一跃而出，旋即车厢外面就传来了锣鼓声，不用问也知道军营终于到了，而这锣鼓声，就是欢迎他们新兵入伍的仪式。

燕破岳跟在班长后面跳出车厢，放眼望去在视线可以触及的范围内，全部是大山，由于干燥和缺乏土壤，只有一些稀稀拉拉的野草，根本无法覆盖整个地表，露出了一片片大大小小的石块。曾经有人担心，到了这里不出一年就会得关节炎，站在这片土地上，就会发现这纯属是杞人忧天，这么干燥的环境，想得风湿病关节炎，还真挺难。

这里就是祖国的大西北，没有重工业污染，整个天空都呈现出一片让人心醉的蔚蓝，但是由于气候过于极端，似乎就连迎面吹来的风都锋利如刀，切割得他们每一个人的皮肤隐隐发痛。

在上世纪八十年代，曾经爆发过一股淘金热，几十万抱着发财梦想的人，像一群蝗虫般涌进青藏高原，淘金者们买不起煤炭取暖做饭，就直接挖掘草根，把它们晒干后当成燃料。这股淘金大军，不知道毁坏了多少地皮生态环境，让原本的绿色草甸，变成了一片也许永远不会恢复的枯黄荒漠，让青藏高原上的生存环境，越发地恶劣。

一名少校脸色严肃地站在军车前方，在他的身后，跟着六七名尉官和一群士官，对军队结构已经有了相当了解的燕破岳知道，这名少校就是新兵营的教官，而那些尉官就是新兵营的连排长，至于那些士官，就应该是直接带领他们这批新兵的班长。他们这群新兵，将会在新兵营里接受三个月训练，完成从平民向士兵的转变，三个月后，他们就会被拆分开来，进入各个连队，真正开始他们的军旅生涯。

看着新兵们扛着背包慢慢从车厢里爬出来，有些人手中还抱着氧气枕，少校脸上露出一丝不屑：“现在招的兵，怎么都是一群歪瓜裂枣，看看你们这副软脚虾的熊样，估计就连我外婆都打不赢！”

在士官们的指挥下，新兵们排成了八列，每一列横队的右首，站着两名士官，这就是他们在新兵营时的班长和副班长。燕破岳和萧云杰，被分到了第三排，也就是新兵连的第三班。

“先自我介绍一下，我是你们新兵营的指导员，叫李强，李自成的李，强大的强。很好记，记不住也没关系，因为你们很快就会用‘恶魔’‘混蛋’‘变态’之类的绰号来称呼我。前年的时候，有个新兵给我起了个绰号，我很喜欢，如果你们愿意的话，可以捡起来接着用，这个绰号还有点长，叫作……丧尽天良变态强！”

说到这里，李强脸上露出一个诡异的笑容：“至于我有多变态，有多丧尽天良，我不介意现在就向大家展示一下。”

两只硕大的黑塑料袋，被人送到了李强面前，李强抓起塑料袋随手一抖，就将里面的东西全部倒在了地上。

那是一堆生活垃圾，有吃了一半的火腿肠；有放在塑料袋里的煮鸡蛋；还有啃得乱七八糟的德州扒鸡……

这些垃圾怎么看着有点眼熟?

李强打开红色塑料袋，从里面拿出一枚被人踩得稀烂，蛋清蛋黄和鸡蛋皮都混合在一起的煮鸡蛋：“这袋鸡蛋，是在火车站站台上买的，五块钱一袋，一共十枚。有位大少爷买了它后，总共只吃了两个，下火车的时候不想把它带上也就算了，还专门把它丢在地板上又踩了两脚，不过想想也对，自己花钱买的东西，自己不吃了凭什么让别人捡去吃？在军事领域，这就叫不给敌人留一粒粮食！”

李强手里捏着那枚鸡蛋，在新兵面前慢慢踱着步子，他猛地提高声音：“有句话说得好，‘雷锋出差坐车一千里，好事做满一火车’，而你们呢，你们不是好事做满一火车而是垃圾丢满一车厢，食物丢满一车厢，浪费铺满一车厢！就你们这些少爷，也配穿上军装，扛起保家卫国的天职？！”

把手中那枚鸡蛋丢到垃圾堆上，李强森然道：“我这个丧尽天良变态强，给你们这群新兵上的第一堂，就是要学会珍惜每一粒粮食，谁丢的食物，自己捡回去，把它们全部吃干净！艰苦朴素，勤俭节约，历来是我军的光荣传统，无论到了什么时候，都不能丢！”

看到所有人还站在那里，李强瞪起了眼睛放声厉喝：“发什么愣呢，享受大餐的时候到了！”

直到这个时候一群新兵才如梦初醒，一窝蜂地冲上去，从垃圾堆中捡出自己丢掉的那一部分，当场就往嘴巴里塞。

就在这一片混乱当中，只有十几个新兵还站在原来的位置上，稀稀拉拉地显得特别醒目，从军工厂出来的八个孩子，却全部静静站在队列当中。

抱着氧气枕的新兵，愁眉苦脸地从垃圾堆中拾起那一袋踩得稀烂的鸡蛋，还没有送到嘴边，就喉结上下涌动，脸上露出想吐的难受表情，他几次三番地努力，在所有新兵都吃完了火车上丢掉的食物并归队时，他才勉强吃了小半只鸡蛋。

所有人的目光都落到了这个新兵的脸上，捧着几只被自己踩得稀烂的鸡蛋，在众目睽睽之下，想吃又吃不下去，又是羞愧又是紧张又是难受，让这个新兵的眼圈都慢慢变红了。

“你们是不是觉得我小题大做？”

李强望着面前的新兵，沉声道：“看看你们身边的世界吧，这里交通不便，补给运送极端困难，一年到头也吃不到几次新鲜蔬菜，我们也曾试过自己动手丰衣足食，可是一旦把野草铲除种上农作物，当年还能勉强收获那么一点点东西，到了第二年，大风一刮沙子碎石子就盖住了田地，只能眼睁睁地看着它们沙漠化。风干后又用水泡开的洋葱、豆芽、土豆、豆腐，外加午餐肉罐头，就这些东西翻来覆去地想办法变花样，我敢保证两年后你们一进食堂，闻到菜味就想吐！”

李强走过去，从新兵手中接过鸡蛋，他一挥手，几名尉官就围了上来，几个人一人拿起一只鸡蛋，当着所有新兵的面，把鸡蛋吃得干干净净，看他们的样子，丝毫不在意鸡蛋曾经被人踩过，他们真的把煮鸡蛋当成了美味。

“运输线环境太过恶劣，每年都有汽车兵因为意外事故牺牲，在外面乱丢食物，充其量只是浪费。但是在这里，你们把没吃完的食物丢掉，那就是犯罪，就是对汽车兵烈士们的亵渎！”

全场一片肃然。

第四章 - 新兵连

（上）

张班长走到李强身后，在他耳边低声说了些什么，李强略一点头，放声喝道：“燕破岳，萧云杰，出列！”

“是！”

“是！”

听到营长叫自己的名字，燕破岳和萧云杰一起大踏步走出队列，站到了李强面前。

身为新兵营营长，在某种程度上来说，对新兵有着生杀大权，李强目光直视过去，绝大多数新兵都无法承受他目光中包含的那种压迫感，下意识地转头避开。

但是这两个新兵都没有。

站在右侧的那个新兵，迎着李强的目光，嘴角微微向上一挑，回了一个灿烂的微笑，虽然这种行为有点浪荡，甚至有点老兵痞子的感觉，但是这个笑容亲和力十足，就算是李强都无法生出怒气，拥有这种笑容的人，必然是那种心开九窍长袖善舞的家伙，那么这个长得够帅气的新兵，自然就是一进车厢就给两位班长发香烟缓和气氛的萧云杰。

至于站在左侧的新兵燕破岳，他的头微微昂起，迎着李强的目光，既没有像刺儿头一样针锋相对来个大眼瞪小眼，也没有下意识地扭头避让，他只是坦坦荡荡地迎着李强的目光，李强在打量他，分析他的时候，他也在同样打量分析着李强，或者说他在分析着面前每一个军官和士官。

只有内心深处坚硬得无懈可击，拥有绝对自信的人，才能像燕破岳这样表现得沉静如水。更重要的是，李强分明在燕破岳眼中，看到了一抹隐隐燃烧的炽热火焰。

“你们是这二十年来，第一批能够避开陷阱的新兵，正式训练还没有开始，你们已经让我另眼相看了。”

听着李强毫不吝啬的夸赞，新兵中间已经有人脸上露出羡慕的神色，燕破岳和萧云杰却一起在心中暗呼不妙，训练还没有开始，就让有“丧尽天良变态强”绰号的教官另眼相看，这百分之百是祸非福，而李强的赞美，更是赤裸裸的“捧杀”，绝对不会有人希望自己还没有融入一个集体，就成为众矢之的。

“所以，我决定破例照顾你们一下。”

李强脸上带着绝对称不上和善可亲的笑容一挥手，两名士官将两只硕大的军用背包递到燕破岳和萧云杰手中，燕破岳和萧云杰只觉得手上狠狠一顿，天知道背包里放了些什么，重得要命。

“背包里是二十公斤模拟负重。”

李强又将一面营旗交到燕破岳手中，“我不管你们两个怎么分配，你们要背上负重，举着这面营旗，带领所有新兵在两小时内，完成十五公里越野跑训练。在这个过程中，所有人都不得越超营旗，违者受罚；两个小时内不能跑到终点的人，一概以失败论处！”

李强的话声一落，新兵中间就一片哗然。燕破岳和萧云杰可是要背着二十公斤负重，他们中间还要有一个人负责举起营旗，在这种情况下，他们也许连五公里都跑不完就会体力耗尽，其他人还不能越过营旗前进，这样最终的结果只能是全营所有人一起失败接受处罚。

萧云杰借着和燕破岳一起整理背包的机会，低声道：“老燕，这个教官下绊使套，摆明了就是要让我们成为众矢之的。”

燕破岳也低声回应道：“军营训练新兵，讲究‘是龙你得盘着，是虎你得卧着’，教官明显是把我们当成榜样，想要拿我们两兄弟杀鸡骇猴震慑全营。你想想看，我们两兄弟天纵英才智比天高，都被教官收拾得服服帖帖，其他人哪里还敢炸刺。”

“那怎么办，我们就老老实实做筏子？！”

燕破岳打开背包，发现里面放了十只小沙包，估计一只就是两公斤重，他伸手从萧云杰的背包中取走五只，放到了自己包里，抬起头望着面前这片高低起伏的大山，眼睛里缓缓扬起了一股炽热到极点的火焰：“如果我们闯不过这关，被教官当成肉鸡宰了立威，那自然是天要下雨娘要嫁人；但是如果我们两兄弟今天联手闯过难关，到明天这个时间，整个军营都会记住你我两兄弟的名字。是英雄还是狗熊，就看这一票了！”

所有军官和老兵的目光都落到了燕破岳的身上，一旦海拔超过三千二百米，刚刚到高原上的人需要七天以上时间去适应，就算空手也相当于负重二十公斤，燕破岳背起三十公斤物理负重，单是从体能消耗上来说，却是相当于负重五十公斤。

如果说这样还不算太直观的话，有一组数据可以借用。

美军精锐部队，fighting load（作战负重）为六十三磅，约合二十九公斤，为了保证士兵在最激烈交战时奔跑速度不受影响，美军特种部队甚至允许士兵作战负重只有十八公斤；approach load（行军负重）为一百零一磅，约合四十六公斤；emergency approach load（应急负重）为一百三十二磅，大约为六十公斤。换句话来说，背着三十公斤负重，在海拔三千二百米以上高原上以每小时接近八公里的速度迅速行军，这已经接近外国特种兵的入门标准。

萧云杰在这个时候，突然又做出一件让所有人目瞪口呆的事情，他站起来迎着风举起营旗试了试，旋即又蹲下身体从自己的背包中取出两只模拟负重沙包，把它们交给了燕破岳，这样燕破岳的实际物理负重就达到了令人目瞪口呆的三十四公斤。

看到这一幕，老兵和军官们面面相觑，萧云杰敢这么做，只有一个原因，那就是他认为，李强给燕破岳布置的难题还太简单了点，就算是再增加点分量，也没有什么不可以的。

“老燕，我突然想到了一个问题。”萧云杰低声道，“教官把营旗交到咱们手里，应该不仅仅是给我们增加负重那么简单，否则的话往我们背包里多丢几个沙包不就行了。”

燕破岳深有同感地点头，他盯着萧云杰手中的营旗，再看看身后那群新兵，他心中微微一动：“教官不允许新兵们越过这面旗营，就是说扛旗的人，就相当于整支队伍的头雁，是队长。如果你我两兄弟一开始就撒腿猛跑，最终就你我两个人冲过终点，教官百分之百会指着我们的鼻子破口大骂，说我们无组无纪律，身为队长却把所有士兵都丢到战场上了。”

萧云杰可是学校里的头号智囊，不敢说是其智若妖，但是花花肠子绝不会少，他只是对军队的了解没有燕破岳这种军人世家子弟那么深，现在一经点醒，立刻就反应过来：“有句话说得好，不教而战谓之杀，我们连军营的大门都没进呢，就要参加这种高强度体能考核，就算是无法顺利通过，教官处罚起来也名不正言不顺。

教官九成九是想让我们明白什么叫作团队精神，换句话来说，你我两兄弟要做的，不是在两小时内跑完十五公里，而是保证全队到达终点！”

说到这里，萧云杰只觉得嘴里发苦，他已经看穿了教官这场考核的本质，可这又能怎么样？

大家都是新兵蛋子，从身份来说是等同的，他们两兄弟就算是喊破了嗓子，估计也没有办法让这么多新兵俯首听令，那他们两兄弟自然没有办法将一批只能用乌合之众来形容的新兵整合在一起，形成一个初级团队，这根本就是一个不可能的任务。

萧云杰还在思前想后，燕破岳突然一伸手将营旗拿了过去，站到新兵排成的队列正前方，燕破岳深深吸了一口气，猛地将营旗在地面狠狠一顿，放声喝道：“现在所有人听我命令，转成四列纵队，其中一班二班合为一列纵队，三班四班合为二列纵队，以此类推。”

新兵们还是以八列纵队站在那里，有人忍不住开口道：“凭什么啊？”

“就凭营长给了我这面营旗！”

燕破岳瞪大了眼睛，放声吼道：“只有我和萧云杰领到了背包和营旗，那么在这场马拉松考核结束前，我们两个人就是正副连长，谁要是不服气的话，自己走出来，我们两兄弟非常愿意退位让贤！”

所有人立刻都闭上了嘴巴。谁都不是傻瓜，哪可能在这个时候傻傻地站出去，从燕破岳他们手中抢负重背包，还嫌高原反应不够严重，自己死得不够快了？！

第五章 - 新兵连

（中）

“没错，我们都是新兵，但是在军营中以强者为尊，教官觉得我们哥俩比你们任何人都强，所以对我们另眼相看，给了我们负重和营旗，这就是力量越大责任越大。机会我已经给你们了，你们自己不争气，那就请做好一个新兵的本分，什么是新兵的本分呢，那就是……服！从！命！令！”

不要说是燕破岳面前的新兵，就连他身后的那群军官和士官们，也一个个听得脸上表情精彩、有若见鬼，这也太能扯虎皮拉大旗了，给了他们两个背包一面营旗，就敢自封为新兵连正副连长，这算不算是癞蛤蟆上马路，硬充迷彩小吉普？！

但是近百号新兵都沉默着，拿面营旗就敢自封为王的货，不是自信与实力并存的狠人，就是脑袋里缺根弦的二货，但是不管是哪一种类型，把他惹急眼了，都会带来大麻烦，与其自己站出来主动拉仇恨，不如等着别人忍不住站出来，自己躲在后面摇旗呐喊……就是在这种心理作用下，所有新兵竟然都愣在了那里，任由燕破岳挥舞个破旗在那里狐假虎威。

燕破岳当然明白，眼前的士兵兄弟们沉默背后的无言抗议，他嘴角一挑："老萧，给他们讲讲做人应该积极上进的道理。"

要萧云杰像燕破岳这样，二货似的直冲出去，就算是千夫所视也能坦坦荡荡，拿面营旗就敢自封为王，他还真有点力有不逮，但是说到玩嘴皮子，说到煽风点火，萧云杰却是祖宗级别的，既然自家老燕已经开拓出一片大好局面，萧云杰轻咳一声，也就当仁不让、该上就上。

萧云杰从燕破岳手中接过营旗，用旗杆在地面上写下了"人材""人才""人杰""领导"四个词。

千万别小看萧云杰这一手，几个大字写出来，他还真的把面前的一群新兵蛋子心神吸引到自己面前："我以前常听人说，革命工作不分贵贱，干什么都是为人民服务，在我看来，这话就纯属扯淡。回家人家一问，你在连队是干啥的，你是想告诉对方你养了三年猪，而且养得一头比一头壮？还是想告诉对方，你蒸了三年馒头，现在和面的本事比你妈都高明？如果真是这样，你老爹想托人给你介绍对象，也不好意思开口啊。"

这话一出口，就有几名军官沉下了脸，其中一名上尉想放声呵斥，却被李强伸手给挡住了。

眯起眼睛，打量着萧云杰和燕破岳，李强淡然道："这话是听着刺耳，也和部队向新兵灌输的价值观有异，但是不可否认，这是新兵们的共同心声，别说是他们，就算是把你们调去养猪种菜蒸馒头，又有几个愿意？既然他敢在这方面开口，我倒想看看，他有什么能让人眼前一亮的见解。"

“啥叫人材，就是指没有什么优点和特长的人。比如说扫大街的大妈，站柜台的伪白领，蒸馒头的炊事员，不是说他们正在从事的工作不重要，也不是说他们就低人一等，但是他们的岗位，换成谁都可以胜任，只要用心，谁都可以做好。我们这群新兵蛋子，现在对部队来说就是人材，如果新兵训练结束，你都不能脱离这个身份，让你养猪你就得养猪，让你蒸馒头你就得蒸馒头，让你去种菜你就得种菜，没有办法，谁叫你只是一个‘人材’呢。”

萧云杰说的这些东西，是每一个新兵现在都最关注的领域，但是绝大多数人都没有他想得这么深，这么透。

萧云杰又指向了“人才”这个词。

“人才，是支撑起任何一个团队的基础，在我看来就相当于部队里的士官。有资格被称为人才，必然要拥有一技之长，比如写得一手好字，又能舞文弄墨的，可以被挑选去当文书，学习成绩好的，会被团里当成苗子，将来会被送去参加军校入学考试，如果军事技术够硬，最起码也会被当成班里的军事骨干，一年多后就可能混个班长、班副干干。”

说到这里，萧云杰一脸诚恳：“我们可是戍边部队，一切以实战为基准，没有人会把军事标兵送进炊事班蒸馒头，也没有人会把擅长吹拉弹唱的文艺骨干送去放羊种菜。到了这里，千万别再有什么出头的椽子先烂那种庸俗处世哲学，该出手时就出手，拼命展现自己的力量与长处，拼命吸收新的知识，让自己每一天都比过去的自己更强，才是真正的军营生存之道！”

张班长揉着鼻子，小声道：“看这俩小子一唱一和的，我咋突然想到了‘狼狈为奸’这个词？”

杨班长也低声回应了一句：“我想到的是‘狐假虎威’。”

不管他们是狐狈为奸也好，狐假虎威也罢，燕破岳和萧云杰都联手，成功地吸引了所有新兵的注意力，燕破岳拍了拍萧云杰的肩膀，对萧云杰的精彩演说表示赞赏，而他再次开口，那股当仁不让，那种不谦虚、不谨慎、不客气、不要脸，就再次震惊全场：“大家还是人材，木材的材，而我们两兄弟，在接过背包和营旗的时候，就已经是人杰了。”

靠！

不要说是新兵们一片哗然，就连李强都差点没绷住面皮。

“什么是人杰？人杰就是说，先有足够当人才的优点，再展现出勇于承担责任，积极向上的心态与素质，能够主动发现问题解决问题，成为一个团队中不可或缺，甚至是不能替代的角色！”

燕破岳大大咧咧地一挺胸膛：“在这次考核当中，我们两兄弟的位置，就无可替代。”

下面的新兵一起倒翻起白眼，如果不是大家已经穿上军装，有了成为士兵的自觉，说不定现在已经是嘘声一片。

“但是只靠正副连长两个人，无法支撑起一支连队。”

燕破岳目视全场：“我还需要八个排长，有谁愿意担任？”

一个连一百人都不到的连队，连长开口就要八个排长，无论放到哪儿，这都算是一个笑话，但是在这一刻，看着燕破岳和萧云杰，还有他们写在地面上的那些字，所有人就都笑不出来了。

看到面前的新兵脸上露出犹豫，萧云杰作为第二梯队替补，立刻展开火力协助，他的声音中，透出了浓浓的怂恿：“我们是经常听出头的椽子先烂这句话，但是我相信你们每一个人都听过‘毛遂自荐’吧，不小马过河亲自亲验那么一下，你怎么知道自己究竟是椽子还是毛遂？”

“死就死吧，说不定还真是一个机会呢。”

抱着这样的想法，有八名新兵从队列中走了出来，其中有两张是燕破岳熟悉的面孔。

“我还需要两个军医，接受过急救培训的最好。”

新兵中有人举起了手：“我没有接受过急救培训，但是我爹是老中医，我从小就跟着他学医理，还会抓药和针灸。”

这下别说是燕破岳眼睛一亮，就连李强都微微动容，对身边的一名少尉略一点头，那名少尉立刻在花名册中找到这个新兵的名字，并在上面画了一个红圈。不消说，这位连针灸都会的新兵，就属于军队最稀缺的“人才”。

又有一个新兵举起了手：“我暑假时在海边浴场当过两个月救生员。”

燕破岳用力一挥手，两名随军军医正式确定：“你们的任务，就是发现有人出现严重高原反应，要在第一时间冲上去实施救助，不管我们这一次考核成绩如何，只要能保障全部成员，让大家可以不死不残，你们就算是立了大功。”

说到这里，燕破岳总算还记得自己只是一个新兵蛋子，回头望了李强一眼：“教官，您说是吧？”

李强微不可察地略一点头，对身边两名背着急救箱的军医下令道：“把你们的急救药品给他们。”

两只急救箱说重不重，说轻不轻，背着它们跑十五公里，绝不是一件轻松的事情，但是两位由燕破岳提拔出来的“军医”脸上却露出兴奋的表情，别的不敢说，至少新兵营训练结束后，他们是肯定不需要去种菜、养猪、蒸馒头了。

八名排长站在燕破岳面前，燕破岳下达的第一个命令是：“你们各自挑选两个班长，记住，一旦队伍中有人体力不支，你们和班长哪怕是去抬去扛去架，也不绝不能让他们掉队。只要你们今天做得漂亮，就会先拔头筹，一年后你们九成九都是班长。”

八名排长一起用力点头，他们返回队伍，一个个瞪大眼珠子，在新兵当中挑选身体够强壮，而且高原反应明显比其他人小的同伴来担任班长，两三分钟后，十六名班长被火线提拔完毕，跟着排长们一起站到燕破岳面前。

燕破岳打开自己来时背的背包，从里面挑出一件白色T恤衫，用力狠狠撕扯，很快就撕出一堆布条，并将它们递给了面前的排长、班长们，说：“排长左臂系两根，班长系一根，副连长系三根。”

燕破岳一边给“军官”们发放代表身份与地位的白布条，一边毫不羞涩地在自己的左臂上系了四根白布带，“军官”们虽然一起倒翻白眼，却没有人出声置疑，既然人家都自封为连长了，还贡献出一件T恤衫，多系上一条两条就由他吧。

看到这一幕，站在李强身边的一名上尉，猛地发出了一声低呼：“我的天哪，这小子用的是第二次世界大战时，苏联军队使用的战时预备役制度！”

在第二次世界大战时，德国军队对苏联悍然发起了闪电袭击，在短时间内就消灭了上百万苏联军队，可是德国军队最终还是失败了，最大的原因，就是苏联军队的预备役制度，让德国错误地判断了将要面对的苏军数量。苏联军队以一个师来说，他们有两套指挥人员，在部队被调往前线时，两套指挥系统就会各自分开，一边前进一边在沿途招收士兵，当部队赶赴前线时，一个师就变成了两个师。

也许有人会问，这样的部队士兵不听命令怎么办。有个哲理说得好，一个人很难影响十个人的意志，但是十个人团结起来的意志，却很容易影响一百个人。

更何况燕破岳面前只有不到一百名新兵，他却硬是“火线”提拔了八个排长，十六个班长，两个军医，再加上他和萧云杰两位正式连长，光是指挥层就有二十八个人，从比例上来说，超过了四分之一。

虽然还有点儿戏的感觉，虽然考核结束后，所有“军官”们就会被打回原形，但是这支以燕破岳连长为主导，萧云杰为副手的“战时连队”，竟然真的被他们两个新兵蛋子给倒腾出来了！

第六章 – **新兵连**

（下）

萧云杰举着营旗，在队伍前方以每小时八公里左右的速度带队奔跑，在他身后是四名手臂上绑着两根白布条的排长，在队伍最后方，还有四名排长坐镇，就是以这八名排长为核心，将整支队伍包裹起来。

十六名班长，与其说他们是班长，更不如说他们是燕破岳专门为两名军医准备的眼线和苦力，只要发现有谁呼吸困难脸色苍白，班长就会立刻报告军医，高原反应严重的，军医会立刻终止对方参加考核。如果只是单纯的体力不支这个好办，你以为燕破岳为什么专门叮嘱排长们，选择身强体健高原反应最小的士兵为班长？

这些班长一左一右，架起气喘吁吁体力不支的新兵就往前跑，那种动作怎么看都像是专业绑票的劫匪。

至于燕破岳则是在队伍外面跑来跑去……

“兄弟们，什么是高原反应？高原反应就是在地摊上买东西和老板讨价还价，你软他就硬，你硬他就软，你对他念念不忘，他就敢蹬鼻子上脸，你转身就走绝不牵挂，他就会追在你的身后放声高叫……亲，再看看吧；亲，好吧，好吧，就这个价，我赔本赚吆喝卖给你了！亲，下次记得再来啊！”

说到这里，燕破岳手里挥舞起一块他不知道从哪儿翻出来的小手绢，那种媚骨天成，那种春风满面，怎么看都像极了电视剧里秦淮河畔暗影流香的姑娘们，一边抛着媚眼儿一边招揽客人的标志性动作。

“噗……”

虽然刚刚到了高原地带就要参加高强度体能训练，让队伍中绝大多数人身体不适，但是听着燕破岳在一边的胡说八道，大家仍然忍不住笑了起来。

人群中有人叫了起来：“连长，求求您别再讲这样的笑话了好不，我这么一笑，真的快要喘不过气来了。”

“好吧，那咱们说点实际的。教官再无耻、再变态，总不能在第一顿饭上就小气巴拉的吧，你们没听教官说嘛，他们这里还有人专门负责养羊，我敢打赌现在伙房里一大锅羊肉汤已经炖得喷香，里面撒满了辣椒，上面都漂起了一层红油，跑上一身大汗，再来上一碗热气腾腾的羊汤，狠狠咬上一口青稞面做的饼子，那味道就一个字……香！”

燕破岳这是美食诱惑，就是望梅止渴般地无耻翻版加抄袭，大家都听说过这个典故，但是听着燕破岳绘声绘色的描述，队伍里正在撒腿奔跑的新兵蛋子们，还是不约而同地吞了一口口水。火车上的盒饭里面全是肥肉块子，吃过一次后，就宁可吃方便面也绝不再碰，几十个小时下来，大家嘴里都淡出鸟来，喝上一碗热辣辣的羊肉汤，热得全身透汗，那是何等的舒畅？！

远远的听到燕破岳的吼叫声和笑叫声，看着那批新兵紧跟在营旗后面，一个个跑得满头大汗，却又兴高采烈，似乎已经忘记了高原反应，李强脸上露出了似笑非笑的表情：“臭小子，竟然把我的台词都抢光了，到底我是教官还是你是教官？”

“这小子是颗好苗子，可惜就是太张狂，太小看高原反应了。”

张班长走过来递给李强一支香烟说：“他背着几十公斤负重，还在队伍外面大呼小叫地来回乱窜，我看最多跑到十公里，他就会喘不过气来。”

李强接过香烟，不置可否地微微一笑，在点燃香烟后，他深深地吸了一口，烟雾在肺叶里转了一圈后，又慢慢吐了出来，在蓝色的烟雾缭绕中，他眯起眼睛，打量着在队伍两侧跑来跑去，时不时蹦跶两下，再扯上一个段子，兴致来了甚至还能仰起脖子高歌一曲的燕破岳。

站的高度不同，看事物的眼光就自然不同，张班长是一个老兵，他只看到了燕破岳不把高原反应放在眼里到处浪费体力的一面，但是身为一名少校，李强看到的却是这批新兵在萧云杰的带领下已经跑出近五公里，依然没有人掉队。燕破岳在不停地转移新兵们的注意力，让他们忘记或者无视高原反应，八名排长和十六名班长，一旦发现有人体力过度不支即将掉队，他们就会在第一时间跑过去，一左一右架住对方，带着这些身体素质低于平均标准的新兵继续飞奔。

“到现在为止，干得还不错，但是你们最多再跑两公里，潜藏在内部的问题就会爆发。我真的很期待，你们这两位‘连长’会如何处理。”

李强的眼光相当毒辣，跑到第七公里时，全队已经有超过一半人体力严重透支，仅凭八名排长和十六名班长组成的支援队，当然无法带着这么多人一起前进。

萧云杰被迫停下脚步，有将近三分之二新兵要么一屁股坐到地上，要么弯着腰拼命喘气，剩下还能挺直身体的三分之一新兵，他们的军装也被彻底浸透，汗水顺着脸庞流下来，滴落在他们脚下这片如此厚重又如此贫瘠的土地上，发出一连串“噗噗”的轻响。

每个人的目光都集中到燕破岳身上，谁都知道再这么坚持下去，所有人只会一起失败再一起挨罚。

“大家可以看看周围那些老兵的脸色，我可以确定，我们已经做得够多、够好了。”

听到燕破岳的提醒，这些新兵们才发现，不知道什么时候，在他们周围的路上，已经出现了三三两两的老兵，这些老兵看着他们脸上都露出了震惊，显然在他们自己接受类似的训练时，成绩要远远没有现在的新兵们好。

这个发现，让仍然有力量站在原地的新兵们，不由自主昂起了头，就连那些喘得厉害的新兵们，也有一部分重新挺直了自己的腰。

“大家都在语文课本上，读过‘三人行’这篇故事吧，当时红军在二万五千里长征时走入草地，故事的主角是一个连指导员，他背着受伤的战友前行，在半路遇到了一个同样受伤无法行动的士兵，无论怎么看一个自己也受了伤的人，无法背着两个伤员前进，可是他做到了，他先背着一个伤员走到前面，体力不支的时候就把伤员放下，再走回去背另外一个，如此周而复始，最终他旧伤复发晕倒了，在他醒来的时候，他发现那两个伤员正在地上，拖着他向前爬。”

也许别人读这篇文章时，只会用漫不经心的态度扫上几眼，但是燕破岳的父亲，就是被部下用类似的方法抬下了火线，所以每每读到这篇文章，或者从脑海中重新回想起来时，一股炽热的气息就会在他的胸膛里涌动。

彼此扶持，永不放弃，也许这就是中国军队在半个世纪前，创造出一个又一个军事奇迹，最终被称为世界最强的原因！

看着面前这些若有所思的战友，燕破岳沉声道：“我以连长的身份下令，不要管用了多少时间，一起跑完这该死的十五公里，一起通过终点，一个也不许少！”

燕破岳和萧云杰，用步行的速度带着全部新兵完成了十五公里越野训练。李强抬起手腕看了一眼手表，这批新兵整整用了两小时三十七分钟，李强还没有说话，就看到燕破岳突然抛掉身上的背包，对着几十米外的一片草丛猛扑过去。

一道灰色的身影自草丛中跳出，那是一只高原兔，这种兔子最高能在海拔五千多米的高原上生存。它们这个群体繁殖能力并不强，能够生存的最大原因就是四肢有力，拥有远超同类的速度与敏捷。

这只高原兔有力的后肢在地上一蹬，整个身体就紧贴地面飞窜出一米多远，它的爪子下面长着长长的绒毛，让它在落地时悄无声息，几乎不需要任何缓冲，它的后肢再次在地面用力一蹬，旋即又像离弦之箭般向前蹿出一米多远。

就是凭借这种速度，高原兔不知道甩掉了多少突如其来的危险，也就是因为对自己的速度拥有绝对自信，它才敢出现在军营几百米范围之内。

可是今天，它在飞蹿的时候，却听到身后的脚步声越追越近，对方的速度竟然比它更快！

高原兔猛地停住脚步，它的后肢在地面上狠狠一蹬，猛地向右侧逃窜，这种瞬间转变奔逃方向的机动敏捷，足以让大自然中最出色的捕猎者措手不及，但就是在向右侧飞蹿，四肢还没有重新接触到地面的时候，一只有力的大手突然凭空而落，一把就抓住了它堪称要害的耳朵。

所有人都目光呆滞，看着燕破岳拎着一只足足有五六斤重、在他手中不断扭动身体拼力挣扎的肥大高原兔，兴高采烈地跑回来，张班长不停地揉着眼睛，一次次的反复确认后，终于忍不住发出一声惊叹：“这小子真是一头禽兽！”

张班长在过度震惊之下，用的形容词含有太大歧义，但是四周的军官和老兵们，却心有同感地一起点头。

这小子可是背着几十公斤的负重，在两个多小时内跑前跑后，勉强将一批乌合之众捏在一起，带着他们完成了十五公里越野训练，从运动强度上来说，比让他自己背着相同负重在两小时内跑完十五公里要高得多。

他能一路坚持到底，这种体力已经只能用变态来形容，到了终点之后，他连喘气的时间都没有，就转身徒手去抓一只以速度和敏捷著称的高原兔，而且……他竟然真的抓住了！

请问这小子不是“禽兽”，谁是禽兽？！

“教官，”燕破岳跑过来，对着李强露出一个大大的笑容，连带把兔子一起双手奉上，“这兔子够肥吧，您拿回去剁巴剁巴再撒点葱花，用砂锅小火炖几个小时，味道保证是一级棒。”

李强从中尉开始，就每年参与新兵训练工作，这么多年过来，新兵训练了一茬又一茬，其中也不止一次有新兵想要用送礼和他拉近关系，都被他无一例外地拒绝。但还真是头一次见新兵徒手抓兔子，并把兔子当成礼物送他，今天他还真是长知识，知道什么叫借花献佛了。

李强伸手接过兔子掂了掂，脸上露出一丝微笑：“是很肥。”

燕破岳脑袋点得跟小鸡啄米似的，脸上那巴结的表情咋看咋假。

李强将野兔交给张班长：“把它拿给炊事班，让他们给新兵加个菜。”

张班长拎着兔子返回军营前，还不忘对着燕破岳竖起一根大拇指，燕破岳随之回以一个灿烂的微笑。

“燕破岳，你小子干得不错嘛。”

听到李强的夸奖，燕破岳脸上的笑容更加灿烂：“这都是因为我们有一个好教官，再说了，我们生在红旗下，长在春风里，这苦练杀敌本领，为人民服务，也是应该的嘛。”

李强点了点头：“那就去吧。”

“呃，去哪儿啊？”

“如果是在战争状态，你身为一个连长，却无视上级命令，不能在规定时间内带领部队赶到指定战场，按照军法处罚，那可是要枪毙滴。”

李强和颜悦色地帮助燕破岳重新背上三十四公斤重背包：“你应该庆幸现在是和平年代，你又只是一个代理连长，所以这死罪就免了，但活罪不好饶啊，否则的话我这个营指导员又如何服众？你就马马虎虎再跑个十五公里吧。”

燕破岳瞪大了眼睛，嘴里发出一声没有任何意义的轻叹“呃”，他上上下下、左左右右打量着李强，直到现在他才发现，原来他们这位营指导员，竟然是一个腹黑的主儿！

“看来你现在都不知道自己错在哪儿？”

看着燕破岳目瞪口呆的模样，李强真的是满意极了，他压低了声音，却故意让周围的军官和老兵们都能听得清清楚楚：“送礼就要有个送礼的样子，哪有像你刚才那样，大大咧咧冲上来直接把一切都摆到台面上的？记住，一会儿跑完这十五公里，再抓只兔子，趁着四下没人时悄悄塞给我，我会提前在房里准备好砂锅和小葱的。”

燕破岳瞪了好半晌眼睛，才终于反应过来，能在新兵营当营指导员坐镇全局的人物，有哪一个不是火眼金睛，天王盖地虎、宝塔镇河妖的厉害角色，他燕破岳虽然得到歪门邪道真传，还有一位魔法师师父在一边煽风点火、添油加醋，但是和李强李教官李指导员这头老狐狸斗法，他明显还是嫩了太多太多。

“教官，我尿了，行不？”

李强脸上露出“孺子可教”的表情，他用力拍了一下燕破岳的肩膀：“大丈夫能屈能伸。不错，我真是越发地看好你了。二十公里，去吧，早点跑完早点回营，羊汤早就炖好了。还有，记住再抓只兔子，要比刚才那只更肥。”

燕破岳一脸吃瘪，他在李强似笑非笑的注视下欲言又止，最后老老实实地背着背包开始二十公里越野跑征途。

李强的目光一转，落到了萧云杰的身上，萧云杰可是要比燕破岳上道得多，他二话不说就重新背起背包，追在燕破岳屁股后面跑了出去。

一直到夜幕降临，燕破岳和萧云杰两个人，依然在围着军营打转，体力透支之下，两个人早已经没有了一开始的风风火火，慢慢并肩走着。

李强就站在军营门前，监督着这两名新兵，让他们不敢有半点偷懒。

当燕破岳和萧云杰终于走完剩下的路到达终点时，两个人一声不吭地直接躺倒在地上，看他们的样子就像是刚刚从水里捞出来似的，就连喘气的劲儿都快没有了。

李强看着这两个新兵，黑暗成功隐藏住他的脸，燕破岳和萧云杰又过于疲惫，他们都没有看到在李强脸上的表情，惊讶、欣赏、期待，甚至是淡淡的妒忌……各种情绪彼此混合形成了一个复杂到极点的表情。

但是李强只略一凝神，就将各种复杂的情绪一扫而空，脸色也恢复了平静，他走过去蹲在燕破岳和萧云杰中间，淡然道："累吗？"

燕破岳和萧云杰连回话的力气都没有了，只能勉强动了下脑袋。

李强从口袋中摸出一包香烟，直接取出三支放在嘴里一起点燃，然后往燕破岳和萧云杰的嘴里一人塞了一支："如果你们想听赞扬，那你们可竖起耳朵了，你们不错，真的很不错，我带了这么多年兵，还是头一次遇到让我感到震惊的新兵。尤其是你，燕破岳，我在你的身上，看到了兵王之王的特质。如果你保持今天让我看到的自信，也许你会比我想象的走得更远。"

燕破岳和萧云杰都瞪大了眼睛望着李强，不知道这个今天一脸微笑把他们两兄弟收拾得像孙子似的营指导员，为什么突然这么……嗯，温柔？！

"知道我为什么要收拾你们吗？"李强索性坐在了两人中间，一边吸烟一边昂首看天，似乎在数着头顶究竟有多少星星，"有句话怎么说来着，比别人快一步是天才，比别人快两步就是疯子。这个道理在军营中同样适用，你们比身边的新兵强一些，会获得他们的尊敬，但是如果你们比他们强太多太多，强到了让他们就算再努力都无法触及的程度，却又没有与之相匹配的地位，他们就会下意识地孤立你们，而且在同时，你们的存在也会打击他们的训练热情，让他们产生就算再训练也没有什么意义的消极想法。"

李强说到这里微笑起来，"我必须要让新兵看到，原来你们也会累得像死狗似的，这样在他们的心中，你们才会由妖孽变回人类。"

燕破岳和萧云杰平躺在地上，现在地面还带着几丝阳光暴晒后的余温，背部有点暖洋洋的，他们吸着营指导员塞进嘴里的香烟，学着李强的样子，仰望着头顶那一片有着无数忽明忽暗星星的天空。

“就是在昨天，一个老战友转业了。”

也许是星空太过浩瀚，很容易让人感受到自己的渺小，也许是身边的两个新兵表现得过于出类拔萃，让李强再也无法把他们当成新兵来看待，他竟然向这两个新兵讲起了心事，“他和我一起当兵，一起提干，一起驻守在这里，每年他媳妇都会过来探亲，其实我们都知道，他媳妇过来就是劝说他，要他离开这个鬼地方。没错，这真是一个鬼地方，气候恶劣，氧气都吸不饱，好不容易开出一块菜地，第二年就会变成沙漠，一年有六七个月大雪封山，每次他媳妇过来，老战友都会拿出木盆，亲手给她洗脚，第一年她感动得哭了，第二年，第三年，她就这么一年年的往返于军营与家庭之间，每次在军营招待所住上一个月，到了第七年的时候，她留下了一份离婚协议书，对老战友下了最后通牒，如果他再不转业回去，他们就离婚。”

“就是在昨天，也就是第八年……”李强的声音突然中断了，他沉默了好久好久，直到嘴里咬着的香烟都烧到了尾部，他才低声道，“我的老战友，抱着那只洗脚盆离开了。”

燕破岳和萧云杰都沉默着，这个故事和电视剧中那些生死爱恋来说，真的是平淡无奇得近乎乏味，可是躺在这片属于中国的土地上，听着一名老兵用带着淡淡嘶哑的声音，讲起他们身边的故事，那种身临其境的震撼和感动，却是那样鲜明又是那样突然地从心底扬起。

“其实这也没什么的，自古以来都是铁打的营盘流水的兵，每年都有新兵加入，每年又都有老兵离开，一代接着一代。不管过了多少年，中国军人一直都会驻守在这片土地上，没有后退一步，也绝不会后退一步。”

李强霍然转头，盯着燕破岳和萧云杰：“我们这些老兵迟早会退出，你们这些新兵到时就必须要迎刃而上，扛起保家卫国的责任。小子，你们要给我挺直了，别趴下！”

第七章 – 整死你们没商量

半夜回到营房，在李强的指点下，他们两兄弟找到自己的宿舍，连灯都不能开，睁大眼睛好不容易摸索到两个空的床铺，连衣服都没有脱就躺在上面，陷入了呼呼大睡。

还没有睡上一个小时，一长两短三声哨响就从宿舍外面传来，刚才还陷入沉睡的班长和副班长就像是上了发条的机器般猛地跳起，在他们的指挥下，新兵们手忙脚乱地在黑暗中摸索自己的衣服，将军被打包背起，稀里哗啦地冲出了营房。

天知道一晚没睡的营指导员李强怎么这么神采奕奕，身上甚至还穿着一件负重沙背心，看着稀稀拉拉，用了整整十分钟才在他面前集结起来的新兵，李强一开口就是带领所有人立刻进行五公里越野。

刚刚睡了一个小时，身体的疲惫根本没有得到缓解，精神也随之处于低谷状态的燕破岳和萧云杰，看着跑在队伍右侧，喊着响亮口号的李强，齐齐在心里发出一声诅咒：“至于这么禽兽不？！”

跑完五公里，一群被折腾得“欲仙欲死”的新兵拖着疲倦的身体返回营房，还没有过三分钟，呼噜声就在营房里此起彼伏。但是还没睡多久，起床号就响了，在班长和班副的喝令声中，还没有适应身份转变的新兵们揉着睡眼爬了起来，迎接他们的又是一场晨跑。

每个人都在机械地整理内务，洗脸刷牙，燕破岳和萧云杰对视了一眼，彼此在对方的脸上看到了两个相当明显的黑眼圈。

一个小时后……

“燕破岳，萧云杰！”

“到！”

“你们是怎么整的内务，就算是小学生叠的被子都比你们整齐一百倍！”

随着李强的怒吼声从宿舍里传出来，两床军被也被人抛出窗户：“到外面顶着被子站一小时，让大家都看清楚你们两位连长大人的英姿！”

“是！”

“是！”

在后面的一小时时间里，每一个从附近经过的人，都可以看到，燕破岳和萧云杰两个新兵头顶军被，像两只呆头鹅般站在那里的傻样，被经过的人指指点点，尤其是两个通信营的女兵走过，一边看着他们两个一边捂着嘴，发出一连串银铃般的笑声，更是让两个人脸皮涨得发紫。

“老燕，指导员这一套组合拳打得够狠啊，再这么折腾下去，用不了几天就得举手投降了。”萧云杰脑袋上顶着军被，伸手摸了摸自己的脸，轻叹道，“人长得帅，就是麻烦多，作为一个自尊心极强的男人，我怎么才能让脸皮厚上那么一点点呢？”

燕破岳没好气地回答道：“放心，脸皮这玩意儿，就像是手上的老茧，磨着磨着也就厚了。不过你我两兄弟在整理内务方面，的确没有其他领域那么光彩照人，被指导员大人抓了把柄，挨收拾也是活该。”

萧云杰有些讶异：“老燕，我为什么觉得，你和指导员是一家亲，我才是孤家寡人呢？”

“知道为什么我们两兄弟的内务最差不？”燕破岳冷哼起来，“在部队有句老话，叫作出外看动作，进门看内务。所谓的内务说白了就是叠被子，为了让被子叠得像豆腐块一样，每一个新兵进军营后，必做的一项工作就是‘磨被子’。”

萧云杰瞪大了眼睛：“磨被子？”

“拿个小板凳，像老太太做针线活似的，用板凳面在被子上慢慢碾磨，把被子里的棉絮一点点碾得平实紧密，薄得活像张毛毯，这样的水磨功夫，就叫作‘磨被子’。我敢用脑袋打赌，那些新兵昨天趁咱哥俩接受二次越野训练的时候，已经在班长的指导下，进行了至少三四个小时的‘磨被子’工作。要不然的话，你萧云杰的内务最差可以理解，我燕破岳怎么也会和你一起成了‘吊车尾’？”

萧云杰听到这样的话，那是相当地不爽：“把好端端的被子磨薄了，那保暖性能肯定受影响，盖在身上也不舒服，这不是脱裤子放屁多此一举？”

“这你就外行了吧？”

燕破岳翻着白眼道：“你自己想想看，在需要紧急集合，甚至会直接投入作战的时候，背在身上的军被，是磨好后又薄又硬、叠起来方方正正、背起来也特别省事的军被合适，还是鼓鼓囊囊揉成一堆，用背包怎么扎，看上去都像是一团棉球的军被背起来更好？如果遇到敌军突袭，大家都往地上一趴，你身上背一团棉球，不是在跳着、喊着请敌人把子弹往你屁股上射？！”

萧云杰理解地点了点头：“你说得有点道理，但是像老太太一样坐在那里，拿个小板凳，对着一张棉被在那里磨啊蹭啊的，岂不是浪费你我两兄弟的聪明才智，更在浪费我们无比宝贵的生命？”

燕破岳点头认可：“没错，但是内务问题不得到解决，我们天天顶着个军被站在外面当坏榜样，让整个军营的人看笑话，这也不是回事啊。”

说到这里，一辆侦察营的86式步兵战车从车库中驶出，看着这辆净重十二吨、战斗全重十三吨的步兵战车带着隆隆声响驶出军营，燕破岳和萧云杰的眼睛齐齐一亮。

这东西……好啊！

当天中午，燕破岳和萧云杰得意扬扬地将自己的军被带回宿舍，宿舍里其他新兵还蹲在床前，手里拿着小板凳在那里死命碾磨，而燕破岳和萧云杰手中的军被，与其说是军被，更不如说是两张长成军被模样的毛毯。从“磨被子”后的绵密紧致薄而坚韧来看，就连班长和副班长这两位老兵的军被，都无法与之相对抗。

这两张军被引来整个宿舍新兵们的啧啧赞叹，如果不是被面崭新，还散发着新棉絮特有的清香，他们真的怀疑燕破岳和萧云杰，是从哪个宿舍里，偷了两床老兵的被子回来。

“燕破岳，萧云杰，你们两个浑蛋给我滚出来！”

李强愤怒到极点的吼声，突然在宿舍外响起：“谁给你们的胆子，敢把军营后面那两扇还没有安装的铁门搬了出去？谁给你们的胆子，敢把被子夹到铁门中间，哄骗侦察营的人用装甲车碾了两遍？！你们两个浑蛋不是体力充沛嘛，那就给我搬着铁门，绕着军营走上三圈，让所有人看清楚，你们两个的丰功伟绩！”

部队在军营里用的铁门，肯定是用料考究坚固耐用，但是再坚固的铁门，被十几吨重的履带式装甲车来回碾了两遍，也彻底变形，再也不能使用。

就是在这一天下午，军营中的人们，看到了一幅奇观……两个新兵蛋子，合力搬着半扇七扭八拐的铁门，垂头丧气地绕着军营打转，好不容易走完三圈，两个人放下手中那半扇破门，又搬起了另外半扇。没有办法，谁叫他们两个力气不够，一次只能搬半扇呢？

前前后后六圈，足足用了五个小时，两个人累得双手十指都像是小儿麻痹发作般抖个不停，就算是这样，萧云杰看到一个女上尉和他们擦肩而过时，还是吹了一声口哨，对着燕破岳挤眉弄眼地道："兄弟，看清楚没有，那个女军官长得真不赖，前凸后翘屁股圆，嘿嘿。"

燕破岳没好气地一点头，随意回了一声："嗯。"

李强突然神出鬼没般地出现在他们两个人面前，脸上挂着恶魔式的微笑："看来你们两个的精神还不错嘛，竟然还知道对漂亮的女军官评头论足。"

天知道是他们体力过度支出，导致智力下降，还是李强出现得太过诡异，吓得他们小心肝都猛地乱跳，嘴里话就那么没经大脑地脱口而出。

燕破岳："还好，还好。"

萧云杰："好说，好说。"

话一出口，看着李强那诡异的表情，两兄弟就知道大事不好，房子要倒。男人对漂亮的女人评头论足，甚至是吹上一声口哨，引得美女回头似嗔似喜地抛上一句"讨厌"，这样的行为绝对不算过分，也并不算流氓。如果男生长得够帅，说不定真的能因此获得美女青睐，展开一段如火如荼的爱情故事。

但是别忘了，这里是军营，他们两兄弟刚刚因为"损坏公物"而受罚，他们又记吃不记打，转首就去对一个女军官评头论足，单凭这"蔑视上级"、"调戏女性"两项罪名，就足以让他们吃不了兜着走。

"我也是从十八岁过来的，窈窕淑女，君子好逑，我懂。"

没有想到，李强竟然还能掉两句书包，他一脸的和善，"那个上尉，叫艾千雪，是信息自动化办公室的作战参谋，她可是全师公认的军花，喜欢她的单身军官，没有一个排，也至少有两个加强班，你们想要抱得美人归，要战胜的强敌，可是不少啊。"

李强说得和颜悦色，语气中还透着支持，但越是这样，燕破岳和萧云杰越是觉得毛骨悚然、全身发凉，他们两兄弟可不是笨蛋，他们透过李强和颜悦色的表象，已经清楚地看到这位营指导员头上冒出了两个黑色牛角，就连他的右手中都多了一个黑色的小叉叉。

“要不这样吧，我这个指导员就帮帮你们，让你们早一点把爱意传达出去。”

李强微笑道：“萧云杰，重复一下你刚才说过的话。”

萧云杰硬着头皮，重复着：“兄弟，看清楚没有，那个女军官长得真不赖，前凸后翘屁股圆。”

李强掏了掏耳朵，“我怎么觉得，好像少了点什么？”

在李强的瞪视下，萧云杰目不斜视，张开嘴，以一种机器人语音播报模式，有节奏地从喉咙深处发出了两个单音节字符：“嘿，嘿。”

“你刚才是这么笑的吗，加入一点感情好不好？”李强微微一皱眉头，温和地问道，“还是说，你认为我这个指导员就是笨蛋，想考验一下我的智商和忍耐力？”

萧云杰脸上的表情，就像是吞了一只死苍蝇，你懂的，男人之间在谈论漂亮女人时，如果最后“嘿嘿”笑了两声，那声音中包含的意味和声调，不是猥琐就是下流，而萧云杰刚才的笑声，那是标准的既下流又猥琐。

在李强的注视下，萧云杰脸皮一扯，露出一个比哭还要难看十倍的笑容，笑声怎么听怎么瘆人：“嘿嘿。”

李强用右手托着下巴，“虽然味还不对，但总算像人的声音了，我今天就帮帮你……萧云杰！”

萧云杰猛地立正：“有！”

李强伸手指着军营中屹立的那座四层高的信息自动化办公楼，放声喝道：“跑步前进，站在大楼正对面，把你刚才勇于背后调戏上级时说的话，重复两百遍！”

萧云杰只觉得嘴里发苦，却丝毫不敢怠慢，放声回应：“是！”

燕破岳用同情至极的目光，送着自家兄弟摆足架势，一路小跑地蹿向信息自动化大楼，可以预见，今天他这位兄弟丢人算是丢到喜马拉雅山了。可以庆幸的是，还好萧云杰在说的时候，他没有和萧云杰一起展开热情的讨论。

李强真的打算离开了，可是燕破岳脸上流露出来的庆幸，却让他感觉极端不爽，猛地停下了脚步：“燕破岳！”

燕破岳猛地立正：“有！”

“我记得刚才萧云杰在背后调戏上级时，你也点了一下头，还‘嗯’了一声吧。”李强伸手指着军营中屹立的那座四层高的信息自动化办公楼，放声喝道，“跑步前进，站在大楼正对面，萧云杰说一遍，你就用刚才的态度语气，回应一次！”

燕破岳嘴里也尝到了黄连的味道，这个“丧尽天良变态强”，还真不是一般的变态，在李强的注视下，燕破岳绝不犹豫，放声应道：“是！”

听到背后传来燕破岳的脚步声，原本脸上表情犹如吃了十斤苦瓜的萧云杰，竟然嘴巴一咧，笑了，丢人现眼这种事，只要有人陪，感觉就好多了。

两兄弟并肩站在信息自动化办公大楼正门前方不足五十米的路上，大楼门前的哨兵，不解地望着燕破岳和萧云杰，脸上透着一丝警惕。

萧云杰深深吸了一口气，放声吼道：“兄弟，看清楚没有，那个女军官长得真不赖，前凸后翘屁股圆！”

萧云杰的声音当真是声震全场，附近的人无不瞠目结舌地望着萧云杰，不知道这小子突然抽了什么疯。就在这个时候，萧云杰面色一变，从牙缝中挤出两声瘆得人全身鸡皮疙瘩都狂跳霹雳舞的诡异笑声：“嘿嘿……”

站在信息自动化大楼前的哨兵面对着萧云杰，无疑是首当其冲，萧云杰明明嘴里说着调戏女军官的话，可是他凭自己的面部表情和目光直视，硬是让这名哨兵产生了一种这个人的性取向异常的感觉。

更让哨兵心里发怵的是燕破岳！

燕破岳站在萧云杰身边，阴恻恻地上下打量着哨兵，脸上的表情，像极了面对无助羔羊，正在思索从哪里下刀更爽更快更过瘾的变态屠夫，而他的目光，更犹如蘸了桐油的毛刷子般，刷过来扫过去的在哨兵身上来回扫荡，那种黏黏腻腻的质感让人觉得浑身发冷，就这么扫荡了几秒钟，燕破岳才沉沉地一点头，从嘴唇里挤出一个低哑的音节：“嗯。”

第八章 - 全师公敌

遥遥地看到这一幕，就连李强心中都有了一种叹为观止的感觉，这两个新兵还真不是一般的能装。但是李强就不信，他们能用相同的气势，将刚才的内容重复二百遍！

“兄弟，看清楚没有，那个女军官长得真不赖，前凸后翘屁股圆，嘿嘿。”

“嗯。”

“兄弟，看清楚没有，那个女军官长得真不赖，前凸后翘屁股圆，嘿嘿。”

“嗯。”

果然，说到三十遍以后，燕破岳和萧云杰再也绷不住劲了，他们身上硬生生营造出来的气场，在不断下降，最终降到了所有路人都在用看白痴的目光上下打量着他们。

而且坦率地说，他们两个现在的行为，的确和白痴没有什么区别，甚至可以说是有过之而无不及。

从路边经过的人，无不掩嘴偷笑。随着时间的推移，越来越多的人出现在附近，每一个人似乎都有经过这里的理由，但是怎么看他们都像是专程跑过来，欣赏在军营中十年甚至是百年难得一遇的画面。不知道有多少人在暗中猜测，究竟是哪位女神被这两个小子瞄中，敢私下出言调戏不说，萧云杰最后那“嘿嘿”两声，更是无耻下流得让人心中升起想要往他脸上狠狠踹上两脚的冲动。

“快来看啊，新兵营这对活宝又被罚了。咦……他们不是新兵嘛，为什么我会说个‘又’字？”

旁边有人提醒：“你忘啦，今天中午，就是他们两个搬着铁门绕着军营走了好几圈。”

“还没进军营，就敢自封为连长副连长的二货，还有什么不敢做的，你看他们一唱一和，喊得有滋有味，估计心里美着呢。”

各种议论声从旁观者嘴中传出，燕破岳和萧云杰在这一刻算是真正品尝了什么叫作千夫所视，知道了什么叫作唇枪舌剑，到了这种境界，只怕意志力稍有不足的人，就会被刺激得泪流满面。

远远地看着这一幕，一名新兵营的上尉忍不住低声道：“老李，这两个小子都是好苗子，我知道你喜欢响鼓也用重锤敲，不过这么折腾，是不是练得太狠了？小心过犹不及。”

“狠？！”

李强淡然摇头，“如果他们只想成为一个好兵，作战勇敢军事技术过硬，以服从命令为天职，那么他们身上展现出来的素质已经足够了。但是如果他们想成为优秀战地指挥官，可以带领部队在没有补给、没有支援的情况下，转战千里，纵然身陷重围，依然可以保持足够的自信与坚强，带领信任他们的人杀出一条路生天，这两个小子还差得远。”

上尉用不可思议的目光再次打量燕破岳和萧云杰：“我知道军区正在组建西北第一支山地特种部队，绝大多数成员都是从各支部队的侦察营中挑选出来的尖子兵，你难道打算推荐两个连最基本的野战侦察都不懂的新兵进去？！”

“你觉得什么是特种兵？”

李强的问题，让上尉微微一愣。

“我们这一代军人，已经被教育得思维模式近乎等同，套用雷锋同志曾经说过的一句话‘愿做革命螺丝钉’，这种奉献和无私精神当然是好的，也就是因为有这种无畏无私精神，中国军队才能在历次战争中以弱胜强，打出一个中国陆军天下无敌的赫赫威名。”

李强轻轻嘘出肺叶中一口闷气，沉声道：“但是在同时，这种思维模式，也将我们属于个人的棱角全部磨平，让我们极度同化，在战场上缺乏灵性，或者说是缺乏一种随机应变的创造性。”

上尉有些不解：“创造性？”

“我们这批老兵，大都出生于五十年代末、六十年代初，我们从小听着董存瑞、黄继光的故事长大。我在加入军营的第一天，就曾经想过，要我像邱少云那样被大火活活烧死都一动不动，我可能做不到，但是如果情势紧急，我愿意抱着炸药包像董存瑞一样舍生取义；我也愿意像黄继光那样，毫不犹豫地扑向敌人的碉堡，用身体挡住敌人的机枪。我们这样的老兵，从一开始就接受了‘职业军人在战场上的死亡，就像蚕蛹变成蝴蝶一样自然而美丽’这种观点，所以我们适合血肉磨盘式的大兵团作战。”

上尉不住点头，李强的话，说出了他们这一代，甚至是中国几代军人的特性。中国陆军打赢了一次次战争，在光彩照人的背后，支撑起中华民族脊梁的，是一串串触目惊心的伤亡数字。

“而这两个小子，和我们完全不同。”

李强的嘴角露出了一丝开怀的微笑，“他们会努力完成上级交付的任务，但是他们绝不会轻言牺牲，更不会墨守成规。他们有着我们这代军人集体欠缺的厚脸皮，还有着可以称之为‘狡猾’的聪明，外加一些让人哭笑不得，却必须承认非常行之有效果的无耻手段。最重要的是，燕破岳这个新兵，还有着精神领袖的感召魅力，以及战地指挥官的勇气与坚定。我在他的身上，看到了最优秀特种部队指挥官的特质，我现在就是想看清楚，他究竟能不能扛起这份重量！”

说到这里，李强的脸上露出若有所思的神色，回望着上尉，征询道：“你说，我对燕破岳是不是有点过于溺爱了？”

上尉真的是哭笑不得了，他连连摆手：“得得得，你丧尽天良变态强的溺爱，当世还真没有几个人能受得起，你看看那两个小子，被你的溺爱折腾成什么样了。”

……

“兄弟，看清楚没有，那个女军官长得真不赖，嘿嘿。”

“嗯。”

燕破岳和萧云杰两个人的双簧相声，继续一遍遍不厌其烦地重复着，从旁边“无意中”路过的人，脸上的笑容也越发地灿烂和诡异。这里是军营，总算没有众人围观的景象出现，但是燕破岳和萧云杰都清楚地看到，在他们对面的信息自动化大楼的窗户后面，已经出现了一张张看戏的面孔。

在部队中女性职业军人比例本来就少，到了戍边部队，那更是八十岁老太太嘴里的一颗牙、昆仑山顶的那一根草，怎么宝贝都不为过。而极少数女性职业军人，她们最集中的岗位，就在医务室或者是信息自动化大楼。

两个人站在信息自动化办公大楼的外面，既不点名也不道姓，就那么一遍遍地重复，就算里面的女军官没有一个露面，估计也下意识地在打量自己的身材，能达到三围标准的，固然是心中暗自生怒，达不到标准的，更会咬紧了牙齿，觉得自尊心受损。

燕破岳和萧云杰，这一回算是把全师绝大多数女军官都给得罪到姥姥家了。而这些女军官，只要是未婚，又长得不太那么寒碜，在这片阳盛阴衰比例到了登峰造极的世界中，身边总会有那么几个护花使者转悠，这么算下来，燕破岳和萧云杰，又在全师创造了一个前无古人后无来者的纪录……进入军营不到三十小时，就招惹出仇家无数。

“我说老萧，快开动你那颗够聪明的脑袋，想想怎么破眼前这个死局。”

燕破岳脸含微笑，努力挺直身体，那种大雪压青松，青松却挺直的昂然屹立，那种正气凛然，让他仿佛是正在走上刑场的抗日志士，而他的嘴角轻动，正在压低嗓门，用只有萧云杰才能听到的蚊子哼哼，低语道：“现在你我两兄弟就是身背诅咒光环加群嘲光环，拉仇恨效果绝对超一流，再这么下去，陷阱、闷棍、半截砖外加小鞋满天飞，就会成为我们以后在军营生活中最浓墨重彩，也最司空见惯的一笔了。”

萧云杰略一点头，他的脑袋就像是计算机硬盘般高速旋转起来，在这个要命的时候，他的嘴上还在大大咧咧地说着已经重复了七八十遍的话：“兄弟，看清楚没有，那个女军官长得真不赖，前凸后翘屁股圆，嘿嘿。”

一个老兵脸上挂着最直白的嘲讽与厌恶表情，走到了燕破岳和萧云杰面前，他“呸”的一声，往燕破岳的脚尖前吐了一口浓痰：“看你这屄样，还癞蛤蟆想吃天鹅肉，以后我们就都叫你癞蛤蟆了，你说好不好？”

用脚趾头去想，燕破岳和萧云杰也知道，第一枚护花使者，已经出面了。这个老兵选择抢入的时机相当狠辣，萧云杰已经说明他的“精彩台词”，轮到了燕破岳，在众目睽睽之下，燕破岳只能老老实实地一点头，“嗯。”

老兵笑了起来：“看不出你这只癞蛤蟆还挺有自知之明的嘛！”

在旁边“不经意路过”的老兵们，听到这段对话，虽然顾忌到军营秩序，没有人哄堂大笑，但是他们每一个人脸上都露出会心的笑容。

燕破岳双眉一弯，脸上的笑容竟然比面前的老兵更加灿烂，却什么也没有说。

这个老兵也是人精，他目光一扫，就看到站在不远处监督的李强，他移动脚步，拦到了燕破岳和李强之间：“有什么话想说，就说吧。”

燕破岳的笑容在瞬间就消失了，变脸速度之快，之生硬，之理直气壮，让老兵都为之愕然。

“癞蛤蟆有什么不好的？”燕破岳认真地问道，“癞蛤蟆至少是敢想敢做，与其自惭形秽躲在烂泥坑里玩单相思，不如奋力一搏，就算吃不到天鹅肉，也得啃它两根天鹅毛下来。要是天鹅恰好脑袋抽筋，说不定这天鹅肉，就真吃进嘴里，从而进化成牛粪了！”

老兵愕然了好几秒钟，才终于想到了“一朵鲜花插在牛粪上”这句话。

燕破岳目视老兵，昂然道：“我是癞蛤蟆，我要吃天鹅肉，我乐意，我高兴！”

老兵不由得哑然，他这辈子还是头一次见到被人骂成癞蛤蟆，还能兴高采烈、理直气壮的货色。

“呸！”老兵再次往燕破岳的脚下吐了一口口水，这一次他故意把口水吐到了燕破岳的右边鞋子上，他挑眼望着燕破岳，“尿货！”

燕破岳左脚探出，老兵脸上立刻露出警惕的表情，别看眼前这小子刚进军营一天时间，但是他敢自封为连长，初入高原地带就能背着三十多公斤负重跑完三十公里越野的事情，已经传遍全师，这样的货色打起架来，肯定不是善茬儿。

燕破岳的脸色却很沉静：“有人说过，唾面自干的最高境界，是别人把口水吐到左脸上，就应该把右脸送上去，让人家再吐一口。老兵哥哥你刚在我的右边鞋上吐了一口，请你再往我的左边鞋上也吐一口吧，拜托。”

老兵这下彻底呆住了，他下意识地望向燕破岳的双眼，似乎想要通过人类的心灵窗户，真正看清楚燕破岳这个人。燕破岳坦然而立，他没有色厉内荏地瞪起眼睛，也没有挥舞双臂地张牙舞爪，他就那么静静地回望过来，两个人仅仅对视了不到五秒钟，老兵就觉得双眼刺痛，不由自主地掉开了脑袋。

这是一双似曾经相识的眼睛！

老兵在心中思索这种似曾相识的感觉来源，想着想着，他的身体突然不由自主地狠狠一颤……在他还是新兵的时候，他曾经在军营外遇到了一头狼。那头狼当时显然是饿坏了，它饿得瘦骨嶙峋，在它的身上更是到处是伤痕，这是一头孤狼，一头没有同伴、没有族群，只能独自闯荡在苍茫大地，用自己的力量和风霜雨雪、伤残病老搏斗，并一直活到现在的孤狼！

它的目光中，隐藏着充满一击必杀的残忍与自信。日复一日年复一年的战斗，让它学会了面对胜负未料的对手时，必须具备的冷静。也就是因为这样，它的双眼显得越发得深邃难测，更隐隐折射出一丝野性难驯的坚忍。

那头孤狼也许是在严冬之中饿了很久很久，已经失去了向一个成年人类发起进攻的体力，它最终选择了撤退，它就那么静静地盯着对手，慢慢地向后退，它的眼神、它的神态，真的像极了这一刻的燕破岳，沉静如水、宠辱不惊，却又隐藏着难以言喻的侵略动感，只要它在撤退的过程中，在对手身上看到哪怕是最细小的一个破绽，也会毫不犹豫在瞬间发起最致命的攻击。

老兵的心中突然有了一个明悟，他正在犯错，如果他继续将这个错误进行下去，他必将会树下一个用不了多久，自己就绝不可能对抗的致命死敌。

不对！

老兵旋即在心中推翻了这个判断，他的目光落到了萧云杰的身上，如果继续犯错，他将要树立的，将是两个最可怕的敌人。狼的同伴，不是狼，就是可以陪伴他们转战千里，用智慧弥补其不足的狈。两头狼在一起固然可怕，可是这个叫萧云杰的新兵如果是一头狈，狼与狈的组合，会强大得更加让人感到绝望。否则的话，在中国人的文化中，怎么会有“狼狈为奸”这样一个成语存在？！

第九章 - **女神艾千雪**

萧云杰压低的声音，突然传了过来，清楚地送进燕破岳和那个老兵的耳朵：“老燕，你是想做全师公敌，还是只做一小部分人的敌人，但是因为目标明确，会得罪得更狠？”

燕破岳随口问道：“一小部分，是多少？”

“长得这么漂亮，怎么也得一两百个吧。”

燕破岳和老兵惊讶地一起转头，顺着萧云杰的目光望过去，他们就看到一名上尉女军官走出了信息自动化办公大楼，这名女军官就是一开始让萧云杰私下说出调戏语言，却被丧尽天良变态强听到，转首就让他们当众重复两百遍的“罪魁祸首”！

不管是从男孩还是男人的角度，从东方或者西方角度来看，她都是当之无愧的美女。精致得仿佛获得九天诸神集体祝福的五官，搭配的比例无懈可击，天知道她平时用什么护肤品，就算是生活在海拔近四千米的高原上，非但没有长出什么“高原红”，依然洁白细腻的犹如凝乳，似象牙。嫣红的嘴唇，根本不需要口红的陪衬，就透出难以言喻的性感诱惑，微微挺翘的鼻子上面，齐耳短发的下方，略略深陷的眼眶中间，那一双眼睛，就像是两潭秋水，静静映射着周遭的一切。

大约一米六五的身高秀硕并不显得过分消瘦，就算是制式军装罩身，都无法掩饰她高挑中透出的丰满和那盈盈一握的腰肢。这样的人注定在军营中，会成为所有人关注的焦点。

萧云杰的声音，突然间提高了一倍不止。他目视那名女军官，放声叫道：“兄弟，看清楚没有，那个女军官长得真不赖，前凸后翘屁股圆，嘿嘿。”

这一次就连最后那“嘿嘿”两声，都嘿得气冲斗牛，再加上萧云杰那目光狠狠在对方身上打转的模样，再不知道这小子开口调戏的目标是谁，那智商肯定是出现了返祖现象。

在场几乎所有人的目光都集中到这个女军官身上，在众目睽睽之下，她的脸上扬起一片几欲滴出血来的红云，让她看起来更加的艳丽无方。女军官似乎无法承受这种千夫所视的压力，她低下头想要快步通过，萧云杰却横移两步，拦到了她前方的路上，继续放声高叫：“兄弟，看清楚没有，那个女军官长得真不赖，前凸后翘屁股圆，嘿嘿。”

燕破岳经过几秒钟的愣神后，迅速摆正位置，用力点着脑袋：“嗯！”

这一次燕破岳的点头和回答，绝对是真情真意，没有掺杂半点水分。

发现前路被堵，女军官低着头，又让开了一步，萧云杰随之挪动脚步，又拦在了她的正前方，用这种肢体语言明确无误地告诉了所有人……哥哥我看中的就是她。大楼里的其他人，不管你是胖瘦美丑，就别自作多情了。至于她的护花使者们，一起洗洗睡吧。

女军官被迫再次挪动脚步，萧云杰却像块牛皮糖似的，也跟着一起挪动，第三次挡在了她的前行之路上。

三次拦截后，女军官已经走到了萧云杰的正对面，她咬着嘴唇，可能是天性比较羞涩，不知道如何处理这种情况，她停下脚步后，头却依然低得很厉害：“麻烦让一让，让我过去好吗？”

到了这个时候，要表达的含义已经完整地传递出去，如果不想真的得罪眼前这位美女上尉，萧云杰最聪明的做法，应该是立刻让开，然后在几天之内，不要再出现在对方面前。

两个人之间的距离已经不足一米，萧云杰居高临下，他似乎都能感受到对方那犹如朝霞般艳丽无方的脸庞上透出的炽热，在不经意间，一股淡淡的幽香逸入鼻端，让萧云杰忍不住用力吸了吸鼻子，他这样一个太过无礼的动作，让她那洁白的脖颈甚至都透出了一抹嫣红。

也许是眼前这个女人给他的感觉太过惊艳，也许是新兵入营才一天，萧云杰还没有适应从平民到军人的转变，也许这小子胆大妄为实在是欠收拾，也许是以上几点兼而有之，萧云杰眉角一挑，在众目睽睽之下，脸上露出一个欠扁到极点的微笑：“不好。”

不管是不是上尉的护花使者，连旁观者都愤怒了。

这个上尉叫艾千雪，是信息自动化中心的一个作战参谋，好像是负责密码破译和电报收集。艾千雪可是全师公认的军花，她长得漂亮，气质够好，身材一级棒自不用多说，更难得的是在她身上没有半点美女的骄横，她待人温和，就算是在部队待了三年的老兵，都没有人见过她和人急眼的样子。就算是有人不知进退，顶多就是一声不吭地转身离开。

当然了，人就没有完美无缺的，她唯一的小缺点，就是有那么一点点娇气，平时遇到什么活儿，哪怕是拎下衣箱、换个灯泡，都会喊人帮忙，但是没有人会讨厌她这个缺点，平时只要她一求助，无论是老兵还是新兵蛋子，哪一个不是乐颠颠地冲上去甘效死力?

在心中暗自喜欢，看到艾千雪脸上的表情就特别灿烂，动作就特别潇洒的士兵绝对不在少数，但是敢像萧云杰这样没皮没脸缠上去，人家都开口请他让开了，还不依不饶的家伙，还真是少之又少的少数派。

艾千雪咬着嘴唇，第四次转换角度，让她心里松了一口长气的是，萧云杰总算没有再像牛皮糖似的拦到她面前，就在两个人错身而过时，萧云杰又深深地吸了一口气，高声叫道：“兄弟，看清楚没有，那个女军官长得真不赖，前凸后翘屁股圆，嘿嘿。”

燕破岳虽然觉得现在他们做的事情，九成九会惹来大麻烦，但是自家兄弟已经冲锋在前，他总不能关键时刻拖后腿，只能摆平脸色，轻轻一点头：“嗯。”

看到这一幕，四周的人无不在心里暗骂，不要脸，太不要脸了！

艾千雪被迫停下了脚步。她知道如果自己真这么走了，萧云杰这小子就敢在她背后连喊上十遍，她不敢转头去看萧云杰，低头望着自己的脚尖：“别这样了好不好，这么多人看着呢？”

丧尽天良变态强给他的命令，是把刚才的话重复二百遍，现在满打满算，还不到一半，所以萧云杰拒绝得相当痛快：“不好……”

话音未落，萧云杰就看到两根手指直刺向他的双眼。猝不及防之下，萧云杰甚至都来不及伸手护住要害，只能把头猛然昂起，希望避开这绝对致命一击。两根手指在空中猛然化指为掌，用掌锋猛砍到萧云杰因为脑袋高高昂起而彻底暴露的脖子上。

这一掌砍得相当有水平，避开了喉结这种致命部位，但是掌锋中蕴含的可怕压迫力，仍然让萧云杰呼吸一紧眼前一黑，不由自主地腰部一弯，就在眼泪呛出的同时，他清楚地看到，一只膝盖在他面前越放越大。

“砰！”

人类身体最坚硬的部位，带着惊人高速直撞到萧云杰还算帅气的脸蛋上，在瞬间就撞得萧云杰满面桃花开，就连耳朵里都像钻进去几百只蜜蜂般，在那里嗡啊嗡啊地响个不停，紧接着他就觉得天旋地转日月无光，“吧唧”一声整个人重重摔倒在地上。

眼看着自家兄弟受到攻击，燕破岳又惊又怒，猛地扑了上去，他的手刚沾到对方的衣角，就觉得身体一轻，被对方借势来了一个可以当成合气道或者柔道经典教学录像的过肩摔。身体刚刚沾地，对方就借势猛然跪下，用左膝对着燕破岳的胸口猛砸下来，在封杀住燕破岳反击与挣扎可能性的同时，右拳狠狠凿落，可是这一拳在即将打到燕破岳的眼睛上时，却又突然定格到那里，没有再击打下去。

不知道有多少人在下意识地伸手揉着眼睛，眼前这个矫健如猎豹、出手又快又准又狠，在瞬间就将萧云杰和燕破岳一起击倒，攻如猛虎，动若脱兔的身影，赫然就是那个在军营中最漂亮，最温柔，脾气最好，动不动就脸红，就连换个灯泡都会娇气的喊男兵帮忙的军中女神艾千雪！

艾千雪用左膝顶着燕破岳的胸膛，右拳距离燕破岳的右眼圈只剩下三公分，她盯着燕破岳，目光像极了一头母狼，全身散发着一股来自骨子里的狂野：“你叫什么名字？”

“燕破岳。”

艾千雪又默念了一遍，把“燕破岳”牢牢记在心底，她再往萧云杰躺倒的位置一挑嘴角：“那个浑球呢？”

自家兄弟被人当面称之为“浑球”，怎么听都有污辱之嫌，但是看着用膝盖压住自己身体，在瞬间从“白莲花”变身为野蛮人的美女上尉，燕破岳还是选择了老老实实回答：“他叫萧云杰。上尉同志，咱们这堂近身格斗教育课什么时候结束，能不能请您把那尊贵的膝盖挪开，我已经被你压得快喘不过气了。”

艾千雪轻哼一声站了起来，看到萧云杰还躺在地上一动不动，似乎陷入了昏迷，艾千雪咬牙切齿地又在萧云杰的身上狠踹了一脚：“装什么死呢，还指着姑奶奶给你做人工呼吸不成？再不起来，你信不信姑奶奶喊上一嗓子，就能喊来一个班的兵，轮流帮你做人工呼吸？”

喊一嗓子就能喊一个班的男兵帮这位女上尉做人工呼吸，萧云杰信；但是喊一嗓子，就能喊一个班的兵帮他做人工呼吸，萧云杰还真不信，本着同性相斥异性相吸的原则，她上哪儿找那么多女兵去？！

但是萧云杰还是迅速爬了起来，由于爬得太快，那一记膝盖也不是闹着玩的，还没有站稳，萧云杰腿下一软，又用最狼狈的动作跌回地面，看到这一幕，艾千雪不由得“噗”的一声笑了。

这一幕看起来的确有几分滑稽，但是除了艾千雪之外，竟然没有一个人发笑。眼睁睁地看着心目中最漂亮温柔的女神，在瞬间化身为女汉子，这种巨大的反差，震得所有人心中犹如有一千头草泥马轰轰烈烈跑过，在这个时候他们又怎么能笑得出来？

在场的几个老兵，下意识地摸着自己的脸，萧云杰正面挨的那一下子，可真是不轻。摸着摸着，他们突然若有所悟，艾千雪上尉长得这么漂亮，性格又温柔似水，师里那些未婚男军官，却鲜少有人去主动追求她，差不多都保持了远而观之的态度，难道说现在的艾千雪上尉，才是她真性真情真画面的写照，而他们心中的完美形象，其实只是艾千雪上尉用几年时间精心伪装出来的优美画皮？！

这伪装的也太深了吧！

艾千雪怒气冲冲地瞪着萧云杰，恨不得再冲上去对着萧云杰狠踹几脚，但她是一个军官，周围“无意经过”的人越来越多，已经趋于围观架势，她最终还是没有再继续动手：“我还差两天就装够三年了，不对，我还差两天，就三年磨一剑，把脾气纠正过来……萧云杰，你让我功败垂成，这事咱们还没完！”

艾千雪怒气冲冲地走了，反正已经是原形毕露，在这一刻她当真是走得风风火火，就凭这股横冲直撞所向披靡的架势，燕破岳就敢用脑袋和任何人打赌，艾千雪上尉在小时候，一定是体育成绩倍儿棒，动不动就打破学校运动会纪录，脾气上来就能把同班男生打得满地乱窜，甚至是掉了眼泪，骨子里比爷们儿更爷们儿的超级女健将！

而且还是长得特漂亮，身材特好，皮肤倍棒，揍人贼狠的超级女健将！

萧云杰捂着耳朵，脑袋还在嗡嗡响个不停，又发出一声痛苦的呻吟，他眯起眼睛望着艾千雪上尉的背影，脸上露出一个苦笑：“我萧云杰又没有挖绝户坟，也没有踹寡妇门，摊上一个丧尽天良变态强也就算了，怎么随便拦了一只小绵羊，转眼就能变成大灰狼？她装得这么像，肯定是一回家就被老妈催着去相亲的主儿，而且每次都会在最短时间内，把那些年轻俊杰吓得落荒而逃，只能开始学温柔扮温驯，现在扮不下去了，竟然就全赖在我身上了。”

为了寻求支持，萧云杰把目光放到了刚才还对他们冷嘲热讽，恨不得招朋唤友，把他们哥俩揍成猪头的老兵脸上：“在土豆外面裹一层面糊，再炸巴一下，就算一时间能冒充四喜丸子，它本质上还是土豆，用力啃一口就得露馅，却非要怪别人牙口太好，你说说看哪有这门子道理？”

老兵的脸在这一刻犹如中了石化魔法，硬得找不出半点情绪波动。看他的样子，在短时间内大概都无法恢复正常，但是听了萧云杰的抱怨，却在下意识地点头。

得到一票支持，萧云杰又将目光落到了燕破岳的身上，他上看下看左看右看，看得燕破岳莫名其妙，萧云杰轻哼了一声：“看不出来，你小子还是一个见色忘友的主啊。”

燕破岳一脸无辜，眨着迷茫的眼睛：“啥？”

“你少跟我来这一套！”

萧云杰一瞪眼珠子，不知道扯到脸上哪块受伤的肌肉，立刻疼得他倒抽了一口凉气：“那个女汉子格斗算是一把好手，一看就是练过几年，有点真功夫，但是一出手就把你燕破岳放倒，打得连还手之力都没有，似乎还差了三四五六七八筹吧？！”

燕破岳脸上立刻露出了被人冤枉的气愤表情，萧云杰狠狠一挥手，不让燕破岳开口，自己继续道：“那位女汉子可是装了三年小白莲，这其中积蓄的郁闷和不爽一旦爆发出来，那就是彗星撞地球，你千万别告诉我，她最后那一拳突然定住，是因为本性温柔善良，不忍心在你脸上留一朵茄子花！”

两个人实在是太熟悉，扮无辜明显无法蒙混过关，燕破岳只能实话实说：“我看到你挨揍，一开始的确是本能去抓她，被她甩向地面才反应过来，那时候我要想反击，唯一的选择就是扬起两条腿，来记‘十字锁喉剪刀脚’。咱们两兄弟是新兵，而且事情也是因为咱们而起，我夹着一个女同志、女长官、女上尉的脖子和她在地上滚成一团，不大好看吧。”

萧云杰哼了一声，算是勉强接受了燕破岳没有在第一时间反击的理由。

“我被她摔到地上，她一膝盖砸下来，顶到我的胸膛上，我再想反击，只能用‘崩心拳’。老萧你再想想看，她可是一个女同志、女长官、女上尉，周围又有这么多人看着，我当众一拳打到她的胸口，知道的人明白我是在反击，不知道的人百分之百会把我当成比你更猥琐下流的超级大色狼。真到了那个时候，她恼羞成怒之下，不把我们两兄弟往死里整，那才是怪事一件。”

燕破岳说得也有一定道理，萧云杰瞪了半天眼睛，才勉强接受了他的解释，但是还有一个问题，他百思不得其解：“你既然不能反击，你又用了什么方法，让她在最后停住了那一拳？”

燕破岳走近几步，背对着那名老兵，悄悄对萧云杰张开了右拳，在他手心里，托着一枚黄铜质感的金属扣子。萧云杰只看了一眼就猛地瞪大了眼珠，失声叫道：“你……”

“嘘！”

燕破岳低声道：“女尉官冬常服上面就那么几枚扣子，我扯掉一个，她还能装得若无其事，也应该知道我是手下留情，要是她真一拳凿下来，我就敢把她军装上的六颗扣子全秃撸了，就算是为了保持一名美女军官的军容军纪，她也得三思而后行。”

别说是萧云杰了，就连那个老兵都想对燕破岳竖起一根大拇指，再诚心诚意地说上句“你真叫个牛”。

好戏已经散场，四周“无意中”经过的人们，也脸带兴奋地离开，就在这个时候，一道人影悄无声息地出现在萧云杰和燕破岳身后：“燕破岳，萧云杰！”

燕破岳和萧云杰身体猛然绷紧，立正，齐声应和：“有！”

“我对你们下达的命令是，把你们刚才说的话重复二百遍，你们完成了吗？”

燕破岳回答道：“报告教官，没有！”

“我刚刚看了一场好戏，心情还不错。”李强走到燕破岳和萧云杰面前，森然道，“给你们一个建议，最好在我心情变坏之前，用最快的速度把任务完成，否则的话，连我都不知道后面会发生什么。”

留下这么一段充满恐吓气息的话后，李强也离开了，萧云杰和燕破岳的声音，继续在信息自动化办公楼前的上空反复回荡。

“兄弟，看清楚没有，那个女军官长得真不赖，嘿嘿。”

“嗯！”

……

“兄弟，看清楚没有，那个女军官长得真不赖，嘿嘿。”

“嗯，可以去吃饭了。”

第十章 - **放羊连**

（上）

单兵队列，班队列，三班四哨，军体拳，擒敌拳，单兵战术，体能训练，外加让人看了就头皮发麻的个人内务整理和半夜紧急集合，每天晚上开班级小组会议，在班长的带领下学习各种规章要领，并要做好个人笔记……

时间就在紧张而充实中一天天滑过。

每天训练结束后，都可以看到燕破岳陪着一些因为当天训练成绩不合格，受到批评的士兵，在重新练习军事动作，而萧云杰则总是站在一边，带着一脸无所谓的表情，不知道看着什么发呆，但是有时候，遇到实在一根筋的新兵，萧云杰在一边以旁观者清的立场，只需要提点一句，就能让已经急得满头大汗，却总是不得要领的新兵犹如醍醐灌顶。

燕破岳曾经对花生拥有极度恐惧，在父亲看不到的位置，他不知道受了多少欺负，这样的人生经历，让他对弱者有着最大的理解和包容；拥有一个最优秀的职业军人父亲，更让他在走进军营前，就已经掌握了相当优秀的军事技术，具备这两点特质的燕破岳，无论新兵们接受军事技能的速度有多慢，犯了多么可笑的错误，燕破岳都会心平气和地指出来，哪怕是一个看似最简单的动作重复了几十遍，都没有焦急恼火，更不会像一些脾气急躁的班长那样张口就骂。

不知道从什么时候开始，新兵营的士兵们都开始用“连长”这个绰号来喊燕破岳，而无论什么时候，总是跟在燕破岳身边的萧云杰，则顺理成章地冠上了“连副”名头。

也许就是因为新兵营当中，有这样两个另类存在，他们这批新兵的成长速度，是历届以来最快的。仅仅是一个半月之后，新兵们就习惯了丧尽天良变态强那响亮的吼声和半夜随时会响起的一长两短紧急集合号；每天把内务整理得一丝不苟，把他们叠的被子和老兵的放在一起，如果不仔细观察，已经无法再一眼分辨出其中的区别。

当他们排成一队，静静站立时，这些新兵每一个人都用相同的姿势昂然站立，他们目视前方，只要听到队列命令，就会毫不犹豫立刻执行，也许动作还有几分生涩，但是在他们整齐划一的动作，还有嘹亮的歌声中，已经透出了职业军人特有的团队特质，用李强的话来说，他们这群南瓜中的南瓜，到了战场上只会浪费粮食的菜鸟，身上终于有那么一点点兵味了。

但是作为新兵营公认的幕后功臣，包揽了新军营所有军事项目考核第一名的燕破岳和包揽了所有军事项目考核第二名，被大家戏称为“万年老二”的萧云杰，却依然天天被李强变着花样收拾，看李强那锲而不舍、咄咄逼人的模样，甚至有新兵开始怀疑，燕破岳和萧云杰在入伍前，是不是就已经得罪了李强，而且是往死里得罪的那种。

……

艾千雪站在新兵训练营外，看着燕破岳和萧云杰被李强收拾得犹如两条死狗，她抿着嘴微笑不语，脸上的表情犹如在看一部喜剧电影。

燕破岳和萧云杰一看到她，脸就立刻塌了下来，自从得罪了这位姑奶奶后，她隔三岔五就会出现在新兵营，而且百分之百每次都没有好事，每次都能折腾得他们两兄弟欲哭无泪，无语望苍天，最后只能长叹上一句真是天凉好个秋（球）。

用眼角余光看到艾千雪，就连丧尽天良变态强脸上也露出一丝笑容，破例没有再想花招再折腾燕破岳和萧云杰，而是大方地直接挥挥手，让这哥俩跟着其他新兵一起解散，面对这一幕，燕破岳和萧云杰对视了一眼，只觉得嘴里犹如塞了三公斤黄连苦得要命。

就连李强都承认艾千雪收拾他们的手段，比他这个丧尽天良变态强更优秀！

他们再过一周就会离开新兵训练营，那时候自然会脱离李强的魔爪，从此天高任鸟飞，可是看看艾千雪那犹如小孩子发现了最新鲜玩具般的表情，这位女健将的“打击报复”啥时是个头啊？！

艾千雪从大塑料袋中取出一件男式尉官冬常服，在萧云杰和燕破岳身上轮流比画了一下，最终把那件上衣连带塑料袋一起丢给萧云杰：“找个地方去换了。”

萧云杰看着手中那件军装，一杠三星，这是一件上尉连长穿的军装，在塑料袋里除了军裤之外，还有皮鞋腰带等全套装束，萧云杰差一点就哭了：“在社会上乱穿军装撑死是被人骂两句，这里可是军营，您叫我一个下周才能授衔的新兵蛋子穿着上尉军装，在戍边部队军营里四处打转，就算没有被当成间谍抓个现形，也会被纠察队盯上，去吃几天小灶，姐，我知道我错了，您老要是还余怒未消，咱换个花样成不？”

“行啊，”艾千雪豪爽地一挥手，“师长的千金昨天来师里探亲，长得前凸后翘的，你只要把三个月前调戏我的话，面对面对她连喊二十遍，咱们就算是两清了。”

萧云杰当场就尿了，还是燕破岳够兄弟，在旁边拉了萧云杰一把：“换好衣服后，记得把肩章和领花摘下来。”

艾千雪狠狠白了燕破岳一眼，却没有再说什么。

艾千雪带着换好军装的萧云杰和暂时可以置身事外的燕破岳，走出了军营，再次打量了一眼萧云杰过于年轻，明显和上尉这个军职不符的脸，艾千雪从地上抓起一把土直接就揉到了萧云杰脸上，又从口袋中取出一只类似于牙膏的管状物，从里面挤出一条黑色膏状物体，用它往萧云杰的脸上划了两道，萧云杰伸手拈起脸上那黏黏腻腻的东西送到鼻端一闻，悲声怒叫道："你往我脸上抹鞋油？！"

艾千雪没有理会萧云杰的抗议，退后两步端详了一眼："成了，快把肩章和领花戴上。"

萧云杰四处打量了一番，还在小心翼翼往军装上别领花，突然腰间一紧，艾千雪亲手在他的腰间挂上了武装带，又将一只枪匣挂在了萧云杰腰间，萧云杰低头看着牛皮制成的手枪枪匣，说："姐，我没记错的话，您是文职，没有配发手枪吧？"

艾千雪没好气地一翻眼，把手枪从枪套里拔出来，在萧云杰眼前一晃，萧云杰这才发现，这是一支假得不能再假的玩具手枪。

但是别说，身高足足一米八多的萧云杰，身穿上尉军装，脚下皮鞋擦得锃亮，腰挎军官制式手枪套内藏黑色塑料玩具手枪一把，昂然屹立之下，还真有了一种年轻少壮派军官的勃勃英姿，在这种氛围之下，就连他脸上的灰尘和鞋油，似乎都让他增添了一分男人的成熟与沧桑。

"还愣着干什么？"

艾千雪对着燕破岳一挑眼："你身为通信员，还不快点站到连长身后？"

艾千雪翻出一台"傻瓜"照相机，在快门闪动间，将一名上尉连长带着通信员风尘仆仆赶回军营的画面印刻进胶片当中，配合着远处那白雪皑皑的雪山和他们脚下这片如此厚重，又是如此苍茫的大地，形成了一道充满无悔青春质感的最优美画面。

连续杀掉了四五张胶片之后，艾千雪姑奶奶满意地一点头，这个场景算是正式杀青，旋即又带着萧云杰和燕破岳换了一处风景更加优美的场所。她一扬手中的照相机，燕破岳立刻心领神会，一脸狗腿子样地走过去接过相机，退到了数米之外。

"站这儿，别动。"

艾千雪给萧云杰指定了位置，自己一脸坦然地走进了萧云杰怀抱，又顺手抓起萧云杰的手臂，让他的双手抱到了自己腰上。

把脑袋轻轻偎依在萧云杰的胸膛上，摆出小鸟依人状，艾千雪旋即不满地抬起头："你身体不要僵得比石头还硬行不，你脸上的表情再开怀一点，灿烂一点，我又没有对你逼婚，不过就是一起拍张相片，别弄得跟即将走上刑场的共产党员似的！"

温香软玉在怀，淡雅的幽香直冲鼻端，这一刻萧云杰却是一阵心惊肉跳，全身肌肉比石头更僵硬，搭在艾千雪腰间的双手，仿佛抱的并不是一个美女的腰肢，而是搂到了一条绿色食人大蟒蛇。

"姐，你拍这相片，是准备邮回家，给老爸老妈看的吧。"

萧云杰打量着艾千雪的脸色，小心翼翼地道："配合您拍几张爱情艺术照那自然没有什么问题，但是丈母娘看女婿越看越喜欢，对你下令一定要抽空把男朋友带回家，让她老人家亲自掌掌眼怎么办？"

"义务兵虽然没有探亲假，但是如果有特殊情况，比如家里有人重病什么，经团一级领导批准还是可行的。"

"那……我是说，假如，万一，如果，你老妈怕你嫁不出去使了狠招，在我跟着你回去时，把我们安排睡到了同一个房间，而且房间里只有一张床这该怎么办？"

萧云杰提出的这个假设，的确很有可能发生，反正他们已经是"情侣"了，老人家再加一把劲，让他们生米煮成熟饭，自然就有了逼他们立刻结婚的理由。如果是奉子成婚，那当然就更完美了。

就算是艾千雪也不得不考虑这其中的风险和可能性，但是只皱眉想了不到一分钟，艾千雪就展眉一笑："有了你这个对象，我就能拖上一两年，不用再听老妈唠叨，回家时也不用参加一场接一场的相亲去见那些所谓的青年俊杰，等到拖无可拖时，我就写信回去告诉老妈，你在执行一场巡逻任务时光荣牺牲了！"

"呃……"

萧云杰差一点当场喷血，他敢用自己的脑袋打赌，真到了他装无可装，必须"壮烈牺牲"那一天，他一定还要在艾千雪的命令下，拍上一张黑白灵照，天知道在他的相片旁，还要不要挂上几串纸花，写上两句诸如什么"萧云杰同志永垂不朽”之类的话。

燕破岳这个狗腿子却在一边为艾千雪出谋划策：“千雪姐你写信报丧时，还可以加上点细节，比如可以告诉您的妈妈，萧云杰身中三弹，死在了你的怀里，他临死时一直用依恋的眼神盯着你的脸，最终只说了一句‘好舍不得你啊’，然后就永远闭上了他年轻的双眼。您还可以往信纸上滴那么几滴水，弄点人造泪痕，显得伤心欲绝，我敢保证，经此事件后，您的妈妈再急着嫁女儿，在短时间内也不会再安排什么相亲，这样一来，您又争取了至少一年，说不定两年无忧无虑无人催的幸福时光。”

萧云杰在一边咬牙切齿地挥舞拳头，艾千雪的眼睛却亮了，她用力一拍燕破岳的肩膀：“不错！”

燕破岳和艾千雪相视而笑，就在气氛融洽得一塌糊涂当中，艾千雪微笑着问道：“我今年已经二十六岁了，我用萧云杰拖上两年，再让我妈因为不忍心再拖两年，这算下来可就过了三十大关，到那时候成了老姑娘再也嫁不出去，你娶我？”

燕破岳也哑然了。

两兄弟老老实实陪着艾千雪拍“爱情艺术照”，什么背着的，抱着的，跑着的，一起欢笑着的，一起翻白眼的，女生拽着男生耳朵的，男生温柔抚摸女生头发的……用了整整两个小时时间，三个人一共谋杀了三卷胶片，看艾千雪意犹未尽的开怀模样，两兄弟面面相觑，如果只是为了邮几张相片回去哄骗老妈，他们拍的数量未免也太多了。

难道说，这位艾千雪姑奶奶，美则美矣，却因为性格太爷们儿，再加上练武过度身体脂肪含量不足，导致高中身体发育迟缓所以没收到过情书，军校管得太严，军营没人敢碰等诸多因素，所以多年来感情方面还属于白纸一张，就算是明知道是假的，依然玩得乐此不疲？！

“千雪姐，以你的条件回去相亲时，只要静静往那里一坐，就能亮瞎那些男人的狗眼。”

实在不愿意两年后“壮烈牺牲”，萧云杰开始旁敲侧击，试图曲线救国，“我相信你老妈介绍的对象，最起码也是长相周正、收入稳定，您难道连一个都看不上？”

艾千雪脸上的笑容消失了，她沉默了片刻掉头就走，走着走着，突然又停下脚步："还有一个星期，你们新兵连训练就要结束，除了授衔之外，也会决定你们将来的所属连队和职务。如果我是你们，现在就应该去找李强表态，说出你们最想去的地方、最想做的工作。"

说完这些，不再理会燕破岳和萧云杰，艾千雪沉着脸离开了。

燕破岳和萧云杰却一脸不以为然，他们两个人几乎包罗了新兵所有考核项目中的前两名，像他们这样的精英，唯一的去处，当然的选择，就是师直属侦察部队。说白了，燕破岳就是冲着当一个比他老爹更牛的侦察兵，才加入中国人民解放军的。

几乎是在同一时间，李强正在向谁报告着燕破岳和萧云杰的现状："他们的确是两根好苗子，新兵训练时展现出来的素质，相当不错。但是我认为，他们现在还不适合加入正在组建的军区直属特种部队。"

在电话彼端，一名肩章上挂着两杠四星的大校，脸色沉静："理由。"

"我们要组建的是一支战斗力强悍，可以脱离后勤补给线转战千里顺利完成作战任务的精锐部队，和那些从侦察部队抽调出来的老兵相比，燕破岳和萧云杰性格鲜明，可塑性更强，但是他们身上还有着几分花花公子作风，而且具有很强煽动性，我担心他们和老兵混合后，非但没有被老兵带出来，反而会变成两匹害群之马。"

大校微微一挑眉毛，回忆着一年多前，他去招收刘招弟时，在苦水村里看到的那一幕幕，脸上露出感兴趣的表情："害群之马？"

"士兵在加入'新兵营'后必须整理好内务，是我军沿袭了几十年的传统，所有人都要经历'磨被子'的过程，可是他们竟然想到把军被夹在两扇铁门中间，再用打赌的方式，诱骗驾驶员用装甲车在上面碾压。"

李强肃然道："他们这种行为很聪明，节约了大量时间与精力，但是这么做恰恰说明，他们还欠缺足够的沉淀，还没有做好成为特种兵的准备。"

在电话彼端的大校轻轻点头。

很多平民对中国军队的"整理内务"不理解，甚至还有人说，看看美国军队吧，他们战斗力很强大，也没见他们要每天叠被子，就中国军队臭毛病多。

可是这些人并不知道，美国军人是不需要叠被子，但他们每天要把军装熨烫得笔直，尤其是军装的衣领，各种要求比中国士兵的叠被子还多，军装上的铜扣更要擦得一尘不染；至于俄罗斯军人，他们的“内务”则是擦皮靴，在第二次世界大战前，中国多有去苏联军事学院接受深造的高才生，擦皮靴之严格，足以让每一位回到中国就成为当代名将的军人们终生难忘。

纵观全世界，无论哪一支战斗力强大，拥有光荣历史的军队，他们都有一系列方法，在新兵进入训练营的第一天，就开始磨砺新兵，让他们学会忍耐和服从，用枯燥乏味、必须一遍遍重复的工作，磨掉他们的浮躁，直至完成从平民向军人的心灵蜕变。

否则的话，谁都知道被子磨平了好叠，军队在定制军被时，直接要求被服加工厂用机器对棉絮进行几次机器碾压加工不就行了，哪里还需要新兵们拿着小板凳，一天几个小时的在那里磨啊磨啊地浪费时间和体力？

如果没有经历这种心灵洗礼，最终了解职业军人和军队之间，必须拥有的契合与统一，单兵技术再优秀，充其量也只能是一个独行侠，就算是勉强和其他成员编在一起，也会自觉不自觉地游离于团队之外。

这样的人放进特种部队，说是“害群之马”也并不为过，更何况燕破岳和萧云杰类似于此的投机倒把行为，可以说是贯穿整个新兵营训练始终，最让李强警惕的是，在新兵当中，甚至有人开始崇拜燕破岳和萧云杰，如果没有他这位丧尽天良变态强的高压打击，说不定新兵，已经对燕破岳和萧云杰群起效仿。

“那你觉得，新兵训练结束后，应该把他们送到哪里？”

“他们进军营的第一天，说出了一个‘人材’理论，让我记忆深刻。”李强沉声道：“他们看不起养猪、种菜、蒸馒头的炊事员，还自以为是地把军人分成三六九等，那我就直接把他们送到炊事班，让他们好好去品味一下养猪、种菜、蒸馒头！”

大校笑了：“就这两个小子，蒸出来的馒头能吃吗？”

“让他们蒸馒头是真不行，但是各连的炊事班都有羊交由营里集中放养，他们可以去放羊。”

李强沉声道：“这也算是给他们的最后一次考验，如果他们能够坚守岗位认真完成任务，就说明他们有资格加入军区特种部队；如果他们消极怠工，受到一点挫折就自暴自弃，那我建议立刻放弃，让他们在炊事班，一直养羊养到复员退伍，免得放出来害人害己！”

第十一章 - **放羊连**

（中）

瞪大眼珠子，看着面前羊圈里挤着的整整一百四十二头小尾寒羊，燕破岳和萧云杰脸色肃穆。

炊事班负责看羊的老兵，还在他们耳边絮絮叨叨：“你们的任务，就是看好这些连里的宝贝，让它们可以顺利过冬。按照连里的土规定，只要冬天这群羊的冻死病死率没有超过百分之十，就算是达标，没有超过百分之五，就能获得一个三等功。你们要尽量做到肉羊们不掉膘，怀孕的母羊可以顺利生产……”

燕破岳一挥手打断了老兵的介绍：“是不是说，等过了冬天，我们只要保证还有一百二十七点八头羊活着就行了？”

老兵的眼珠子一下瞪圆了，这零点八头羊，到时候咋整啊？！

终于得到解脱的老兵走了，燕破岳打了一个响指：“指导员够意思啊，专门给咱们哥俩争取了这么一个肥缺，只要我们能保证一头羊不死，就有十四点二头羊归咱哥俩了，就算一头羊只有一百斤重，这算下来也有一千四百多斤羊肉，足够让咱天天吃得脑满肠肥了。”

萧云杰深深熟虑地提出一个建议：“反正我们也吃不了这么多，咱们还不如只要七点一头羊，先混个三等功再说。”

“啪！”

哥两个一起伸出右手，在空中狠狠对拍在一起，在这一刻他们当真是兴高采烈气冲斗牛，可是旋即两个人的脸就一起塌了下来，放羊，他们哥两个，可是新兵连的训练标兵，被分配的工作竟然是放羊！

“两位连长大哥，我来了。”

背后突然传来一个热情洋溢的喊声，燕破岳和萧云杰一起回头，就看到一个长得很瘦，眼睛却贼溜溜乱转，还没说话脸上就露出一个灿烂笑容的新兵，向他们撒着欢儿跑过来，在他的身后，还跟着脸色黑如锅底的炊事班班长。

“两位连长大哥，我也加入炊事班了，以后还请你们多多指教啊。”

这个新兵兄弟，抓着燕破岳和萧云杰的手，就是一阵热情如火的摇晃，“两位大哥千万别客气，只要您二位一声令下，哪怕是上天摸滚雷，下海抓蛟龙，兄弟我都绝无二话立刻执行。”

燕破岳和萧云杰面面相觑，这个长得又瘦又小，眼睛却贼亮贼亮，一看就是精明有余的新兵，他们认得他，名字叫吕小天，是福建兵，大家虽然在新兵营时相处还算愉快，但是也没有这么熟吧。

萧云杰上上下下打量着吕小天，突然问道：“犯啥事了？”

“没有，没有，我觉得两位连长大哥都是人中之龙，将来肯定是神仙放屁不同凡响，所以小弟我就主动要求加入炊事班，跟着两位连长大哥多多学习。”吕小天走回到炊事班班长面前，将一支香烟递给对方，“不信，你问李班长。”

炊事班李班长脸色阴沉如水，黑若墨汁，炊事班的活儿本来就是又脏又重又累，能分到三个新兵当然是好事，但这三个新兵摆明都是不服管教的刺儿头，都是爷，只能把他们丢过来放羊，图个眼不见为净，编制增加了但是活儿一点没有减少，这几位爷占着茅坑不拉屎，新的炊事班士兵也进不来，身为班长他的心情可想而知。

李班长没有接吕小天递过来的香烟：“进了部队，不分新兵老兵就都是同志，不兴大哥小弟这套，而且革命工作不分贵贱。”

一听炊事班班长的话，显然就是知道萧云杰和燕破岳，在进新兵营第一天，提出的职业军人等级论。被他们两个新兵蛋子划分到最底阶层，就算心里也有几分认同，又怎么可能平心顺气。

目送炊事班班长离开，燕破岳和萧云杰的目光，一齐落到吕小天身上。

两个人都没有说话，就那么睁大眼睛静静看着，千万别小看燕破岳和萧云杰的静视神功，两个人才两双眼睛，就硬生生形成了千夫所视的气场，看得吕小天心中一阵阵发毛，不由自主地讪笑道：“两位连长大哥，小弟我是真心来投奔……”

燕破岳一挥手，打断了吕小天的自我表白：“虽然不是睡在同一间宿舍，但是你小子的事，我们也略有耳闻，你不会是把我们两兄弟当成冤大头了吧？”

如果没有燕破岳和萧云杰跑在前面抢走了所有光芒，这个吕小天，绝对会成为这一届新兵当中最醒目、最另类的一个。

南方人精明有生意头脑，这些大家都知道，但是吕小天的生意头脑，却是宗师级的。

在很多部队，班长都睡在上铺，便于就近照顾新兵，一旦有新兵出现情绪问题，比如说想家啦，和女朋友分手啦，家里人病啦之类的问题，班长和副班长睡得高看得远，也能在最短的时间内发现。但是他们这所军营不同，冬季到了夜间，地表温度流逝极快，地气过重，老兵们都会把上铺让给新兵。

但是问题也因此而出，很多新兵在家时就性格腼腆内向，到了部队一时间不能立刻百炼成钢，具备军人的坚强与勇敢，他们睡的床铺又是铁架子结构的高低床，只要稍稍动弹一下，床架就会吱吱啦啦地响起来，在半夜显得特别刺耳。很多新兵抱着“人离乡贱”的想法，害怕挨骂晚上缩在上铺，连翻身都不敢。

不翻身就不翻身吧，还能练习士兵的不动如山，但是……这尿憋急眼了，总不能尿床上吧？！

有士兵就找塑料袋备用，还有士兵弄了个塑料瓶子，这两种器具嘛，站在公正立场上来看是各有优劣，塑料袋是尿起来方便，几乎不用发出半点声音，但是就算用了两层加厚加料，却依然有漏尿的危险……要是真把尿滴到睡在下铺的班长脸上，嘿嘿，那可就热闹了；至于瓶子，胜在尿完之后，瓶盖一扭就绝对安全，但是对着瓶子撒尿的过程，却绝对考验新兵们的精准射击能力，一泡尿尿得断断续续，憋得小腹胀痛，这稍有点医学常识的人就知道，这样下去，真会憋出前列腺炎的。

没有真正进过军营当兵的人，光凭电视剧中表现出来的军营生涯，他们根本不可能知道，原来活人还真是能被尿憋死的。但是当这些新兵到了第二年，变成老兵后，再回头看自己的经历，就会好笑地发现，自己那时候咋会那么傻，然后他们又会用“过来人”的心态，去看那些新兵重复自己走过的路。

就是在新兵们已经被逼无奈，甚至有人开始考虑，要不要在塑料袋里放条毛巾，弄出一个“可重复使用成人版”尿不湿时，吕小天带着天使般的微笑，开始在新兵宿舍里乱窜，兜售他可以解决这个新兵半夜起床难、撒尿难问题的道具……十七世纪英国国王御用医师首创，十八世纪大面积普及，二十世纪四十年代出现超薄，八十年代在美国百花齐放发展到最高境界并因此产生哲学文化。在人类种族繁衍发展领域起到举足轻重作用，男人们看到了就又爱又恨的，呃，那个，嗯，避！孕！套！

当时所有人都被吕小天亮出的宝贝震得两眼发直，看向他的目光都变了。这里可是军营，睡在一起的都是爷们儿，他带这玩意儿来干啥？！

但是经过吕小天的现场解说，所有人在恢复冷静后，却渐渐发现了这东西的好处。

首先，这玩意儿是针对男人某个部位设计，只要往上面那么一套，哪怕只套了一小部分，也必然会契合得无懈可击，就算是尿得再欢实，百分之百也溅不出来一滴。要知道，避孕这种事，那可就是不成功则成“人”，哪个制造厂家，敢在防漏方面疏忽大意？！

其次，这玩意儿的材质是真的过关，绝对达到了国家5A级标准，别看薄得一塌糊涂，但就算是把它吹成一个西瓜大小的气球，它也未必爆炸。请问，谁能一下尿出十几斤尿来？

半夜尿完，把它的口随手扎住，就不会滴出一滴，哪怕睡得正香，不小心压了那么一下，它特有的弹性和坚韧，也会让它有很大概率逃过一劫，哪像塑料袋那么原始简陋，一压之下百分之百就会水漫金山尿滴班长？！

这么好的东西，名牌产品质量有保障，又是在特殊场合，赋予了特殊作用，只要洗干净就可以重复使用，价格当然也就比较特殊了一点点……二十块钱一只，如果身上的钱不够，可以先欠着，下个月发放津贴后再补还，就算是分期付款，也不是不可以的。

在看似绝不可能用到的地方，将看似绝对没有任何销量的特殊商品，卖出了一个天价，谁也不知道这小子最终究竟卖出去多少，但是明眼人都知道，这小子肯定不是池中之物。

但是千万不要以为，吕小天的本事就这么一点点。

“常在江湖飘，哪能不挨刀？”

在推销掉最后一个套套之后，吕小天继续在新兵宿舍里窜来窜去，一张口就是一段“江湖切口”，在吸引了大家注意后，他就一脸神秘，从口袋中取出一只丝袜，当众拉拉拽拽，展示丝袜优秀的弹性与活力："港台警匪片中，那些持枪悍匪在打劫金库银楼时，除AK自动步枪外，丝袜更是人手一个，只要脑袋上戴了丝袜，就算是被监控器录到，都可以逍遥法外，绝对是居家旅行杀人放火，打闷棍丢半截砖的必备良器。"

俗话说得好，山不在高，有仙则名，水在不深，有龙则灵。这话嘛，也不在多，点到即可。

在场的各位要是看谁不顺眼，或者和谁有了矛盾，在下黑手打闷棍前，最好买上一只丝袜戴到脑袋上，大家都是一个脑袋两只手，穿的又是制式军装，只要没有被当场逮住，有谁知道你是张三李四还是王二麻子？！

在军营中就算是有小卖部，那里又怎么可能卖丝袜这种"奢侈品"？说不得，又得出高价从这位"兄弟"手中购买了。

这小子眼光是贼精，违规带进军营的，都是一些分量轻、体积小，便于携带，又能满足隐性需求的东西。而且只是换了个地方，一抬价就是十倍以上，面对如此心狠手辣，开起价来脸不红气不喘的战友，所有人都在心里给他起了一个相同的绰号……吕不韦！

奸商，绝对的奸商！

要燕破岳和萧云杰相信，短短三个月时间，就能在新兵营混出一个"吕不韦"绰号的吕小天，单纯是敬仰他们的人品就自愿追随，而且一路追进了炊事班放羊，那他们两个人，肯定是脑袋都被猪拱了一百遍，而且拱他们的还是能上树的母猪！

燕破岳和萧云杰的目光中写满了怀疑，吕小天也清楚地知道，眼前这两位可是眼睛里揉不进沙子的主，想得到他们的认可，最好的办法就是选择实话实说。吕小天把手伸进口袋，摸索了半天，才一脸神秘的将一只拳头探了出来："两位连长大哥，你们猜猜我手里是什么宝贝。"

萧云杰一伸手，在吕小天的后脑勺上拍了一巴掌："有话快说，有屁快放，少给我来这种天桥卖艺把戏。"

吕小天咧着嘴张开手掌，在他手心里托着一个带着密封口的小塑料袋，在这只小塑料袋里，放着一小撮黑褐色的种子，看起来干瘪瘪的、丑丑的。

燕破岳和萧云杰仔细打量这包种子，能让吕小天这么宝贝，甚至能主动要求来炊事班的东西，肯定不是表面上看起来这么简单，想了又想，萧云杰的脸上突然露出了警惕的神色："你小子不会想跑到部队里种大烟吧……"

萧云杰的话只说出一半，就被吕小天一把捂住了嘴巴："爷，您就是我的亲爷，咱能不能说话经经大脑，要叫别人听去了，小弟我那可真是不死也得掉半条命了！"

燕破岳在一边开口了："你想在高原上种人参？"

吕小天诚心诚意对着燕破岳竖起了一根大拇指："还是燕大哥厉害。"

燕破岳从吕小天手里接过那袋人参种子随手一晃，里面的种子大概有一百多粒，之所以认识这些东西，是因为早些年在军工厂后面的大山里，曾经有村民种过人参。军工厂里的职工看到后，有人找认识的村民要到些种子，用自家放在阳台上的花盆来种人参，不出一年时间，花盆里的人参就长得活像是山药棒子。种在花盆里又长得飞快的人参，它的药性可想而知，村民们根本卖不出去，有人就索性蒸了真的当山药吃。味道好不好燕破岳不知道，但是燕破岳隐隐记得，有些村民吃得全家晚上鼻血长流，当夜就被邻居送进了医院。

"我从来没有听说过青藏高原上出产人参，你这么做有多少成功率？"

"我选用的是吉林长白山人参种子，它们生长的环境，和我们现处的位置，海拔只相差一千来米，而且都是冬季长夏季短，只要想办法自己开一块田，用大棚养殖的方式在冬季保持温度，它们就可能在这片土地上生根发芽。"

作为一个敢把避孕套和丝袜带进军营的新兵，吕小天既有胆大妄为、该出手时就出手的一面，也有商人谨小慎微，做任何事都提前做足功课的习性。

就是因为准备充足，谈到人参种植，他的声音中透出一股不容置疑的自信："很多治疗高原反应和心脏病的急救药品当中，都有人参成分，这说明人参可以帮助士兵有效对抗高原反应，提高身体素质。我敢断定只要我们这个项目能实施成功，再写出一份项目可行性报告上交到师部，作为项目发起人，我大概能得个一等功，而两位大哥你们最起码也能捞个二等功。"

吕小天屁颠屁颠地跟着他们跑进炊事班放羊，敢情就是看中了"放羊"级待遇，可以有大把时间私下搞他的小产业，这个并没有出乎燕破岳预料，但是让燕破岳意外的是，这个彻底钻进钱眼里，而且的确是生财有道的家伙，煞费苦心地弄出一个“人参计划”，在成功之后非但不打算赚钱，反而打算无私地把方案上交到部队手中。

怎么看，这人都不像是新时代的活雷锋啊。

燕破岳似乎找到了答案：“你想拿人参当敲门砖，得到团里的推荐，甚至是师长的青睐，获得报考军校的资格？”

吕小天嘴角一撇，满脸的不屑：“就算我得到推荐报考军校，而且真的进了军校，又能怎么样，出来也就是一个一毛二的小中尉，一个月的工资满打满算才一千多块，再干上十年，充其量也就是李强指导员的水准，三十大几的人了，连个媳妇都没说上，很了不起吗？”

燕破岳和萧云杰发现他们真的有点看不懂吕小天了，说他没有上进心吧，他弄出了个“人参计划”，敢把长白山上长的人参挪到青藏高原上，不论他能否成功，光是这份敢想敢做就足以让燕破岳和萧云杰另眼相看。如果成功了，吕小天会把研究出来的技术成果无偿奉献给部队，这份魄力更是令人动容。

但是吕小天又对进入军校深造，成为一名职业军官不屑一顾，看样子似乎当一个士兵，他已经心满意足，三年后兵役时间到期，他就会立刻脱下军装滚蛋回家，那么请问这个不见兔子不撒鹰的主，跑进部队弄出这么多事来，究竟想干什么？！

吕小天悠然道：“两位连长大哥你们想想看，军队的主职是训练和作战，就算我把人参养殖技术上交，部队撑死也就是弄几个大棚，出产量非常有限，能够保证自用就已经是极限。而我就不同了，在社会上有大量风投资金，正等着好项目投入，我只需要回福建走一圈，凭借自己用三年时间在部队建立的关系网，就能拉回大量资金，在这片山区里建立一个甚至几个人参养殖基地，和部队联手做‘青藏参’。”

这种需要跨越三年才能实施的商业计划，一旦内容泄露被别人先走一步，就可能变成别人口袋里的钞票，这就是商场上所谓的一步慢步步慢。

出身于商业和手工业最发达的省份，吕小天见多了商场上的尔虞我诈，更知道“商业机密”这四个字的重量，但是他却当着燕破岳和萧云杰的面，把自己的三年人参计划全部讲了出来，这当然是一种冒险，但是从风险和可能获得的收益上做对比，吕小天认为，值！

吕小天可以断言，只要燕破岳和萧云杰这两位“连长大哥”愿意，他们在部队能够走出的路，绝不仅仅是两名士兵那么简单。

“部队一般都会在驻扎当地开拓副业，这样做可以缓解财政压力，让部队官兵生活质量得到改善，但是到了青藏高原，开拓副业变得非常困难，而养殖人参，不但需要大棚温室，在任何一个环节，都需要专业知识和技术人员，部队又是铁打的营盘流水的兵，很可能会出现有成套技术，却缺乏足够专业技术人员的尴尬局面，所以就算部队有心，也根本不可能把这个摊子做大，这样就给了我和部队联手合作的前提与空间。”

吕小天说到这里，眼睛都在发着绿油油的光，他的声音也高亢起来，“我可以断言，一旦贴上绿色标签，我的青藏参就会形成‘军工’级竞争力，两位大哥你们别忘了，对老百姓来说，军工品质，就是质量上乘性价比高的代名词！只要我能够悉心经营，也许十年，也许二十年后，‘青藏参’在消费者心目中，就会成为和东北参、长白参相提并论的珍品，真到了那个时候，我吕小天就可能成为亿万富翁，甚至闯进福布斯世界富翁排行榜！”

说到最后，吕小天已经是脸色涨红，他一边说一边用力挥舞着手臂，似乎在发泄这份心中的豪情壮志，“有记者来采访，要我说一说自己成为超级富豪的传奇经历，我一定会先说，我选择了加入炊事班，和两位连长大哥一起放羊的往事，并告诉记者，一定要把这段故事，发到美国《时代周刊》上去，让更多的人知道，只要心怀梦想，就可能成功，就可能站到世界屋脊的巅峰。”

“啊……”

吕小天嘴里逸出一声长长的诵调，把听得聚精会神的燕破岳和萧云杰齐齐吓了一跳，这人不会是说得兴奋过度，所以羊痫风发作了吧？！

吕小天高高举起手中那包人参籽儿，用抑扬顿挫的声调，摇头晃脑的节奏，开始诵叹起来：

啊……

一包人参籽，

你看起来，

是，这样的，其貌不扬；这样的，朴实无华；

但是，在你的身上，

却……

凝聚着，一份，如此厚重，又是，如此深沉，的，

梦想与，希望！

你……

就是天边，那颗最亮的北极星

你……

就是大海中，那座闪亮的灯塔

你……

就是茫茫人海中，照亮了我前进道路的引导者

你……

就是……

啊！啊！啊！啊！两位大哥，我错了，你们别打了！

吕小天还沉浸在难以言喻的感动与创造文学作品的韵律中，突然间两只拳头就一起落到了他的身上，紧接着一连串犹如狂风骤雨般的攻击就劈头盖脸地砸了下来，直把他打得晕头转向，只能用双手抱住脑袋放声求饶。

燕破岳和萧云杰瞪圆了眼睛，对着吕小天就是一阵暴打猛踹，这人在他们两兄弟面前装，想当什么福布斯世界富豪排名榜上的人物也就算了，说到最后越来越起劲，竟然还做起诗来了！

你要真能出口成章，来上几句无须名垂千古，最起码也能听得顺耳的诗也就算了，嘴里念叨着比打油诗还打油，写到厕所墙壁上，都没有人愿意读的玩意儿，还敢摇头晃脑，自以为诵出了唐风宋骨，这不是摆明了让他们两兄弟反胃到今天吃不下饭吗？！

最重要的是，这小子一旦兴致来了，就要“吟得一首好诗”，将来万一让他真成为福布斯世界富豪排名榜上的人物，引得西方记者都去主动采访，他老人家兴致所至，突然又“啊”了起来，那丢人可就丢到美国《时代周刊》上去了。

就算是为了中国几千年流传下来的那些不朽诗篇，他们也得把吕小天这“吟诗作对”的爱好，消灭在萌芽状态，要把他揍到以后一想作诗，就有心理阴影的

程度！

“别打了，别打了……萧云杰你再打，别怪我和你急眼！”

萧云杰停止攻击，脸色不善：“我和燕破岳一起揍你，为什么只和我急眼？”

也许是被揍得太狠，已经是被揍得头昏脑涨，吕小天一时间竟然失去了惯有的聪明，那大实话下意识地张口就来：“因为燕老大比你厉害！”

燕破岳一拳凿下，在打到吕小天脑袋上之前，突然定住了，他收拳后退，再看向吕小天的目光中，就透出一丝满意，这马屁拍是得够粗糙，但是胜在真性真情，人家都拍得他心花怒放了，他再去做伸手痛打笑脸人的事儿，就显得不太地道了。

萧云杰也笑了，他的笑容中怎么看都透着一丝狰狞，他从牙缝中挤出一声低吼：“敢情你小子这是柿子捡软的捏啊？”

“砰！砰！砰……”

萧云杰这一次是含怒出手，当真是拳拳到肉，打得吕小天鬼哭狼嚎。直到这个时候他才知道，原来把“软柿子”激怒了，人家一个人出手，就能比刚才两个人一起出手打得更疼更狠。

第十二章 - **放羊连**

（下）

“这三个混账小子，竟然私自宰了两头部队养的羊，请新兵营的那些兵吃烤全羊！”

听到李强的报告，就连大校都忍不住提高了声音：“他们就不怕军法处置吗？！”

旋即大校发现不对：“你不是把燕破岳和萧云杰两个给塞进炊事班，怎么现在变成三个了？”

一提到这件事情，李强就觉得牙齿有点发痒，又有点哭笑不得。燕破岳、萧云杰，外加这个主动投奔的吕小天，让李强终于真正明白了什么叫作物以类聚，人以群分。最让他好气又好笑的是，吕小天这个浑小子，在新兵营时还算中规中矩，跟着燕破岳他们加入炊事班放羊后，可算是原形毕露，当真是让这位新兵营指导员都惊得摔碎了眼镜。

“那个新加入的小子叫吕小天，杀羊燕破岳和萧云杰是有这个胆量，但他们还真没这个想法，我敢保证这事就是吕小天给怂恿出来的。”

就是吕小天代表燕破岳和萧云杰找到连部，立下军令状，保证过冬后羊圈里还有一百二十七点八头老羊活着。至于他们用什么方法养羊，希望连队不要过多干涉。

当时被吕小天找上门的连长认为，这纯粹是燕破岳和萧云杰不想在炊事班放羊，故意找借口推诿，再加上吕小天当时的表情实在有点欠揍，为了给这几个刺儿头上下“眼药”，让他们知道在部队里耍小聪明的后果，三连连长真的答应了吕小天的要求，和以吕小天为代表的放羊三人组签订了一份全名为“三连放羊养羊包干到人责任到人协议书”的合同，承诺只要燕破岳和萧云杰、吕小天能够交出额定数量的羊，又没有作奸犯科，他的事情就不多过问。

燕破岳和萧云杰拿到协议书，立刻就鸡毛当令箭，宰了羊圈里最肥的两头羊。

这种胆大妄为、敢想敢做，当真是让那些等着看好戏的人被震惊得目瞪口呆。

正所谓吃人的嘴短，上百号刚刚进入基层连队的新兵蛋子吃饱喝足后，在燕破岳和萧云杰的要求下，一起动手改造羊圈。

所谓的羊圈，其实就是部队初入这片山区时，进行的房间改造，几十年时间过去了，这些曾经的营房早已经破破烂烂，窗户和大门都不翼而飞，屋顶上更是到处透风。新兵们只用了半天时间，就把羊圈收拾得干干净净，羊圈围墙上的缝隙都被他们用泥土填实填紧，并且在围墙边上挂起了草垫子，一到夜里，燕破岳和萧云杰就可以把草垫子放下来，阻止寒风渗透。

更有擅长水泥活的新兵，在羊圈里用砖头和红泥搭砌出煤炉，到了最冷的月份，只要燕破岳和萧云杰能找到足够的燃料，就可以保证羊圈里温暖如春，羊的冻死、病死率自然会大大降低。

最绝的是，燕破岳和萧云杰还从后勤那里搞到了几十张因为种种原因报废下来的铁架高低床，一群新兵一阵叮叮当当，把散成木片的床板重新钉好，再将铁架高低床搬进了羊圈，燕破岳和萧云杰对每一只羊进行分类命名，并给它们分配了“床位”，并分成了四个排。据说公羊为一排，健康的母羊为二排，生病的羊为三排，怀孕了必须特别注意的母羊为四排，每排选出头羊一只，是为排长，燕破岳为连长，萧云杰为连副，艾千雪被他们硬拽进来担任编外指导员，此类种种，美其名曰……军事化管理。

“他们只是三个新兵，是怎么说服后勤管理人员，得到那批淘汰下来的高低床？”

大校一问到这个问题，李强就觉得牙齿发痒：“是萧云杰和吕小天一起出面做的公关，他们先给后勤那边送了两条羊腿，然后互相配合，用他们的三寸不烂之舌，大谈在高原地带养羊的重点与难点，并提出了‘军事化管理’加高低架养羊策略，还说他们会努力总结经验，一旦这种养羊技术成熟，就会写成书面报告给师里，甚至向军部提交。这种功在当代利在千秋的养殖技术一旦在军队内普及，说不定就能因此获得全军通报嘉奖，诚邀后勤部门所有人一起加入他们的试验，就这么把人家给忽悠上船了。”

“杀羊，展其魄力；一声招呼就能喊来一百多号新兵，展其魅力；重整羊圈，举一反三管理羊群，展其细致；纵横联合借势发力，展其谋略。这三个小子，有一套嘛。”

大校微笑起来：“以前一过冬，连队养的羊就会大片冻死、病死，归根结底就是羊圈环境太差，养羊的士兵受到条件制约，无力对羊圈完成修整改造所致。现在我真有点相信，这三个小子能把羊养好了。”

李强也承认，以前燕破岳是够强，萧云杰也够狡猾，称得上是狼狈为奸的最佳组合，但是加上一个精于商务谈判、擅长用有限的资源、产生无限发展的商务型人才吕小天，在炊事班养羊这种苦差事，竟然硬生生让他们玩出一个风生水起。

羊圈由这三个小子接手后，只是用了两头羊的代价，就让整个羊圈面貌一新，的确是够值，但是这几个小子联起手来如此折腾，和他们想要磨砺燕破岳和萧云杰性格，让他们沉淀下来的初衷严重不符，难道他们真的缺几个放羊高手，想要在过年时，让全师官兵每人多喝一碗羊汤？！

李强咬着牙发狠：“实在不行，就调他们去守兵站，大雪封山几个人在兵站里一待就是四五个月，我倒要看看他们还能怎么折腾！”

大校却突然想起一个问题：“他们在和三连连长签协议时，有没有说零点八只羊怎么算？”

“说了！”

李强的声音从话筒中传出来，怎么听怎么郁闷：“他们会上交一百二十八只羊，但是在宰了羊后，有两只羊腿是他们的。”

摇着头放下话筒，沉默了半晌，大校突然放声欢笑起来，他的笑声传出办公室，让附近的人们都为之愕然，彼此交换着疑惑的眼神……今天大队长心情似乎很好啊！

现在是正午时分，太阳高悬在头顶，一百四十只生存力极强的小尾寒羊正在雪地上散步，由于它们都吃饱喝足，所以纵然站在找不到半点食物的雪地上，每一只羊的动作都很从容，它们时不时发出咩咩的轻叫，几只被燕破岳提拔起来的“排长”脖子上，挂着的铜铃在晃动中，发出一连串悦耳的轻鸣，在这片冰天雪地中，竟然奇异般产生了宁静喜乐的感觉。

燕破岳躺在地上，他用双手拉动绳索，一个悬挂在他身体正方的树桩，就被一点点地拽高，当拽到两米左右位置时，燕破岳双手一松，树桩就直坠下来。在砸到身体上的时候，燕破岳猛然将肺叶中的空气狠狠呼出去，发出一声狂喝。

再将树桩拉起，再松手下坠，再放声狂喝，燕破岳就这样周而复始，用木桩锤打着自己的身体。

羊群从一开始受惊逃窜，到现在渐渐习惯了燕破岳这种“奇异”的自残举动，有几只好奇心特别强的羊，甚至已经敢走到周围就近围观，有时候还咩咩轻叫着为燕破岳打气。但是偶尔看到燕破岳练习硬气功的人，就算是侦察部队的老兵，都会眼角直跳。

而萧云杰却全身裹得跟个棉球似的，手里捧着一本艾千雪想办法找到的冬季养羊手册，在那里读得津津有味：“在高原上过冬，除了要给羊群提供干草之外，还要准备豆粕、玉米、麦皮等精料，要保证每只羊每天能吃到半斤精料，如果要保证不掉膘，则需要吃一斤精料；每天定时供给三次饮水，最好是加了食盐的淡盐水，水温应该是微温，嗯，也就是二十摄氏度左右；到了深冬季节，就算是天气严寒，只要没有下雪，在中午太阳最好的时候，就应该把羊群赶出去活动，这样能让羊群减少生病概率，增加抗寒能力……”

至于吕小天，则在“羊圈”里，小心翼翼地摆弄着正在“催芽”状态的人参种子。他已经将人参种子在温水中浸泡了四十八小时，使其充分浸泡湿润，又将细沙和腐烂的植物肥料相混合，把它们放进花盆里，每天小心地浇水，保持这种混合沙土中的湿度，每天洒完水后，他最喜欢的事，就是坐在那里，手里拿着个放大镜，仔细观察人参种子有没有发芽。

看完之后，吕小天兴致来了，就会吟得一首好诗。

人参啊，人参。

你们，是这样的美丽，又是这样的妩媚动人。

当你们破壳而出，任由翠绿的嫩芽在阳光下闪烁着，绿色的晶莹

看起来，就会像是

精灵

在月光下起舞

啊，人参

啊，你们，就是我的心肝，宝贝……

知道燕破岳和萧云杰的身边，又出现了一名“志同道合”的好兄弟，艾千雪专程前来拜访，结果还没有走进羊圈，听着吕小天现场用抑扬顿挫的声调，外加浓墨重彩的真情实意，朗诵出来的人参诗，她当场就差一点喷了。

难怪吕小天在专门为他划拉出来的“羊圈”中工作时，燕破岳和萧云杰都有多远闪多远。他们已经揍了这位未来超级亿万富翁好几次，可是人家对诗的热爱，已经到了登峰造极的程度，就连大便时因为喝水太少半天拉不出来，都能触景生情吟诗一首：

啊，大便啊大便，你，为什么，名为方便却这么的不方便？我的身体在疼痛中抽搐，我的心，在缓缓地淌血，可是我呼吸着冷冷的风，依然咬紧了牙关，在默默地坚持，只为那再无负担的……解脱！

好吧，一起因为尿急走到厕所外面，不小心听到了吕小天声情并茂的吟诵，燕破岳和萧云杰面面相觑，一时间甚至忘了自己为什么要来厕所，就那么一声不吭地掉头走了回去。强大的人多了，但是能吓得燕破岳落荒而逃，连尿急都忘了的人，吕小天可谓是蝎子拉屎独一份了。

其实吧，谁没点小爱好呢。和吕小天相处了几天，就连燕破岳这位写作文从来没及格过的货，竟然也能脱口成诗了。

既然，

吕小天，喜欢。

那么的，喜欢。

赌上生命的，喜欢。

歇斯底里的，喜欢。

让人恶心的，喜欢。

那，

就天要下雨，

娘要嫁人，

随他，

去吧！

从此以后，燕破岳和萧云杰再也不理会吕小天喜欢吟诗的爱好，只是他们两个人不约而同地随身携带了两个小棉球。

……

对身体反复锤打了五十遍，燕破岳从地上爬起来，又换上了二十公斤负重背心，他轻松地在地上跳了跳，在这片大山上生活了四个月时间，他的动作和刚来的那一天相比，更加灵活，爆发力十足，显然已经完全适应了高原地带氧气稀薄的现状。

燕破岳背起了一卷绳索，又将两把登山锹挂在了身上，看到这一幕，萧云杰放下了手中的资料："你上次从二十多米高的冰崖上掉下来，要不是你小子运气够好一路抓着冰芽儿减速，又练过硬气功，早就活活摔死了，别人是一朝被蛇咬十年怕井绳，怎么你小子就是记吃不记打呢？"

燕破岳对着萧云杰露出一个大大的笑容："就是因为已经摔过好几次，要最终都没爬上去，那我前面不是都白摔了。"

面对这种最纯粹赌徒式心理，萧云杰不由得哑然。看着燕破岳离开的背影，再看看远方那座有一半插入云层的冰山，萧云杰脸上露出了一丝担忧中混合着羡慕的表情："别说去爬，站在那座冰山下面往上看，我都感到心惊肉跳，更不要说是已经从半山腰摔下来七八次，而且一次比一次摔得重。也难怪吕小天敢向我奓刺，面对你却比见了猫的老鼠还要乖。"

第十三章 - 放羊者到此一游

这是一座几乎九十度垂直的冰山，每年都会大雪封山，等到盛夏来临时，山顶的积雪融化顺着山壁慢慢渗下来，到了夜间气温下降，就冻成了冰层，如此周而复始了不知道几千年，到现在，这座陡峭得足以让猿猴都望之却步的山峰上已经布满厚厚的冰层，再也看不到原本的颜色。

抬眼望去，在两百多米高的冰山上，到处都倒悬着比成年男人还要粗大的圆锥状冰柱，在这些巨大冰柱的周围，是一排排大小参差不齐的冰柱，猛地看上去，仿佛就是高悬在空中的攻城矛，随时都会坠落下来，对敢于尝试征服这座冰山的人予以最残酷打击。

远离繁华都市，自然也远离了工业污染，整个冰山上的冰层，都透着最纯粹的洁白，每天晚上来自西伯利亚的寒风不断吹过，将上面浮着的积雪全部清扫一空，当阳光照射到冰面上，整个冰山上都浮起一层淡淡的光晕，看上去美极了，也危险极了。

燕破岳将一只登山镜戴到了脸上，他伸手轻抚着面前的冰山，就算是隔着手套，他都能感受到冰层透过来的寒意。

燕破岳手中的登山锹狠狠凿落，以登山锹为支点，他手臂用力，身体随之再一次开始向上攀爬。在近九十度垂直的冰山上，燕破岳在稳定地一步步前进，当他爬到五十多米高时，他停止了前进。也许这座冰山的原始形态，在这个位置有一片突出来的岩层，经过上千年的自然演化，突出到半空的岩层上，已经布满了厚厚冰层，形成了一个探到空中三米多长，正反两面都滑不唧溜，犹如屋檐般的屏障。

就算是以燕破岳的体力，也绝不可能像壁虎一样，把身体贴在冰面下爬动，前面的十四次攀登，他几乎每次都是到这个位置时失败。萧云杰一直以为燕破岳是从二十多米高的位置失手坠落，所以也没有太当回事，实际上燕破岳几乎都是在这里摔了下去，只不过是在坠落过程中，燕破岳一直用登山锹和双手努力降低下坠速度，才没有让身体遭受到致命伤害。

这一次燕破岳没有再爬到最高位置，而是在距离冰障还有两米多远时，就停止了攀爬。燕破岳小心翼翼地固定住身体，从背包中拿出一个手摇钻，原本轻松无比的工作，在距离地面五十多米高的冰山上，却难如登天，燕破岳用了足足半个小时，才勉强在冰面上钻出一个半尺深、大约有三厘米粗的冰洞，又将一枚做工程用的膨胀螺丝打入冰洞。

一阵从西伯利亚吹来的寒风掠过山峦，一时间冰屑和雪花在身边飞舞，山峰上天然形成的冰洞中，随之发出了一连串犹如古战场号角争鸣的呜咽。

就在这一刻，天与地仿佛正在交战，冰雪如梭、劲风如箭，仿佛要横扫一切障碍，就连生命都变得彻底渺小起来，燕破岳拼尽全力抓紧登山锹，把自己的身体死死贴在冰面上，可就算是这样，他的身体依然被急劲的山风吹得摇摇晃晃，雪花和冰屑不断钻进他的衣领里，在他身体内融化，更是在迅速剥夺着他的体力和意志，几乎可以将骨髓冻成冰屑的极度严寒，一点点、一丝丝地渗入他的身体。

当山风终于呼啸而过，燕破岳的全身已经覆盖了一层半寸厚的冰屑与积雪，他的双手更几乎失去了知觉，拍掉身上的积雪和冰屑，燕破岳摘下了背在身上的绳索，将一只纯钢打造的飞虎爪装在了上面，他猛地用力，将飞虎爪抛到了头顶的冰层上。

几次三番的尝试后，飞虎爪不知道钩到什么，终于稳定下来。燕破岳用力拽动绳索，飞虎爪大概钩到了坚硬的冰面，或者卡到了什么位置，至于能不能承受住燕破岳的体重和他向上攀爬时必然存在的更大力量，燕破岳不知道。他想知道这个答案，唯一的办法，就是离开冰面，把自己所有体重都放在绳索上。

如果飞虎爪钩住的冰块碎裂……

燕破岳忍不住低头看了看脚下，原本和自己差不多大小的雪堆，现在高高望下去，变得只有火柴盒大小，回头向军营的位置张望，就仿佛是看售楼中心制成的模型，小巧精细得可爱。他一旦把自己全部交到绳索上，他就会离开冰面超过三米，这样的话一旦坠落，他再也不可能从冰面上使力降低下坠速度。就算是山脚下的积雪超过了两尺，这也是绝对致命的高度。

用搭扣将安全带锁在了螺丝上，这套安全措施到要命的时候，能不能承受住燕破岳的体重，燕破岳更不知道，不到万不得已，他也不想知道这个答案。

在千米之外，萧云杰的脸上扬起浓浓的担忧，艾千雪则在用一只装在三脚架上的高倍率军用望远镜看着吊在半山腰的燕破岳，在他们两个人的脚下，甚至还放着一只以防万一的急救箱。

别看萧云杰一脸无所谓的模样，他又怎么可能不知道自家兄弟的禀性，又怎么可能不知道，能让燕破岳连续摔下来的雪山，究竟有多危险？！

“我说他求我找膨胀螺丝和手摇钻这些东西干什么，”别说是身临其境，就算是用望远镜远远看着，艾千雪都觉得自己皮肤上的汗毛一起倒竖而起，“这小子是极限探险爱好者吗，为什么非要爬上这座雪山？”

“他的目标就是成为侦察兵，做一个比他父亲更优秀的军人。一开始我也劝过他，结果他对我说，如果战争爆发，必须要爬上那座冰山进行侦察怎么办？他还对我说，既然当了兵，就要做最牛的兵，而想要做最牛的兵，就要先让自己成为亡命之徒！”

艾千雪瞪大了眼睛，似乎就算是成为侦察兵，也不需要变态地爬上那座冰山吧？！还有，还有，亡命之徒，这可不是一个好词。

萧云杰轻轻摇头，他抓起一把脚下的积雪捏成雪球，用尽全力狠狠抛了出去：“我们两兄弟一开始志比天高，认为自己就算走进人才济济的边境部队，依然是最优秀的，可是我们现在却窝在这里放羊，别看他平时什么也不说，但是在他的心里，一定窝了一团火，如果不找地方发泄出去，他说不定自己会把自己活活烧死了。”

艾千雪突然发出了一声惊呼，因为她通过那只大倍数观测镜，竟然真的看到燕破岳一松手，把全部重量都孤注一掷地放到登山绳上，无论他如何小心翼翼，如何减小动作幅度，身体从冰面上荡出时，依然像个钟摆似的在距离地面五十多米的高空来回摆动。

“啪！”

头顶传来了冰层不胜负荷碎裂的声响，这个声音并不大，但是对全身悬空的燕破岳来说，却无异于九霄惊雷，他在心里发出一声低呼“这下可惨了”。拽住他身体的飞虎爪从固定位置脱落开来，他的身体在空中有了零点一秒钟的停滞后，猛地向下坠落。

身体在距离冰山三米外的虚空疾坠五六米后，燕破岳固定在螺丝上的安全带猛地绷直，把燕破岳在空中拽出一个绝对惊心动魄的小弧线，狠狠抡向冰面。燕破岳借着惯性拼尽全力将手中的登山锹狠狠凿到冰面上，他的左手也在同时一把抓住一截突起的冰层。

“啪！”

双手都没有去保护身体，燕破岳整个人就像是一块甩饼般，重重拍在坚硬的冰面上，眼前在瞬间就炸起无数星星点灯般的金星，在那里群魔乱舞，他那还算高挺俊秀的鼻子，更是犹如迎面挨了世界拳王一记右直拳，在瞬间就品尝了酸甜苦酸所有滋味，直至最后变成了两道热流，从他鼻孔里倾淌而出，但是这些鼻血，还在空中飞坠，就在西伯利亚送来的寒流侵袭下，变成了泪珠状的红色冰晶。

“啪！”

又是一声碎响，螺丝周围的冰层，猛然出现一丝蛛网状裂痕，转眼间那根半尺多长的膨胀螺丝就被燕破岳下坠形成的势能生生拔出来，就算是这样，下坠的力量依然余势未消，拉着燕破岳继续下坠。

在这个要命的时候，燕破岳没有惊慌，没有放声尖叫，他只是用全力抓紧手中的登山锹。登山锹在地面上狠狠划出一道两米多长的印痕，眼看着它就要从冰层中滑落，燕破岳左手一探，又将一柄不知道从谁那儿弄到的刺刀狠狠捅进冰面，就凭刺刀和登山锹的双重力量，他终于在距离地面五十米的冰山上稳住了身体。

通过望远镜，全程看到这一幕的艾千雪，只觉得全身发软，身上内衣被汗水浸透。她一直以为自己够疯狂，可是直到这个时候她才知道，原来燕破岳比她疯狂野蛮了何止十倍？！

萧云杰这才冲过来，急叫道：“燕破岳出什么事了？”

艾千雪轻轻嘘出肺叶中一口长气，伸手拭掉额角渗出的汗水，她还没有来得及说话，就猛然再次瞪大了双眼，脸上露出了绝对的震惊与不敢置信。她通过望远镜，竟然看到刚刚险象环生的燕破岳，在勉强恢复稳定后，只是休息了十几秒钟，竟然又开始向上爬了！

难道他还想再挑战那道天然冰障，还想再体验一次刚才那种身悬空中、生命只依靠两根绳索来保障的生死冲刺？！

有了一次失败的经验，燕破岳更加小心翼翼，步步为营，也许是他第一次用飞虎爪抓碎上面的冰层，有了更好的着力点，第二次尝试时，燕破岳成功爬过了那道障碍，并在一个半小时后，接近了冰山的顶峰，在还差二十米就能登到顶部时，燕破岳却停止了攀登，从背包里取出了一只油刷。

艾千雪瞪大了眼睛："他在干什么？"

萧云杰挤过来，两个人轮流通过观测镜观看，就在他们的猜测中，燕破岳又拿出一只瓶子，把调好的红色油漆倒在油刷子上，然后用他绝对和书法没有半点关联，当真是横不平竖不直，还抖来弯动，当真是笔走蚯蚓蚂蟥的狗爬爬字，在山峰上写下了一个大大的"游"字。

这个"游"字可真是够大，从燕破岳身体挪动的幅度来看，最起码也有两米宽，就这么一个字，少说也用了一两漆。

"难道说……"艾千雪做出了猜测，"他是第一个徒手攀上了这座冰山，所以想要自己给这座冰山命名？"

萧云杰疑惑地摇头，燕破岳似乎并没有这样的爱好。

一个写得歪歪扭扭，丑到燕破岳语文老师都会为之羞愤欲绝的"游"字书写完成，燕破岳满意地一点头，又向上爬了一段，又挥动手中的油刷，狠狠画了一道横杠，写出了一个恢宏的"一"字。

一游？

萧云杰的眼角突然狂跳起来，燕破岳这小子，不会打算在冰山最光洁最整齐的冰面上，用最鲜艳的红色油漆，写上"燕破岳到此一游"几个大字吧？！

燕破岳再向上爬了两米，继续毫不羞涩地挥舞油刷，开始了他的留言，最终他写出来的就是……放羊官（X）者到此一游！

可能是觉得"放羊官"这个词实在不够响亮，他老人家写到半截手中的油刷一挥，在"官"字上面划出一个触目惊心的巨大叉叉，又在旁边补写了一个"者"字。从而让他的小学语文老师逃过了再一次丢脸的命运……是放羊倌，不是放羊官，他教的学生，差一点当众写了大大的一个错别字。

远远地看着这一幕，萧云杰吐出一口闷气，还好这小子没头脑发热地把大名留下，如果真是那样，可就罪证确凿无可抵赖，现在虽然人人都怀疑这个放羊者就是他们两兄弟之一，但是只要他们死不松口，那些人又能奈何？对了，他们这个放羊组合中还有吕小天，虽然让那小子徒手爬上冰山的可能性，比让老母猪学会硬气功还要难十倍，但是多个人就多个目标，这水，也能搅得再浑一点不是？

只要能拖上几天，积雪一覆盖，新的冰层淌上去，就连最后的罪证也消失了。

“我的天哪。”

艾千雪突然发出一声低叹，她不忍卒读地伸手捂住额头，“前两天燕破岳找我帮忙，除了要膨胀螺丝和手摇钻这些工具，还要求我找一些荧光粉。他不会把荧光粉掺到油漆里了吧？”

荧！

光！

粉！

萧云杰彻底抓狂了，他的眼角在不停狂跳，他发现自己还是小看了燕破岳这个自家兄弟。他就知道被分配到炊事班负责放羊，燕破岳很不爽，但是谁能想到，他老人家竟然选择了这种非暴力非典型方式进行抗议？！

想想看，想想看，想想看吧，到了熄灯号吹响，整个军营都陷入一片黑暗当中时，在这片黑暗的世界中，只有一座直耸入云，犹如一块巨大功德碑的冰山上，那一串大字依然在默默散发着荧光粉的光芒，将“放羊官（叉）者到此一游”几个大字映衬得猥琐非凡。这八十岁老太太嘴里的最后一颗牙，昆仑山上的一根草，又怎么可能不引人注目？！

这一行大字写到上面，燕破岳是爽了，但是萧云杰却觉得心惊肉跳，这座冰山可是燕破岳独家垄断的“宣传板”，他今天只写了某某某到此一游这种国粹留言，又没留名姓，还可以勉强蒙混过关，但是假如有一天，他老人家和谁结了死仇，在某年某月某日又爬到冰山上，写出“XXX大浑蛋，床下偷藏H漫画书”之类的话，那该怎么办？！

就是在萧云杰和艾千雪无言的注视下，留言完毕的燕破岳，爬到了雪山的顶峰。

站在这片人类亘古以来，也许都是第一次涉足的领域，燕破岳展目眺望，就是在这一刻，万里河山，白雪世界，仿佛尽在脚底，迎着来自西伯利亚的刺骨寒风，燕破岳大大张开了双臂，他仿佛在这一刻要将呼啸而过的山风，刺骨的严寒，远方那片连绵不绝得仿佛无边无垠，一大半更隐入雪山的喜马拉雅山山脉一起拥抱进自己的怀里。

也许是有点好笑，也许是环境使然，也许是身为职业军人，每天耳濡目染已经渐渐影响了他的行为举止，俯视万里冰川，面对这片远离繁华尘世，没有半点污染，只剩下一片银白的世界，感受着大自然最质朴最伟大的沧桑宽厚，所有的烦恼都一扫而空，似乎就连心胸都为之开阔起来，燕破岳的心里，突然涌起一个如此鲜明的念头……这里每一寸土地都是我们自己的，无论谁要侵占去，我们就要和他拼到底！

燕破岳又从背包中取出了一只望远镜，有了军用望远镜的帮助，眼前的一切变得更加清晰，慢慢浏览着脚下的山河大地，也许千百年来，只有他一个人无聊地爬上这座冰山，也只有他一个人可以用这种角度打量四周的一切，而且绝不会有人突然跳出来打扰，放羊的工作又实在太过清闲，所以燕破岳看得很细致、很从容。

看着看着，燕破岳嘴里发出一声惊呼，他已经掠过的望远镜视线又猛然往回拉。借助军用望远镜，燕破岳清楚地看到，一辆越野车抛锚在距离军营已经不算太远的路上，一个可能是司机的人，打开前机盖正在检查汽车的发动机。

汽车应该抛锚了相当长时间，再加上距离军营只剩下十来公里，大雪过后又是一个难得的好天气，就连头顶的阳光中，似乎都多了几丝暖意，两名乘客离开汽车，彼此搀扶着走向了军营。他们为了节省体力，已经偏离了原本的道路，选择了一片更加平坦的雪坡，两个人并肩而行，在雪地上留下了两排一路向前延伸的深深脚印。

一场下了五六天的大雪刚刚停歇，这辆越野车就迫不及待进入山区公路，肯冒这个风险在冬季雪后进山的人，九成九都是思亲心切，在山下因为风雪阻隔，已经不知道滞留多少天，等不及部队调派军车接送的军属。

他们虽然避开了风雪交加的恶劣天气，但是他们还是太小看了这片高原的危险。大雪过后一般都有好天气，而在这段时间，新下的积雪很不牢固，哪怕是说话声音稍大，都可能会引发雪崩，所以大雪后七天之内，是雪崩最易产生的高危期。

燕破岳现在还清楚地记得，军营里的教官，在教导他们在这片高原上生存的知识时，反复提醒他们，在雪山上行军或扎营时，一旦遇到平坦的坡地，一定要提高警惕，如果情势许可，最好能小心避开，因为出现这片平坦的坡地，最大的可能性就是因为这里经常发生雪崩，大自然用它最伟大的力量，将地面上所有障碍都冲刷平坦，形成了雪崩堆积区。

在建造公路时，之所以建筑队放弃了那片更平坦的坡地，而选择了把公路修建在更加陡峭的位置，是因为那片坡地太接近山峰，换句话来说，就是他们已经走进了职业军人都不敢轻易碰触的雪崩易发地带。

走着走着，其中一个人似乎猛地咳嗽起来，另外一个人则站在一边拍打着她的肩膀，帮她舒缓剧烈咳嗽带来的痛苦，咳嗽声随之在空气中反复回荡。

两个军属并没有什么别的感觉，燕破岳看到这一幕却一阵心惊肉跳，他猛地掉转望远镜，看向左翼那片有40度倾斜的雪峰，还好雪峰上一片安静，并没有什么异常，燕破岳还没有来得及松上一口长气，就看到原本平滑如镜的雪层突然从中断裂，一片云状的灰白色尘埃，从断裂处腾起。

就算是从来没有真正见过雪崩画面，燕破岳在这一刻也明白即将发生什么，他下意识地对着那两名距离他还有几公里远的军属拼尽全力放声狂吼：“快跑啊，要雪崩了！”

两名军属显然也发现事情不对，但是在这个要命的时候，他们没有抛掉身上所有的负重立刻逃跑，而是停下脚步，疑惑地四处张望。

燕破岳的心脏在瞬间就沉到了谷底。

他们应该等师里派出军车接送，而不是自己花钱雇用私家车。也许他们雇的私家车拥有很强的雪地越野能力，但是那名司机绝不会像师里的司机一样懂得雪山的危险；他们不应该在大雪初停的时候，就闯进了雪山；他们不应该离开相对安全的公路，走进了看似平坦安全的坡地；在发现情况不对的时候，他们应该用最快的速度逃离，而不是站在原地发呆……

在海拔四千米的冬季高原，只要犯一个错误就可能致命，更何况他们连续犯了这么多错？！

初生牛犊不畏虎，说起来是挺豪迈，但是它们无畏的结局，九成九是以丧生虎爪为代价。

第十四章 - 冰天雪地

转眼之间天与地之间就只剩下万马奔腾般的咆哮轰鸣，大片大片的积雪，携着自然之威，从40度陡峭的山坡倾滚而下，而38度倾斜，就是雪崩时威力最大、杀伤力最强、冲击力最高的角度，所以一些喜欢登雪山的人，会把雪山上的“38度”称为死亡之角！

至于理由，坡度太大，存不下积雪，比如燕破岳爬的这座冰山，想形成雪崩就纯属痴人说梦；坡度太小，雪崩就不能形成足够的速度。

没有文字可以形容数十、数百万吨积雪，从近千米的山坡上翻滚而下时，形成那股可怕浪潮，雪粉冲出十几米高，就那样呼啸着翻滚着疾冲而下，失去最佳逃跑时机后，这种由松散积雪形成的雪崩席卷速度，足以让世界短跑冠军感到绝望。

“不要跑，不要跑，不要跑，”明明知道对方根本听不到自己的声音，但是燕破岳在这个时候，仍然在拼命嘶吼，“你们跑不过雪崩的，立刻找地方躲避！”

雪崩最可怕的地方，除了劈头盖脸覆盖上来的积雪，还有它们在冲击时，形成的气浪。由于是刚刚落下的积雪引发雪崩，速度相当惊人，当雪浪冲到山坡一半时，就已经获得足够速度，引起空气剧烈震荡形成了可怕的气浪。

这种气浪就像是大口径榴弹炮爆炸后形成的冲击波，面对大型雪崩，探险者之所以死伤惨重，最大的原因就是在于他们被积雪覆盖之前，就被冲击波撞中飞了出去，在身体落地之前就丧失知觉，毫无自保地被积雪彻底覆盖，生存概率自然是无限接近于零。

在短短一分多钟时间里，天知道是几十还是几百万吨的积雪就疯狂覆盖了超过五公里范围，更在雪流经过的位置，拉出了一条几可遮天蔽日的灰白色条状雪尘。

当燕破岳赶到雪崩地点时，已经有十几个军人赶到了现场，正在修车侥幸逃过一劫的司机，吓得面色惨白，他被李强抓着胸膛放声喝问，却回答得磕磕巴巴、词不达意。

当李强终于从司机口中问出了两名乘客的名字和长相后，他双手一松，司机就像摊烂泥般用最狼狈的动作摔倒在地上。

回首望着面前这片数以百万立方计的冰雪，李强嘴唇颤动，过了好半晌，才双膝一软跪倒在地上，这个在新兵眼里犹如恶魔般可怕的指导员，这个一身铁骨的爷们儿，在这一刻竟然泪流满面，他嘴角不停抖动，足足哭了一分多钟，才终于从喉咙中发出一声受伤野兽般的狂号："娘，娟……我对不起你们！"

"哭什么哭，"燕破岳瞪圆了眼睛放声狂吼，"有空在这儿撒猫尿，为什么不拿起铲子，快去救人啊！"

燕破岳的手臂被艾千雪抓住了，艾千雪对燕破岳轻轻摇头："雪崩后，营救最佳黄金时间为十五分钟。"

李强他们从军营中赶到这里有大约十公里山路，积雪布满原本就并不平坦的道路，就算他们乘坐的是越野性能极强的越野吉普，在车轮上又安装了防滑装置，十公里路程仍然用了整整二十五分钟，他们已经失去了最佳抢救时间。

在这片海拔四千米的高原上，他们没有大型挖掘机械，只能用最原始的工具去挖掘和寻找，他们往往需要几天甚至十几天，才能把早已经冻僵的尸体从雪堆中挖出来，被压到积雪下再也寻找不到，只能以"失踪"论处的也绝不在少数。

更何况这一次雪崩的规模明显比他们以前见过的更大，这些常年驻扎在高原上，经常在接到报告后对过往车辆和人员实施营救行动的职业军人，不知道亲眼见过多少次雪崩和死亡，他们都知道，李强的母亲和那个叫"娟"的女人，生还的概率已经无限接近于零。

燕破岳甩开艾千雪的手，飞扑过去一把揪住李强的衣襟："你不是副营长吗，你回军营喊上一声，就能喊上几百号人帮你一起挖，是谁说十五分钟后就救不出来人了，是谁说十五分钟后，人就一定死了的。这是干雪崩，雪粉里有大量的空气，只要她们能在积雪覆盖前找到掩体，再拍打身边的积雪，把空气挤出来，别说是十五分钟，就算是一百五十分钟，一千五百分钟，她们一样能坚持下来！"

燕破岳身体一轻，被李强用一记过肩摔重重抡倒在雪地上。李强瞪着燕破岳，嘶声叫道："你懂什么，你这个在家里被宠坏了的新兵蛋子懂什么？！你以为你真的了解雪山，真的知道它们的可怕吗？你睁大眼睛看清楚，上面的山坡上还有多少积雪，几百号人一起挖，只会引发第二次雪崩，让更多的士兵面对死亡威胁！你告诉我，如果你是我，你应该怎么办？为了救自己的亲人，就自私地要求士兵们去冒生命危险吗？！"

炽热的眼泪在李强的脸庞上滑落，在空中划出一道短暂的流线，又落到了燕破岳的脸上。看着灵魂都在哭泣的指导员，听着他绝望的嘶吼，燕破岳突然安静下来，他凝视着李强的眼睛，沉声道："是的。"

四周突然间陷入一片死一样的寂静，只剩下燕破岳的回答声，继续在每一个人的耳边回绕："如果被埋在雪下的是普通平民，你一定会下令救人，因为你会告诉士兵，我们是人民子弟兵，人民有难我们就必须全力以赴去营救，哪怕只有万分之一的可能，也绝不放弃。平民的命是命，士兵的命是命，难道军官家属的命，就不是命了？！"

李强的身体狠狠一颤，他望着燕破岳欲言又止，军人的天职，身为人子的责任，男人应该有为心爱女人支撑起一片蓝天的觉悟，悲伤、绝望、愧疚、希望……这么多的复杂情绪在心中来回交替。

燕破岳一把推开李强，劈手从他身上抢过那只总是喜欢在夜间被吹响、被新兵营士兵们恨之入骨的哨子，带着萧云杰大踏步冲上他们来时开的越野汽车，燕破岳狠狠一踩油门，汽车后轮将积雪狠狠甩出三四米远，在发动机的嘶吼轰鸣声中，汽车狠狠蹿了出去。

地上的积雪太厚太多，在积雪下面还暗藏了冰层，不顾一切地踩着油门横冲直撞，用这种方法只跑出五六公里，越野车就冲出公路，大半个车头栽进路边的雪坑里，燕破岳跳下汽车，连最基本的检看都没有，撒腿就往军营的方向猛跑。

一冲进军营，燕破岳就将哨子放进嘴里，在军营的上空，响起了一长两短的紧急集合哨声，这样的哨声反反复复响了几遍，随之燕破岳的狂吼，轰轰烈烈地传进了每一个人的耳朵："新兵营的兄弟，立刻集合！"

高原上的冬季已经不适合训练，几乎所有的士兵都待在营房里，刚刚分配到基层连队的新兵们，听到熟悉的哨声都下意识地跳起，当他们听到燕破岳的吼声，虽然不知道究竟发生了什么事情，却有超过一半人，在第一时间冲出了营房。

在不到两分钟时间，就有超过四十名新兵，集中到燕破岳面前，燕破岳再次举起集合哨，吹响了一长两短的紧急集合哨。

一开始那些老兵还在以看笑话的目光，看着燕破岳哗乱军营，必然会受到重惩的行为，可是渐渐地，他们笑不出来了。

越来越多的新兵营士兵走出营房，站到了燕破岳面前。他们自觉地按照在新兵第一天的规矩，在燕破岳的面前排成了四排。而站在每一排最前方的，就是燕破岳当时挑选出来的四名排长，站在队伍最后方的，则是每一个排长当时挑选出来的班长。

明明所谓的“新兵连”只是燕破岳和萧云杰胆大妄为的产物，明明每一个士兵在离开新兵营后都分配了岗位，明明燕破岳和萧云杰现在只是两个炊事班放羊的羊倌，可是曾经的新兵连兄弟，竟然在短短三分钟时间内，就集结了一百一十二个人！

老兵们无法想象，这个叫燕破岳的新兵，身上究竟有什么魔力，竟然能将已经解散的新兵连，又重新集结了一起，他又有什么样的魔力，能让同样身为士兵的人们，在他面前认认真真排成了四排。

只有一些心思特别细腻的老兵，从燕破岳刚才的喊话中品出了一丝不同……燕破岳喊的不是新兵营的士兵集合，而是在喊新兵营的兄弟集合。也许这些新兵能在三分钟内重新集结在一起，就是因为他们真的想成为燕破岳最可信赖的兄弟！

“十公里外，刚刚发生了一场雪崩，现在已经可以确定，指导员的老娘，还有他的女人，都被压在了下面。”

燕破岳的话，犹如石破天惊，震得每一个人心中轰轰作响，但是他们毕竟是接受了三个月集训的士兵，还能保持平静，没有交头接耳，没有哗乱。

“有人告诉我，雪崩后营救被埋人员的黄金时间是十五分钟；指导员李强不想自私地让士兵为救他的亲人而冒生命危险，他告诉我几百个人一起去挖掘，很可能会引发二次雪崩。”

燕破岳加重了语气：“她们是军属，她们被压在积雪下生死未知，如果说她们被放弃营救，有什么错，那就是她们有一个当了军官的儿子，喜欢上了一个够高尚、可以当活雷锋的军官！在新兵营时，指导员天天对我们说，作为士兵要以保家卫国为己任，连自己的老娘都保不住了，还他妈的保个球家！如果今天我们放弃营救指导员的亲人，那么下一次，轮到我们的亲人时，又能指望谁去救？！”

说到最后燕破岳已经是放声狂喝，全场士兵一片肃然。

“你们有五分钟时间去寻找一切你们认为用得到的营救工具，五分钟后重新集结，逾时不到者，视为自动放弃。”燕破岳对着面前的一百一十二名士兵，深深弯下了腰，“人道立场，拜托了！”

一百一十二名新兵用奔跑的速度散开，冲向了他们认为可以找到合适工具的方向，而燕破岳和萧云杰就站在军营操场上静静等待。

几名纠察匆匆赶至，纠察队长放声喝道：“你们在干什么？！”

燕破岳的回答非常简洁：“救人。”

“你们得到谁的命令了？”

“没有。”

看到已经有新兵重新在燕破岳面前集结，纠察队长厉喝道：“立刻把人全部解散跟我们回去接受调查！”

“不行。”

“你知道在军营中煽动哗乱，会受到什么惩罚吗？”看着新兵们手中拿的各种工具，纠察队长也隐隐猜到了燕破岳的目的，但是他的语气依然严厉：“你别忘了，军法无情！”

燕破岳终于回过了头，他凝视着纠察队队长的眼睛，右手大拇指向自己一挑，又点点自己心脏位置：“可是人有情。”

就是在这个时候，越来越多的新兵重新集结回来，在他们的手中拿着铁锹、锄头、簸箕，甚至是水桶等工具，现在他们看起来与其说是一支军队，更不如说是一支杂牌工程队。

最让周围那些老兵震惊得几乎说不出来话的是，解散时还是一百一十二个人，五分钟后重新集合时，人数非但没有少，反而看起来更多了。不但有刚才没有听到哨声的新兵在知道事情后跟着一起加入，甚至就连一些老兵也拿起工具，站到了这群菜鸟的中间。

“你如果现在下令解散，最多只会关几天禁闭。”

纠察队长放缓了语气，但是他说的内容，却字字如刀：“如果你还坚持把他们带出去，我不会阻拦，可你必须清楚，一旦踏出军营大门，事件性质就会产生变化，你身后的士兵会被批评教育，而你很可能会把自己送上军事法庭！”

军事法庭！

听到这个词，燕破岳深深吸了一口气，一旦他被送上军事法庭，哪怕最后被宣布无罪释放，他在军营中的前途也会彻底消散，任何一支部队、任何一个上司，都不会接受和喜欢上过军事法庭的刺儿头。真那样的话，他又应该如何回去面对自己的父亲？他又如何去完成超越自己父亲的誓言与梦想？！

但是一次深呼吸之后，燕破岳脸上的犹豫就消失了：“如果我现在因为畏惧军法而选择见死不救，将来我上了战场，又能谁敢保证，我不会因为畏惧死亡，而做了逃兵甚至是叛徒？！”

纠察队长深深地望着燕破岳和在燕破岳身后集结的连队，他肃然挺立，对着燕破岳诚心诚意地敬上了一个军礼，然后侧开身体，让出了燕破岳通往军营大门的路，燕破岳狠狠一挥手，放声喝道：“新兵连，跑步前进！”

“等等！”

在右翼突然传来一个威严的声音，燕破岳和纠察队长一起霍然转头，五六个军人一起快步走了过来，走在最前面的那个男人，看起来已经有五十多岁，他走得虎虎生风，肩膀两杠四星的大校肩章，在瞬间就映亮了所有人的双眼。

在这个时候，竟然是师长刘传铭亲自赶过来了。

刘传铭只是扫了一眼，就将目光定格在燕破岳的身上，看着燕破岳肩膀上那代表第一年入伍新兵的肩章，再看看他身后排成四排，数量已经超过一百五十，而且数量还在缓慢增加的连队，刘传铭脸上露出凝重：“名字，军职。”

“燕破岳，炊事班放羊的！”

听完燕破岳的报告，就算是以刘传铭的喜怒不形于色，眼角都不由得跳动了一下。身为新兵喊上几嗓子，就能硬把已经解散的新兵营士兵聚集起九成，这样的人竟然被分配到炊事班放羊？！

但是刘传铭并没有多做迟疑，他放声喝道：“拿酒来！”

师长身边的勤务兵将随身携带的水壶交到了刘传铭手中，刘传铭将水壶递给了燕破岳：“烧刀子，正宗的北方烈酒。”

燕破岳接过水壶，一仰脖子就狠灌了一大口，然后将水壶……挂在了自己身上。

看到这一幕，所有人都脸色怪异，师长勤务兵更是眼睛里几乎冒出了火，这小子也忒无耻了吧？！

“燕破岳。”

“到！”

刘传铭凝视着燕破岳的双眼：“把人给我活着带回来，成功了，将功折罪；失败了，两罪并罚！”

燕破岳挺直了身体，猛然放声狂喝：“是，保证完成任务！”

目送燕破岳带着新兵连跑出军营，身边的参谋长提出了异议：“遇到雪崩进行道路疏通和人员营救，部队一向是交由道桥连来做，这些新兵没有接受过极地营救训练，也没有合适的工具，让他们冒失闯入雪崩现场，很容易引发二次雪崩，这样做是不是不太合适？”

说到这里，参谋长压低了声音：“还有，那小子的行为，怎么说都是军营大忌，老赵你这样给他开了绿灯，这个影响相当不好。”

“作为一支戍边部队，我们不怕敌人太强，就怕自己在和平环境中，被安逸磨平了斗志。有点刺儿头没有关系，遇到危险的时候敢冲上去拼命就是好兵，在所有人都不知道该干什么的时候，能挺身而出登高一呼，他就是我刘传铭的菜！”

刘传铭深深吸着冰冷的空气，又慢慢把它们从肺叶中吐出去，如果在平时，这样的深呼吸足以让年过五十，见惯人情冷暖，早已经学会了从镇定从容态度面对一切风雨的刘传铭恢复平静，可是今天不知道为什么，一股火热的气息却在他的胸膛里翻滚不休，让他感觉自己仿佛又回到了热血沸腾，恨不得天塌下来自己一个人冲上去顶住的年轻时代。

这个燕破岳，不但点燃了新兵们的热血，就连他这个老兵，似乎也有些按捺不住了。想到这里，一个大大的笑容，混合着骄傲与自豪，突然从刘传铭的脸上绽放："我们这些老兵，可不能被刚进军营的新兵给看扁了，是时候给这些新兵们，上一堂震撼的教育课了！"

第十五章 - 生与死的回响

（上）

燕破岳带着新兵连一百多号人冲到雪崩地点时，有几台小型铲车已经在现场外围，一层层地铲除积雪，虽然站在冰山上时，亲眼看到了声势浩大的雪崩，可是直到近距离站到现场，燕破岳才知道，为什么在电视新闻中看到出现雪崩，往往需要十几小时甚至是几天，才能把雪崩时的遇难者尸体找到。

这是一片看上去就让人心生绝望的白色洪流。在它最深的位置，目测下来厚度至少超过了三十米，以斜坡状向前推进了四千多米，最宽的位置超过两百米，没有人知道李强的亲人被雪浪冲撞到了哪里，更没有人敢保证她们还活着。

师道桥连已经赶到现场，道桥连几辆平时专门用来铲除积雪，保障道路通畅的小型铲车已经停在雪崩现场外围，但是在积雪下有遇难者，而且生死未卜，在这种情况下，根本没有人敢用铲车直接冲向积雪深处挖掘。

包括李强、艾千雪在内，所有人都拿着铲子，在奋力铲雪，还有一些道桥连的士兵用两侧绑着绳子的木板去拉雪，随着士兵们奋力拽动绳子，两米多长、一米高的木板就像是铲车般，将大量积雪硬推出来，这样做比用铲子铲雪更快，而且不用担心误伤了可能在积雪下面的遇难者。

所有人都在闷不作声和面前的积雪搏斗，他们已经倾尽全力，但是面对由几百甚至上千万立方米积雪组成的障碍，几十个人的努力看上去就像是螳臂当车一样渺小和无助。

看到这一幕燕破岳不假思索地扑上去，挥起手中的工具就加入到铲雪队伍中。

听到背后传来一片整齐的脚步声，感受到越来越多的人加入到身边的挖雪队伍中，一直闷着头挖雪的李强，终于回过了头，他看到了一张张熟悉的脸。

"指导员我们来了。"

"指导员，我们这么多人，就算是把这里铲平了，也一定能把阿姨救出来。"

“指导员，你放心，阿姨福大命大，老天长着眼睛呢！”

“指导员，你咋一个人在这里挖呢，你不会以为我们从新兵营毕业，就不是你手下的兵了吧？！”

……

一个个熟悉的声音响起，看着这些士兵冲向积雪，他们中间有很多是从城市里出来，从来没有接触过农活的大孩子，他们拿铲子的动作怎么看怎么别扭，但是他们却在奋力和积雪搏斗，当一百多号人排成一条长龙，以地毯式轰炸的姿态向前推进，清理工作明显快了起来。

李强狠狠用衣袖从眼角拭过，他想说什么，可是看着面前这些挥舞着工具，和积雪搏斗的士兵，他却觉得喉咙发涩，嘴角抽动了好几下，都没有说出一个字来。就是在这个时候，整齐划一的脚步声，再次从身后传来。李强下意识地转身，当他看清楚第二批赶来支援的军人时，就连李强都怔住了。

几乎一眼望不到头的军人，正在向他们这里大踏步走过来，他们每一个人手上都拿着各式各样的工具，走在这支队伍最前面的，就是师长刘传铭和师参谋长，在他们身后，是一群军官，他们中间有和李强关系相当不错的，有只能算是君子之交淡如水的，还有彼此看对方不顺眼、见面都不会打招呼的……不管关系如何，在李强最需要帮助的时候，他们全来了。

这些真正的老兵一赶到雪崩现场，就展现出比新兵更优秀的素质，他们迅速在相对安全位置搭起一个临时急救室，就连各种便携式救设备都带了过来，这样一旦在积雪下面找到生存者，就可以先提供最必要的救治，尽全力减少埋在积雪里对人体带来的伤害和隐患。

刘传铭和参谋长也没有装模作样地拿着铁锹冲进第一线，去表演亲力亲为，他们的年龄都不小了，单纯挥舞铁锹铲雪，他们远远比不上二十岁的新兵蛋子。

作战参谋和勤务兵，在地上支起了一张折叠桌，并铺上了几张空白图纸，参谋长亲自动手，用铅笔、直尺、圆规，迅速将面前的地形用草图的形式画了下来，一名负责进行数据勘测的作战参谋，仅凭肉眼观测，就报出一连串数据：“山峰垂直高度七百二十五米，坡度四十点五……”

司机被勤务兵带到了刘传铭面前，这名司机显然是被眼前的阵仗给吓到了，他回答得磕磕巴巴：“我，车……车……车坏了，她们娘两个，等……等……等了两三个钟头见我也没把车修好，等不及了，就说……说，说反……反正……正离那个军营，也不远了，她们就把钱……钱，给我，自己下车了。”

“别急，慢慢说。”

刘传铭安慰了司机一句，又问道：“她们随身携带的行李多吗？”

司机这个倒是记得挺清楚，发现面前这位师长还算温和，他明显镇定下来，说话也利索多了：“就一个大点的背包，外加一只小包。要是东西多了，她们也不会自己下车往军营走。您别说，那老人家看起来岁数不小了，这腿脚比我们年轻人还利索。”

刘传铭点点头：“她们下车步行后，过了多久遇到雪崩，时间越精确越好。”

“大概有……”

司机搔着头皮：“个把钟头吧。”

司机被带下去了，参谋长在这个时候，已经在草图上标注出汽车抛锚的位置，参照她们在地上留下的脚印，画出一条两个女人步行留下的轨迹线。

参谋长一边在地图上画着移动轨迹，一边思索着道：“正常人空手步行速度每小时大约为六公里，她们带着大约十公斤负重，有地面积雪阻碍，又有高原反应影响，一个小时的移动速度，应该是三公里。”

参谋长手中的铅笔，定格在草图某一个位置，如果燕破岳在这个时候能够走过来看上一眼，并听到参谋长的分析，一定会对这位参谋长敬佩得五体投地。参谋长铅笔最终定格的位置，和他在冰山顶端看到的两个女人失事地点，偏差小得几乎可以忽略不计。

“小李，你在师里专门研究高原雪地作战，对雪崩这种自然现象了解得比我们任何人都深，你来分析一下。”

听到参谋长命令，一名挂着一杠三星上尉军阶的作战参谋站了出来，他遥指着面前的山峰：“师长，参谋长，你们看，这里有两座垂直高度过千米的山峰，形成了一个英文字母的‘U’字，两侧的山峰挡住飓风，让内部可以保留大量积雪，在形成雪崩的时候，里面的积雪倾滚而下，就像是水渠中的水，力量被束缚在一起，所以冲击力更强，速度更快。从现场痕迹来看，雪崩时形成的雪浪，每秒钟移动速度超过了五十米，甚至达到了七十米以上。”

作战参谋伸手指着地图上，李强亲人遭遇雪崩时站立的位置，向后画出一条长长的虚线，“从雪崩冲击速度上来推测，她们现在的位置，最有可能在起点和之后两百米范围之内。”

刘传铭：“起点？”

“对。”作战参谋点头，“如果她们接受过雪地生存训练，或者运气够好，在雪崩时躲到了坚硬冰层或者冰洞之类的地方，就能避免被雪崩时形成的气浪冲击波撞中。反之，她们会被气浪先撞飞七八米远，再被雪浪包夹着冲刷出去。”

刘传铭看了一眼手表：“现在距离雪崩已经过了一小时五十五分钟，我们都知道雪崩后最佳救人时间为十五分钟，你坦率告诉我，她们还有没有生存的可能性，可能性有多少。”

“如果她们在雪浪冲下来的时候找到掩体，那她们就会获得生存必要的空气，这是最好的结果，就算是生存十个小时都有可能。如果她们被冲击波撞中前，因为害怕蹲下身体用双手护住头部，这样就算是被撞中失去意识，也可以在口鼻下方保留一部分空间，在氧气耗尽前恢复意识，依然有生存可能；但如果她们是在逃跑时一直没有做出有效自我保护动作，被冲击波正面撞中失去意识，积雪覆盖到口鼻上，用不了十五分钟，她们就会窒息死亡。”

说到这里，这位作战参谋略一沉吟，继续道：“考虑到她们从来没有接受过极地生存训练，而且生活在南方，并不适应高原气候，我个人认为，她们现在生存概率，不足百分之十，能够支撑到我们救援的可能性，还要再减上十倍！”

换句话来说，那两个女人，她们获救生存的概率，最多只有百分之一！

参谋长在这个时候，综合所有数据，已经得出结论：“我们有两个方法，第一个办法，调一门迫击炮轰击山坡，主动引发二次雪崩，把隐患彻底消除，再调动装甲车直接一路推进，到了两百米范围内，再由战士用工具挖掘，这样能在最短的时间内，将人找出来。”

刘传铭摇头，参谋长提出的这个方法无疑是最有效的，但是在选择这个方法的同时，就彻底放弃了对目标的生存营救，就算她们现在还活着，第二次雪崩时，她们勉强支撑起来的生存空间也会崩塌，他们最终能够找出来的，就是两具窒息死亡，或者是活活冻死的尸体。

“第二个办法，以营为单位，采用人海战术用传统工具挖掘，以地毯式方法向前推进，铲出来的积雪装进麻袋，后面排成长队，用人力接龙的方式将积雪运出，每小时换一个营，以保证挖掘速度。在挖掘过程中，全营保持缄默，将发出的音源降至最低，避免诱发二次雪崩。在同时以参谋部小李为骨干，组建监测小组占据视野良好地带全程预警，一旦发现有二次雪崩预兆，立刻发送警报，务必保证全员撤退！”

说完第二个办法，根本不需要再说什么，参谋长就明白刘传铭会选择哪一个。

一支军队之所以有军魂，不是靠训练场上挥汗如雨，或者每天做思想工作就能拥有。它必须要在面对死亡时，用无数的血与泪去催生，再用一次又一次胜利去凝聚。

就像燕破岳在军营中面对纠察队长时说的那样，一支军队要是连自己的亲人都保护不了，那它还有什么战斗力，还有什么骄傲可言？！

第十六章 - **生与死的回响**

（中）

师侦察营的老兵，通过燕破岳下山时留下的绳索爬上顶峰，再将一条绳梯固定上去，就算是这样，李参谋在攀登过程中，仍然吓得心脏跳动得几乎要破胸而出。

将三脚架支开，再将一台高倍望远镜架在上面，在这个位置可以更加清楚地观测到整个雪山坡面，一旦发现不对，立刻就可以通过军用对讲机，把情况报告到下方。在把高倍望远镜安装到三脚架上的时候，李参谋发现无论是他自己还是身边的同事，双手都在不停轻颤，他们尝试了几次，都愣是没有把望远镜固定住。

看到这一幕，师侦察部队的老兵走过来，帮他们这些参谋完成了组装工作。

侦察部队的老兵，都可以称之为兵王，一个个眼高于顶、傲气冲天，仿佛天是老大，他们就是老二，可是现在这位侦察兵，却并没有嘲笑眼前这两个双手十指不停发颤的作战参谋，反而安慰了几句：“别说是你们，就算是有留下的绳索，我爬上来时都心惊肉跳。”

说到这里，这位侦察部队的老兵，嘴角一挑，发出一声就连他自己都不知道是什么意味的轻叹："那小子纯粹就是一个疯子，爬上来也就算了，还敢在没有任何安全设施的情况下在冰峰上写字！"

李参谋长长吸了口气，又慢慢吐了出来，几次三番后，心脏跳动才勉强恢复几分正常，但是他打死都不肯走到冰山边缘去眺目远望，说实在话以前他还真有着几分"会当凌绝顶，一览众山小"的豪情，可是当他真的爬上了这座冰山，他才发现一览山小的活，还真不是他这种正常人能玩敢玩的，要是走到冰山边缘，还没来得及掉几句书袋，就脚下突然一骨碌滑下去，那才叫莫装逼，装逼遭雷劈。

居高临下，李参谋通过高倍率望远镜，可以清楚地看到在雪崩现场，体力最好的士兵，在前面奋力挥动铁铲，将积雪铲到身后，一步步向前挺进，在后方有士兵将积雪装进麻袋，再通过人力接龙的方式，被传到最后面。这些军人就像是一条条在白色世界中披荆斩浪所向披靡的巨龙，不断破开积雪高速前进。

其中有两条长龙，明显推进速度比其他人更快更急，李参谋调整望远镜焦距，当他终于看清楚推进速度最快的那两条长龙的龙首时，他竟然丝毫没有觉得意外……其中一条长龙的龙首自然是当事人李强，而另外一条长龙的龙首，就是今天刚刚爬上这座冰山，并题字留念的燕破岳！

一个小时后，就算是李强，因为体力降低，动作也缓慢下来，被其他人替代，但是燕破岳却依然一马当先，挥动着铁锹冲在第一线，而他带领的长龙，已经将其他队伍远远地甩开了几十米远。

两个小时后，李强休息完毕重新返回现场，燕破岳依然挥舞着铁铲，而他带领的长龙，已经将其他队伍甩开近百米。这种过于激烈的挺进，不要说是冰山上的李参谋看得清清楚楚，就连在现场指挥的刘传铭师长，也看到了眼里："好小子，原来不只是胆肥，手上的确有两把硬刷子。"

吕小天在这个时候匆匆赶至，他将一只其貌不扬的军用挎包递到了燕破岳面前："老大，你背上它。"

燕破岳有些奇怪地扫了吕小天一眼。

"这里面有手电、备用电池、巧克力、打火机、凡士林，还有一包压缩饼干。"

吕小天抬头看了一眼远方呈“U”字形排列的雪峰，再回头看看以营为单位，用原始工具向前挺进的部队官兵，脸上露出一丝担忧：“老大你冲在太前面，小心遇到二次雪崩，连自己都陷进去了。”

燕破岳嗯了一声，手中的铲子却没有半点停顿，看到这一幕，吕小天轻叹了一声退了回来，将他用手推车一路推过来的军用挎包分发了出去。每一个冲在最前面挖雪的排头兵，他们身上都挂了一个和燕破岳身上那只相同的挎包。

三个小时后，李强再次被其他人替换下来，他看了一眼依然冲在第一线的燕破岳，脸上闪过一丝复杂的表情，三个小时，燕破岳硬是用他禽兽级别的体力，向前突破了七百米，把其他队伍狠狠甩在了身后。

四个小时后，燕破岳终于停止奋战，把手中的铁锹交到了萧云杰手中。这个时候各连队炊事班，已经将汽油灶架在了后面，十几口行军锅里肉汤不断翻滚散发出浓郁的肉香，还有热馒头，无论谁过去都是管饱管够。燕破岳走过去，从炊事员手中接过一碗肉汤，又抓起两只馒头，三下五除二就将肉汤和馒头一起送进胃里，又扭开从师长那儿顺来的水壶，狠狠灌了一口烈酒，用冻得硬邦邦的衣袖擦掉嘴角的酒渍，看了看已经快要阴暗下去的天空，又大踏步走向队伍最前方，从萧云杰手中接回了铲子。

萧云杰忍不住低声问道：“老燕，至于这么拼命不？”

“天就要黑了，”燕破岳挥舞着铲子，将挡在面前的积雪奋力铲开，挖出一条一米多宽的通道，“太阳一下山，气温就会降得厉害，那时候我们就算是想拼命，也没有机会了。”

没有到过高原的人，也许永远都不会明白，在海拔近四千米的高原上，一旦太阳落山，冬季的夜晚有多么可怕。

在这所军营中流传着一个笑话，班长吓唬新兵，说高原冬季的夜晚，撒尿撒一半都会冻住，新兵们要是想保住自己的“小鸡鸡”，最好找一根棍子随身带着，可以边尿连敲免得冰柱冻住了那儿，结果还真有一个新兵信了，当天就找了一根棍子放到门后面，班长和副班长一看到，当场就笑得直不起腰来。

撒尿要边尿边敲，当然是假的，但是那个新兵能相信，除了傻得可爱之外，最大的原因，还是在于高原上的夜晚，真的真的特别冷！

他们所处的这片高原，纬度低，地势高，空气稀薄，在白天时大气层保护能力差，所以太阳光辐射会直达地面，就算是在冬季，只要太阳出来了晒在身上，都会觉得暖洋洋的，但是到了夜晚，同样是因为大气层逆辐射过弱，对地面的保温效果极差，所以会相当寒冷，是整个中国昼夜温差最剧烈的地区。

一旦太阳下山，就算是可以用发电机带动几盏大功率射灯，把附近照得亮如白昼，极度严寒环境也绝不适合士兵们再挥舞起铁锹。

萧云杰刚想再说什么，全员集结的撤退号，突然在身后响起，所有人都在小心翼翼地避免二次雪崩，竟然在这个最后关头响起来了。

刚刚休息完毕，准备返回雪崩现场的李强，听着这凄厉的号声，他只觉得双膝一软，重重跪倒在地上，好不容易重新产生的希望，所有的努力，在瞬间都化成了泡影，这一切的一切，让他再也没有了重新站立起来的力量。

而那些正在雪堆中奋力工作的职业军人，在听到号声后，立刻开始全速后撤。

冲在最前面的燕破岳，刚想回头，他的目光突然凝滞了，他猛地弯下腰，一把从雪堆中抓起一个红色的人造革皮包，根本不需要去向李强求证什么，燕破岳就可以确定，这就是李强嘴中那个叫“娟”的女人随身携带的皮包。

已经跑出三四十米的萧云杰，发现燕破岳没有跟上来，霍然回头，放声嘶声：“老燕你发什么愣呢，快跑啊！”

燕破岳举起手中那只皮包：“我们已经距离目标很近了，我们就要找到她们了！”

“那也没有时间了，”萧云杰在这一刻当真是气急败坏，他嘶声吼道，“你再不跑，就要和她们一起被埋进雪里了！”

话音未落，萧云杰就看到燕破岳举起手中那只铁铲，拼尽全力往脚下一插，硬生生将铁锹在雪地上刺进去两尺多深，萧云杰又看到燕破岳抱着铁锹把儿，整个人都坐在地上，把身体缩成了一个受创面积最小的圆球状。

看到这一幕，萧云杰猛然瞪圆了双眼，两个人相处了这么长时间，他又怎么可能不知道燕破岳这个举动背后代表了什么？！如果他们全部撤逃出去，把太阳下山后，犹有余温的一个小时算上，他们满打满算也只剩下不足两小时，而这么短的时间，他们根本不可能从头再来。燕破岳就是要把自己牢牢钉死在这里，绝不后退一步，当第二场雪崩过后，再立刻向前展开搜救！

“老燕，你别他妈的犯傻！”

萧云杰放声吼叫着想要冲过来，燕破岳霍然抬头：“别过来，否则我们两个人只会一起完蛋！”

“那李强自我们两兄弟进军营的第一天开始，就处处和我们为难，我们两兄弟被分配到炊事班放羊，他更脱不了干系，你难道不恨他吗？”

“我又不是受虐狂，天天放羊很好玩吗？”燕破岳瞪圆了眼睛放声吼道，“但是我再恨他，难道就可以眼睁睁看着他老娘被活活冻死？萧云杰，你快走，快走，别他妈的让我在这个要命的时候，还要为你分心！滚啊！”

一股酸酸楚楚的东西，猛然涌上了心头，让萧云杰只想放声大哭，但是一股骄傲得难以言喻的感动，又像是火焰般地涌遍全身，让他又想抱着燕破岳，向全世界大声宣告，这是他的兄弟，他萧云杰最好的兄弟！

轰轰巨响自头顶的雪山上响起，在所有人忧虑的目光中，积蓄在雪山上的积雪，再次开始快递翻滚冲击，形成了第二波雪崩。虽然它的规模已经远远没有第一场雪崩那么声势浩大，但是它的出现，已经足够对李强的母亲和那个叫“娟”的女人判处了最后死刑。

萧云杰牙齿咬破了自己的嘴唇，他没有燕破岳那么变态的身体素质，他也没有燕破岳的疯狂，如果他坚持留在这里，他真的会扯燕破岳的后腿，萧云杰狂叫一声，转身不顾一切地飞跑。他知道，在这个时候，这就是他唯一还能为燕破岳这个兄弟做的事情。

目送着自己最好的兄弟逃出雪崩现场，燕破岳脸上露出一个了无牵挂的笑容，他坐在雪洞里，死死抱着插在地面的铁锹，他可以清楚地感受到在积雪冲击翻滚中，自己身体下面的大地都被带着微微颤抖，在这个命悬一线的时候，燕破岳自然而然吼出了一首被他现场改编过的诗句：“大雪压老燕，老燕却挺直，欲知燕破岳，待到救人时……”

轰！

耳边传来一片轰轰巨响，天知道有多少积雪在一起压到了燕破岳身上，在瞬间就封闭了他前后左右上上下下所有的位置，让他的世界只剩下自己的身体和怀抱中的那只铁锹，他全身裸露在外面的皮肤上，更是同时传来了一阵冷凉的触感。在这个要命的时候，燕破岳根本不敢抬头，他把脑袋埋低，用自己的身体，为自己支撑出小小的一块生存空间，让他的口鼻可以继续呼吸。

也许只是过了短暂的几十秒钟，也许经历了一个世纪那么漫长，当一切都安静下来，四周恢复了平静时，燕破岳的四周一片黑暗，再也没有了半点光芒，他努力抽出双臂，把身体周围的积雪拍打结实，给自己弄出一个一米多高、半米多宽的雪洞，至于他头顶的积雪有多厚，燕破岳不知道，在这样一个全封闭环境中，他甚至无法分辨出东南西北。

所有人都呆呆地望着眼前的场景，他们一起努力了几个小时，可是第二场雪崩，却在短短几分钟时间里，让他们所有的努力都付诸流水，而且积雪变得更多更厚。

浓浓的失落，开始在这些军人中间流淌，他们都低下了头，再也没有人冲上去挖掘积雪，任谁也知道，李强的亲人没救了，随着第二场雪崩的爆发，原本还有百分之一获救的希望，在瞬间就变成了再无任何希望的、最纯粹的零！

“不能放弃啊，我们在撤出前，燕破岳找到了一只红色皮包。”

萧云杰的喊声突然在人群中响起：“我们已经很接近她们了，再努力一把力，就能找到了她们！”

所有人的目光一起落到了萧云杰的身上，萧云杰高高举起的右手中，赫然捏着那只燕破岳在最后关头，飞甩给他的女式皮包。

李强连滚带爬地扑过去，从萧云杰手中抢过皮包，打开只看了一眼，他就叫了起来：“这是娟的，这是娟的！燕破岳呢，燕破岳呢，让他出来给我说清楚啊！”

李强凄厉的吼声戛然而止，他在萧云杰的脸上看到了浓浓的苦涩，他顺着萧云杰的目光望向那片让人绝望的积雪，一个难以置信的念头，从李强的心底扬起，他颤声问道：“燕破岳……没逃出来？”

“他不是没逃出来，”萧云杰涩声道，“他是根本就没逃，他把自己钉在了发现皮包的位置，在这个时候，他大概已经开始在雪堆下面，继续往前挖了。”

四周，突然陷入了一片死一样的寂静，所有人看着面前雪崩后的现场，脸上的表情除了敬佩，还是敬佩。

第十七章 - 生与死的回响

（下）

师长刘传铭和参谋长，将七八名作战参谋聚到身边，他们要这些作战参谋思考的问题只有一个……燕破岳现在面对的最大困难是什么，我们又可以对他提供什么样的支援。

吕小天给每一个冲在最前方挖雪尖兵分发的挎包，也被人拿来一个，把里面的东西倒了出来。手电能支撑多少时间，食物能够提供多少热量，如果把凡士林当灯油，用棉线点燃，每分钟会消耗多少氧气提供多少热量……每一个数据都被作战参谋们计算得清清楚楚。

也就是因为吕小天分发给燕破岳的挎包，才让这些作战参谋们相信，燕破岳真的有极低的成功可能。

一名作战参谋，率先开口："燕破岳身上没有携带指南针，他现在面对的最大困难，也是第一个困难，就是无法在封闭环境中确定方向。"

刘传铭略一沉吟，断然命令道："通知道桥连，让他们派出工兵布置炸药，每隔五分钟起爆一次，连续在同一地点进行三次爆破作业！"

"我们可以只进行一次爆破，"参谋长提出修改补充意见，"燕破岳身处封闭环境，纵然爆炸声能够穿过积雪送进他的耳朵，也很可能会因为积雪产生偏差，我们先让工兵进行一次爆破，提醒他注意，再调派装甲车在附近来回驶动。燕破岳在得到爆炸提醒后，只需要趴在地上附耳倾听，就能通过装甲车履带碾动地面时发出的震动，判断出我们的位置，那时候他自然能找出正确方向。"

又有一名作战参谋开口了："燕破岳就算是活着，在积雪下面移动也会相当困难。就算他已经接近目标，在短时间内也无法完成任务，这场营救行动，很可能会再持续几个小时，我们应该现在就准备发电机，并架设大功率探照灯，再安排专人驻守随时观察，一旦发现燕破岳或者他发出的救助信号，就能立刻予以支援。"

刘传铭点头批准："你负责这件事，立刻去办！"

几个作战参谋都提出了一些燕破岳可能遇到的困难，以及他们提供支援的方法，刘传铭无一例外都立刻批准执行，当所有作战参谋都领命而出，他们身边恢复了安静，刘传铭问道："老杨，你说燕破岳这小子，究竟是胆子大得生毛，还是纯属脑袋不够数，雪崩的时候竟然敢留在原地不跑，就这么直接把自己给活埋了。"

参谋长微笑不语，带着刘传铭登上一辆越野车，在他的指挥下，司机将汽车开到了燕破岳今天刚刚攀登上去的冰山附近，看着冰山山峰上，那写着 "放羊官（叉）者到此一游"的那一行大字，就算是刘传铭，这一刻脸上的表情都精彩得有若见鬼。"老杨，你不要告诉我，这行字是燕破岳写上去的。"

"除了燕破岳那小子，谁还能，或者说谁还敢写上去？"

看着燕破岳留下的"丰功伟绩"，参谋长也是哭笑不得："这小子的确有一套，在新兵进入军营前，在接送卡车车厢里布置陷阱，对新兵进行一次危机意识教训，是我师历来的传统，燕破岳是这二十年来，第一个发现车厢内布有陷阱的新兵；还没进入军营大门，就和新兵营指导员李强对上，当众自封连长不说，还背着三十四公斤负重，一口气跑了三十公里，愣是没给他累趴下；三个月新兵营训练下来，威信积累得比各班班长都高，这才有了他哨子一吹，愣是集合了一百多号新兵的壮举。"

刘传铭再次读了一遍燕破岳的留言，也只有"怀才不遇"的燕破岳，才敢写出这么怨气冲天的话。不过想想也是，像燕破岳这样的人物，在新兵训练后，竟然被分配到炊事班放羊，没有怨气的话才叫有鬼。

几个小时时间，已经足够让参谋长把燕破岳的来龙去脉，甚至是一些"幕后内容"都挖出来："燕破岳这小子的老爹，是一个在战场上获得过两次特等战功的超级战斗英雄。他从小身边就有一堆身经百战的老兵抢着给他当师父。早在一年多前，军区筹建特种部队时，就已经把燕破岳列入预选，至于把他分配到边境线，就是想要用恶劣环境磨砺意志，咱们师这次算是替人做嫁妆了。"

刘传铭轻轻眯起了眼睛，望着燕破岳在冰峰上留下的那行大字，沉声道："包办婚姻的时代早过去了，这新媳妇最终花落谁家，可不是单凭一个指腹为婚就能决定了的。"

参谋长在一边提醒："人家把一个早就预定的队员塞过来，要李强多加'照顾'，这原本也无可厚非，他们组建特种部队，本来就是要从各师团挑选优秀苗子，有上下级关系，一纸调令下来，我们也不好拒绝。”

刘传铭“嘿”了一声，没有再说话，但是熟悉如参谋长，却清楚地明白，刘传铭现在心里已经做了最后决定，管他是不是特种部队预选人员，既然已经踏进他们师的大门，又入了他这个师长的眼睛，那就谁也别想抢！

道桥连工兵已经布置炸药完毕，并成功引爆。调派过来的装甲车，随之开始在附近不断来回转动，它虽然不是主战坦克，但是履带碾压在地面上，依然带得地面微微颤动。

所有人都睁大了眼睛，盯着眼前这片足足有四千米长的巨大雪堆，期望看到一场生命的奇迹。

时间就在焦急的等待和期盼中慢慢度过，一个小时后，太阳落到了山的另一端，燕破岳没有动静，又过了一个小时，地面气温已经冷得刺骨，燕破岳依然没有从雪堆中露面或者想办法发送信号。在军官们的带领下，士兵们陆续返回军营，但是李强和萧云杰并没有跟着大家一起离开。他们两个人一直静静站在雪崩现场，瞪大了眼睛，看着面前这一片积雪，每隔一段时间，萧云杰就会举起手中那面不知道从谁那里要到的铜锣，用力狠狠敲上几下，“咣咣咣咣”的锣声，随之在这片高原的夜空中传出很远很远。

“我没有办法和他在那样的环境中一起并肩作战，但是至少我能站在这里，用锣声告诉他，我就站在这儿等他。只要他还有一口气在，哪怕是爬，也要从那堆雪里给我爬出来！”

听了萧云杰的话，看着他咬紧嘴唇，挺直了身躯站在雪堆前的模样，艾千雪停止了劝说，再看看和萧云杰并肩而立的李强，艾千雪无言地叹了一口气，走进帐篷从里面找出两件军大衣，把它们硬披到萧云杰和李强的身上。

两台搬到现场的柴油发动机早已经启动，它们发出轰隆隆的声响，在它们提供的电力支持下，八盏大功率射灯，两盏军用探照灯，将面前的雪崩现场照得亮如白昼，在他们身边，还有两座道桥连工兵用木料搭建起来的瞭望台，两名受过特殊训练，以眼睛够尖而闻名全师的侦察兵，就站在木台上，哪怕燕破岳只是把铁锹把儿探出雪层，都休想逃过他们的双眼。

在他们身后的医用帐篷里，还有一支紧急医疗小组留了下来，他们在帐篷里放置了三台煤油取暖器，这些煤油取暖器会源源不断地提供热量，就算是在高原冬季的夜晚，也能支撑起医用帐篷内的温度，无论燕破岳什么时候从雪堆中爬出来，他都能在最短的时间内得到医疗支援。

在刘传铭师长的命令下，还有一部军用电台留在了这里，一旦有什么变化或者最新情报，主动留守的艾千雪，就会在第一时间向师长刘传铭报告。

但是这一切，似乎都和萧云杰没有半点关系，他只是静静地站在那里，什么也不说，任由到了夜晚，越来越冷，越来越刺骨的寒意，一点点渗进他的身体，但是每当过了十五分钟后，他就会举起手中的铜锣，用力狠狠敲击下去，铜锣的声响随之一次次在空气中反复回荡。

而在几公里外的冰山上，“放羊官（叉）者到此一游”那句话，也在荧光粉的作用下，散发着幽幽冷光，似乎正在向军营中注定会度过一个不眠夜晚的人们，诉说着些什么。

时间就在柴油发电机的隆隆声响，以及每隔十五分钟就会扬起一次的锣声中慢慢度过。

吕小天拎着盛满热姜汤的饭盒走过来，李强还好一些，至少还知道接过来慢慢将姜汤喝掉，萧云杰却一直抿着嘴，哪怕艾千雪从吕小天手中接过饭盒，用勺子将姜汤送到他的嘴边，他都没有张嘴去喝。

艾千雪几次三番地尝试，都没有办法将姜汤送进萧云杰的嘴里，她真的急眼了：“你这样下去，除了把自己冻伤之外，又能帮燕破岳什么？萧云杰，如果燕破岳好端端地从雪堆下面爬出来，却发现你冻伤了，你说他会怎么想？！”

萧云杰当然知道自己这样下去可能会被冻伤，他穿着军大衣，四肢依然冻得几乎失去了知觉，那么请问身处在积雪下面的燕破岳，他究竟会有多冷？如果燕破岳冷得厉害，他又上哪儿去喝热气腾腾的姜汤？！

但是听艾千雪提到燕破岳，萧云杰在沉默了很久很久后，终于开口了，冻得全身都快失去知觉，就连他的声带都受到影响，他的声音低沉而又沙哑：“多久了？”

萧云杰问得没头没尾，艾千雪却知道他要问的是什么，看了一眼手表，就连她的声音也低沉下去：“五个小时了。”

他们接受高原极地生存训练时都知道，新下的大雪都是雪粉，里面有大量空气，哪怕被压在下面，只要不断拓展空间，就能取得生存所必需的氧气，但是他们谁也不知道，在这种极限环境中，一个人类究竟能生存多久。

如果燕破岳有幽闭恐惧症，只是一直没有发作，直到他被数以千万立方米的积雪压在身上时才发现怎么办？如果燕破岳在第二次雪崩时，没有保护好自己，被雪崩形成的冲击波撞中，直接失去知觉了怎么办？如果燕破岳身陷绝境，才发现自己的体力在几个小时的高强度营救行动中已经过度透支，再也没有了冲出绝境的力量怎么办？！

这些乱七八糟的念头，不可自抑地在萧云杰脑海中此起彼伏，让他拎着铜锣的手都开始轻颤起来。

吕小天却没有去多说什么，只是返回帐篷，重新去熬汤，他给自己布置的任务就是，当燕破岳从雪堆中爬出来时，要在第一时间，喝到他吕小天亲手熬的骨头汤。

在往锅里重新加调味料时，吕小天的手却在轻颤，他们谁都知道，在积雪下面埋了五个小时，无论如何，这个时间都太长了。

时间在继续缓慢的流逝着，当第二天的朝阳越过群山，出现在头顶的天空中，第一缕阳光倾洒到高原上，大大驱散了那股刺骨严寒，在萧云杰冻得再没有半点血色的脸上，只剩下一片苍白……燕破岳已经在积雪下面，整整待了十三个小时了！

“咣咣咣咣……咣咣咣咣……咣咣咣咣……咣咣咣咣……”

萧云杰突然像发疯似的拼命敲打手中的铜锣，他不停地敲着，足足敲了五六分钟，他才喘着粗气停止了这种发疯行为。

“燕破岳你这个浑蛋，你不是学过国术，学过野外生存吗？你不是还得意扬扬地告诉过我，你学过忍术吗？”

萧云杰猛地将铜锣甩到地上，他指着面前整整十三个小时都没有半点动静的雪堆，嘶声哭叫道：“我在电视上看的忍者，都是一群最变态的家伙，他们怎么打都死不了，他们会隐身，他们能在人类无法生存的地方潜伏，怎么到了现实中，你这个冒牌忍者就这么脆弱，你不要告诉我你真的完蛋了，你出来，出来，出来啊，你要是敢死在里面，我他妈的就嘲笑你一辈子！”

艾千雪和李强都沉默了，那些从军营中再次赶到雪崩现场的军人们，也沉默不语地望着萧云杰，到了这个时候，他们真的不知道应该说什么，才能安慰痛失最亲密兄弟的这个士兵。

“你加入部队，是要做一个比你老爹更优秀的军人，你老爹可是王牌战斗英雄，我一进军工厂大院，就听人说他从敌人身上放出来的血，能洗两条街，他得到的军功章，能将整个胸前挂满，你老爹现在兄弟遍天下，而你呢，你在部队连一枚军功章都没得过，就连放羊你都没放好，就凭你混的这个屄样，也好意思觍着脸说要做比你老爸更牛更优秀的军人？”

萧云杰跳着脚，嘶声叫道：“燕破岳，如果你现在屄了，你就是一个笑话，一个天大的笑话！”

现场已经聚集了几百名军人，但是每一个人都闭紧了嘴巴，只有萧云杰近乎歇斯底里的吼叫怒骂声，一波波地传出。

骂完了，吼过了，面前的雪堆，依然是一片死一样的平静，所有人都知道，主动被埋在下面已经整整十三个小时的燕破岳，大概永远也无法用自己的力量冲出生天了。

什么东西，从冻得几乎失去知觉的脸上滑落，它们中间蕴藏着的炽热，烫得萧云杰的身体都在微微轻颤，萧云杰下意识地伸手在脸上抹了一下，在他同样被冻得失去知觉的手上，沾到了一片湿热。

是眼泪吗？

自从他爹死娘嫁人之后，他辗转在各个亲戚家，混吃混喝蹭上学，在这么多年时间里，他见惯人情冷暖，听多了那些亲戚为了赶他走，每天在那里拐弯抹角的指桑骂槐，在这样的生存环境中，他早已经学会了用无所谓的态度面对一切，只要没有直言让他滚蛋，他都可以捧着手中的饭碗吃得面不改色。像他这样一个早就没皮没脸，对整个人生都彻底失望，所以用玩世不恭心态面对一切的家伙，竟然也会流眼泪？！

这是……假的吧？！

萧云杰狠狠擦掉眼角仍然在渗出的泪水，他昂起头不想让人看到自己的窘样，但是眼泪可以去擦掉，风干后就再无印痕，那股悲伤到让他心脏都开始抽搐的酸楚，又怎么可能擦得掉擦得完？！

“燕破岳，你小子别玩了行不行？”

萧云杰的声音中，透出了一丝浓浓的哀求：“只要你能从里面自己爬出来，以后你就是大哥，我尿了，再不和你抢了，让你一辈子当老大，还不行吗？我们在学校时一起闯祸，一起挨骂，又一起参军，一起放羊，同学都称咱们是‘狼狈为奸’，我不就是跑了一回吗，你至于一次就翻脸了吗？！”

眼泪再次奔涌而出，在萧云杰的脸上淌落，滴在雪地上烫出了一朵朵梅花状的印痕，看着萧云杰的模样，听着他的声音，所有人都低下了头。

在距离萧云杰不足二十米的位置，一团积雪突然没有任何预兆地抛飞而起，一只拳头狠狠突破积雪封锁暴露到空气当中。旋即这只拳头张开，对着所有人，比画出一个“V”字形手势。

第十八章 - **何谓军魂**

呆呆地看着从雪堆下面露出来的那只手臂，足足愣了十几秒钟，萧云杰才终于反应过来，眼泪还在他的脸上不停流淌，一个灿烂到极点的笑容，就在他的脸上狠狠绽放。他猛扑过去，可是站在那里十几个小时，他的身体关节早已经被冻得失去知觉，萧云杰用最狼狈的动作一头扑倒在地上，还啃了满嘴的积雪，就算是这样，他依然在笑，用力而开怀地笑。他对着身边的艾千雪，放声笑着叫道：“还愣着干什么，快去救人哪！”

直到这个时候，艾千雪才如梦初醒，飞扑上去，拽住燕破岳的胳膊就往外拉。她把燕破岳从雪堆中拽出来，旋即她就发现，在燕破岳的腰间绑着一根用布料揉成的绳子。艾千雪双手用力试着拽动绳子，她又从燕破岳出来的地方，拽出一个三十岁出头的年轻女人。这个女人的腰间，也像燕破岳一样绑着一根绳子。艾千雪在几个士兵的帮助下，再次拽动绳索，又从雪堆中，拉出了一个头发花白，看起来已经有六十多岁的女人。

她们一个摔断了左腿，一个摔断了两根肋骨。她们看起来狼狈不堪，稍稍一动就疼得厉害，看她们的样子，至少要在医院里治疗休养几个月，才能勉强恢复元气，但是这些真的不重要了，重要的是，她们竟然都活着！

在雪崩的时候，她们像普通人一样试图逃跑，她们运气好的地方在于，她们逃得过于仓皇，没跑多久就脚下一绊重重摔倒在地上，在雪浪铺天盖地冲来时，她们下意识地彼此紧紧抱在一起，这样虽然不是最佳应对方法，但是死死抱在一起，让她们没有被冲散，更用抱团的方式，在被积雪覆盖后，为自己的口鼻部位支撑起一片最基本的生存空间，没有当场窒息死亡。

看着用布条连成一串的三个人，有好事者弯下腰，用随身携带的手电，打量燕破岳钻出来的位置，只看了一眼，那位好事者就呆住了。在他面前的是一条直径有七十多公分，勉强能让一个成年人钻行，连头都无法抬起的地道，这条地道就那么一直笔直的延续向雪堆最深处，就算是用三节电池的手电，都照不到它的尽头。

两个女人一个断了左腿，一个断了两根肋骨，她们在积雪下面为了生存，不断用双手挖掘积雪，努力从积雪中压榨空气，这样的努力让她们等到了燕破岳，但同时也耗尽了她们所有的体力，就在她们松懈下来的瞬间，疼痛和寒冷就让她们再也没有了继续支撑下去的力量。

当时摆在燕破岳面前的，就是一道选择题。

想要逃出生天，最好的办法就是努力向上挖，他们头顶的积雪再厚，撑死也就是二三十米，只要一路突破上去，他就能重见天日，但是在这个过程中，他必然会将两个女人用最后力量开拓出来的生存空间弄塌，将她们一起活埋。就算他上辈子是田鼠，具有打洞天赋，可以完美地完成打洞任务，又没有弄塌雪洞，在他重见天日的那一刻，外面也是夜间凌晨几点钟，刺骨的寒风灌进来，在十分钟内，就能将两个身负重伤，又体力过度透支的女人活活冻死。

所以燕破岳选择了最困难，也许会一起死在这里，也许会一起活着离开的路。

他用布条做的绳索绑在了三个人腰间，把他们串成了一根绳上的蚂蚱，每向前挖出七八米距离，他就会拽动绳索，把两个女人一点点拽到身边，然后再抓起铁锹继续去挖掘，如此周而复始，慢慢向前挪动，一点点地积攒下来，直至他对面前的雪山进行了一次毫无花巧的正面凿穿，硬生生挖出了一条一千多米长的生存之路！

燕破岳望着又哭又笑，当真是骑马上吊的萧云杰，他嘴角一挑，露出一个僵硬得要命，比哭还难看十倍的笑容："谢了，兄弟。"

在那片封闭的空间中，燕破岳就连起来伸伸腰都做不到，没有参照物，他不知道时间的流逝速度，也不知道自己究竟爬出多远，他唯一能感受到的，就是自己的心脏跳动越来越快，身体越来越沉重，越来越冷。

在极地求生时，看不到目标的绝望，才是最可怕的，它会不断消磨求生者的意志，让他们产生对未来的恐惧。就算是燕破岳，也无法在十几个小时时间里，一直保持最旺盛的斗志，如果不是在他体力已经到达崩溃边缘的时候，隐隐听到了铜锣的声响，也许早在两三个小时之前，他就已经失去了向前爬的体力与意志，变成了一具雪堆下面被活活冻死的尸体。

在一名军医的指挥下，李强的母亲先被抬进帐篷，她会在那里得到紧急救护，再转送到军营内的医院里。李强想要跟进帐篷，却被军医拦住，粗粗检查过病人，已经对她的现状有了初步了解的军医，对着李强点了点头。

远远地看着这一幕，燕破岳突然觉得，他所做的一切都不枉了。他在萧云杰的帮助下，慢慢站了起来走到了刘传铭师长的面前，他努力挺直了身体，放声道：“报告师长，营救行动成功结束，两名目标依然生存，请指示！”

看着站在那里都摇摇晃晃，却依然努力挺直了腰的燕破岳，刘传铭深深吸着气，他同样挺直了身体，对着燕破岳主动敬了一个军礼，在燕破岳举手敬礼之前，刘传铭一伸手将燕破岳抱进了怀里。

这个敢徒手爬上近九十度垂直冰山，写下怨气十足、又挑衅意味十足留言的士兵，现在身体冷得就像是一块冰，却又软得就像是一团棉絮，直到亲手抱住燕破岳，刘传铭才真正明白，燕破岳在挖掘出那条雪下通道时，整整十三个小时，和死亡究竟有多近。刘传铭在燕破岳的耳边，低声道：“士兵燕破岳，你的任务已经顺利完成，解散。”

人群中传来了女人小声的哭泣，“娟”在等着被抬进帐篷时，哭着向李强说出了她们在被燕破岳救出来时，鲜为人知的一幕：“他把身上所有能吃的东西都给我和娘了，在他找我们时，我和娘都冻坏了，他把水壶里所有的酒都拿出来，帮我们揉搓冻僵的身体，自己一口也没有喝。就算是这样，我和娘还是动不了，娘知道要他一个人把我们都带出去，太强人所难，就要他只带我一个，自己留在那里等死。这个小兄弟急眼了，对我和娘吼着喊了一句话……”

娟儿的话吸引了在场所有人注意，他们可以发誓，他们这辈子都不会忘记，娟儿用颤抖的哭音，重复出燕破岳的那句话：“当兵的还没死绝呢，哪儿轮得到你们去逞英雄？！”

燕破岳在萧云杰、艾千雪和吕小天的陪同下，坐上了一辆返回军营的汽车。

汽车离开了好久，都没有说话，大家都沉默着，不知道在想着什么。

刘传铭回首望着聚集在周围的军人，突然开口道：“我们必须承认，燕破岳是一个英雄，他做出了我们绝大多数人无法做到的事情，但是能成功营救出李强亲人，并不是燕破岳一个人的功劳，这是我们所有人一起努力，运用团队合作精神和力量，创造出来的奇迹！”

所有人都在静静聆听，刘传铭的声音清楚地传进每一个人的耳朵：“抗日战争初期，为什么涌现出来那么多抗日英雄，中国军队依然节节败退，在短时间内丢掉了大半个中国？那是因为当时中国军队整体素质和武器装备，比起日军差得太多太远。那些英雄们，个人能力再强，没有一个足够坚强的团队支撑，他们能做的事情也非常有限。

“可是现在不同了，在整个危机事件中，你们让我看到了一个群策群力，将整体力量发挥出来的优秀集体，是你们支撑起舞台，让燕破岳有了冲到前方当英雄的机会，也是你们的支撑，让他成了一个活的英雄，而不是死的烈士！这一刻的胜利光荣，并不属于燕破岳他自己，而是属于你，我，他，在场的每一个人！”

刘传铭猛然提高了声音，放声道：“就像是这场营救行动，支撑起整个国防事业的，不是几个或者几百个英雄，而是数以百万的职业军人！无论你们是一个普通的士兵，是一个令人羡慕的侦察兵，还是在炊事班蒸馒头、养羊，你们都是支撑起中国国防事业的一部分。我可以负责任地告诉你们，英雄并不是天生的，当危机再次来临时，你们脑袋突然那么一热，嗷嗷乱叫地冲了上去，当你们终于反应过来，心里还在为自己的选择后怕的时候，也许你们就已经是英雄了！”

听着刘传铭师长的话，在场的每一个人眼睛都亮了，一股无形却真实存在的火热气息，正在他们每一个人的身上升腾。没错，军队本来就是英雄的摇篮，死亡和危险更是英雄的催化剂，他们是应该尊敬燕破岳，但这绝不代表，他们就一定比燕破岳差！

刘传铭和参谋长对视了一眼，他们都在对方的眼睛中看到了欣慰和开怀。军队是一头怪兽，它近乎贪婪地向指挥官索要着用“光荣”、“梦想”和“勇气”凝聚起来的气息，更需要被“胜利”美酒反复浸泡，只有年复一年，日复一日地满足它的各种要求，才能慢慢沉淀，打造出一支拥有不败军魂的铁血劲旅！

第十九章 - **选择**

燕破岳在医院的病床上整整睡了三十多个小时，才终于重新睁开了双眼，体力过度透支后，又连续睡了这么久，他的脑袋里就像是刚刚钻进去七八只小鬼在不停拉锯，疼得要命。

他一睁开双眼，就看到了静静坐在床边的师长刘传铭，燕破岳下意识地想要挣扎着坐起来，却被刘传铭伸手给按住了。

燕破岳的目光在病房里扫一圈，从刘传铭身后勤务兵脸上不满表情来看，刘传铭大概已经在他的病床前等了不短的时间。

“师长……”

睡了三十多个小时，燕破岳的嗓子嘶哑得厉害，刘传铭将一只枕头垫到床头，扶着燕破岳半坐起来，他从床头柜拿起一只苹果，用小刀削了起来。在燕破岳的记忆中，职业军人都很擅长削苹果皮，刘传铭师长也没有例外，他手指转动，在一连串沙沙的轻响中，苹果皮就在苹果下方越挂越长，直到将苹果削好，苹果皮都没有断上一次。

刘传铭将削好的苹果送到燕破岳手中，在他笑眯眯的注视下，燕破岳吃得食不知味。他只是炊事班放羊小兵一个，就算是救了李强的老娘，怎么也不值得惊动一位师长在病房里等他清醒，又亲手给他削苹果吧？

“‘放羊官（叉）者到此一游’，这句话我拜读了好几遍，怎么读都觉得里面怨气冲天。”

听着刘传铭的话，燕破岳突然狠狠咬了一口苹果，这一口咬得之大，仿佛是饿死鬼投胎，一口就将大半个苹果卷入口中，当场就把燕破岳噎得倒翻白眼，刘传铭站起来，在燕破岳的背部连续轻轻拍打，直到燕破岳缓过气来，他才摇头失笑：“吃得这么急干什么，又没有人和你抢。”

看到燕破岳将剩下的那小个半苹果放回桌子上，低下头摆出了虚心认错的面孔，刘传铭只是心中略略一转，就明白了原因，他这下可真是哭笑不得了：“我是真心想请你吃苹果，可没把它当成教训你之前，表达一个师长气度与胸怀的道具。”

话音刚落，那个只剩小半的苹果，又被燕破岳抓回手里，转眼间就被啃得干干净净，就连苹果核都没有放过，最后只剩下一根苹果尾部的梗儿放回到桌子上。

在高原地带服役，又是戍边部队，军营的伙食标准比内地部队要高出不少，但是巧妇难为无米之炊，食堂里天天翻来覆去就那么几个菜式，连最基本的蔬菜供应都严重不足，更不要说是苹果这种奢侈品。

看燕破岳意犹未尽，还在舔着嘴唇的模样，刘传铭他又拿起了一只苹果，刚想去削，燕破岳突然开口道：“师长，您别削了。”

从刘传铭手中接过没削皮的苹果，燕破岳又“咔嚓咔嚓”地啃了上去，三下五除二啃得干干净净，然后对着刘传铭露出一个大大的笑容，搔着头皮解释道：“这苹果皮其实也挺甜的，削下来丢掉，这多浪费啊。”

勤务兵在一边不满地撇着嘴，小声嘀咕着：“吃货。”

燕破岳八成上辈子是属兔子的，勤务兵那么小声他都能听得清楚，把搔头皮的手摊到刘传铭面前：“师长您看，我来这儿才四个多月，都开始掉头发了，还有我这小脸蛋上的两坨红云，知道的人明白这叫高原红，不知道的人，还以为我活像个小媳妇，动不动就脸红呢。不多补补维生素ABCDEFG，过几年回家，家里给介绍对象，帽子一摘发现竟然成了秃瓢，那不但丢咱们师的脸，也不利于边防军可持续招兵计划，您说是不？”

刘传铭不由得再次哑然失笑，这只有燕破岳这种从小在军区大院中长大，和部队有着千丝万缕联系的军方子弟，才能在参军入伍后，面对一个师长还敢这么贫嘴。这种人在部队里一般都会成为令人头疼的“问题儿童”，但是刘传铭也清楚地知道，如果战争爆发，也恰恰是这些脾气上来，就连天王老子都不给面子的“问题儿童”最英勇善战。

不信的话，走出军营看看，远处冰山上，那“放羊官（叉）者到此一游”几个大红字，还歪歪扭扭写在那儿，据说晚上还会发光呢。

和这样的兵说话，藏着掖着拐弯抹角，人家也能一脸认真，保不定心里就把你鄙视得狗血淋头，刘传铭选择了单刀直入：“小子，想不想当我的勤务兵。”

站在刘传铭身后的勤务兵看向燕破岳的目光当中，立刻就带上了几分敌意。

这里是戍边部队，师一号首长身边的勤务兵，往往还要同时兼任师一号领导的护卫工作，算是警卫员和勤务兵的综合体，也就是因为这样，绝对没有人会把师长身边的勤务兵看成“吃软饭”的家伙。只要跟着师长历练上一两年，得到刘传铭的推荐，进入军校深造提干，那几乎都是铁板钉钉的事情，而且像他们这种既拥有军事技术，又在当勤务兵时历练出待人处事能力的军官，回到部队后，立刻就会成为各个部门争抢的香饽饽。

可以说燕破岳只需要一点头，他的职业军人生涯，前途就会变得一帆风顺。最重要的是，只要燕破岳一点头，那边正在军区里组建特种部队的爷，就算再牛逼，总不能把一个师长的勤务兵都抢走了吧？！

看到燕破岳认真思索后摇头，拒绝了自己的提议，刘传铭非但没有生气，反而在心里升起了“果然如此”的念头。像燕破岳这样出身军人家庭的人，如果仅仅是为了升官发财给自己捧一只能用一辈子的铁饭碗，他根本不会跑到这种鸟不拉屎的地方来当兵。

刘传铭对燕破岳展现出难得的宽容，“那进师警卫营怎么样？在警卫营历练历练，只要你小子能证明自己是这块料，一年后我送你进陆军军事学院深造，回来之后你可以继续留在警卫营，也可以进入师直属侦察营。”

不当勤务兵没有关系，进了师警卫营，也一样是划进他刘传铭的禁忌名单，燕破岳他是越看越喜欢，总之这个兵他是留定了！

带着微笑离开病房，就在刘传铭走出医院大门时，看着对面大踏步走来那个熟悉的身影，他的脸立刻阴沉下来。

“你一个师长手里管着上万号人，不好好待在办公室处理文件，竟然还有心情跑来看一个刚入伍几个月的新兵蛋子，我应该说你是太悠闲呢，还是黄鼠狼给鸡拜年没安好心？”

对方的“问候”怎么听都绝对和善意搭不上半毛钱关系，在自家地盘上被人挑衅，刘传铭身后的勤务兵已经瞪圆了眼睛，脸上露出愤怒的表情，但是刘传铭却面不改色，只是轻哼了一声，仿佛把面前这个同样挂着两杠四星大校军衔的家伙当成空气。

这个不请自来的家伙，军阶和刘传铭相同，按道理说年龄也应该相接近，但是他看起来，比刘传铭要年轻十岁还不止，他丝毫没有被人排斥厌恶后，应该主动走开的自觉，反而又踏了两步贴上身来，以一个绝对亲密的距离低声道：“老刘啊，燕破岳那小子，可是我两年前就看中的好苗子，送到你们这里也是想让他好好磨炼一下，等差不多了就要请神归位的。你老刘可是正人君子，不会是做这种半途截和事情的人吧？！”

刘传铭眼角在不停轻跳，他还清楚地记得，在二十多年前，就是这个家伙，破天荒地第一次夸奖了自己：“老刘，其实仔细看看，你还是蛮英俊的，应该有不少大姑娘在心里偷偷喜欢你吧。”

听到这位的夸奖，刘传铭当时乐得晚上做梦都在笑，结果第二天他就笑不出来了……他暗恋了好几年，苦追了半年，依然没有寸进，连小手都没有拉上的姑娘，被那家伙在昨天下午，用一封情书，外加在窗户下面弹了一曲，就给追到手，正式确定恋爱关系了！

“老刘，你最近工作很积极啊，我听说领导们都在公开场合表扬你了，不错不错，继续努力啊。”

这是刘传铭从眼前这个浑球嘴里听到的第二次夸奖，虽然因为“夺妻之恨”，他已经和这个家伙反目成仇，但是自己努力了这么久，终于得到认可，依然让刘传铭心情大好，晚上还专门让自家婆娘多炒了两个小菜下酒。结果第二天，他突然得到一个消息，原本风传应该由他去参加的进修，名额最终确定下来，并不是他刘传铭，而是昨天夸奖他的家伙。

总之，每一次这家伙夸奖了刘传铭，刘传铭死是死不了，但总会掉一块肉，更会恶心大半年！

到了现在，只要这家伙嘴里说出一个好词，就会让刘传铭全身汗毛倒竖：“秦锋，做人要有点分寸，别吃着碗里的看着锅里的，你自己算算，已经从我们师侦察营挖走多少尖子兵，别连我们师警卫营都想伸手捞一把。”

“警卫营？”

秦锋眯起了眼睛：“那你怎么不索性让燕破岳当你的勤务兵，要是这样就凭咱们几十年交情，我可就真的不好意思下手了。”

刘传铭哼了一声，没有开口。他倒是想让燕破岳给自己当勤务兵，但是燕破岳没接他这一茬。

“要是燕破岳当了你的勤务兵，我肯定带不走；要是他继续待在炊事班放羊，我肯定能把他带走；现在他进了你们师警卫营，那就是处于争议地带，就看你我两个人，谁更有人格魅力了。”

秦锋望着刘传铭，一脸的认真加欠揍：“老刘，到了魅力大比拼环节，你觉得自己还有机会吗？”

……

秦锋连门都没有敲，就直接走进燕破岳的病房，自来熟地往燕破岳面前一坐：“知道职业军人和保镖的区别吗？”

面对这位不请自来，而且是不识自熟的陌生人，燕破岳瞪大了双眼，但是对方军装上，那银光闪闪的两杠四星，还是让他迅速做出回答：“职业军人的天性是进攻进攻再进攻，而保镖的天性，则是防守防守再防守。”

秦锋满意地点头：“那你知道，人类战争模式，从石器时代到现在，一共经历了几个阶段吗？”

“冷兵器时代，热兵器时代，核武器时代，信息化作战时代。”

“不错，我听你们刘师长说，打算把你调进警卫营，那你就从警卫营军官这个角度，给我分析一下，在这四个战争阶段，警卫营的工作有什么不同。”

这次秦锋问的问题，明显超出了燕破岳的知识理解范畴，迎着秦锋那似笑非笑的眼神，他聪明地选择了闭紧嘴巴，而不是想当然地随口乱扯。

“在冷兵器时代，拼的是体力，手持长矛大盾组成的密集步兵方阵，就是当时最强大的战斗集团。所以当时的警卫营，会排出步兵方阵，紧紧环绕在主帅四周，一旦敌军轻骑突进迫近主帅，所有警卫部队，就必须拼死抵抗，否则的话，一旦主帅阵亡，亲卫皆斩。

“在热兵器时代，虽然已经有了电话机、步话机，但是在战场上电话线很容易被炸断，步话机还没有普及到连排一级单位，想要将情报传递全军，还需要通讯员为补充，这注定了指挥部不能远离战场。在这种情况下，保卫师指挥部的警卫营，就必须肩负重任，随时要和敌军展开激战，在必要的时候，他们更需要保护指挥部突出重围，有了这么多要求，组成警卫营的部队，必然是王牌中的王牌，嫡系中的嫡系。”

看到燕破岳听得津津有味，秦锋的嘴角露出一丝微笑，他话锋一转，悠然轻叹道：“只可惜，过了热兵器时代，警卫营的作用可就有点像鸡肋了。”

已经答应刘传铭师长要加入师警卫营，事关自己的前途，由不得燕破岳不在乎，他脱口问道：“为什么？”

“核武器时代，咱们就不需要多说了，一颗几百万吨当量的核弹砸下来，嘭！别说是警卫营，就是警卫师、警卫军都会一起变成灰。”

燕破岳瞪大了眼睛，眼前这个军官可是大校，是正师级别的狠角色，和他老爹等同，怎么说得这么绘声绘色，还比手画脚活像是个说相声的?

“核武器杀伤力太恐怖，再加上各国都在搞的核捆绑计划，搞不好就会把全人类一起灭了。谁敢在战场上用核武，那就是人类公敌，所以我们就先跳过核武器时代，谈一谈最后这个信息化作战时代。”

秦锋一伸手，抓起一只刘传铭送到病房的苹果，毫不客气地送进嘴里，一口就咬掉了小半个，他一边嚼着苹果，一边口若悬河：“警卫营，这个几十年前还算王牌，现在只能用鸡肋来形容的作战单位，不，现在的警卫营已经不是作战单位，而是一个专业逃跑单位。比如说你向别人介绍自己，说你是一名警卫营士兵，我们这些老兵直接就会在心里给你加一个绰号……燕跑跑。”

燕破岳搔着头皮，这“燕跑跑”的绰号，可是不怎么好听，最大的问题是，警卫营明明是保护师指挥部的最中坚力量，一旦有强敌试图对指挥部展开斩首行动，警卫营就必将和敌军精锐部队展开殊死搏斗，掩护师指挥部的首长们顺利撤退，从而保障一场战斗，甚至是一场战役的胜利，怎么到了这位大校的嘴里，他们不但是鸡肋更成了“跑跑”，就连作战单位都称不上了？！

“这个道理，就和战列舰已经退出历史舞台是同一个道理。”

秦锋年老成精，怎么可能看不出燕破岳的心中所想："现在是信息化时代，借助无线电通信网络，作战指挥部根本不需要处于战线最前方。就拿你们这个师来说，一旦战争爆发，师指挥部就会撤到后方，躲到最安全的角落，而你们这些警卫的工作，充其量就是在指挥部附近设置警戒线，阻止闲杂人等接近。而你们的师指挥部一旦暴露，对方根本不会选择什么组织突击队实施斩首行动，几分钟后导弹或者巡航炸弹，就劈头盖脸地砸下来了，面对这种情况，你们警卫营除了抱着脑袋四下逃窜，又能干什么？！"

燕破岳一下沉默起来，他仔细思索着，最后沉沉地点了点头。现代战争当中，矛太强，盾太弱，已经是不容忽视的现状，如果真的在战场上，警卫营保卫的师指挥部位置暴露，除非他们在第一时间就发现不对立刻转移，否则的话，他们面对的必然是灭顶之灾。

个人的能力再强，面对导弹轰击，或者是轰炸机投掷的巡航炸弹，也没有任何反击之力。这种郁闷的感觉，让燕破岳猛地握紧了双拳。

说到关系一场战役成败的细节，就连秦锋都认真起来："什么叫信息化战争，打的就是情报，一个师指挥部想要在战争中生存下来，靠的不再是警卫营。多层次技术伪装、电子侦察、电子干扰，这些才是信息化作战时代，保护师指挥部的最重要手段。燕破岳，你是一个标准的职业军人，你的心中藏有一团火焰，它会推着你不停进攻，而不是被动防守，更不是远离战场，去当一个可有可无的鸡肋。我希望你能考虑清楚，再决定要不要进入警卫营。"

燕破岳原本已经确定要加入警卫营，可是这一刻他的目标却不可避免地动摇起来。

"老刘是不是告诉过你，只要你先在警卫营待上一年，他就会送你进军校深造提干，回来后可以继续待在警卫营，也可以进入师侦察营？"

作为抢了人家心中女神的老朋友兼死对头，秦锋算是把刘传铭给摸透了，他几句话问得燕破岳用力点头。

"侦察兵是不错，挺适合你的。"

秦锋的话，让燕破岳又恢复了神采，不过秦锋当然不会帮刘传铭去说好话："如果我没记错的话，你加入部队的初衷，是想做一个比你老爹燕实祥更优秀的军人，你老爹在离开野战军时，已经是侦察营的营长了，就算你够牛，一路向上冲，冲到了侦察营营长的位置，充其量也只是和你老爹等同。一个师总不能建一个侦察团，甚至是一个侦察旅吧？”

根本不给燕破岳反应过来的时间，秦锋霍然站起，居高临下望着燕破岳，“我们正在组建中国西北地区第一支特种大队，团级单位，你如果选择进入，我不敢保证你一定会留下，成为一名号称‘大地最强生物’的特种兵，我只能保证，你会在那里接受到最严格的训练，找到最优秀的同伴，同时，也会遇到最高的淘汰率和训练场上的最高致死、致残率！如果你真的够强够牛，那就一路向上冲，直至成为这支特种大队的队长！”

燕破岳在进部队后一直迷茫着，他的父亲在战场上杀出一条血路，站到了一个相当高的位置，他想要超越，可是一时间竟然不知道应该如何努力，才能做到比自己的父亲更好。但是在这一刻，眼前这个叫秦锋的大校，真的为燕破岳画出了一条可以超越他父亲燕实祥的路！

无论这条路有多么困难，多么荆棘重重，但是至少，他看到了路！

“如果你能拼命坚持到最后，你就会成为国家手中最锋利的剑，你必须在鲜为人知的地方，苦练杀敌本领，也许一辈子都会被国家雪藏，得不到出手的机会，锦衣夜行对你来说，是一种不幸，但是对国家，对整个民族来说，却是最大的幸运。”

燕破岳明白秦锋说的话，军人存在的最大意义，不是杀人，而是用他们的存在，为国家支撑起和平。

秦锋沉声道：“但是一旦国家需要，让你利剑出鞘，你要面对的，就将是最危险的任务，最强大的敌人。”

说到这里，秦锋伸出双手，比画出一个地球的形状：“大地最强生物，去对付一群杂鱼，赢了也没有什么光荣。特种兵和侦察兵最大的不同就是，特种兵作战范围可以覆盖到全世界任何一个角落，你们的最终对手，当然就是同样活跃在世界舞台上的同类！”

换句话来说，精锐对精锐，王牌对王牌，特种兵的真正敌人，就是敌人的特种兵！

侦察兵是为所隶属的部队服务，所以他们的作战范围，就是围绕着所属部队参加的战斗或者战役而展开，而特种兵却可能跨越战役层次，直接参与战略级任务。

比如，在第二次世界大战期间，被称为全欧洲最危险男人的德国党卫军上校奥托·斯科尔兹内，他在1943年时，以上尉之职，成为德国第一支特种部队指挥官，在六个月后，意大利人民起义，推翻并囚禁了意大利国家元首墨索里尼，将他囚禁在易守难攻的山中旅馆内，就是奥托·斯科尔兹内率领特种部队成功伞降，在没开一枪的情况下，就成功解除旅馆内外守军枪械，并带着墨索里尼成功逃脱。

这次军事任务，被称为“橡树行动”，是世界特种作战史中最成功的营救行动之一。而奥托·斯科尔兹内在其后的特种作战中，更是频频出手，活跃在世界舞台上，在史书上一次又一次留下了自己的名字。

侦察兵，显然就无法接触到这种战略级任务。相同的道理，为了完成这些几乎不可能的任务，特种兵接受的训练，就必须要比侦察兵更严格，也更疯狂。

中国走了几十年弯路，终于进入了快车道，无论是科技、军事、经济都一日千里，在这种大环境下，中国向往和平，也必须追求和平，为了保持和周边国家的友好相处，也许在几十年时间里，中国都不会派出特种部队越境参战。但是作为一个主权国家，想要保护自己的国家主权，保护国民人身安全，中国就必须拥有一批能够打硬仗、狠仗，纵然是深入敌境千里之外，依然可以完成最困难任务的特种部队！

一些对中国抱有偏见的西方媒体，瞪大了眼睛寻找各种事端来鼓吹他们的“中国武力威胁论”，这样的政治现状，在中国军队身上套了一条锁链；对于这个时候的中国来说，特种部队存在的最大意义在于震慑外敌，打击内部犯罪。并做好随时参加战略级任务的准备。所以秦锋才会说，他们这一代特种兵，很可能被终身雪藏，这既是特种兵的不幸，又是国家的幸运。

“摆在你面前的道路，已经出现一个分岔口，我不敢说选择我这条路就是一定正确。如果你留下了，就凭刘传铭对你的另眼相看，就足以让你仕途通畅，在边防军中成为一个优秀的军官，但是我觉得，选择了这条路的同时，你就放弃了超越父亲的机会；如果你选择了我们，我可以实话告诉你，我和刘传铭之间相处的并不愉快，一旦你被淘汰，以失败者的身份回来，刘传铭绝不会重用被我淘汰的人，哪怕他再喜欢你也会放弃。真到了那个时候，你唯一的选择，就是在这里放羊放到退伍！”

秦锋没有掩饰燕破岳选择他们即将面对的风险，“加入我们，就是选择了一条只能向前冲的单行线，你必须抱着不进则亡的心态拼命努力，努力比身边任何一个人冲得更快，让自己永远处于这个群体的最巅峰。如果你没有做好这样的心理准备，那么最好不要轻易做出决定。”

轻轻拍了拍燕破岳的肩膀，秦锋离开了。望着他的背影，燕破岳在嘴里默默念着几个词：“侦察兵、警卫、特种兵……”

第二十章 - **再见，老兵**

（上）

不知道这样自言自语的过了多久，门外传来了轻轻的叩门声，燕破岳微一凝神，将心中的迷茫甩开，脸上露出一个微笑，声调突然提高了几度：“这苹果好甜啊，可惜师长太小气才送了四颗，嗯，怎么分呢，我一颗，萧云杰一颗，艾千雪一颗，吕小天一颗。我自己的已经吃掉了，但是还觉得不够怎么办哪，要不我把萧云杰的吃了吧，谁叫他和我最熟呢？”

“砰！”

房门被撞开了，萧云杰脱口叫道：“燕破岳，你小子猪八戒吃西瓜啊？！”

话音未落，萧云杰就看到一只红彤彤苹果迎面飞来，他一把抓住，张开嘴巴露出两排可以去拍牙膏广告的洁白牙齿，就像一个快要饿死的乞丐般一口狠狠咬下去，苹果那甘甜芬芳的汁液，随之在他的舌尖上跳动，让他全身上下每一个毛孔都为之舒张，发出了一声近乎呻吟的低叹。

燕破岳笑着问道：“甜不？”

萧云杰用力点头，转眼间就将手中的苹果消灭得只剩一根提把，别说是吕小天活像是看到了肉的饿狼飞扑而上，就连一向喜欢装淡定从容、摆尽美女风度的艾千雪，也毫不客气地走上前，伸手从桌子上拿走了一只苹果，用看似秀气实则豪迈的速度，开始啃了起来。

不是他们饿死鬼投胎，而是苹果这玩意儿在这地界太稀罕了，说它是奢侈品都不为过。

在几十年前，这里曾经爆发过一场边境战争，中国当时赢了，但也输了，在战场上我们打赢了，后勤补给上我们输了，所以才会遗留下九万平方公里的争议地带。其实到现在，高原上的后勤补给，依然远远达不到正常要求，铁路线没有开通，到了十月月底就会下雪，每年都会有汽车兵死在这条世界屋脊运输线上，在这种情况下，就连士兵们每天应该吃到的绿色蔬菜都无法保证供应，更不要说是苹果这种副食品了。

几个人将手中的苹果一起啃完，萧云杰意犹未尽地擦着嘴角，目光扫到了网兜上，燕破岳动作迅速，一把将网兜里的苹果全部抄进怀里：“我是病人啊，你们几个人冲进来，究竟是探病的，还是来抢劫的？”

萧云杰、艾千雪、吕小天，仿佛是排练过般，异口同声地回答：“当然是来探病。”

这几位探病的兄弟，当真是呼啸而来，转而又呼啸而去，只剩下燕破岳看着原本装苹果的网兜，现在变得空空如也。

第二天中午，燕破岳的病房里，又迎来了一个客人，李强背着一只挎包走了进来，看着赖在床上没有动弹的燕破岳，李强沉声道：“从你进入新兵营第一天，我就知道你从小就接受过准军事化训练，在某些领域，你比师直属侦察营的那些老兵更强。不要告诉我，在雪地下面埋了十几个小时，就能把你冻趴下了。”

燕破岳忍不住翻了一下白眼，他刚想说什么，视线从李强的军装上掠过，他的目光突然定格了。李强的军装依然整理得一丝不苟，但是两杠一星的肩牌，还有领章却都被摘下来了，在军营中这种行为对于一名拥有十几年军龄的军官来说，绝对是一件不可思议的事情。

“不用看了，我已经向上级打了转业报告，连带把我的肩章、领章一并交了上去。”

燕破岳的眼睛瞪圆了，一个现役军官，尤其是在戍边部队中，负责训练新兵的军官，想要转业绝不会像李强说得这么简单，不等答复就将肩章和领章一并上交，这更不符合程序，颇有几分你不答应，老子就撂挑子不干的威胁意味。一般来说谁要这么干了，九成九没有好果子吃。

“你救了我老娘还有我没过门的媳妇，我请你喝酒。”

李强一拍身上背的挎包，里面传来液体在瓶子里晃动时特有的“沙沙”声响，“不过我想换个人少的地方，和你来个一醉方休。”

“哪里？”

“秦岭。”

看到燕破岳嘴巴大大张开的模样，李强哑然失笑：“我可没有请你喝顿酒，就跑到千里之外的兴致。你大概还不知道吧，被你徒手征服的那座冰山，已经被大家尊称为‘禽领’，意思就是说，那里是禽兽的领地。”

说到最后，李强还伸手指了指燕破岳，彻底坐实了燕破岳“禽兽”这个身份。

还不等燕破岳把这个消息彻底消化，李强又免费奉上了好消息一则：“侦察营的那群老兵被你的壮举刺得发了狠，他们已经开始制定新的训练计划，把徒手攀登那座山峰，作为终极考核项目。能爬上去的人，需要带上一只油刷，把冰峰上‘禽领’两个字重新描一遍。恭喜你，只要咱们师不撤编，师直属侦察营没在战场上全军覆没，那座冰山上的‘禽领’两个字就会四季常红，这个新兴的训练课目，也许会持续几百年时间。据说侦察营在训练器材中，还针对性的专门加了‘荧光粉’这个采购项目。”

燕破岳早已经听得目瞪口呆，当他听到“荧光粉”几个字，再也忍不住脱口叫道：“我靠！”

“为什么咱们要爬的这座冰峰名字叫‘禽领’呢？”

“这你都不知道？话说三百年前，咱们师来了一个超级禽兽的人物，至于他为什么禽兽呢，其实我也不太清楚，总之这个人是头儿公认的禽兽，他第一个爬上了这座冰山，所以这座冰山就以他命名，叫作禽领，意思就是说，这里是禽兽占据的领地。”

“那个叫燕破岳的家伙为什么叫‘禽兽’，小弟我倒是略有耳闻，他刚进军营不久，就和死党调戏女军官，满军营地乱吼乱叫，死皮赖脸跟在人家后面，结果被人家女军官来了个1VS2，打得满地乱爬，丢尽了男人的脸。”

……

一想到自己骨头都化成渣的几百年后，那些刚入伍的新兵蛋子，站在“禽领”下方，一边啧啧轻叹，一边交流着关于他这头禽兽的故事，燕破岳就彻底纠结了。

那商纣王原本是一代雄主，横扫四方，纵横八荒，当时强盛到了国都朝歌敢不建造护城围墙，任人自由进出的境地。商纣王经营东南，把中原和东夷整合在一起，是建立中国的有功之臣。他最大的胜利，也可以说最大的失误，是在于进攻徐州的东夷，虽然取得胜利，但也只是惨胜。几十年的战争把国家经济彻底拖入泥沼，急需时间来消化胜利果实，结果周武王趁机进攻，大批战俘趁机反叛，纣王才因此灭国。

为了掩饰自己的“乱臣贼子”身份，周王朝大肆篡改历史，愣是把商纣王改写成一个贪图女色、荒淫无道、滥杀忠良之徒，什么炮烙大臣、比干挖心，更是说得煞有其事的。想想看，如果商纣王真的如此不堪，毛主席在研究中国历史后，又怎么可能说出“把纣王、秦始皇、曹操看作坏人是错误的，其实纣王是个很有本事，能文能武的人”？

想想看，一代雄主都能被歪曲成这样，更何况他燕破岳只是一个无足轻重的小卒？！

一个自己摘掉军衔、摆出你不给我转业、我就和你没完的少校，一个连侦察兵都要竖起大拇指、现在却屈居炊事班放羊的……炊事员，两个人并肩走出了军营，走到了那座冰山之下。

冰山上已经打下楔子，拉了一条相当结实的绳梯，现在只要胆子够肥，闭着眼睛往上爬，也能爬到山峰上面，再也没有了“拒人于千里之外”的气势。顺着绳梯往上看，燕破岳就看到自己留在冰峰上的“放羊官（叉）者到此一游”几个字已经被人铲掉，取而代之的，是“禽领”两个大字。

李强是第一次攀上冰山，燕破岳是旧地重游，侦察营那帮禽兽既然已经发狠把这里列入训练考核项目，自然对冰山进行了技术改造，仅仅是过了两天时间，他们就在冰山顶峰，拉了一圈安全绳，这样就算是走到边缘，也不用再担心脚下一滑，直接从两百米的高空坠落下去。

在冰峰的一角，甚至还有人树起了一面红旗。

燕破岳和李强在冰山顶峰盘膝而坐，李强从挎包中取出了两瓶烧刀子，一瓶午餐肉罐头，一包油炸花生米，外加两颗咸鸭蛋。在这种鸟不拉屎的地方，李强能拿出这些东西，已经算是豪华了。

李强将一只酒瓶丢给燕破岳，自己扭开手中剩下的那瓶，道："燕破岳，大恩不言谢，我李强敬你。"

"叮！"

两只酒瓶在空中轻轻撞击在一起，发出清脆的声响，两个人一仰脖子，狠狠灌了一大口烈酒，火辣辣的气息随之在胃袋中翻腾而起，大大冲散了山顶掠过的那刺骨寒风。

李强捻起一颗花生米，把它丢进嘴里："我回家遇到那些混得风生水起的同学，一个个向我吹嘘什么在五星级酒店里吃了牛排，什么在法国餐厅吃了烤蜗牛，现在真应该让他们过来看看，我们这座冰山包间有多牛，而且我敢保证，我们是第一批在这座冰山上进餐的食客，纵然称不上后无来者，也敢拍着胸脯说一句前无古人了！"

燕破岳笑了，他再次举起手中酒瓶："指导员，我敬你。"

李强斜眼望着燕破岳："我知道，你小子当面不说，背地肯定没少骂过我，你明明是这么牛的一个人物，我愣是把你给塞进了炊事班，就连炊事班班长都不敢接手，只好把你丢出来养羊。'放羊官（叉）者到此一游'，嘿，你小子还真是胆大包大得没了谱儿！但是我告诉你，你敬酒，我李强当得起！"

"叮！"

酒瓶碰在一起，两个人再次一仰脖子，狠狠灌了一大口。

看到燕破岳的脸上浮起一层嫣红，李强伸手打开罐头，用勺子把罐头盒里的午餐肉挖成一块块的："吃菜，你小子酒量明显不咋地，要是在这种地方喝趴下了，我可没办法背着你下山。"

燕破岳没有去吃罐头，他"嘿嘿"一笑，一仰脖子又灌了一口酒，突然整个人往雪地里一扑，在足足半米厚的雪堆中翻来覆去打了几个滚儿，又一个鲤鱼打挺跳了起来，抹掉脸上的雪花冰碴儿，燕破岳淡然道："喝得再醉，打几个滚儿就精神了。"

李强哑然失笑："这只能说明你不但喝酒喝得少，而且从来没喝醉过。否则的话，你绝对不敢放出这种狂言。"

第二十一章 - **再见，老兵**

（下）

“酒这种东西，含有乙醇，喝入体内之后，会被身体内的生物酶转化为乙醛，而乙醛虽然具有麻醉效果，但是对人体的危害几乎可以忽略不计，在人类的身体内，会进一步氧化形成醋酸，再进入人体循环系统，直至被身体循环吸收和排出，在这个过程中，会让饮酒的人血液循环加速，产生一定的兴奋感。”

听着燕破岳的介绍，李强脸上露出感兴趣的表情，进部队不会喝酒的军官绝对是屈指可数，李强喝了这么多年的酒，还是头一次听有人把喝酒后的种种状态用科学术语解释得清清楚楚。

“而且酒精会让人的身体变迟钝，大脑反应减慢，所以人才会有飘飘然的感觉，就连说话声音都会不由自主地变大，还有一部分人平时嘴巴挺严实，喝多了就会絮絮叨叨，至于那些唱歌跳舞、擦地板、骂娘、跳大神的，也不能说他们酒品不好，而是说明，他们原本就是这样的货。”

燕破岳说得有点嘴里发干，一仰脖子，又灌了一口酒：“而我，可是练了十年气功，国术的硬气功、内家拳，那就不说了，我还练了忍术呢。指导员，你知道忍术里的气功是什么吗？”

李强斜坐在雪地上，望着燕破岳，脸上带着似笑非笑的表情轻轻摇头。

燕破岳突然来了精神，他将酒瓶放在脚边，把双手抬起，他的十指就像是没有骨头般，结出各种奇形怪状，却又隐含着某种规则的手印，燕破岳一边结着手印，一边在嘴里有节奏地念出了忍术九字真言：“临，兵，斗，者，皆，阵，列，在，行！”

李强似有所悟：“我看过一部日本忍者的电影，好像里面的忍者，在战斗前，是会念这么一段话。”

“什么叫好像，这可是忍者在战斗前，为了激发自身潜能，而进行的自我催眠，就和‘二战’时期，小日本在进攻时，士兵们高喊的什么‘天皇陛下万岁’、‘为大日本帝国献身’之类的口号如出一辙。”

燕破岳瞪起了眼睛，放缓动作，重新用手指结印，他的双手小拇指、无名指、中指交叉在一起，双手的食指和大拇指对顶在一起形成了一个圆环状，探出来的食指向前指出，“这叫不动明王印，对应的是九字真言中的‘临’字，表示一名忍者在战斗中，一定会意志坚强不动如山。”

当着李强的面，燕破岳逐一将不动明王印、大金刚轮印、外狮子印、内狮子印、外缚印、内缚印、智拳印、日轮印、宝瓶印重新结了一遍，他一边结印，一边向李强解释着这些手印所代表的意义。

“我第一次看到师父结这些手印，讲起它们的名称时，真的是被唬得一愣二愣的，心说这小日本的忍术，能够流传这么久，果然是牛逼得一塌糊涂。结果我再仔细一问，这些玩意儿，原来都是小日本抄袭中国的，这些东西都是来自我们大中华东晋时代，道家大师葛洪写的《抱朴子内篇·登涉》，这根本就是中国的道家秘术，传入日本后，被他们拿出来和真言教混在一起，炒巴了一下，外加抄袭出现一点点错误，就变成了今天这个鸟样。”

燕破岳举起瓶酒：“小日本的忍者，在战斗前还要结几个手印，高喊一遍九字真言，就是希望自己在面对最残酷战争时，可以用秘法刺激自己的潜能，爆发出超人级别的力量。虽然我对他们的无耻抄袭表示一百个鄙视，但是作为真正学过忍术的人，我必须说，这也算是一门带有自我催眠功能的气功，只要学得够精够深，用武士刀劈子弹是做不到，但是没有酒量喝上几杯烧刀子二锅头，仍然可以保持清醒，却是可以做到的。”

李强笑了：“这么说，你把这九字真言和气功，练得差不多了，就算是多喝几杯烧刀子二锅头，也可以保持清醒？”

燕破岳一拍胸膛，豪情万丈：“那是当然，我是谁啊，我可是燕破岳，是十六个师父联手教出来的徒弟。要是连点酒精都战胜不了，那还当什么兵，趁早滚回家，享受老婆孩子热炕头的生活吧。”

李强不动声色：“可是为什么，我觉得你已经有几分醉了？”

“醉？！”

燕破岳瞪起了牛眼：“我醉了？教导员，你把我丢进炊事班放羊，我不怨你，我知道你是好意，想要磨磨我的棱角，有句话咋说来着，对，叫作天将降大任于斯人也，必先苦其心志，劳其啥玩意儿的；但是你当面扯谎，说练过硬气功、内家拳，还有忍术的我扛不住这一瓶像水一样的玩意儿，我可就真的要和你急眼了。”

李强再次哑然失笑，就在他考虑要不要抢过燕破岳手中的酒瓶，和抢夺时可能发生的意外时，燕破岳突然挪动屁股坐到他身边，大大咧咧地一伸手，就哥俩好地搂住了李强的肩膀：“指导员，你给兄弟我透个实话，干得好好的，咋突然就要转业了？有谁敢给你穿小鞋，跟给兄弟我说一声，兄弟我别的不敢说，这背后下绊子、打闷棍、丢半截砖的事情，哥们儿我都是行家里手，你放心，谁敢和您玩儿阴的，忍者可是这方面的祖宗，不信您想想，忍者身上的衣服，为毛都是黑色的，那就是为了阴人啊！”

说到最后，燕破岳放声大笑，似乎对自己学了一门专门背后下绊子、打闷棍、丢半截砖的本事而扬扬自得。

李强收起了笑脸，他望着远方那一片连绵起伏高耸入云、仿佛直插入云霄、和头顶的蓝天都连接在一起的雪山，低声道：“我今年已经三十四岁了，娟是我高中的同学，我们十年后重逢，确定了恋爱关系，到现在都六年了，我们也曾经好几次谈到婚期，她一直在等我回去完婚，可是因为边防部队工作的特殊性，或者说，我不想让她像部队的其他军嫂一样，每年跑到部队待上一个月，又离开，反反复复，我想等到转业后，再给她一个婚礼和一个幸福的家庭。每次我都下了决心，可是一回到部队，我就又舍不得了，我就这么反反复复地拖了她整整六年。”

后面的故事，已经不需要再多复述，旁听者也能猜出个大概。

一个男人三十四岁了，明明有一个高中就认识，情投意合不说还彼此知根知底的女朋友，却愣是拖了整整六年，别说是他们已经进入了大龄，生孩子的困难度越来越高，单说等着抱孙子、外孙的双方家长，也无法再放任他们继续拖下去。

终于，李强的母亲再也无法容忍自家儿子拖着一个好女孩，等了一年又一年，她亲自带着那个叫“娟”的未来儿媳，一起踏上了来这片高原的旅程，这两个女人在出发的那一刻，她们共同定下的目标，就是带着李强回家。也就是因为抱着这个强烈的信念，她们才会在大雪封山之后，放晴的第一天，不等部队派车接，就不顾一切地抛出重金，雇用一辆越野汽车，强行向军营进发……军官转业，一般都是在年底提交申请，再由相关部门予以核实，一旦过了年关，就会再拖一年。

“我推开病房的门走进去的时候，我看到自己生命中最重要的两个女人躺在那里，要不是你创造了一个奇迹，我看到的就应该是两具尸体。你知道吗，在我娘开口骂我的时候，我心里涌起的，除了庆幸，还是庆幸。”

李强举起手中的酒瓶大大地灌了一口烈酒，然后用看似不经意的动作从眼角掠过，将他涌出来的眼泪一起拭掉：“她们对我提出的唯一要求，就是调回内地或者转业，然后结婚。我李强只是一个小小的少校，无权无势无门无派，调离这个鸟不拉屎的地方，换上一个好岗位，对我来说太困难了，所以我只能选择转业，在我交出肩章和领花，以及军官证的那一刻，我就已经不是一个军人了。面对我娘和我最喜欢的女人，我屌了，我选择了当一个逃兵，在我做出这个选择的时候，我真是又快乐又悲伤，我想找人谈一谈，可是我找来找去，最后竟然拎着酒瓶子，找到了你这个新兵蛋子，你知道为什么吗？”

燕破岳已经安静下来，听着李强这个男人，发自灵魂的低语，他喝再多的酒，又怎么可能不恢复清醒？也就是直到这个时候，燕破岳才知道，为什么在他们进入新兵营的第一天，李强向他和萧云杰讲起了一个老战友被妻子带着离开的故事。

“学历一般，能历一般，就算在部队继续干下去，也跨不过团级这个坎儿，迟早要转业，如果在这个鸟不拉屎的地方再待下去，就要和社会脱节了，那又要用不知道多少年时间，才能弥补回来。”

李强站起来，用贪婪的目光望着眼前的一切，似乎想要把它们印刻进大脑，形成他记忆中的永恒：“走了，都走了，有些是被家人拉走的，有些是看不到前途和希望，自己想办法调走的，有些是转业走的，还有的是在这里待的时间太长，身体落下病根，因伤退伍。当年一起踏进军营的老兄弟，走的走，散的散，伤的伤，现在只剩下我一个人了。而且就连我也要走了。铁打的营盘流水的兵，历来如此。”

燕破岳看着李强的背影，这个老兵就算是站在冰山最顶峰，周围除了他们之外再不可能有第三个人，他依然站立如松挺拔似箭，“军人”这个职业印记，早已经在十几年漫长岁月中，深深融入他的骨髓，这一辈子都不可能磨掉。可是在这一刻，看着他的背影，燕破岳却看到了一种曲终人散般的苍凉与孤独。

他们这批老兵，也曾经像燕破岳他们现在这样青春无悔，热血沸腾，他们也曾经心怀梦想，志比天高，想要在这片祖国的边防线上，书写出一篇属于自己的动人传说。

可是，没有大规模战争，没有可歌可泣的史诗级故事，当然属于自己的传说也无从谈起，他们只是默默地驻守在这里，默默奉献着自己的青春与健康，就这么一年一年又一年，直到他们的热血一点点被磨没。他们从志比天高，到一点点向现实折弯，直至他们将一个男人最宝贵的青春岁月留在这里，带着满满的回忆与不舍，离开了这片如此深沉，又是如此广阔的土地。当若干年后，他们再次故地重游，找到自己的老部队，那时候也许已经是时过境迁，再也没有几张熟悉的面孔，只能从军营中，寻找昔日的回忆。

但是你问他们怎么看待这段军旅岁月，这些曾经的共和国守卫者们，他们的回答，几乎是千篇一律，而且简洁得让人无可置疑……无悔！

那些生活在钢筋混凝土组成的城市里，抬头就是一片阴霾天空，耳边总是车来车往噪音的人们，可以不理解这些军人的选择与回答，也可以站在一边，不痛不痒地讽刺这些军人是傻大兵。

但是当一个男人有机会来到这里，外界的繁华与随之衍生的种种都被排斥在外，白天与夜晚气温差距剧烈，必将锤其心志炼其胆魄，登高而立放眼远望，天与地之间几乎凝成一线，永恒不化的雪山直耸入云，当山风吹拂群山呜咽，被称为“圣山”的冈底斯山巍峨挺立透着神圣的庄严肃穆，鹰飞雪山、俯仰天地，自然会心胸开阔，明白何为男儿的一片天。

“燕破岳，我们这批老兵，正在慢慢退出舞台，可是这里是我们中国的土地，我们必须牢牢守住它们，为我们的子孙后代，守住它们！”

李强霍然转头，他盯着燕破岳的脸，放声喝道：“在你们下一代军人成长起来之前，你们必须给我挺直了别趴下，以前的历史遗留问题，那些争议地带我们这些小兵可以不去考虑，但是现在中国的土地，一寸也不许丢！你们要把中国军人的光荣与尊严、把我们的无悔军魂传下去，传下去，传下去，一代代地传下去，我要你对一个已经决定离开，但是还没有正式脱掉军装的老兵说一句实话，你们能不能做到，能不能守住？！”

燕破岳猛地跳了起来，他没有像电视剧中的主角那样慷慨激昂，回答的话也没有像制式文章那样冠冕堂皇，迎着李强的双眼，燕破岳沉声回应：“放心，谁敢跑到中国的地盘上奓刺，老子弄死他！”

李强笑了，他真的笑了。他们这一代军人，已经为自己的祖国鞠躬尽瘁，有些人常把“养兵千日用兵一时”挂在嘴边，实际上，不就是他们这些共和国的守卫者，在默默无闻中，支撑起共和国的边防线，为自己的祖国，赢得了如此宝贵的和平发展时机，在数十年时间里，没有让敌人再踏上属于我们中国的土地？！

江山代有才人出，他们虽然只有三十多岁，但是他们已经“老了”，能亲眼看到新一代的军人走进军营，在军营这座大熔炉的历练下，一洗稚气，渐渐拥有了军人的坚毅不屈，直至成长为新的共和国守卫者，甚至是一代比一代强，他们也应该欣慰，可以笑着离开了。

李强举起了手中的酒瓶：“该说的话，我都说了，现在我就一个字……喝！”

“叮！”

两只酒瓶再次碰到了一起，各自狠狠灌了一大口酒，燕破岳突然又冲进雪堆里，连翻了几个跟头，骄傲如燕破岳，当然不会告诉任何人，他刚才在热血沸腾之下，突然……想作诗！

燕破岳在心中暗暗下了一个决定，回去再揍吕小天一顿，近朱者赤，近墨者黑这种事，咱燕大少爷，是绝对不屑去做的。

但是，各种情绪涌上心头，这诗词却像是打开阀门的自来水似的，忍不住就从心底涌了出来……

老兵，当你们青春不再，当你们的梦想渐渐失去了光彩，请不要悲伤，也不必彷徨。

老兵，你们离开了，不是你们懦弱，也不是你们自私，你们已经做得够好，做得够多，你们已经用自己的言传身教，让我们这些初入军营的新兵，读懂了军人的责任与尊严，更明白了属于共和国军人的天职与使命。

老兵，你们走时，请欢笑着离开，请你们坚信，我们在从你们手中接过钢枪的同时，也继承了那个来自硝烟弥漫的时代，中国军人在一片黑暗的绝望中，用热血与生命，支撑起来的希望灯塔！

纵然你们青春不在，纵然沧海桑田，纵然时间埋没了你们曾经存在的印痕，在共和国的丰碑上，你们也闪烁着群星的永恒！

这首诗，并不算工整，但是它的每一句话，甚至是每一个字，都是发自燕破岳的内心。如果非要给这首诗加一个名字，那就叫它“再见，老兵”吧。

第二十二章 - **临时应急小分队**

（上）

这里可是边境线附近，在军营中就算是过年也不允许燃放鞭炮，但是到了腊月二十七，各个营连就开始布置营房，部队过年对布置营房的要求是整洁、美观、节俭，要充分展现出新时代军人团结紧张、严肃活泼的特点。

说实话，当兵也有小半年了，燕破岳现在愣是没有想明白，一个人如何能既团结又紧张，他更无法做到既严肃又活泼，这摆明就是逼他们人格分裂嘛。

大大的红灯笼从库房里拿出来，擦干净上面的尘土后，重新悬挂到了军营四周，一些擅长书法的人，无论是军官还是士兵都成了抢手的香饽饽，每个连队都带着裁好的红纸找他们写对联，这些纵然称不上书法高手，最起码也是个“中手”的人们，来者不拒能写得手腕发麻。

而军营的任何一个角落，更遭到了地毯式轰炸反复清洁，就连盆栽里的泥土都被细心的士兵过了一遍，保证里面找不出一个烟头……就这么折腾了两天后，军营中已经到处张灯结彩，第一次在军营中过年的新兵们，也终于感受到了年味。

部队已经下发通知，在过年时会放假五天，在这五天时间里可以不用参加训练和拉练，但是据老兵们说，五天放假期间，全师各个团会轮流战备，轮到谁就进入二级战备状态，除了炊事班等后勤部门，这些进入二级战备状态的部队，必须在军营中全副武装，一旦遇到突发事件，必须在三分钟内完成武装集结；其他部队在过年期间，则是三级战备状态，可以自由活动，但是仅限于营房四周，不允许请假外出。

也许就是因为最后一条，很多老兵并不喜欢节假日，而是喜欢周末放假。在他们看来，对军人来说节假日才是最累的，战备不说，部队还会对士兵们加强思想教育，团里开会，营里开会，连里开会，班里还要开会。说白了，就是要士兵们明白，过年时守在军营里不出去，不去骚扰地方，也是中国军人的职责与光荣。

到了腊月二十八早晨，燕破岳被叫到了师长刘传铭的办公室，在刘传铭的办公桌上摆着一堆资料，今天也是他这个一师之长工作最繁忙的时间，他必须对过年期间的战备值班安排做出最后审核，再将安排表发放到全师。

看到已经身体康复出院，站在自己面前，挺拔如枪的燕破岳，刘传铭露出一个微笑，直接将一份他亲手签的临时调令递给了燕破岳。

燕破岳被刘传铭力排众议，在战备值班安排中，临时调进了应急小分队。

所谓的应急小分队，就是指部队在处理突发事件时，由部队最高长官亲自指挥的机动力量。

已经忙得焦头烂额，刘传铭没有多余的时间向燕破岳多说什么，直接下达了命令：“去向参谋长报到，他会派人向你讲解应急小分队的职责权利和注意事项。”

燕破岳看着手中的临时调令，虽然这只是一支为了预防突发事件，在过年期间临时组建的部队，生命周期前前后后加起来也不会超过十天，但是燕破岳清楚地知道，手中这张看似轻飘飘的纸上所蕴含的分量。

燕破岳猛然立正，对着刘传铭敬上一个军礼，放声喝道：“是！”

在走出办公室时，背后突然又传来了刘传铭的声音：“打起精神，干得漂亮点！”

燕破岳用力点头。

当燕破岳在作战参谋的带领下，走进一间大型作战会议室时，在那里已经有几十个人，他们中间有人在无聊地玩弄着匕首，匕首就像是活过来般，在那名士官的右手五指上翻来覆去地翻滚，划出一个又一个漂亮的刀花；有人正在比赛看谁能用最快的速度将已经拆成零件的自卫手枪重新组装起来；还有人平心静气地坐在那里，慢慢翻阅着书籍，浑身透着宠辱不惊的镇定从容……

他们每一个人看上去，都有着属于自己的风格与优势，每一个人看上去，都绝不是路人甲级的便当角色，在燕破岳跟着作战参谋身后走进来时，所有人的目光都落到他身上，很多人脸上都露出了惊讶的表情。

别的部队在节假日组建应急小分队时，往往会把这个任务直接丢给侦察营或者侦察连，可是刘传铭却并没有这么做，有资格进入师应急小分队的成员，必然都是师里最精锐、最精华的兵王，他们一般都来自师直属侦察营和警卫营，再由参谋长推荐，从师里基层军官中抽调几个无论是军事技术还是责任心都够出类拔萃，已经列入师重点培养目标的少壮派军官补充进来，临时组建出一支以侦察部队老兵和陆军军校毕业军官为骨干的小股精锐部队。

换句话来说，师长刘传铭把组建临时应急小分队，当成了一个给师里培养未来指挥作战骨干，并让他们在合作中迅速彼此熟悉，直至融为一个整体的演习机会。

像燕破岳这样刚刚加入部队还不到半年，军衔只是列兵，就被师长亲自点将加入应急小分队，就凭这个行为，燕破岳的身上，就被打上了师长嫡系中的嫡系的标签。

一个列兵走进一群军官和士官组成的群体中，看起来相当地不协调，但是燕破岳徒手爬上“禽领”的壮举，还有他为了营救李强的家人，在第二次雪崩时，留在原地一步不退的行为，早已经哄传全师，就凭这两件事，这些眼高于顶的师中精锐，纵然没有对燕破岳的加入表示欢迎，至少也没有人特意刁难。

参谋长匆匆推门而入，他扫了一眼全场，看着这些集结在面前的全师精华种子，因为超负荷工作而写满疲倦的脸上露出一丝笑意，当他的目光落到燕破岳身上，甚至还对燕破岳点头示意。

“你们中间除了燕破岳，都是有三年以上军龄的老兵，有些人连续几年加入临时应急小分队，别的废话我也不多说，我就提醒你们一件事。”

参谋长沉声道：“在第二次世界大战期间，日本海军偷袭珍珠港，之所以能成功，除了他们事先做了大量准备、获得足够情报、利用外交途径麻痹美国政府之外，还有一个绝不容忽视的要素，就是远离战火的和平，加上圣诞节让美国军队失去了应有的警惕，才会在已经接连发现日本军队入侵的预兆后，依然无动于衷，遭到日本军队近乎致命的重创。

“那是‘二战’，当时人类制造的杀人武器，威力还不够强大。所以驻扎在珍珠港的美军，至少还有组织力量反击的机会，而到了今天只要有一次疏忽，敌人又抓住机会发动战争，我们整个师，在第一轮打击中就会伤亡过半，在一天时间内就可能全军覆没！”

全场一片肃穆，只有参谋长的话在空气中反复回荡：“越是节假日需要放松的时候，我们越是要小心提防，而你们就是师里组建起来，预防突发事件的尖刀！”

两名作战参谋将一幅军营鸟瞰图挂在了墙上，随着参谋长的解说，第一次加入师临时应急小分队的燕破岳才终于明白，刘传铭师长把他临时调进这个群体，究竟在他身上寄予了何等深沉的期望。

他们这支临时成立的应急小分队，在过年期间必须二十四小时待命。他们最主要的任务，是负责师里的营房大门、通讯室、指挥部、微机室、军火库等战略目标的机动防御，一旦在过年部队放假期间，发现有外敌攻入这些战略部门，应急小分队就要立刻出击，在最短的时间内，将这些入侵之敌击毙。如果遇到这种情况，又发现军队内部有人被渗透收买，为入侵敌人提供协助，在拥有确定证据的前提下，应急小分队成员可以直接将其击毙！

一旦营区出现火灾或者其他安全事故，应急小分队也要在第一时间赶赴现场，但是他们的任务，并不是去参与救援，而是迅速占据有利地形，以军营内事故是有人故意引发为前提，做好面对任何突发事件的准备。

同时，应急小分队必须做好主动出击的准备，一旦有间谍或者特工利用部队放假期间，成功渗透进入部队关键部门，并窃取重要军事情报，应急小分队就必须对目标展开不死不休式追杀。

师里最精锐的快速反应部队当然是师直属侦察营，师里最精锐的防守部队，当然集中在师警卫营，但是如果敌人真的试图趁着部队放假，对他们展开局部进攻或者渗透，必然会提前做好情报收集工作，用种种方法束缚住侦察营和警卫营的双手，在这种情况下，由师长亲自指挥的临时应急小分队，就是一把隐藏在黑暗中的匕首，很可能会对敌人造成最致命的重创。

这也是刘传铭这位戍边部队师长，居安思危，绽放出来的战争智慧。

就是从这一天开始，燕破岳和四十多名从全师各个部门抽调出来的老兵们在一起，编成了临时应急小分队。小分队有四十五个人，被分成了四个班，由四名临时推选出来的“班长”带领，这四名班长无一例外都是侦察营或者警卫营中的军官担任。也就是从这一天开始，燕破岳和应急小分队的所有人，都住在一起，进入了一级战备状态。

所谓的一级战备，就是战争征候已经十分明显，敌我双方部队已经到了一触即发状态。整支应急小分队所有人都是枪不离身，他们分成三班轮流休息，步话机更是二十四小时保持指挥信息通畅状态，平时就算是吃饭，都会由参谋长派人专程送过来。

在和平年代，他们直接进入一级战备状态，表现出来的小心翼翼如临大敌，也许会让某些事后诸葛哑然失笑，但是为了自己和全师一万多名兄弟的命，再小心翼翼，再谨慎都绝不过分。

就是在这样的紧张戒备中，燕破岳迎来了在军营中的第一个新年。就是在这一天，新兵们在食堂吃了一顿丰盛的年夜饭，据说不但是肉菜敞开供应，甚至还提供了少量啤酒，这对于连绿色蔬菜都不够的边防军营来说，简直就是帝王式的奢侈。吃完晚餐后，士兵们可以到连队活动室打扑克、打桌球，也可以围着电视，去看信号质量太过堪忧、雪花点无数、画面还不断扭曲变形，就连声音都像是水里漂出来一样带着波纹质感的《春节联欢晚会》。

燕破岳他们都不能离开自己驻扎的临时营地，当然也不可能去参加各个团举办的晚宴，隔着窗户都能听到食堂里传来的欢呼声，中间还隐隐掺杂着响亮的军歌，显然是部队领导到了晚宴现场，被大家起哄后，正在表演节目。

但是燕破岳他们也并不寂寞，参谋长来探望他们时，带来了白面、羊肉和水萝卜。

临时应急分队除了负责放哨执勤的几个，全部都挽起了衣袖，和面的和面，剁肉馅的剁馅，一个个忙得热火朝天。

这些师里精锐中的精锐，一个个眼高于顶，别看平时一个个默不作声的，仿佛融洽得一塌糊涂，但是当他们以班为单位开始包饺子时，彼此没有说一句挑衅的话，四个班长只是彼此对视了一眼，一股骄兵悍将遇到一起，特有的针锋相对，自然而然就在他们中间升腾而起。

燕破岳分在四班，作为一个刚刚离家不久的新兵蛋子，他被分配到的任务最简单，那就是剥蒜。至于最需要体力支出的剁肉馅工作，则是由四班长亲自负责。

四班长手持两把菜刀，看那架势颇有几分双枪李向阳的英雄气概，四名刀斧手，不对，四名剁肉馅的班长一字横排，就连他们面前的肉板都摆得整齐划一，四个人几乎同时动手，随着四班长手中刀光飞舞，房间里响起了一片“哆哆哆哆哆哆”的剁肉声。看到这一幕，燕破岳在心中不由得感叹，不愧是运动突击战全师排名第二的人物，就连剁个肉馅都能这么风风火火，气势迫人。

一班长却并没有急着下刀，他先是斜睨了一眼挥刀如风的四班长，脸上露出一丝不以为然，他抓起面前那一块羊肉，就着灯光仔细打量一眼纹路，那种眼光就好像是一位屠夫正在思考从哪里下刀，才能够用最省力的方法将猎物一击毙命。

打量了大约半分钟后，一班长将羊肉丢回案板，拿着菜刀用四十五度角斜切下去，将羊肉斜切成大约半厘米厚的肉片，他下刀非常讲究，每一刀都留有余地，让肉片总是连着一丝肉皮没有断开，依然是完整的一大块。将整块羊肉斜切了一遍后，一班长又将肉片翻转过来，用四十五度角斜切了一遍。

两面都斜切过一遍，整块肉已经被交叉切成了连在一起的肉片，但是它们依然连在一起，一班长又举起菜刀，用九十度角垂直下切，同样没有把羊肉切断，下面留着一丝肉皮，但是当他切完正面之后，九十度垂直下切反面时，却刀刀直切到底，那一整块羊肉随之变成了比黄豆略大的均匀肉丁。

看到这一幕，燕破岳几乎要为一班长鼓掌喝彩。正反两面斜四十五度下刀，是将羊肉交叉切成了细丝，正反两面垂直下刀，又将细丝切成了肉丁，就凭一班长这手谋定而后动，甫一出手就直切要害的刀法，燕破岳就必须承认，擅长猛打猛冲的自家班长，在第一阵上已经输了。

燕破岳用胳膊肘儿轻轻碰了一下身边陪他一起剥蒜的士官，低声问道：“一班长以前做过厨师还是咋着了，这刀法真是一级棒。”

和燕破岳一起坐在小马扎上剥蒜的士官脸上露出怪异的表情，低声回答道：“一班长在入伍前，上过卫校，据说他最大的心愿，是当一个外科医生。”

看看案板上没用两分钟，就切成肉丁的羊肉，再看看一班长，想象着这位仁兄身穿白大褂握着手术刀的模样，燕破岳不由自主地打了一个寒战。

剁肉馅比赛，以一班第一，四班第二，二班第三，三班掉车尾结终。刀声还没有完全停歇，各班负责和面的小组之间，也碰撞出激情的火花，连带着就连负责剥蒜的几个人，也变得手脚利索起来。

切肉馅在争，和面在争，擀面皮也在争，最后包饺子时当然也在争。

规则已经制定完毕，包完饺子后，下锅煮熟，每个班不能吃自己包的饺子，而是要把饺子分成三份，请另外三个班的兄弟品尝，这样做一来可以交流感情，二来可以彼此品评，用最公平、公正的方式，集体投票选出包的饺子最可口、卖相最好的冠军。

至于奖品嘛，获胜队在余下的几天，无须再参加轮值，每天睡在营房里混吃等死，可以过足当大爷的瘾。

四班长将两张长桌拼在一起，招呼了一声，四班十一个人就围上去，大家一起动手包饺子，刚刚包了几个，燕破岳就看到四班长将一只烟头包进了饺子里，在全班兄弟的注视下，四班长面不改色，一边将这只肚子藏了私货的饺子包得严严实实漂漂亮亮，保证煮上两水儿也不会开皮，一边嘴里念念有词：“新年快乐，大吉大利，谁能吃到我亲手包的祝福饺子，我预祝他一年心想事成。”

燕破岳还没回过味来，就看到另外一名老兵，竟然不动声色地从口袋里取出一枚五四手枪子弹壳，把它包进了饺子皮里，这位老兵一边包着饺子，一边学四班长的样子，在嘴里念叨着：“我们是应急小分队，我们的任务，就是在全军放假时，保持一级战备状态，做好面对任何突发事件的准备，绝不能掉以轻心，绝不能麻痹大意，否则的话就可能付出鲜血的代价，懂了吗，燕破岳？”

这名老兵手里一边包着坑死人不偿命的饺子，一边摆出大哥哥的面孔，对着燕破岳这位刚刚进入应急小分队的后生晚辈谆谆教导，不看他手中的活计，单听他的声音，那种善解人意，那种如沐春风，当真是老兵典范，提携后进的楷模。

燕破岳从善如流，用所有人都能听得到的声音，放声答道：“是，明白了！”

当着四班所有兄弟的面，燕破岳拿过放盐的玻璃瓶，温柔而体贴地给他手中正在包的那只饺子里面，多加了一勺盐，就是那种士兵吃饭时用的小勺，说是小勺，其实载货量真的挺大的。

考虑到盐吃多了不好，燕破岳在包第二只饺子时，就没有再心狠手辣地往饺子里掺一勺盐，而是善于创新的往饺子里加了一勺看着就让人胃口大开的辣椒面。

至于第三只饺子嘛，马马虎虎，只放了半勺……芥末膏。如果你喜欢吃寿司的话，就应该知道，燕破岳用的这半勺芥末膏，足够调出一斤酱油蘸料。

看到燕破岳炮制出三只炸弹级饺子后，目光闪烁、四下巡视，似乎正在构思什么，就算大家是一个班的兄弟，其他人心中都是一阵恶寒，大家往饺子里加馅，只是为了调节气氛，制造点欢乐素材，弄上一个两个的就差不多了，哪有人像燕破岳这样没完没了，以坑死人为己任，他们这是在包大年三十的饺子，可不是在制造具有软杀伤能力的饺子诡雷！

“燕破岳，你学习得很快，上进心也很足。”

如果四班成为众矢之的，他这个班长绝对是首当其冲，四班长想了又想，最终还是开口劝阻了一下：“但是过年了，要劳逸结合，不要太拼命，以后大家来日方长嘛。”

燕破岳想了想，手下留情的只是在第四只饺子里加了一勺白糖，“我虽然做得还不够，但是在班长的教导下，我一定会再努力，争取做一个不拖全班后腿的好兵！”

众人拾柴火焰高，忙活了一个多小时后，四个班的饺子都下了锅，煤油炉点燃后发出的气味绝对称不上多美味，但是一群大男人却像孩子似的围在四口锅周围，一个个睁大了眼睛伸直了脖子往锅里看，没过多久，锅里的水就煮沸了，漂在水面上的饺子，在咕嘟咕嘟翻滚的饺子汤里，一个个就像是跳舞的精灵般上下起伏。

当饺子特有的香气在空气中回荡，一群人都在下意识地抽着鼻子，说实话折腾了这么久，他们早就饿了，能在大年夜吃到一起包的饺子，远比懒洋洋坐在沙发上看春晚，等到老娘煮好了饺子，再懒洋洋走到餐桌前，用筷子挑起一只送进嘴里有味道得多。

四班的饺子出锅后盛在三只盘子里，送到了一班、二班、三班，与此同时，其他班包的饺子，也端到了四班的餐桌上。

燕破岳迫不及待夹起一只饺子，也不顾它刚出锅不久还烫得要命，只是在蒜汁里蘸了一下就送进了嘴里，嚼着香喷喷的饺子，燕破岳突然怔住了，旋即，他泪如雨下。

看到这一幕，四班的兄弟们都愣住了，刚才和燕破岳一起剥蒜的那个老兵，关切地问道：“小燕，你怎么了？”

“大年三十能吃到饺子，让我想到了我爹。这个饺子……”燕破岳嘴里含着饺子，说话有点含混不清，“有家的味道。”

“不就是一班那群大老粗包的饺子嘛，你看这饺子的样，一个个奇形怪状的，活像是被装甲车碾过二十遍，你竟然还对他们这么称赞？”

老兵大大咧咧地夹起一只饺子送进嘴里，一边嚼一边含糊着道：“一班那群家伙，禁不得夸的……”

突然间，老兵也怔住了，他的脸上露出了深思的表情，旋即，老兵也泪如雨下，他一边抹着眼泪，一边发出了一声低低的呜咽：“娘，我想你。”

四班长真的震惊了，看自己班里两个成员的表现，这一班包的饺子，味道显然是非同小可，刚才剁肉馅他已经用尽全力，依然输得臊眉擦眼的，难道这最终比试，也要以大比分失利？

抱着不死心的态度，四班长也夹起一只饺子送进嘴里狠狠一咬，一股催人泪下的味道，随之在他舌尖上流转，在四班长反应过来之前，想家的情绪，想念老妈包的饺子的热泪，已经不受控制地夺眶而出，这饺子的味道，实在是太，太，太……他妈的无耻了！

四班长流着热泪拍案而起：“别人都是往饺子掺芥末膏，一班你们这帮浑球儿，是往芥末膏里掺饺子？怎么吃一个呛一个？！”

一班长得意地大笑起来，他努着嘴，用一种贵公子般的姿态夹起一只饺子，往嘴里一送，挑眉斜望着四班长，再那么用力一咬，旋即一班长猛地跳了起来，“呸”的一声把咬进嘴里的饺子整个吐了出来。

“叮！”

吐到地面的饺子里面竟然发出一声金属的脆鸣，一枚黄晶晶的子弹壳，从咬破的饺子里飞跳而出，在空中翻出一个又一个隐含天地至理的小跟头，落到水泥地板上，再次发出一声脆鸣。

“靠！”

捂着被硌得生疼的牙齿，一班长拍案而起：“我们一班包饺子是额外多加了点馅，但怎么说也是食物，吃一百个也吃不死人，你们四班至于下死手，直接往饺子里包枪子不？”

“噗！”

“噗！”

“噗！”

……

喷饭的声音突然连环响起，在第一时间吃了饺子的几十号人，有近一半将嘴里的饺子喷了出去，由此可见各班兄弟们坏水都流到了一起，由他们包出来的饺子，是多么的不地道，不人道，是多么的有违《日内瓦公约》中“关于不得使用生化武器”的诸多条款。

而直到这个时候吃了特别“饺子”的人才爆发出来，更可见他们这批人，都属于自己吃亏，也要拉着身边兄弟一起吃亏的腹黑主儿。总之，没有一个是好鸟！

四个班的兄弟彼此对视了一眼，看着对方脸上的苦样，不知道是谁起的头，营房中突然响起了一片欢笑，在这一刻每一个人都在放声大笑，他们有的在用力拍打着桌子，有的捧着肚子笑得几乎要满地打滚儿，还有些在用力抹着眼泪，至于这些眼泪有多少是笑得呛出来的，有多少是吃了芥末饺子呛出来的，那就只有老天才知道了。

“咦，看来你们这个大年三十，过得很欢乐啊。”

一个轻快的声音传了过来，是师长刘传铭在各个团组织的晚宴现场流水席似的转了一圈后，最终转到他们这里来了。

到了年三十，刘传铭也暂时抛掉了属于师长的尊严，怎么看都有几分和蔼可亲，“看你们乐得一个个跟媳妇刚生了个大胖小子似的。”

刘传铭走进营房，他的目光在第一时间就落到了那一盘盘热气腾腾的饺子上，“我们老家有句谚语，叫‘舒服不过倒着，好吃不过饺子’，大年三十有这么多兄弟一起陪着吃饺子，难怪你们一个个笑得这么开心。”

一群人笑得肚子抽筋，一时间根本没有办法缓过气来，他们眼睁睁看着刘传铭抓起筷子，夹起盘子中最大卖相最好的一只饺子，微笑着将饺子送进了嘴里。

全场突然间一片寂静，所有人的目光都盯向了刘传铭的嘴巴。

就算刘传铭是一个师长，平时见惯大风大浪，在这一刻也被营房中这种无声的注视给看得心中有点发毛，他疑惑地问道：“怎么了？”

空气中响起了一连片心有余悸的长长吐气声，大家不约而同地一齐摇头，声音更是犹如有过千百次排练，整齐划一的合唱团：“没有，没有。”

再和大家寒暄了几句，刘传铭师长脸带微笑离开了，他挺直了腰走出营房，在房门关闭后略略加快脚步，保持着最完美的军容军姿大踏步转过一个墙角，刘传铭师长突然脸上露出了猫爪搔心般的表情，他对着身后的勤务兵伸出了手，嘶声道：“快把水壶给我，别让我知道是哪个臭小子弄出来的饺子，呸……那饺子看着不大，肉馅里面至少放了半两盐！”

不提刘传铭师长在外面用清水漱口，在营房里几十号人看着面前那一盘盘热气腾腾的饺子，全部抿紧了嘴巴。

饺子是好东西啊，大年三十吃饺子，更是中国流传了几千年的风俗，问题是，面前这些饺子，能吃吗？！

“咕噜……”

不知道是谁的肚子发出不争气的低鸣，但是却没有人发笑，折腾了这么久，说不饿那百分之百是骗人的。

几个班长站起来检查了一下，本着勤俭节约是个宝的光荣传统，他们这些老兵在包饺子时，连面片渣都没有留下，所有的原材料都用得干干净净，最惨的是他们可是从全师挑选出来的精锐，执行的是一级战备任务，他们要是敢偷溜出去找食吃，那就是在以身试法，百分之百吃不了兜着走。

几名班长对视了一眼，原本他们想要群策群力，至少要在大年三十，让手下临时拼凑在一起的兄弟们能够吃顿饱的，可是这几位气场够场，禀性中有太多侵略如火成分的兵王，目光只是彼此一个交错，就愣是激出星星点灯般的电光石火。

强敌在前，死战不退的热血在他们血管中奔涌，几个班长霍然站起，将所有的饺子倒进同一口锅里一搅巴，再把它们重新盛回盘子里，这样不管是哪个班包的饺子，现在全部都成了大锅饭，再不分彼此。

每个班都分到了数量相同的饺子，几个班长为了保持绝对公平，甚至将分到的饺子逐一数了一遍。

现在他们新的竞赛科目就是，比赛吃饺子，除非再次有人吃到了子弹壳，否则一只饺子也不许吐，看哪个班先把饺子吃完，哪个班就是最后的优胜者。

看着斗志昂扬的几位班长，再看分干到人，摆在自己面前的饺子，燕破岳只觉得嗓子眼一阵发干。

“吃！”

随着四班长一声令下，燕破岳夹起一只饺子，抱着我不入地狱谁入地狱的心态送进嘴里狠狠一咬，旋即，燕破岳再次泪如雨下。

晕倒一万年，竟然吃到自己包的芥末馅饺子了！

你要问燕破岳为什么大家包的都是芥末羊肉馅饺子，他却能在第一时间分辨出是自己亲手包的，其实理由也很简单，一班的兄弟们下手没他黑，人家在饺子里放的芥末，顶多只有他放的五分之一那么多。刚才还只是感动得热泪盈眶，这一次燕破岳已经感动得连话都说不出来了。

最让燕破岳无语的是，身边那名老兵，笑眯眯地问了一句："咋了，小燕同志又想家了？"

第二十三章 – **临时应急小分队**

（下）

营房里摆放着一台电视机，乐华牌的十八寸彩电，有八个频道可以选择，没有遥控器，从历史上来说，至少可以追溯到十几年前，但是却没有人打开它去看《春节联欢晚会》。

在一级战备状态下，夜间看电视，一旦遭遇突发事件，他们的双眼至少需要五分钟，才能适应外面的光线，同样的道理，他们也没有打开收音机，就算收音机播放的声音很小，也会吸引他们的注意力，让他们对外界的敏感程度降低。

所以在吃了一顿让人终生难忘的年夜饭后，几十号应急小分队的军人，除了布置值勤放哨的，全部脸色怪异地躺在床上，时不时有人在黑暗中发出一声倒抽凉气的声音，也多亏他们都是从侦察营或者警卫营里走出来的兵王，一个个早就接受过野外生存训练，那胃袋不是一般的坚韧，否则的话，就凭那几十个饺子，就足以把他们撑到口吐白沫被送进医务室急救。

今天是大年三十，部队破天荒的会到十二点钟才吹响熄灯号，部队的士兵们在参加过晚宴后，可以在军营中做一些平时军纪不允许的事情，比如打扑克，打桌球，只要你能找得到，甚至就连拉几个人一起打麻将也可以。当然，更多的人会集中到各连的连队活动室，去看春节联欢晚会。虽然电视信号差得厉害，雪花点遍布整个屏幕，画面时不时还波浪状扭曲几下，就连声音都像是隔着一层水传过来的，但这依然是部队官兵在大年三十，最喜欢做的事情。

一想到自己的父母在这一刻，和自己一样坐在电视机前，正在观赏同样的节目，思家的情绪就会油然而生，但是又会随着相声小品之类的节目开怀一笑，潇洒挥去。

应急小分队的营房中，灯已经熄灭了。

在黑暗中，一群人毫无睡意，睁大眼睛静静地躺着，八一式自动步枪，85式微声冲锋枪，54式手枪，85式狙击步枪，79式反坦克火箭筒……他们每一个人都是根据自己的习惯和爱好挑选的武器，但是有一样他们的选择都相同，就是在夜晚来临时，把武器放到了手边，只要一伸手就会武装起来。至于他们的弹匣和八一式军刺，就压在枕头下面，这也是受过最严格训练职业军人，拥有的共性。

窗外隐隐传来了人们的笑谈声，由于没有吹响熄灯号，就算是已经到了晚上十点半，整个军营依然灯火通明，灯光顺着窗户投在窗布上，当夜风吹动营房外面栽种的万年青，窗布上的树影就像是活了般，开始轻轻摇摆。

反正怎么也睡不着，燕破岳索性抱着步枪坐起来，望着窗帘上的树影，静静地发呆。也就是在这个时候，燕破岳对侦察兵或者特种兵，有了一个初步的真正认识。

扛着一支令人生畏的步枪，全身挂满先进仪器，打扮得活像是一个未来战士，面对摄像机镜头，露出一个大大的阳光笑容，那挺拔帅气的造型，那杀气腾腾的装备，还有身后的钢铁战车，都能让世界上无数怀春少女在心中发出痴迷的呐喊……

这种为了宣传国家强大而存在的演员，可以是军人，但他们绝不是特种兵。

这个世界上不知道有多少侦察兵或者特种兵，他们就像今天的燕破岳一样，肩负常人所未知的重任，必须小心地隐藏在光明之外的黑暗中，手持武器静静地等待，如果事情以和平收场，他们就会用同样的安静撤出现场，不会留下一丝痕迹；如果遇到突发事件，他们会在最短的时间内，打出雷霆一击，然后又迅速离开，会快得让人弄不清他们的身份。如果谁敢在执行任务的时候，将自己的脸暴露在摄像机面前，甚至还摆出一个拉风的造型，露出一个灿烂的笑容，他百分之百会在明年的今天，成为一个脱下军装滚蛋回家的平民。

因为这种行为，暴露的不仅仅是自己，更让身边的同伴，甚至未来的军事行动，都处于暴露的危险当中。

……

想着想着，不知道什么时候，燕破岳抱着步枪睡着了。过了十二点之后，熄灯号响起，军营中的灯光几乎在同一时间消失了，燕破岳依然没有醒来，一丝月光透过窗帘的缝隙，投到了他的身上，映亮了燕破岳的脸，在这一刻他睡得很安详，甚至是很开怀。

他喜欢这种大家都是变态，相处在一起，竞争氛围浓烈，时不时还下下黑手，彼此之间却有着亲密无间的感觉，他喜欢这种手挽手一起身负重任，支撑起其他人快乐与幸福时光的感觉。

营房的门被轻轻推开了，就是在房门被推开的那一刻，至少有十几双眼睛一起看向门口，刘传铭师长和参谋长蹑手蹑脚地走进来，所有在第一时间醒过来的人都保持了沉默，他们静静看着刘传铭和参谋长走到燕破岳的床前。

参谋长突然伸手轻轻推了刘传铭一下，顺着参谋长手指的方向望过去，刘传铭看到在高低床向外的两根床柱上，绑着一根透明的鱼线，而在鱼线的尽头，则是挂了两枚相邻很近的弹壳。如果在夜间有人偷偷摸进营房，想要用冷兵器对燕破岳实施刺杀，在他挥刀之前，就会触及燕破岳绑在床架前的鱼线，两枚子弹壳一旦相互碰撞发出轻鸣，就算是睡着了都枪不离手的燕破岳，就能在瞬间做出最致命的反击。

只有那些身经百战的侦察兵，才会使用这种最简单又有效的方法布置预警线。

一个大大的笑容从刘传铭脸上绽放，他固然欣赏燕破岳的举动，但是更让他喜欢的是，燕破岳脸上露出的安详睡意，这说明他真心喜欢上了这个集体，一旦他对整个部队都产生认同感，那个该死的秦锋就算浑身是嘴，也没有办法把这个好苗子挖走了。

有段话说得挺有道理的，如果两个男人同时争一头母猪，那头母猪在他们眼里看来也会分外魅力。更何况刘传铭当年输的不是一头母猪，而是心爱的姑娘，还有一点，燕破岳不是母猪，他可比母猪可爱多了。

所以这一次，刘传铭师长绝不认输，近水楼台先得月，现在他几乎是胜券在握，他已经想好了，明天早晨打电话给秦锋拜年的时候，一定要好好奚落一下这个家伙，让秦锋那家伙知道，只要他刘传铭认真了，这魅力值也是杠杠的。

当燕破岳睁双开眼时，已经是大年初一的清晨，除了他们这些拥有特殊任务，或者正在执勤站岗的人，全师士兵都集中到操场上，这也是中国部队过年的传统迎新春“团拜会”，官兵们互相拜年，师长还需要在团拜会上发表演说。

“同志们，在举国欢庆，鞭炮齐鸣中，我们迎来了中华民族的传统节日春节。在全师官兵满怀喜悦，和全国人民一起喜迎佳节之际，我代表师党委、师领导机关，向全师官兵、职工家属拜年了。祝同志们新春愉快，身体健康，工作进步，并通过大家，向同志们的父母、亲人们，致以节日的问候！”

高音喇叭将刘传铭的声音传遍了军营的每一个角落，一万多号人一起鼓掌，那潮水般的掌声随之响起。

燕破岳轻撇着嘴角，他用比刘传铭快半拍的节奏，百无聊赖地在嘴里念叨着：“过去的一年，我师在上级党委、首长、机关的领导和关怀下，认真贯彻落实上级指示，由于全师指战员的共同努力奋斗，圆满地完成了以军事训练为中心的各项工作任务，是我师部队全面建设取得丰硕成果的一年……”

昨晚和燕破岳一起剥蒜的老兵，心悦诚服地对着燕破岳竖起了一根大拇指，燕破岳嘴里念着的内容，和师长刘传铭面对全师官兵，在团拜会上读出来的内容，其中个位数字的误差，几乎可以忽略不计。猛地看上去，就好像燕破岳正在通过无线电步话机，在遥控指挥师长做演讲似的。

燕破岳对着老兵回以一个微笑，他从小就没了娘，三岁时就跟在老爹身边，每年大大小小的会议，能“旁听”近百场，可谓是孩子从小抓起，对这种“制式应用文”已经到了滚瓜烂熟的程度。如果让他发表类似的演说，他可以张口就来，三两个小时不带重复的。

在隔壁房间，负责使用步话机，保证他们这支应急小分队和师指挥部保持信息通畅的一名中尉突然冲了进来，他急促的脚步，打破了营房中这种难得的寂静：“十五分钟前，一支成员数量为五十人左右的印度特种部队，正在向边境线快速接近，从携带武器装备及作战单位结构分析，他们很可能是被称为‘红魔’的印度第九伞兵突击队！”

原本懒洋洋或坐或躺的临时应急小分队成员，依然懒洋洋地或坐或躺，这名中尉只是向他们传达了一个情报，而不是上级命令，还没有到他们出发的时候，所以除了燕破岳，他们每一个人表现得都很从容。

但就是在这一片平静的表象之下，一股无形却又真实存在的锋利气息，就那么慢慢地从每一个人身上渗透出来，这种气息彼此交融，彼此影响，直至形成了一股犹如刀锋般的夺人锐利。

“大家看看小燕同志的模样，又紧张又激动的，恨不得立刻就变成董存瑞去舍身炸碉堡，”四班长斜睨了燕破岳一眼，看到燕破岳脸色涨得微红，将一支八一自动步枪死死抱在怀里，他嘴角一挑，“小燕啊，给大家说说，你现在心里想的是什么，是不是如果敌人的子弹打来，你就第一个冲上去，纵然是战死沙场血染征袍，也无怨无悔？”

在这个时候，就连一班长也跑过来凑趣插了一嘴：“然后是群山在怒吼，黄河在咆哮，在烈士陵园里又多了一个新坟，我们这些战友，一起站在你的坟前，倒上一碗烈酒，再齐声高喝……燕破岳烈士永垂不朽。”

燕破岳怔住了，四班长和一班长随口调侃的话，竟然把他刚才的心理活动，猜出个七七八八，望着满屋子战友那一张张似笑非笑的脸，燕破岳的心中闪过一丝明悟，这大概是每一个刚刚加入应急小分队的人，在第一次遇到突发事件时，最直接的心理写照吧。

四班长走过来，一把搂住燕破岳的肩膀：“小子，你给我听好了，我们都承认你小子牛，再过个一两年说不定比我们都厉害得多，但是现在，在我们面前你还是菜鸟，就算是天塌下来了，也要由我们这些高个子顶着，你小子躲在后面，学习学习经验，长长见识就够了，听明白没有？”

不等燕破岳回答，四班长就猛地抬高了声音：“小燕同志刚刚说了，如果他敢自以为是地冲在最前面，等事情结束，他就会给大家一边抛着媚眼儿，一边跳草裙舞。”

所有人都放声大笑，看着这群笑得坦然而放肆的老兵，燕破岳想了想，也跟着他们一起笑了起来。

也就是在这一刻，燕破岳懂了，这就是真正的骄兵悍将。

笑过了，乐过了，他们这支应急小分队的成员情绪已经被调动起来，四个班长将他们的队员集中在一起，开始举行一个简单的战前会议。

考虑到燕破岳是一个新兵，可能并不了解印度第九伞兵突击队，四班长做了一个简单的介绍：

“第九伞兵突击队始建于1966年6月，是印度军队建立的第一支特种部队。”

四班长只介绍了两句话，就让燕破岳动容。

一支已经拥有三十年历史的特种部队，而且是一个疯狂进行军备竞赛的国家组建的第一支特种部队，又能冠上“红魔”这样一个绰号，无论如何，这支部队都绝不容小视。

“第九伞兵突击队专门执行山地作战任务，算是一支山地特种部队。他们的作战任务是，在战役或者战斗关键时刻，担任突击任务，也就是所谓的斩首行动。他们最擅长的战术是，通过空投的方式，迅速深入战场，实施敌后特种作战，专门袭扰敌方道路交通，摧毁重要军事指挥、通信机构。在必要的时候，他们也可以集中全部力量，对敌军灵魂部队及人物实施斩首行动。”

说到这里，四班长拿出纸笔，画出一个中间带着锋利长剑的帽徽：“他们头上戴的是伞兵部队惯用的红色贝雷帽，但是和普通伞兵部队相比他们的帽徽当中，多了一把锋利的长剑，象征他们是伞兵部队中最强大、最具有攻击性的王牌，也就是因为这样，他们才会有‘红色魔鬼’的绰号。”

燕破岳听得聚精会神，说实话燕破岳对特种部队的理解，一直局限于诸如美国海豹突击队、三角洲特种部队、德国边防第九大队、英国空勤团、法国外籍兵团等世界最著名老牌劲旅上，这个绰号“红魔”的第九伞兵突击队，他从来没有在军事杂志上看到过，放到全世界，想来也不过就是一支三流特种部队，但纵然如此，这支部队突然向边境线集结，哪怕只有区区几十人，依然让中国边防军如临大敌。

不用说别的，单凭“特种部队”这四个字，就已经足够了。

第九伞兵突击队成员走到边境线最边缘时，总算停下了脚步，他们拉开了一条大大的红色条幅，在这条足足有十米长，由两名士兵用竹竿一左一右撑起的条幅上，用别针之类的东西，别出三个白色的大字：新年好。

今天是大年初一，正是中国人互相串门拜年，也是孩子们拿到压岁钱，一个个笑逐颜开的好日子。想不到竟然连比邻而居的印度军队也知道了中国的传统风俗，在这一天隔着边境线，举着大条幅给他们来拜年了。

虽然条幅上，用别针别出来的那三个汉字，歪歪扭扭的实在是太难看了些。

得到最新消息，师指挥部因为突然出现意外变故，已经像弓弦一样拉到最紧张状态的气氛猛地一松，一些年轻的作战参谋，脸上已经露出了如释重负的笑意，但是刘传铭和参谋长对视了一眼，他们彼此在对方眼中看到了一抹深思。

新中国刚成立时，印度是全世界第一个承认新中国主权的非社会主义国家，再加上大家是一衣带水的邻居，在第二次世界大战期间，又并肩面对同一个敌人，所以曾经有过一段非常融洽的蜜月期，只可惜最终因为“麦克马洪线”引发的十几万平方公里争议土地，将彼此的关系拖入冰点，更在六十年代因此爆发了一场局部战争。

有过战争的伤痛，两个国家虽然在战后恢复邦交二十多年，中国政府也一直在为和平而努力，但是最能缓解边境冲突，彼此增加信任了解的军事交流活动，却一直没有展开。

这一次印度军队隔着边境线打出条幅向他们拜年，这说明中国政府多年来追求和平的努力，并没有白费，对方终于向他们回馈出友谊的信号，但是……

“他们想要在军事领域向我们释放善意，我们当然热烈欢迎，但是只需要派出一支交流团就足够了，至于把自己手中最精锐的王牌部队亮出来，把我们弄得一惊一乍的吗？”

刘传铭思索着，打了一个形象的比方：“这就好像张二和李四家有世仇，张二的儿子想要化解这份仇恨，就带着上好的礼品上李四家登门拜访，李四想要热情洋溢地迎上去，结果还没出门就发现，抬礼物的人竟然是一群刀斧手。

“我们和印度都是人口超过十亿的超级大国，就算是有历史遗留下来的领土争议，到了今时今日，也很难再用一场战争来解决争端。但是双方谁也不敢放弃部队建设，都做着和平、军事两手一起抓的准备。今天人家主动上门拜年向我们发送和平信号，当然要顺便彰显一下武力，这就叫胡萝卜加大棒战术。”

参谋长眼睛里闪动着智慧的光芒，他环视师指挥部全场，哂然微笑起来：“红魔，大家听听这名字，多么威风响亮啊，古语有云十年磨一剑，人家可是三十年磨一剑，专门驻扎在边境线附近，准备在未来战争中实施特种作战的，中印两国都要和平发展了，再不给人家机会拉出来遛一遛，这不是锦衣夜行了嘛。”

刘传铭这下也笑了，对方光明正大派出区区几十人站在边境线上，向他们打出条幅拜年，释放善意的目的非常明显，无论怎么看，这都是两个国家努力谋取和平的一个巨大进展，这种关系到国家战略层次的事件，还真不是一个师长能够独断专行的。

但是不管怎么说，来者是客，在上级下达命令前，总不能把对方晾在那儿，刘传铭略一思索，断然下令道：“以礼相待是中国人的传统，把应急小分队调上去，告诉那帮小子，都打起精神来，好好招待这批贵客。只要他们干得漂亮，我刘传铭亲自向军里为他们请功！”

第二十四章 - **资深对特种**

“绝对不许主动挑衅！

“无论发什么事情，绝对不许踏过边境线，哪怕对方突然举枪向你们射击，也不许！谁要敢在这个时候给我掉链子，别怪我刘传铭翻脸不认人！谁要是自认为做不到这一点，现在就给我滚蛋！

“我给你们配了两名翻译，你们可以通过翻译和对方隔着边境线进行沟通，记住，你们说的每一句话，都会有专人记录在案，要拿出主人招待客人的礼节，展现出不卑不亢的新时代中国军人作风……简单地说，就是不许说脏话，不许骂娘，不许冷嘲热讽，更不许当面称人家为‘阿三’！这种称呼，就和‘二战’时日本人称我们为支那人一样，没有人会喜欢！

“最后一条，谁敢丢了中国爷们儿的脸，别怪我在军营里对着你们的屁股猛踹！”

……

带着以上几条刘传铭师长的命令，临时应急小分队登上汽车迅速向边境线方向迎了上去。

不管是不是特种部队，人家只来了不到五十号人，如果中国军队半天没有反应，那固然是失职，一下子调派一个营压上去，那更显得一惊一乍，所以刘传铭师长索性派出人数相等的临时应急小分队，对方是特种部队，还是什么“红魔”，就算只是世界上三流特种部队，那依然是一支不容忽视的强兵，但是他刘传铭精心打造的班底，也是一群资深的骄兵悍将，就算双方真的干起来……不，就算他们交流起来，资深对特种，怎么也有点共同语言，对不?

中印双方都各自在自己的边境线上，建立了一条一米高的蛇形铁丝网，只要往上面铺一条破毛毯，就能直接爬过来，在这两条铁丝网中间，是宽达数十米的缓冲带。按照国际惯例，只要没有同时跨越两条铁丝网，就不算越过国境。

四十多名“红魔”第九伞兵突击队的特种兵，就站在两条铁丝网中间的缓冲带上，燕破岳还在越野车上，远远就看到了那条传说中的红色条幅，以及上面“新年好”那三个丑到不忍卒读的中国汉字。

看到中国军队出现，而且人数和他们相同，这些印度特种兵们嘴一咧，对他们露出一个大大的笑容。

但是燕破岳在这个时候，所有的注意力，都已经集中到这些印度军人身上携带的武器装备上面，这还是他第一次近距离，真正打量一支特种部队。

作为伞兵，他们使用的主武器，是从俄罗斯进口的AKS74突击步枪。这种专门给伞兵和特种部队使用的小口径突击步枪，枪托可以折叠起来，让它既拥有了突击步枪的高精度打击能力，也拥有了冲锋枪的近距射击能力。

它的口径远远小于AK47自动步枪，所以射击时后坐力减小，大大提高了射击精度，就连射击速度都有所提高，一些受过严格训练的老兵，甚至可以一边抓着绳索攀爬，一边用单手射击。

除了AKS74突击步枪为主武器，每一名特种兵的身上，还携带了一支9毫米口径勃朗宁半自动手枪和一把伞兵专用的伞兵刀。

手雷、烟雾弹等常规武器装备，自不必多说，在他们的战术背心上，还挂着GPS卫星定位设备，多功能排雷器，可以一边快速撤退一边随手丢在路边阻碍敌人追杀的迷你地雷。甚至就连夜视仪、单兵便携式步话机，还有GPS卫星定位设备，他们都人手一份。

他们这支部队里有两名狙击手，身上扛的是德国MSG90狙击步枪。

还有几名长得人高马大，明显是重火力手的特种兵身上，扛的是瑞典FFV军火公司研发，得到美国陆军青睐整整采购了二十七万具，并最终取得生产权的M136AT4型88毫米单兵火箭筒。

这种武器只是一次性用品，打出里面的火箭弹后就要丢掉，根本不能重复使用，价格却高达一千五百美元一门，由此可见印度军队在这些年疯狂扩充军备，所展现出来的财大气粗。

至少中国军队，是不舍得用这么昂贵而奢侈的一次性武器。

既然是一次性武器，就不需要额外多带火箭弹，所以那几个长得人高马大的重火力手，他们身上真正的主武器，是英国制造的L7A2型通用机枪，这几名重火力手，把长长的弹链挂在身上，显得彪悍狂野，似乎一点也不害怕到了夜晚，金属制成的子弹沾到皮肤上，会生生冻住这一问题，大大扭转了燕破岳对印度人都是又瘦又小的印象。

出现在燕破岳面前的，是一支装备精良，而且训练有素，据说还拥有三十年悠久历史和光荣传统，绰号“红魔”的伞兵特种部队！

但是不知道为什么，燕破岳就是觉得哪里不对，一时间却又说不出来。

四班长在一边轻哼道：“不愧是‘万国武器库’，这身装备就像是唱戏似的，可真是够拉风的。”

就是四班长的一句话，就像是无边暗夜中突然划破天际的一道闪电，在瞬间就扫尽了所有黑暗，让燕破岳的心中猛然一亮。

他终于找到了心中那种违和感的来源。

从枪械综合性能上来看，AK74比中国军人用的八一式自动步枪要好使；他们用的勃朗宁9毫米半自动手枪，比国产的五四式要厉害；他们使用的MSG90狙击步枪和中国的八五式，都属于“高精度军用半自动步枪”范畴，但是从精确度上来说，要比八五式高出好几个等级；一千五百美元一门，只能使用一次就要丢掉的火箭炮，放在中国军人眼里更是纯粹的烧钱败家，但是你不得不承认，这玩意儿能在三百米内直接击穿四十厘米厚的装甲板，就是够牛！

这支印度伞兵特种部队，装备的每一样武器，都比中国军队的强。这不是什么丢脸的事，人家装备的可都是世界最顶极货色，不管是哪个国家哪个军工厂出品，牛气厉害好用就是王道。中国的武器虽然经过几十年的发展，现在已经逐渐完善成熟，但是非要去和世界排名第一的枪械去比较，还是略有差距。

印度伞兵特种部队，拿着如此华丽的装备，去打游击队，去消灭恐怖分子，自然是手到擒来，但是一旦遇到同样是特种部队的对手，在大山和丛林里展开无所不用其极的死斗，甚至是国家与国家之间，展开了关系到整个民族生死存亡的决战，他们这华丽到五花八门的武器装备，就会形成足以致命的弱点……后勤处究竟要为他们准备多少个国家的武器零配件，准备多少个国家的弹药？！

一旦再爆发类似于第二次世界大战的战争，你先别说这个可能性微乎其微，身为职业军人，为了保家卫国，就必须做好面对最恶劣、最疯狂战争的准备。一旦再次爆发第二次世界大战，各个国家结盟的结盟，武器禁运的禁运，真到了那一天，这支印度斥巨资精心打造的特种部队，甚至包括他们的普通部队，身上的武器还能保留多少？

一支特种部队，要是连自己使用的武器，都不能自主研发制造，难不成还要他们像“二战”时期的中国游击队一样，靠在战场上缴获物资来维持生存？！

应急小分队的队长，就是师直属侦察营的副营长，他走到蛇形铁丝网前，就停下了脚步，在对方来意不明，还没有正式沟通之前，大家还是隔着铁丝网比较好。否则的话，一旦产生冲突，他还真没有信心，能够拦住身边这群来自全师的刺儿头。

“啪！啪！啪！啪……”

一连串爆炸声响起，一团团五颜六色的彩色纸片，随之在空中绽放开来，洋洋洒洒地四处飘荡，几个印度特种兵丢掉手中的礼花筒，对着应急小分队成员露出大大的笑容，用外国人特有的异样声调，高声叫道：“新年好！”

队长眼角轻跳，右手食指慢慢从自动步枪扳机上挪开，对着面前的印度特种兵，嘴角向上一抽，露出一个犹如中了石化魔法的笑容：“谢谢。”

在印度军人当中，一名中校大踏步走了过来，他还没有说话，就先露出一个灿烂的笑容，超过一百八十五公分的身高，宽厚的肩膀，笔挺的美式军装，还有他头上那只红色的贝雷帽，都让他看起来显得英武不凡，而他那轮廓分明的脸庞上扬起的微笑，更透着一股贵族式的洒脱。

就连燕破岳都必须承认，这名中校面相不俗，难道印度军队，也喜欢玩面子工程？！

中校一开口就说出一串流利的中文，而且字正腔圆：“我知道中国人过年时，喜欢放鞭炮，但是我们找遍了整个军营，也没有找到鞭炮，不得已，只能用庆祝婚礼的礼花来替代。冒失之处，还希望各位能够谅解。”

队长慢慢眯了双眼，但是只过了几秒钟，他就突然放松下来，微笑着回了一句：“Nandri（谢谢）。”

对面的中校，眼角也不由自主地轻轻一跳。

相处了这么多天，给燕破岳留下印象最深的，是互相竞争的四位班长，这位队长反而过于沉默，每日不显山露水的，仿佛只是一个隐形人。可是直到这一刻，燕破岳才明白咬人的狗不叫这个道理真是没错，呸呸呸，应该说队长真不愧是他们的队长！

军人的天性就是进攻，就算是大家都抱着追求和平的心态而来，知道今天九成九不会有矛盾冲突，但是他们这样的强兵在第一次接触时，必然会暗流涌动激情四射，纵然大家不能大打出手，也要想办法分出个高低比出个强弱。

而刚才两名队长之间，就已经爆发了一场没有硝烟的对抗。

在边境线对面，突然遇到一个能说一口流利中文，而且对中国风俗习惯了如指掌的外国军人，而且对方还是特种部队指挥官，这本身就说明，对方长年累月把中国列入假想敌范畴，他们受到的训练，接受的知识，都是以中印边境爆发战争为前提。

如果，只是如果，如果中印真的爆发战争，那么这名专门研究中国，已经从风俗、语言、习惯等领域，对“中国”这个对手了如指掌的特种部队指挥官，带领他的小股精锐部队，通过伞降的方式越过边境线，空投进入中国军队防线背后，他们甫一出手，必然会对中国军队造成十倍于普通特种部队的重创！

而临时应急小分队的队长，他可是师直属侦察营的副营长，他一张口就给了对方一记有力的回击。

就和中国一样，印度也有“方言”，别看只是“谢谢”这么一个简单的单词，在不同的地区，就有不同的发音，而队长轻描淡写的一个“Nandri”，用的是泰米尔语，简而言之，就是在点明，对方是出生于泰米尔纳德邦。

对一般人来说，就算别人能听出自己的口音，知道自己出生在哪里也没有什么了不起的，说不定还会因此多认识两个在外面可以互相帮扶的老乡。

但是对一名特种部队指挥官来说，这却会暴露出弱点，而这些弱点一旦被敌人发现并针对性予以攻击，说不定缺点就会被诱发成致命要害！

泰米尔纳德邦，南临印度洋，东隔孟加拉湾与斯里兰卡相望，西与卡纳塔克邦、喀拉拉邦接壤，北接安德拉邦，这里气温宜人，以热带气候为主，冬季平均气温高达十八摄氏度，丰富的水资源和充足的阳光，让泰米尔纳德邦成为植物的天堂，随之也衍生出大批的野生动物群落。

据说在泰米尔纳德邦，没有沙漠的存在，只有在蒂鲁内尔维利县内一个叫帕赖的地区，有着小小的一片几乎可以忽略不计的干旱土地。

说了这么多，似乎并没有提到这位气质像贵族，外在形象赛偶像级明星的特种部队中校，究竟哪里透出了弱点。

他们现在站立的位置，是海拔四千多米的高原，氧气稀薄，气候变化剧烈，到了夜间绝对是冻死人不偿命，而且干燥得要命，到处都是犹如沙漠般的砾石地，驻扎在这里的部队，就算尝试着自己种菜，只要没有采用大棚种植，第二年开出来的地，就会沙漠化。

这样的自然环境，和这位中校生长的泰米尔纳德邦几乎是两个对立的世界，特种兵之所以能被称为特种兵，就是因为他们接受过最变态的严格训练，几乎已经成为人形战斗机器，再也没有人类的弱点。但是请注意，这个没有弱点，也只是相对而言的。

训练得再多，再严格，也改变不了一个人童年因为环境留下的印记，所以在特种兵的世界中，这位中校指挥官的弱点，就是比起其他特种兵，相对怕冷，不耐干渴，不擅长在沙漠地形中生存。

相对的优点，这名中校指挥官，擅长丛林作战，尤其是擅长在热带雨林中作战，如果把他逼急眼了，带着手下逃进小岛，转身变成半吊子级别的海军陆战队，也不是不可能。

如果再从心理学上分析，这位中校出生于一个气候宜人，就算是到了冬季最寒冷时节，都有近二十摄氏度，穿件衬衫就可以过冬的地方，他的性格很可能会细腻而坚韧，擅长谋定后动，而且喜欢用脑子思考问题。但是往往会缺乏热血上头，就敢打出破釜沉舟最灿烂攻击的爆发力。

对特种兵而言，他们之间的对抗，绝不仅仅是互相拿着步枪射击，再时不时丢颗手榴弹，或者用火箭筒对轰几下那么简单。大家都受过严格训练，都知道在战场上如何保护自己，也都有一群朝夕相处，可以彼此信任的同伴，当军事技术、武器装备之间的差距，小到几乎可以忽略不计时，他们拼的就是智慧、经验、意志和情报的综合数据！

也就是从一个出生地上，就能推敲出这么多标签，所以特种兵的籍贯、家人，一向都被列入保密档案，绝不会轻易向外泄露。

可以说，这一次没有硝烟，却比弹如雨下更加比拼“内功”的交锋，双方拼了一个平手。

两名指挥官彼此对视，都在对方的眼睛中，看到了相同的警惕与随之升起的沸腾战意，他们更在同时，给对方身上打下了一个标签……强敌！

第二十五章 - **新年礼物**

中校再次开口了：“我知道，中国人有大年初一串门拜新年的古老传统，用来表达亲近之意，所以我们来了。而且，我们还精心为你们准备了礼物。”

站在队伍最后方，听到中校的话，再看看印度士兵高高举起的那条横幅，纵然是在高度警戒状态下，燕破岳仍然有了想要喷饭的冲动，那就是对方“精心”准备的礼物？！

“我知道，你们中国有功夫一说，李小龙当年就是用功夫电影，征服了无数影迷。当年在美国唐人街，只要有华人穿着平底布鞋，就会被周围的美国孩子视为功夫高手。”

中校突然谈起中国功夫，并对中国功夫大加赞扬，但是队长脸色却渐渐沉了下来，他绝不相信对方派出一支最精锐的特种部队，大老远地跑过来，就是想要用吹捧中国功夫，来拉近彼此的关系。

果然，中校话锋一转，“我还知道，你们中国武术界有一句话，叫作‘天下功夫出少林’，而少林寺的功夫，绝大多数都来自达摩祖师，达摩祖师就是我们印度人，所以我一向认为，中国武术的精髓，就是来自我们印度。”

别说是站在最前面的队长了，就连站在最后面的燕破岳也是听傻了眼。这位中校的口吻，和某一个在世界教科文组织上，拼命注册掠夺中国文化遗产，甚至就连孔子和中医都想抢为己有的国家，真的有七成相像。

不同的是，达摩祖师有明文记载真的是印度人，而且人家真的是大老远跑过来，在少林寺传播武术，而且是中国佛学的祖宗，更被称为一代武学宗师。但是，难道要他们这些职业军人告诉对方，“天下功夫出少林”这句话，只是武侠小说中的杜撰，实在不行再脸红脖子粗的和对方争论上一番，看看达摩祖师是否真的那么牛？！

语言交锋中占到上风，中校越发地气定神闲，“有人告诉我，中国侦察兵每一个都是功夫高手，很多人的硬气功，练得相当不错，所以这一次我们冒昧来访，特意给贵方准备了一份新年礼物，真正的功夫，来自印度的功夫！如果将来有机会，我甚至可以把这份功夫教给你们，教给所有热爱功夫的中国侦察兵！”

不等队长做出反应，中校就猛地一挥手，整整十一个印军红魔特种兵，突然发出整齐的狂喝：“啊哈！”

在所有中国军人目瞪口呆的注视中，这一个班十一名印军特种兵，一起用豪迈的姿态放下手中的武器，脱掉战术背心，甩飞美式军装，在海拔四千多米、地面积雪超过两尺、夜间气温能掉到零下三十摄氏度的高原上，一起露出了他们肌肉并不算特别健硕的胸脯。

但是随着这十一名特种兵一起双臂收紧，全身发力，他们的胸部还真挤出一片犹如搓衣板般的腱子肉。

“你们中国侦察兵表演硬气功，大都是单掌劈砖，或者把砖头放在脑袋上，再让战友用铁锤去砸。我必须要说，这样的功夫真的是太粗糙了，最重要的是，在战场上，敌人会像一块砖头般，伸着脖子等你用手去砍吗？如果敌人真的拿铁锤向你们的脑袋砸过来，你怎么可能提前往脑袋上放几块砖？”

中校的话虽然听起来很刺耳，但是还真有几分道理，说得在场的应急小分队成员们，都隐隐有了几分观摩学习的心思。到了现在，人类的单兵武器越来越犀利，普通步兵之间别说是徒手格斗，就连拼刺刀的机会都变得微乎其微。但是对侦察兵来说，想要在战场上“抓舌头”，或者悄无声息地渗透进入敌占区，这却是必须具备的生存技术。

感受到中国军人态度的变化，中校脸上露出一丝笑意，而他身后那十一名脱掉上衣，只穿着军裤和军靴的特种兵们，已经开始做热身运动，看他们一个个任由上半身暴露在寒冬腊月的空气中，却形若无事的模样，就连燕破岳都开始思考“难道印度的瑜伽术，竟然比忍术更牛”这个问题。

“瑜伽术，最早可以追溯到印度河文明时期，到现在为止，已经有超过五千年的历史。它是印度悠久历史的智慧结晶与见证，也是印度和中国两个文明古国，武术发展的根源。印度古瑜伽术的先贤们认为，瑜伽是一个通过古老而易于掌握学习的技巧，能提升人类生理、心理、情感和精神等综合能力的学科，通过长期修炼，可以进入天人合一的境界，并因此获得远超人类极限的能力。”

燕破岳听到这里，心中隐隐产生一种怪异的感觉，这话听起来，怎么和忍术“九字真言”的某些要领，这么的相像？

还有这个什么“远超人类极限的能力”，难道这位中校想要宣称，他们的红魔第九突击队，有些成员已经具备了超自然能力，也就是大家常说的特异功能了吗？

带着这种对人类极限潜能的思索，燕破岳的目光，死死锁定了那十一名脱掉上衣都不觉得冷的红魔特种兵身上。

一名红魔特种兵，手持一支两头带着锋利枪尖的竹竿长枪，快步走了过来，立刻有两名红魔特种兵站出来，彼此对峙，看他们之间的距离，恰好是那竹竿长枪的长度。

“不可能……吧？！”

看到这一幕，燕破岳的心中，猛地涌起一个连他自己都不敢置信的念头，就在他瞪大眼睛的注视中，那支两头都带着锋利枪尖，对人类身体用力一捅，绝对会直接见血的长枪，两只枪头就分别顶在了两名红魔第九伞兵突击队特种兵的喉咙上。

两名喉咙都被利刃直接顶住的特种兵，将身体微微向前斜，然后一起慢慢向前挪动，在所有中国军人目瞪口呆的注视下，横在两名特种兵之间的长枪枪杆，被压得一点点弯曲，直至变成了半月状的圆弧。

“啪！”

竹竿再也无法承受两名特种兵之间越来越近距离的压迫折断了。

在红魔特种兵那边，发出一阵热烈的掌声，在中国临时应急小分队这边，几十号中国军人，却死一样的寂静，每一个人脸上的表情，都精彩得有若见鬼。

中校微微抬起了下巴，脸上的表情中透出了一丝骄傲，他再次用力一挥手，十一名红魔特种兵立刻躺在地上，紧紧并成了一排。只要看看他们躺的位置积雪已经被清埋出来，同样还清理出一条大约五十米的道路，就可以看出，这些红魔特种兵们，为了给中国军人奉上一份充满“惊喜”的新年礼物，提前下了工夫。

一辆越野摩托车，开到了清理出来的道路上，在发动机的轰鸣中，开着越野摩托车的红魔特种兵突然驾着摩托车，对着十一名并排躺在地上的同伴猛冲过去，摩托车直直碾压在十一名红魔特种兵的身上，就那么直冲而过。

紧接着十一名红魔特种兵从地上跳起来，他们活像人猿泰山似的用力拍打着自己的胸膛，脸上的表情狂热而豪放，向中国军人们毫不羞涩地展示着他们多了一条车辙印，但是却根本没有受伤的身体。

这十一名红魔特种兵中间，看起来最强壮的一个，走了出来。他扎开马步，深深吸了一口气，将两只手臂向前平推，他的两只手臂上仿佛托着千钧重担，每向前推动一寸就会猛地顿一下，而这名红魔特种兵脸上的表情变得更加专注而狰狞，怎么看，都和便秘着有五成相像。

“当！当！”

金属交击声响起，两名红魔特种兵手持菜刀，燕破岳忍不住用手揉了揉眼睛，没错，那两名红魔特种兵手中拿的真的是两把特大号的屠夫专用菜刀，看那尺寸和厚度，这么一把菜刀，至少要用铁三斤半。

两把菜刀在空中相互对击，不断发出“当当当当”的声响，更撞得火花四溅，再抱怀疑心态的人看到这一幕也必须承认，这真的是两把好刀，绝对能够剁骨如泥。

两名手持特大号菜刀的红魔特种兵一起抡圆手中的菜刀，对着已经摆好马步的同伴背部狠狠斩下去。就是在刀锋斩到身上的同时，那名马步男猛地吸气扬声，发出一声声震全场的怒吼：“哈！”

“哈！”

“哈！”

“哈！”

……

在一声声的狂喝中，菜刀一次次斩到马步男的背部胸前，看到这一幕，燕破岳突然觉得眼前有些湿润了。在朦胧中，他仿佛看到了一百多年前，那些为了保家卫国，喊着“神功护体，刀枪不入”口号，一波波冲向八国联军阵地，鲜血随之飞溅，还没有用手中大刀痛饮敌人之血，就折戟沉沙，带着无尽仇恨与遗憾扑倒在他们脚下如此深沉，又是如此广阔大地上的义和团烈士们。

这名可以用身体直接扛住特大号菜刀猛击的特种兵，显然是红魔当中的瑜伽术顶级高手，他连挨了七八十刀依然面不改色，精神抖擞地站起来，向燕破岳等中国军人，显示着他那一身远超同伴的厚厚肌肉。围着铁丝网走了两圈后，他返回原位，自然有两名特种兵，在地上铺了一张单人毛毯，这位瑜伽教练级的特种兵，就直接躺到了毛毯上。

一块早就准备好的加长门板，被红魔特种兵们合力抬了过来，并把它放到了“瑜伽教练”的身上，中校在这个时候说的话，当真是画龙点睛，展现出了泱泱印度大国的风范和好客精神：“各位中国朋友，如果你们愿意的话，可以派出十三个人，一起站到木板上。”

在队长摇头，客气而礼貌地拒绝了这个共同参与的邀请后，中校轻叹了一口气，回头略一颔首，在小小一块加厚门板上，竟然真的成功站立上去十三名特种兵。就算印度红魔特种兵看起来都比较瘦，又都去掉了身上的武器装备，十三个人加起来，怎么也超过了一千斤。

那名“瑜伽教练”被上千斤重物压在身上，竟然还能对着中国军人挥挥手臂，充分展现出一代宗师面对千斤重负，依然游刃有余、气定神闲的宗师风度。如果不是燕破岳他们小时候都在马戏团、街头武术表演家那里看过类似的节目，说不定在这个时候，已经忍不住用力鼓掌并为之发出由衷的喝彩。

这还没有完，压在加长、加厚门板上的十三名红魔特种兵，竟然开始两边有节奏的调整重心，一高一低的以“瑜伽教练”为支撑点，玩起了跷跷板游戏。

就凭这一点，这位来自红魔第九伞兵突击队的“瑜伽宗师”特种兵，就要比中国街头卖艺的，或者是马戏团杂耍的，要高出一个等级。

临时应急小分队的四名班长，已经嗅到了不对劲的意味，他们慢慢走到队长身边，一班长低声道：“队长，这些红魔一边踩着中国功夫，一边卖弄肌肉，摆明了就是想要踩我们一头，如果让他们这么嘚瑟完了，我们还像根木头似的站在这里没有半点作为，我们回去全部都得吃不了兜着走。”

在这种“强敌入侵”的要命时刻，几个班长立刻抱成了一团，再不见彼此针锋相对的竞争局面，四班长也低声道：“队长你看到那台摄像机没有，人家可是全程录像，要是真的像一班长说的那样我们就充当木头式的观众，人家回去后，一定会大肆宣扬诸如‘印中两国军队为发展和平初次交流，印度军队表演瑜伽术，中国侦察兵为之震惊’之类的话题。”

“那能怎么办？”

饶是队长一向淡定从容，多年军旅生涯，已经渐渐培养出泰山崩于前而面不变色的气质，在这一刻也觉得头痛欲裂，“就像对面那个中校说的一样，我们的硬气功，就是单手劈砖，或者铁锤砸头上的砖头，你们要真拿出这些本事，实战方面的应用咱们不提，光是画面质感，就比人家的菜刀劈击、摩托车辗压、腹顶千斤玩跷跷板要差七八个档次，那不是更丢人吗？”

说的也是，人家表演的那是“大型”气功，他们这些中国侦察兵要是再表演个单手劈砖，就算他们提前吃了东瀛大补丸，一掌就劈开十八块红砖，从画面质感、震撼度和观赏性上来说，和人家比也是小巫见大巫。

如果他们真的不顾一切强行登场，气势上又没有压倒这批新年访客，只怕人家宣扬的就是诸如“天下功夫出印度，请看中国侦察兵们的硬气功，和印度瑜伽术之间的碰撞吧”。

正所谓露巧不如藏拙，如果拿出手的东西真的比不上对方，那还是老老实实站在这里，充当木头比较好。

“要不这样吧，”二班长盯着那位“瑜伽宗师”，眼睛里露出一丝杀气，那表情就像是一位屠夫，正在思索从哪儿下刀，能够将面前的肥猪一刀宰掉：“队长你和对方提议一下，别弄这些虚的、假的了，反正凑巧，大家就来上一场友谊切磋吧，我倒要看看他那菜刀都砍不破皮的身子，能够禁得住几拳！”

所有人都对二班长侧目而视，二班长在全师军事大比武中，是徒手格斗冠军，据说他是少林俗家弟子，从小就练习硬气功，一拳就能生生砸断半尺粗的木桩，但是这位二班长，练的是拳法，不是脑袋啊，怎么把脑袋也练成铁疙瘩了？

这些年中国在科技经验军事领域，取得了一日千里的进展，作为有十几万平方公里争议土地的邻居，印度心中感到不安，所以天天在那里喊着“中国武力威胁论”，想要在国际舞台上寻找盟友，现在好不容易两个国家通过科技、经济方面的交流，带动了和平进展，人家在大年初一举着“新年好”的条幅过来拜年，是嘚瑟了点儿，是“耀武扬威”了点儿，这也是可以理解的嘛，你小子倒好，表演比不过人家，就拉着人家来一场真人PK，把人家打得肋骨断上两根，还美其名曰“切磋”？！

真到了那个时候，你小子就是阻碍两个国家和平发展的罪人，就是给了对方“中国武力威胁论”证据的叛徒！

三班长咬着牙，低声道：“要不，我带人回去一趟，弄块石板过来，表演一场胸口碎大石，虽然没有他们的飞车碾人那么华丽，至少也能顶住一场……”

话音未落，三班长的眼睛就直了，其他几个班长和队长下意识地一齐抬头，顺着三班长的目光望过去，就看到两名红魔特种兵，抬着一块大约有两寸厚的水泥板走了出来，在他们身边，还有一名红魔特种兵，手里拎着一把硕大的铁锤。至于第四名红魔特种兵，手中抱着的，赫然是一块布满钢钉的钉板！

不用再看下去也知道，人家红魔特种兵要表演的下一个硬气功节目，就是胸口碎大石，人家不但要胸口碎大石，身下还要垫一块钉板，如果人家都表演完胸口碎大石+背部滚钉板后，三班长再带人弄回块石板，那不是班门弄斧又是啥？！

不能实际动手“切磋”，在边境线上，也不能插几个枪靶，比赛射击技术，当然更不可能一人发一把BB弹仿真枪，来一场真人CS对抗，大家隔着一张蛇形铁丝网，除了打嘴炮之外，似乎真的只剩下印度红魔特种兵选择的瑜伽术硬气功表演。

最让队长蛋疼的是，人家一开始就扣住了武侠小说作者们杜撰的“天下功夫出少林”这句话，再加上达摩祖师的确是印度人这个古老的现实，逼得中国侦察兵们想要捍卫尊严，就必须在“硬气功”上和对方一较长短。

问题是，人家一看就是“身经百战”，不知道在世界多少个国家、多少支特种部队面前“巡回演出”过，他们这些侦察兵、警卫员们，虽然也是一个个身怀绝技，和这样一支“业精于专方显卓越”的红魔第九伞兵突击队“精锐”小队相比，依然要相形见绌了很多很多。

“不能等了。”

队长下了决心，“三班长你现在就进去，在对方表演胸口碎大石之前，把这个活儿抢下来。”

“……”

三班长瞪圆了眼睛，哥，您看清楚了，他们手中还拿着钉板呢，胸口碎大石，我都是勉为其难，身子下面还要躺着块钉板，您这是想抬举我呢，还是想要借这个机会铲除我啊？！

“从物理学角度来讲，一根钉子是可怕的，几根钉子是致命的，可是那块钉板上却有几百枚钉子。”

队长立刻给三班长鼓劲：“你看那个钉板，所有的钉尖长度都一样，你就把它想象成一块键盘就行，你小心翼翼地躺上去，不要慌，不要乱动，把全身的重量均匀分布到那些钉子上，就肯定不会受伤。”

队长说得没错，的确就是这个道理。而且，他们真的不能再站在一边，充当树桩级的看客了。

三班长咬着牙，从牙缝中挤出一声低语：“好，我去试试。”

队长伸出大手，在三班长的肩膀上用力一拍，三班长回以一个有力的点头，在三班长走过的位置，所有兄弟都伸出手，在他的肩膀上用力一拍，感受着兄弟们无言的关切与叮嘱，三班长的眼睛里慢慢腾升起一股几可粉金碎石的精芒，不就是胸口碎大石的时候，下面还躺着块钉板嘛，不就是几百枚三四寸长的钉子嘛，不就是玩弄物理学嘛，大不了二十年后又是一条好汉……

就在三班长抱着“风萧萧兮易水寒，壮士一去兮不复还”的悲壮心态，即将越过蛇形铁丝网，进入中印边境缓冲带时，他整个人突然定格了。

一个足足有三米高的木架，被印度红魔特种兵抬了出来，在这个木架中间，架着少说也有三十根日光灯灯柱，为了增加声光效果，自有红魔特种兵用电线连上车载发电机，将三十根日光灯灯柱都点亮了，看上去白成一片，有着一种说不出来的美感。

一只木梯子架在了这排灯架旁，一名红魔特种兵，脱掉上衣，加入了表演班行列。他登上木梯，双臂大大展开，摆出了一个《泰坦尼克号》中露丝和杰克站在船首迎风而立的招牌动作，然后……猛地向前一扑。

“哗啦，哗啦，哗啦……”

几十根日光灯光柱，被那名当众表演了一招飞禽大咬铺天盖地式的红魔特种兵当中压中，在一连串的碎裂声中，那名特种兵就像是超级赛亚人似的，用身体撞开一根根发着白光的灯柱，以势如破竹的姿态一路飞坠。

一时间日光灯柱中的荧光粉，混合着碎玻璃屑四处乱飞，再加上吱吱啦啦的细微电流声，当真是有了一种拍未来战士的强烈视听冲击效果。

这名以身体为武器，砸碎了几十根灯管的红魔特种兵，从碎灯管中一跃而起，除了胳膊上被几块碎玻璃刺得鲜血长流之外，其他部位竟然毫发无伤。

这位未来战士从地上拾起两截灯管，不管三七二十一就往脑袋上砸，虽然大家都知道，日光灯的灯管薄得一塌糊涂，别说是练过硬气功的人，就算是普通人这么往脑袋上砸，除了弄得头发上白呼拉拉一片之外，也不会有任何伤害，但是配合这位未来战士那疯狂中透着狂热的表情，还有他拿着灯管往脑袋上砸的歇斯底里，竟然硬生生扬起了一种惨烈杀气。

干了一件怎么看都表演性质高过硬气功本质的事情之后，这名未来战士又从地上抓起一根灯管，把这根灯管送到嘴边，就是一阵猛嚼，在一阵稀里哗啦的碎响中，两尺多长的灯管竟然被这位未来战士生生啃成了一堆碎玻璃。咬到最后一口，这位未来战士把碎玻璃含在嘴里，又是一阵针对性的狂嚼，最后吐出来的，已经不是碎玻璃，而是一堆玻璃渣。

三班长整个人已经进入彻底石化状态，过了好半晌，他才回过头，悲声道：“队长……”

胸口碎大石这款节目，可是已经有上千年的历史，无论从新颖程度，视听冲击效果，还是吓得人汗毛倒竖程度来看，又怎么可能和这种结合了现代工艺的身体碎灯柱、脑袋敲灯柱、牙齿啃灯柱相比？！

可是让三班长去学着表演……三班长实在不敢保证，他对着一根玻璃管能啃得下去，就算他抱着董存瑞舍身炸碉堡的心态真的啃了，在啃灯柱时，脸上也绝对不可能露出犹如嚼花生米般的开怀表情。

队长深深吸了一口气，对着三班长道："回来吧，咱们不比了。"

真的，真的，真的比不过啊!

第二十六章 - **超能力战士**

一名红魔特种兵，用一尺多长的钢针，刺穿了自己的脸颊，将整根钢针穿脸而过，又用钢针刺穿手臂，到了最后，他竟然用钢针刺入了人类最脆弱最致命的喉咙。

这倒是货真价实的瑜伽功，而且练到了相当火候。

队长扫了身边的临时应急小分队成员一眼，放声道："还愣着干什么，鼓掌。"

反正比是比不过了，这一次人家展现出来的又是真材实料，大家还不如光棍一点，至少还显得落落大方。

"砰！"

石板砸断，瑜伽宗师从钉板上爬起来，先让中国军人看了背部，他的背部除了多了上百个钉子留下的印痕，愣是没有破一点皮，这种硬气功，不，这种物理学的应用，不错，不错。

大家再次鼓掌。

"呼……"

一名红魔特种兵先往嘴里喝了一口什么，然后对着手中的火把狠狠喷上去，一条四五尺长的火龙随之在空中闪现。

这次不需要队长带头，所有应急小分队的成员就一起鼓掌，如果大家不是身穿军装，身上实在连一个钢镚儿都没有，他们都有了隔着蛇形铁丝网，往隔离带里丢钞票的冲动了。

这种口喷火龙表演，在北京天桥都几乎找不到了，想不到在万里之外，海拔四千多米的高原上，他们这些驻守在边境线上的兵，竟然能在大年初一得睹，真的是太不容易了，这份新年礼物，真是太好了。

看到已经用瑜伽术加硬气功，彻底折服了眼前这群中国精英，中校脸上的表情更加洒脱，更加贵气十足，而几十号红魔特种兵也表演得更加卖力，至于中国军人这边，放下了一争长短的念头，反倒是爆发出如火热情，潮水般的掌声是一波接着一波。

“咦，兄弟你不是告诉我，来拜年是特种部队，还有‘红魔’这么牛的绰号吗，怎么我看来看去，都觉得是在看马戏团表演？”

就在这一片热火朝天中，一个相当不和谐的声音，就那么突然地钻进每一个人的耳朵，也钻进了中校的耳朵，让他脸上那贵族化的微笑都微微一僵。

“这你就不懂了吧，”燕破岳的声音也不大不小地扬了起来，恰好插在红魔特种兵一个节目刚刚表演完毕，第二个节目还没有开始的空当处，在一片安静之下，所有人都听得清清楚楚，“你看看世界上哪一支特种部队，没有点拿手绝活？我听说这红魔第九伞兵突击队，可是模仿美国特种部队建立的超级精锐，就连他们的教官，都是从美国请过来的特种部队退役老兵。他们就算是接受了全美式特种训练，但是他们有美国的战斧导弹吗，能一个电话打过去，就喊来几架战斗机、轰炸机，甚至是武装直升机编队支援吗？”

另外一个声音，立刻像说相声般的予以配合：“所以，红魔第九伞兵突击队，他们只学到了美国特种部队的形，没有学到神？”

“是啊。”

燕破岳叹息了一声：“所以红魔特种部队，就必须给自己找到一个‘神’，他们想来想去，最终觉得，瑜伽术这种流传了五千年的东西，就是印度的文化代表，苦练瑜伽术和硬气功，就是印度特种兵的特色与特长。这个道理，就和十年前，中国总是喜欢在国际舞台上，提我们中国的四大发明是同一个道理。”

另外一个声音，立刻摆出了谦虚好学的姿态："那么请问，为什么十年前，中国总是喜欢在国际舞台上提四大发明，现在却几乎不提了？"

燕破岳微笑起来："因为十年前，中国刚刚开始发展，落后世界太多太多，我们除了讲自己历史上的文化贡献，讲万里长城、故乡、紫禁城之外，几乎没有什么可以拿得出手的，只好拿老祖宗的东西顶缸。但是现在不同了，中国发展得越来越快，在国际舞台上，要展现的就是中国在经济、文化、科技、军事领域的新面貌，至于四大发明，这种几百年前的产物，就还是让它们歇歇，回到博物馆里就好。"

另外一个声音的主人，似乎在燕破岳的教导下，受益良多："嗯，明白了。比如我混得一般，就是一个在炊事班放羊的，别人问我是谁，我就会告诉他，某某某是我爹，我是某某某的第十八代玄孙，我的祖宗曾经官至八品，有房十七间半，小妾三个；但是如果我混得超牛，我根本不需要废话，直接告诉他，我是萧云杰，那就足够了。"

这个和燕破岳一搭一档，配合得无懈可击，将"嘴炮"杀伤力发挥到极限的人物，赫然就是燕破岳发现不对，立刻用步话机和总部联络，喊来的援军萧云杰。

中校的脸上还挂着笑意，但是只要看看号称人类心灵窗户的眼睛，就可以知道，燕破岳和萧云杰的相声组合，刺痛了他们，而且是直戳到最痛的位置。

印度人也不傻，如果他们拥有美国那强悍到极限的航空母舰编队和战斧导弹，敢于自豪地宣称，能够将他们的伞兵空投到全世界任何角落，再敢宣称已经用军事卫星无死角覆盖了全世界，他们又何必让特种兵们练这种华而不实的东西？！

但是不练，又不行。

美国特种部队的精髓是他们的科技；德国特种部队的精髓是他们的严谨；日本特种部队的精髓，是他们敢于挑战任何强敌，哪怕玉石俱焚，也绝不放弃的神风；英国特种部队的精髓，是他们曾经建立日不落帝国的骄傲；如果中国建立了特种部队，他们的精髓就是人民子弟兵的奉献……

那么印度特种部队，总得有什么东西和美国教官教的不同，总得有点属于自己的灵魂。否则的话，一支没有灵魂、没有自己的文化与哲学的特种部队，又怎么可能傲立于世界之巅？！

所以印度特种部队，选择了他们拥有五千多年历史的瑜伽术，选择了硬气功。

他们要通过这种表演，向全世界特种部队传达出一个信息……千万不要和我们爆发近距离格斗战，因为，和精通瑜伽术以及硬气功的印度特种部队近距离格斗，就代表了必败、必输、必亡！

虽然在现代战争中，特种兵和特种兵之间的对抗，徒手或者白刃战的影响力已经微乎其微，但是“我军近距离格斗战天下最强”这个信念，会在每一个红魔特种兵的心里生根发芽，并支撑起属于他们的骄傲。

燕破岳并不排斥这一点，但是拜托，你们想要支撑起自己的骄傲，想要让中国军人知道你们在这方面很强，也别架着摄像机啊！

哥哥我可不想成为你们这朵红花旁边陪衬的绿叶，更不想被你们的摄像机录到，成为永远的证据。

燕破岳走了上去，他直直迎向了那名目光中已经透出一丝怒意的中校：“我承认，瑜伽术很好，否则全世界不会有几亿人在练。但是你们的瑜伽术再牛，能用身体挡得住子弹吗？”

中校瞪大了眼睛，他上上下下打量着面前这个实际年龄连二十岁都不到的中国士兵，反问道：“你能？”

燕破岳没有回答，只是学着中校的样子，一挥手。

早已经蓄势待发的吕小天和艾千雪立刻冲出来，和萧云杰一起，手脚利索地将一个枪靶竖在了铁丝网附近。

然后萧云杰珍而重之地将一支步枪，从枪匣里取出了出来，看清楚萧云杰手中的那支步枪，所有应急小分队的成员眼珠子在瞬间都瞪得比鸽子蛋还要大。

拜托，萧云杰这小子怎么把师里为了培养革命传统，向新兵们灌输本师光荣历史与军魂，而放在展览室中的那支已经拥有近两百年历史的老式燧发枪给拿出来了？！

燕破岳在这个时候，脸竟然红了，他向同样看得两眼发直的中校解释道：“我本来想表演空手接住自动步枪子弹的，但是你也知道，现在的自动步枪，子弹初速太大了，我必须站在三百米以外，等到弹丸的飞行速度降低，才有抓住子弹的可能；但是这么远的距离，一来呢，对射击精度要求太高；二来呢，又怕有人说我作弊，所以，我就只好拿出这种子弹初速较低的前装膛式燧发火枪了。”

枪靶已经竖好，燕破岳从萧云杰手中接过步枪，当着所有人的面，将提前量好的火药从前端倒进枪管，再将一粒钢珠填进枪管，最后用辐条将子弹和火药压实。

站在距离枪靶大约十米远的位置，燕破岳抬枪，扣动扳机，随着“砰”的一声枪响，大股的白烟冒出，十米外的枪靶被钢珠子弹打出了一个鸡蛋大小的窟窿。

别看是一件老古董，但是有专人维护保养，使用起来性能还不错，虽然打一枪就得上一次火药填一次子弹，但是在几十米范围内，打死人也是小菜一碟。

燕破岳举起手中那支枪口依然冒着袅袅白烟的老式步枪，刻意放到中校面前，让他仔细观看了一番：“我现在只能用右手接住一颗子弹，再过上两三年，我应该就能两只手各接住一发子弹了，这门功夫还没有练到家，还请中校先生多多谅解。”

这一刻别说是红魔特种部队的中校了，就连应急小分队的兄弟们，也一个个如听天书，用手接子弹，这也太扯了吧？！

队长开口了：“燕破岳，你别冲动。”

燕破岳没有回答，萧云杰却替他开口了：“您放心，这印度有流传五千年的瑜伽术，咱们中国，不是也有流传了几千年的针灸术？针灸本来就是通过扎入人体各个经脉穴道，刺激人类的潜能，让人类战胜疾病困扰。反过来说，古老的中国针灸术一旦运用得当，也可以提高人类潜能，创造超出人类极限的奇迹！”

燕破岳脸上露出一个胜券在握的笑容：“比如说，空手接子弹！”

将一粒钢珠子弹递给了中校，燕破岳提醒道：“您可以拿刀子在这枚子弹上刻一个图案，或者写一个字，让我无法仿造，也无法用其他钢珠蒙混过关。”

中校满脸的不信，可是看着燕破岳认真的模样，他还是伸手接过那枚钢珠，用伞兵刀在上面刻出一个燕破岳看不懂的印度文字。

当着所有人的面，燕破岳往老式步枪里重新填装火药，又将那枚钢珠亮起来，在空中转了半圈后，光明正大地将它放进了枪管里，又用辐条将子弹和火药杵实，信手将这支填装完毕的步枪，交到了萧云杰手中。

燕破岳大模大样走到了被打破的枪靶前，摊开了双手，而萧云杰则站立到了距离他十米远的位置上。

燕破岳回望着中校：“中校先生，您觉得，我能不能接住这发子弹？”

中校下意识地想要摇头，可是理智又告诉他，能在第一时间来“迎接”他们的这批人数相当的中国军队，绝对是驻边部队中的精华，说他们都是兵王也绝不为过。眼前这个看起来撑死就二十岁出头的中国军人，能被挑选出来加入一群老兵当中，没点真材实料的绝活又怎么可能？

再说了，一个人再傻，也不会脑残到当众表演徒手抓子弹，然后被自己的伙伴一枪击毙吧？！

“中国的针灸术，超级的研究。”

在心里念着这两个词，中校沉默了。就像是印度的瑜伽术一样，中国的针灸术，也一样全世界闻名，不知道有多少个国家投入巨额资金研究，如果这个传统而古老的神奇医术，被拿去做军事研究，说不定真的能破译出人类的某种力量源泉。

燕破岳和萧云杰两个人隔着十米的距离彼此对视，在萧云杰的手中，一支已经填好子弹的老式燧发枪平举而起，而他的手指已经勾在了扳机上，只要他用力扣出，一发钢珠子弹，就会脱膛而出。

中校心里清楚，别说是一颗在空中高速飞行的钢珠，就算是一支迎面射来的箭，在他们这批红魔特种兵当中，也没有人能够徒手接到。就算它是两百年前的老式步枪，它射出来的依然是子弹，它依然是人类发明的热武器！

燕破岳双膝微微下弯，双手自然而然摊开，他的双眼死死盯到了萧云杰搭在扳机的手指上，他如果真想徒手接住子弹，就必须在萧云杰扣动扳机的同时做出对应动作，否则的话，仅凭人类的神经反应速度，绝不可能和已经射出枪膛的子弹去比拼！

萧云杰轻轻地吸着气，又慢慢将它吐了出去，就是在这一次次一呼一吸之间，他的双臂越来越稳定，直至再也看不到一丝波动。

燕破岳和萧云杰突然用相同的节奏，开始倒数：“十，九，八，七，六……”

不知道有多少人在心中暗骂，又不是在进行太空火箭发射，玩什么倒计时啊，可是听着两个人用相同的节奏，一秒一秒地数着倒计时，无论是红魔特种兵还是临时应急小分队的中国军人，都下意识地闭紧了嘴巴，在场近一百人，竟然静得只剩下燕破岳和萧云杰的声音。

“三，二，一……”

“砰！”

清脆的枪声响起，就在枪声响起的瞬间，燕破岳的右手闪电般探出，在空中划出了一道迅雷不及掩耳的弧线，没有人知道他是否抓住了那枚足以致命的钢珠子弹，旋即所有人就看到燕破岳的头部犹如受到无形巨锤重击般，猛地往后一仰，他的双手捂住了头，脚步踉跄地向后连退了两步。

临时应急小分队的中国军人们一起为之动容，包括四班长在内，几个和燕破岳已经处出几分感情的人一起失声惊呼：“燕破岳，你怎么样了？！”

没有人知道子弹打中了燕破岳哪里，但是所有人都知道，燕破岳表演的徒手接子弹已经失败了，那枚钢珠已经射进了燕破岳的头部，而且很可能是致命一击。

队长的心在瞬间就沉进了谷底。他是一个军人，更是应急小分队的队长，他明明知道人类根本不可能徒手接住子弹，可是他依然没有阻止燕破岳，那就是因为他相信刘传铭师长的眼光，也相信燕破岳不是一个白痴。

可是燕破岳真的让他最好的兄弟，把一颗子弹打进了他的头部！他不但毁了自己，更让印度军队看了一个天大的笑话，只要看看那个扛着录像机的红魔特种兵脸上那兴奋的笑容，就知道他们这一次的麻烦有多大，丢脸有多狠。

最重要的是，燕破岳是他的兵，是他的同伴！

……

这一系列的念头，只是在短短一两秒钟时间里，就在队长的心头如电击般闪过，他还没有在眼前的混乱与震惊中清醒，身体就已经直接扑了过去。队长一把抱住燕破岳的身体，不让他倒在地上，虽然知道根本没有任何意义，队长仍然放声狂喝：“谁有急救包……嗯？！”

队长猛地呆住了，因为燕破岳已经挪开了遮在头部的双手，脸上没有流出哪怕是一丝鲜血——那发正面打向燕破岳的子弹，竟然消失了！

难道说？！

队长难以置信，抓住燕破岳的右手，可是燕破岳的右手里，什么也没有。

或者，子弹顺着燕破岳的鼻子，打进了他的大脑？可是也没有见他流鼻血啊，如果一个人的鼻腔被子弹打中并形成贯穿伤，怎么可能没有流血？！

抑或是，子弹从耳朵打了进去，再或者，从眼睛里打了进去……

队长狠狠摇头，将这一系列太过不可思议的想法抛到脑后，他盯着燕破岳紧紧抿起的嘴，他的身体突然狠狠一颤，就连泪花都开始在他的眼眶里聚集。

明白了，明白了，真的明白了。那一发钢珠一定打进了燕破岳的嘴里，而燕破岳这个可敬的战士，为了不让中国军人在这个时候丢脸，竟然选择了把嘴死死闭住，把流淌出来的鲜血，硬生生咽进了肚子。面对这样的战友，就算队长已经有十几年都没有哭过，这一次依然感到鼻子酸得难以自抑，就连他的声音都微微颤抖起来："燕破岳，你，你……"

泪花在眼眶中越聚越多，就在它们快要摆脱眼眶的束缚从队长的脸上流淌而下时，燕破岳嘴角一咧，竟然对着队长露出了一个大大的笑容，然后，在所有人目瞪口呆的注视下，慢慢张开了他的嘴巴。

……

死一样的沉寂，死一样的寂静。在这一刻，每一个人脸上的表情都有若见到了一头来自白垩纪时代的霸王龙出现在自己面前，而那条霸王龙还是个母的，竟然还能对着他们甩出一个妩媚的眼神，朱唇轻启地甩出一句："看你那死相，讨厌！"

造成如此轰动效果的根源，就是在燕破岳的两排牙齿之间，咬着的那枚钢珠子弹！

燕破岳伸出两根手指，慢慢从牙齿中间钳出了那枚子弹，先是往地上狠狠吐了一口口水，然后将子弹高高举起，在中印士兵们的注视中，环场绕行一周，最后将子弹送到中校面前："尊敬的中校先生，您看看，是不是这发子弹？"

中校接过了钢珠，也不顾上面还沾着燕破岳的口水，就那么举在眼前仔细观察，没错，是他刻过字的那枚钢珠，别人想要仿造，也绝不可能。

眼前这个中国士兵，竟然用牙齿咬住了射向他头部的子弹，这，这怎么可能？！

这可是子弹！子弹！子弹！子弹！子弹！子弹！子弹啊！

"世界有这么大，总有一些鲜为人知的领域，总有一些拥有超凡能力的强者。这些强者，有些是天生的，有些是后天养成，还有些是机缘巧合出现的。"

萧云杰走了上来，一脸严肃："打个简单的比方，在我们国家一个叫山东的省份，有一个年轻小伙子开着拖拉机，带着全家人出游，结果拖拉机翻倒了，眼看着两吨重的大型拖拉机就要把他的家人全部压在下面，小伙子狂吼一声，硬生生把两吨重的拖拉机掀翻了两个跟头，保护了自己的家人。事后，那个小伙子又试了几十次，不要说是掀翻，就连阻挡一下，都做不到。这个年轻小伙子，就做出了远超常人的事情，只不过激发他的，不是针灸技术，也不是长年累月的训练，而是为了营救家人，在瞬间爆发出来的意志力，冲破了人体自我防护。作为一个平凡人，做出了超出平凡人极限的事情，他付出的代价，就是双臂全部折断。”

中校眼角轻轻跳动，可是面对萧云杰有理有据的诉说，他一时间竟然不知道应该如何回应。

其实萧云杰说的这些中校也懂，人类的大脑实际应用只有百分之十左右，体能是百分之二十左右，余下的能力，一直无法发挥出来，究其原因就在于，人类的身体太脆弱了，在爆发出如此强大力量的同时，就会将自己的身体摧毁。所以人类在自然进化中，自然而然地封印住了人类会超出身体承受极限的力量。

无论是练习瑜伽术也好，气功也好，功夫也罢，甚至包括特种兵的地狱式训练，都是在不断磨砺自己的身体，让身体承受能力变得更强，再随之一点点发掘人类的生命潜能，可是再怎么训练，能把人的身体潜能激发到百分四十就已经是极限。曾经有科学家预言，百分之四十，就是人类身体的一个界限，再往上就被称为“人类禁区”，意思就是说，擅入者死！

难道说，中国的针灸术真的这么神奇，结合了现代医学和生理学之后，竟然可以让受过最严格训练的职业军人，在局部，或者在瞬间突破“人类禁区”，并且能够在身体崩溃之前，再从禁区中退出来？

中校望着燕破岳，理智在提醒他，这些东西充其量就是存在于科幻电影里，实际应用的可能性几乎为零，可是看着手中那粒自己亲手划上去几道印痕的钢珠，他真的无法解释，也真的无话可说。

如果，如果，如果，如果中国军队真的掌握了用针灸来刺激潜能，培养超能力战士的技术，这样的士兵，拥有远超常人的敏捷，只要再接受了足够的训练，他们在战场上，就是打不中、打不死的幽灵！

想到这里，中校的脸色终于变了。

第二十七章 - 何谓特种兵

（上）

燕破岳突然开口提议道：“老萧，看来中校先生，依然不愿意相信眼前的事实，要不，咱们再来一枪，让他们可以看清楚？”

萧云杰的眼光微微一闪：“你确定？”

燕破岳认真地点头。

虽然已经演示过一遍，但是看到燕破岳从萧云杰手中接过那支老式步枪，再次往里面填装火药，所有人的心神依然又被拉紧了，队长忍不住在一边开口劝阻道：“燕破岳，你不要太冒险。”

无论燕破岳用什么方法，接住了迎面射来的子弹，队长也绝不相信，这种方法就是百分之百没有任何风险的。

燕破岳脸上却露出了一个“你放心，百分之百OK”的灿烂笑容，他从中校手中要回那粒钢珠，当着所有人的面，将钢珠填进了枪管里，然后用辐条捅了几下，捅着捅着，燕破岳却突然来了一句：“不好意思，用反了。”

旁边围着的一大群红魔特种兵还有临时应急小分队的中国军人们，还没有弄明白燕破岳这句话的意思，就看到燕破岳掉转辐条，用另外一端探进枪管，又压了几下。然后燕破岳慢慢地将辐条从枪管中取了出来。

随着辐条从枪管中完全取出，有个什么亮晶晶的东西落到了脚下，在雪面上直接砸出一个比黄豆略大一点点的深坑。

燕破岳叹息起来：“呀，不好意思，没来得及捏进手里。”

萧云杰在一边撇着嘴：“你不过就是成功地忽悠了大家一次，小尾巴就翘起来了，让你得瑟，还要再来一次，你懂不懂什么叫见好就收？活该你当众丢人现眼！”

燕破岳红着脸，弯下腰在积雪里一阵乱扒，最后找出了那枚钢珠子弹，他讪讪然地搔着头皮：“穿帮了，咋办？”

“穿帮又咋了？”萧云杰瞪起了眼睛，“你没听过失败是成功他娘吗，我们身为中国军人，就要拥有百折不挠的坚定意志，就要明知山有虎，偏向虎山行。相同的道理，就算穿帮了，这魔术，也要继续演下去，否则的话，你就是逃兵！”

魔术？！

这下所有人都算是看明白了，什么狗屁牙齿接子弹，什么狗屎针灸加现代医学生理学融合出来的潜能训练，什么狗屎特异功能，敢情这两个浑球，就是向所有人表演了一出魔术！

而这个魔术看起来是挺惊心动魄，说白了其实一钱不值，那根捅火药的辐条，有一端安了吸铁石，在捅火药压子弹后，把辐条取出来时，自然而然就把那颗并不算重的钢珠给吸了上来，燕破岳再趁机把它藏在手心里，最终“头部中弹”，双手捂脸，钢珠那就在众目睽睽之下，成功地送进了嘴里。

难怪非要找一支前填装老式燧发枪！

如果在别的场合，燕破岳和萧云杰搞这么一手，以中校的智慧，很快就能断定这是魔术表演。可是他带着一批红魔特种兵跑到边境线给中国人拜年，人家这么快做出反应，派出来的当然也是同样厉害的精英，谁能想到里面竟然还掺杂着一个玩魔术的，这么短的时间内，又找齐了魔术道具？！

还有，萧云杰的那张嘴，也是他妈的真能吹，真敢吹，中校必须承认，刚才他真的被萧云杰给有理有据地侃晕了，虽然心里还有怀疑，但是最起码也信了四成！

千万别以为萧云杰这张嘴能吹，也就是糊弄人那么简单。一群人坐在一起吹牛侃大山，那纯粹是浪费生命，但是这种侃大山吹牛的本事，用对了地方，那可是会产生战略级效果。

打个简单的比方，美国和苏联“冷战”的时候，美国的总统里根先生，就煞有其事地宣布，美国为了抢占太空压制苏联，要实施一场“星球大战”计划。在这份计划里，美国要在外太空建立三道激光防线，以抵御未来核战争中，敌对国用导弹携带的核弹。一些不明就里的美国科学家，纷纷提醒这种计划根本无法实施，但是里根总统却一意孤行，正在和美国进行世界争霸的苏联，一看这种情况，不甘示弱立刻加入跟进，前前后后投资了数千亿美元，结果折腾了好几年，却一事无成。几年后，美国政府宣布，这是假的，我们就是在忽悠你们呢，就是想让你们浪费钱，大大地浪费钱。

苏联最终轰然解体，就是因为他们的经济彻底崩溃，已经无法支撑国家运转，而这个子虚乌有，却因为里根总统倾情演出，能吹敢吹出来的“星球大战”计划，能干掉苏联几千亿美元，绝对是功不可没！

一想到自己如果真的信以为真，或者半信半疑，将“中国军队正在培养超能力战士”这样一个情报带回去，会引上层什么样的反应不知道，但是当谎言被揭穿的那一刻，他在部队中的路，就算是走到头了……一想到这里，就算是天寒地冻，中校的额头上都渗出了细细的汗珠。长官可以容忍部下平庸，毕竟这个世界上平庸的人占大多数，但是哪个长官能够容忍一个白痴二百五？！

燕破岳和萧云杰，在这一刻充分展现出中国军人的坚韧不屈的作风，燕破岳重新走回到枪靶前，双膝微微下弯，而萧云杰则平举步枪，在悠长而舒缓的深呼吸中，慢慢将手中的枪举得稳如泰山、无懈可击。

燕破岳和萧云杰突然用相同的节奏，开始倒数：“十，九，八，七，六……”

看到这一幕，就算是对燕破岳和萧云杰的无耻有了解和心理准备，中国军人依然有超过一半，忍不住伸手捂住了脸。

第一遍看他们表演，看的是心惊肉跳目不转睛，第二次，您二位已经故意穿帮，还演得这么认真，这么投入，这么煞有其事的，你们还当啥兵啊，投身演艺界，说不定几年之后，两位影帝级的偶像派明星，就会冉冉升起，发出百点热千分光了。

在铁丝网另一边，中校的脸色更像是中了剧毒般姹紫嫣红的，临时应急小分队的队长，在这一刻当真是哭笑不得，既想走上去给两个浑小子脑袋上狠狠敲几个包，又想抱住他们，狠狠在脸上亲那么两口。

经过燕破岳和萧云杰这么一折腾，红魔特种部队表演的一系列瑜伽术和硬气功，都被燕破岳和萧云杰给硬带进了“娱乐休闲版块”，你们表演胸口碎大石，我们就表演魔术，大家多欢乐啊。

在一惊一乍之下，就连带领红魔特种部队来给他们拜年的这位中校，身上那股不知道受过多少礼仪训练才培养出来的贵族气息，似乎也被磨掉了不少。

不信的话，请看，扛着摄像机的红魔特种兵，都已经把摄像机给关掉了。

“三，二，一。”

“砰！”

枪声第二次响起，这一次燕破岳的动作，却突然放慢了十倍不止，他用电影慢镜头的动作，伸出右手去抓空中那连毛都没有半根的钢珠子弹。就这么一个动作，他就抓了足足五六秒钟，一把抓空，燕破岳的脑袋就像是被一只无形的铁锤砸中般，慢慢地，慢慢地，慢慢地向后仰倒，脸上随之露出了犹如便秘般的痛苦表情。

最令人拍案叫绝的是，根本没有提前商量，就在燕破岳用慢动作开始接子弹时，萧云杰也进入了十倍缓慢状态，他一边缓缓地收枪，一边在脸上露出了混合着震惊、悲伤、不解等情绪的表情。真不知道萧云杰这小子，是不是到山东某家技工学校，一边学着挖土，一边学会了演技，才能用这样的慢镜头，把表情拆分得如此出类拔萃，让人看了就想捧腹大笑。

就凭这一手，萧云杰这货要是说谎，估计测谎仪都未必能检测出来。

燕破岳的双手，已经慢慢地捂到了脸上，就是在这个时候，他选了一个相当好的角度，可以让旁观的人清楚地看到，他在捂脸的同时，把左手送到了嘴边，而那枚钢珠子弹，就夹在他的左手小拇指和手掌之间。

本来到这个时候，所有人已经看得两眼发直，燕破岳突然一伸舌头，用灵巧无比的动作，一吸一卷，就将钢珠卷进了嘴里，旋即就咬到了两排牙齿之间。

看到这一幕，在场所有爷们儿都觉得牙齿发酸，这货在进部队前，究竟谈了多少个女朋友，在法式湿吻领域，多么身经百战，才能把一条舌头练得如此灵活多变，让人看了就全身汗毛倒竖，一起狂跳霹雳舞啊？！

燕破岳开始踉跄倒退，也多亏他练过中国功夫和忍术，才能在这么慢的速度下，退得这么从容，将重心掌握得这么随心所欲。

连退了三步后，燕破岳停下了脚步，他突然恢复正常，先将钢珠吐出来，然后瞪着自家队长，喊道：“队长，愣什么神呢，该你上场了。”

能进侦察营，成为副营长，只要组建临时应急小分队，就必然被刘传铭师长亲自点将，成为队长的队长，那是什么人物啊，听到燕破岳的招呼，队长立刻跨前几步，一把搂住了燕破岳的腰，放声喊道：“谁有急救包……嗯？！”

演到这里，队长猛地愣住了，他这才想起来，刚才他真的以为燕破岳中弹了，却死撑着不肯丢脸，所以他被感动得热泪盈眶，燕破岳这小子专门点了他的将，难不成想让他再“热泪盈眶”一下？！

投机分子吕小天，在这个时候，当真是想队长所想，急队长所急，将一支眼药水亮了出来，低声哼哼道：“卖眼药水啦，五十块用一次。”

队长立刻二话不说，劈手抢过眼药水瓶，单手继续搂着燕破岳，抬头，点眼药水，再眨了两下，登时就显得热泪盈眶，甚至是已经倾淌而下。

在这个时候，隔着蛇形铁丝网观看表演的红魔特种兵，已经有了集体崩溃的征兆。

中国人不是一向喜欢标榜自己是泱泱大国，接待客人宁可自己吃亏，也要让客人宾至如归。他们也承认，这次拜年的确有一点点别劲的意思，想要证明印度的特种部队发展，早已经远远超越了中国，怎么就遇上了这么一群货？！

但是在这一刻，队长的心中却在暗骂着，撑死两三块钱一瓶的眼药水，到了吕小天手里就变成了五十块，而且还是用一次，有这么无耻，这么黑的吗？！

还有，这货怎么知道自己要用到眼药水，会提前准备妥当，然后好磨刀霍霍向猪羊，我呸，老子才不是猪羊呢。

吕小天不愧是一位经商天才，只看队长郁闷的表情，他就知道队长心里在想着什么。刚刚宰了一个狠的，吕小天也不介意用一点点售后服务，缓解一下商家与顾客之间的对立情绪，他打开了一个小木箱，向队长做了一个“请看”的手势。

那只木箱，是燕破岳带进部队的，在新兵营时，指导员李强看到木箱里面的东西后，曾经问过燕破岳，那只木箱里的东西是干什么的，燕破岳的回答是，他有演艺特长，打算在逢年过节的时候，参加部队举办的演艺活动，展现了一下自己的多才多艺。

今年燕破岳被选入临时应急小分队，他在联欢活动上展现“文艺特长”的预备自然就落了空，但是谁也没想到，在这个时候，竟然又有了用武之地。

这只大概有四十公分长、二十五分高，比急救箱略大一点，从外表来看其貌不扬的木箱被打开后，队长的眼睛瞪圆了。

木箱的箱盖一拉开，里面就像梯阶一样，拉出整整七层，第一层上面摆满了五颜六色的几十只小瓶子，谁也不知道里面盛着究竟是什么玩意儿，但是怎么看都让人望而生畏；第二层上面放了一层泡沫塑料，里面整整齐齐嵌放着诸如剪刀、手术刀、剪子、钳子等精致工具，甚至就连止血钳都有两把，看着这些足够做一场外科手术的器械，不要说是印度特种兵们微微面部变色，就连队长都觉得有点身上发冷；第三层上面放着手铐、皮鞭、蜡烛，还有一根缩小版的狼牙棒，只要和异性有过亲密接触的男人，看到这第三层的东西，就一定会产生什么不正当、不健康的联想；至于第四层，里面则放着可以伸缩的剑，上了发条能够跳舞的小木偶，里面放了皮筋和摆锤，向前抛出去，就会自动滚回来的道具球，明显内部暗藏玄机的蜡烛，天知道有什么作用的打火机，等等；第五层，更是让所有人大开眼界，里面摆放着一整套忍者镖，从三角镖、十字镖、六棱镖，应有尽有，还有一把不到三十厘米长，可以称之为“小太刀”的短刀……

七个隔层，上面整整齐齐码放着各种各样的工具，如果没有亲眼看到，你真的不会相信，在那个并不算大的木箱里，竟然能塞进这么多东西。

有这么一只木箱为基础，吕小天能在队长需要的时候，及时提供眼药水有偿服务，又有什么好奇怪的?

队长回头望着应急小分队的其他人，提醒道：“你们漏词了。”

四班长点点头，和几个刚才在燕破岳脸部“中弹”时一起失声惊呼的同伴一起用诡异的腔调，重复了一遍他们曾经说过的话：“燕破岳，你怎么样了？”

队长再将目光投到燕破岳的脸上，他的腔调也怪异起来，那是一种想要捧腹大笑，却又必须死命绷住，只能从牙缝中挤出声音，道：“燕破岳，你，你，你……”

燕破岳对着队长微微一笑，张开嘴巴，露出他咬在牙齿中间的钢珠，然后慢慢站起来，将那枚钢珠递向早已经看傻了眼的红魔特种部队中校：“尊敬的中校先生，您看看，是不是这发子弹？”

中校接过钢珠，他当然不用再去看，就知道肯定没错。

今天的“拜年”弄成这个样子，太超出中校的预料，他的脸上露出一丝苦笑，对着燕破岳诚心诚意地竖起了一根大拇指：“演得真棒，也真是太可惜了。”

燕破岳疑惑道：“可惜？”

“你是我见过的最优秀的军人，也是最适合当特种兵的军人。只可惜，据我所知，在这片区域，到现在为止，你们还没有建立一支真正意义上的特种部队。”

第二十八章 - 何谓特种兵

（下）

燕破岳打量着中校身后那些红魔特种兵，脸上露出似笑非笑的表情，说句实话，他真的没看出眼前这些擅长表演瑜伽术的特种兵们，在哪些方面比中国侦察兵强。

“他是想说，侦察兵能做的事，他们红魔特种部队都能做到，但是他们能做到的事，我们这群侦察兵，却未必能够做到。”

队长开口道：“就拿师直属侦察营来说，里面的侦察兵再厉害，也必须围绕师里的战术意图展开行动，就是因为这样，侦察营的兄弟，会被局限在一场战争，或者一场战役当中，但是特种兵，却可以跳过这些，直接参与到战略级任务当中。”

听着队长的解释，燕破岳在思索着，铁丝网对面的中校，却骄傲地挺起了胸膛，仿佛凭他们能够参与战略级任务，就代表他们比面前的中国军人更胜一筹。

“当然了，并不是谁都能顺利执行战略级任务。”

“就拿第二次世界大战来说吧，当时德国纳粹党卫军军官奥托·斯科尔兹内，他被称为‘全欧洲最危险的男人’，也是德国第一支特种部队的指挥官。”

队长平时是一个沉默寡言，并不喜欢像好斗的小公鸡般，处处彰显自己的“强大”，但是到了打嘴炮的时候，他竟然也能侃侃而谈，借着向燕破岳讲述知识的机会，在暗中提醒铁丝网对面的仁兄，他们并不是土老帽：“1943年，世界大战已经到了中后期，轴心国败象已露，意大利一些军政要员发动军事政变，拘禁了当时意大利独裁领袖墨索里尼，并试图和同盟国沟通，让意大利可以加入同盟国，离开战争泥沼。当时就是奥托·斯科尔兹内，接受了希特勒的命令，组织伞兵突击队，实施了第二次世界大战期间最胆大妄为，也是最成功的一次跨国特种营救。这次行动，已经被永远载入史册，被称为‘橡树行动’。”

提起“橡树行动”，队长的声音中，透出一丝发自内心的敬佩，不要提战争的正义与邪恶，也不要说营救的是一个让数千万人战死的大独裁者，能够在人类特种作战史上，留下浓墨重彩的一篇，无论是侦察兵还是特种兵，这都是他们共同的光荣与梦想。

也就是因为这样，队长的声音渐渐高昂起来：“奥托·斯科尔兹内成功将墨索里尼营救出来，墨索里尼在希特勒的帮助下，转手就在意大利北部的萨洛另起炉灶，建立了‘意大利社会共和国’，继续和德国一起并肩作战。”

燕破岳在这一刻当真是听得目眩神迷，在战争中后期，意大利原本已经脱离轴心国，即将加入同盟国的怀抱，人类的第二次世界大战很可能会因此加快结束进程，结果却因为一支小小的特种部队，再加上一个传奇英雄，硬生生用一次只能用完美来形容的“橡树行动”，拖住了第二次世界大战结束的进程，也改变了第二次世界大战期间，各个参战国的战略发展。

奥托·斯科尔兹内，真不愧是号称“全欧洲最危险的男人”的男人！

“还是这位‘全欧洲最危险的男人’，到了1944年，同盟国败象已露时，他依然活跃在全世界战场上。”

奥托·斯科尔兹内的故事，到这里竟然还没有讲完，队长的声音也再次提高：“轴心国之一的匈牙利摄政王为了退出这场必败的战争，开始和苏联秘密谈判，如果匈牙利退出轴心国和苏联结盟，在巴尔干半岛作战的百万德军，就会被包围，成为苏联军队俘虏，德国在东部的防线就会彻底崩溃。奥托·斯科尔兹内组织实施了‘米老鼠行动’，在匈牙利国境内，成功将摄政王最喜爱的儿子捕获，用以威逼匈牙利摄政王继续在轴心国参战。”

燕破岳脱口问道：“他成功了？”

队长摇头：“匈牙利摄政王并没有屈服，还通过广播，宣布匈牙利将要退出战争，不再与苏联军队交战。奥托·斯科尔兹内立刻又制定了‘铁拳计划’，这一次他将目标直接对准了摄政王本人，并带领突击队，成功攻入摄政王所处的城堡，匈牙利被迫更换总理，继续站在轴心国一面，和盟军作战，一直到第二次世界大战结束。”

燕破岳必须承认，奥托·斯科尔兹内的确是个厉害人物，只可惜他是德国特种部队的指挥官，在战争结束后，必然会受到国际军事法庭的审判。

仿佛看出了燕破岳的心中所想，队长又开始讲起第二次世界大战结束后，奥托·斯科尔兹内做出的“壮举”。

“奥托·斯科尔兹内在战后被关押，但是三年后他就成功逃出监狱，又弄到一份罗马教廷发放的‘难民’护照到了西班牙，并在那里得到独裁者佛朗哥将军的庇护，获得西班牙护照，最终开了一家公司，生意还相当红火；到了1952年联邦德国政府宣布奥托·斯科尔兹内无罪，他就开始在世界各国游走，在埃及为总统纳赛尔工作，后来又跑到阿根廷，帮助阿根廷总统组建了南美最凶悍的秘密警察力量，还负责总统的安全警卫工作；最让人又恨又佩服的是，奥托·斯科尔兹内一辈子都在努力帮助纳粹军官，让他们获得释放或者帮他们从狱中逃跑，据说在奥托·斯科尔兹内的帮助下，有超过五百名德国纳粹军官经过西班牙逃到了南美。”

燕破岳的眼睛是越睁越大，如此传奇的经历，如此“自强不息”的奋斗精神，真不愧是希特勒最另眼相看的心腹爱将，真不愧是在第二次世界大战期间，留下最浓墨重彩一笔的特种部队指挥官！

最让人佩服的是，这位“全欧洲最危险的男人”，最终是在1975年因病过世，按他的遗嘱，后人将他葬在了维也纳多布格林公墓，长伴于母亲身畔。

这哥们儿闯荡江湖数十载，爱过、恨过、拼过、疯过，一辈子没有金盆洗手，转战全世界各地，估计仇敌也遍布世界，竟然混了一个大团圆的完美结局！

必须要说，真是牛人啊！

听完奥托·斯科尔兹内的传奇故事，燕破岳也终于明白了特种部队和侦察部队的最本质区别。

侦察兵也可以说是特种兵，大家从事的都是非常规作战任务，但是特种兵绝不能说就是侦察兵。大部队调动到哪里，侦察兵的舞台就会跟着调动到哪里，但是特种部队，只要有需要，他们的舞台却可以无限大！

在铁丝网对面的中校，脸上也露出惊诧的表情，他没有想到，眼前这个其貌不扬的中国队长，竟然能对特种部队的传奇代表人物，如此了如指掌，可以洋洋洒洒地说上半天，明显是对特种部队有着相当的研究。

“我在入伍前，最大的心愿，是当一个直升机飞行员，可以驾驶着武装直升机，在蓝天上来回穿梭，如果爆发战争，哪里最需要我，我就会在第一时间像个空中骑士似的猛冲上去。只可惜，在体检那一关，就被刷下来了。”

没有人知道，队长为什么突然谦虚起来，甚至面对“客人”自暴其短，“所以我进了陆军部队后，天天钻研武装直升机的各种优点缺点，现在我至少知道几十种方法，把武装直升机从空中揍下来，看着它摔成一堆废铁！”

中校的眼睛猛地微微眯起，他当然听得出来，眼前这位中国队长，在语带双关。

队长总算是顾忌身份脸面，虽然出言反击，至少还有几分含蓄，燕破岳却是一个无风也能掀起三尺浪的主，什么忍一时风平浪静，退一步海阔天空，在他的眼里，统统都是扯淡，燕破岳猛地一拍巴掌，放声叫道：“哈，我明白了，我们虽然现在还没有成立特种部队，但是没关系，我们可以做好准备，等着去消灭特种部队啊！不管是什么红的蓝的白的紫的，也不管他是魔是仙是神还是妖，只要敢进入我们的地盘，那就统统留下，一个也不许走！我倒想看看，到了刺刀见红，玩命死磕的时候，世界上有哪支特种部队，能吃定中国侦察兵！”

队长板起了脸，教训了一下燕破岳的狂妄作风：“你才当了几天兵，就想着小卒吃车了，你也不想想，特种部队装备精良训练有素，最擅长渗透潜伏和千里奔袭，一个班的特种兵，在瞬间爆发的攻击力，能顶得上一个野战排，小心你还没把人家留下，就先把自己的小命搭进去了。”

“特种部队是牛，但他们一旦越境作战，那就是以寡敌众，只要有了解他们作战风格的指挥官坐镇中央，什么直升机侦察机放得满山遍野都是，人家看不上眼的侦察兵，再分成若干个小组，来个胡同里捉驴两头堵，我就不信，特种部队还真能像《红色警戒》游戏里的特种兵谭雅，一人双枪，就能挑掉几百名普通士兵。”

队长认真地思索了片刻，点了点头：“你说的，也有点道理。”

“说到《红色警戒》这款游戏，我想起一个小细节，如果特种兵谭雅不小心，被普通单位干掉，无论是军犬咬死，还是被步兵乱枪打成马蜂窝，最终击毙谭雅的步兵单位，都会立刻从一级菜鸟升级为最高等级的资深部队。”

萧云杰在这个时候，也凑了过来，这个能把“特异功能”吹得天花乱坠，当真是忽悠死人不偿命的家伙，一开口就让中校的眉角狂跳：“我倒是挺希望有特种兵跑到中国执行什么战略任务，到时候你我两兄弟一人干掉一个，立刻就完成从新兵到资深老兵的过渡，最起码也能顶在军营中苦熬两年资历，说不定直接就能挂上士官的军衔了。”

中校不由得苦笑起来，95红警这款战争即时游戏他也玩过，而且他最喜欢的角色，就是盟军军营的特种兵谭雅，指挥着这位英姿飒爽的女性特种兵冲锋陷阵所向披靡，纵然明知道自己玩的只是游戏，他的心底仍然会涌起一种身为特种兵的骄傲与自豪。

可是今天经这两个混账小子一说，怎么特种兵就成了给普通士兵送菜，让他们迅速积累作战经验，一跃进阶到资深部队的灵丹妙药了？！

而且中校必须承认，如果真有的有一支特种部队，抱着某种目的渗透进入中国，又和中国侦察兵交手，他们凭借手中的精良装备和受过的严格训练不断转战，也许会让中国侦察兵付出相当惨重的代价，但是最终休想有一人能活着逃出中国！

中国和印度，曾经在这片土地上爆发了一场短暂却激烈的战争，虽然这场战争，很快就以中国军队获胜并主动撤回起点，甚至就连缴获的武器装备都一起返还给印度而告终，但是却让两个国家的关系，因为战争而进入冰封时代。

现在三十年过去了，硝烟和战火早已经在历史的长河中消逝，两个比邻而居的国家，也在慢慢缓和着关系，一点点恢复昔日的友谊。也许这一段路很漫长，很艰难，但是只要双方都愿意付出努力，迟早有一天，他们真的会变成一衣带水的亲密朋友。

带着这样的思索，中校认为，他此行已经得到了自己想要知道的，而这次有着几分针锋相对意味的“拜年”，似乎也可以结束了。

在离开前，中校主动向应急小分队的队长伸出了右手，在两名队长的表率作用下，红魔特种部队的士兵和应急小分队的成员，也都隔着铁丝网握手为礼，就是在双方同样有力，同样布满老茧的大手紧紧握在一起的时候，无论是红魔特种部队的军人，还是中国军人，在他们的心中，突然都涌起一个念头，也许，这次还算完美收场的“军事交流”，会成为一个良好的契机，带动两国军队的真正深入交流；也许，他们正在参与，也正在见证一段历史！

目送着红魔特种部队离开，队长提议道：“同志们，人家大老远地跑过来给我们拜年，这份心意难得，我们是不是也应该唱首歌，给他们送送行？”

队长的这个提议得到了所有人的赞同，但是队长又提出唱“友谊天长地久”这首歌时，却被燕破岳否决了。

“想做真心朋友，不但需要双方都付出真心和努力，还需要时间的积累，日久见人心嘛。如果人家上来送个笑脸，我们就热情如火地视之为友，那我们中国军人的‘朋友’，未免也太便宜了吧？”

燕破岳哼唱起一个熟悉的曲调：“朋友来了，有好酒，要是那豺狼来了，迎接它的就是猎枪……预备，一起唱！”

所有人都对燕破岳侧目而视，别人起唱，都是唱一首歌的最前面两句，这样最起码可以保证所有人在第一句时，不至于一张口就串了调儿，可是这位爷倒好，直接就来了个截头断尾，唱出了他最想要唱、最能直舒心意的部分。不过还好，大家都是从小听着这首歌长大，断然没有不会唱的道理。

一条大河波浪宽
风吹稻花香两岸
我家就在岸上住
听惯了艄公的号子
看惯了船上的白帆

姑娘好像花儿一样
小伙儿心胸多宽广
为了开辟新天地
唤醒了沉睡的高山
让那河流改变了模样

这是美丽的祖国
是我生长的地方
在这片辽阔的土地上
到处都有明媚的风光

好山好水好地方

条条大路都宽畅

朋友来了有好酒

若是那豺狼来了

迎接它的有猎枪

……

听着身后传来了中国士兵那响亮而浑厚的歌声，中校的脚步微微一顿，在他身边那些听不懂中文，当然也不懂歌词的红魔特种兵们，脸上也露出了倾听的神色。

这首歌是电影《上甘岭》的主题曲，它创作于本世纪五十年代，那时第二次世界大战硝烟还没有消散，世界各国之间又出于种种原因爆发了各种冲突，形成了一道用铁与火、眼泪与鲜血，交织而出的波澜壮阔的历史。

就是在上甘岭这样一个只有三点八平方公里的土地上，美国军队轰击了一百九十多万发炮弹，空投了五千多枚航空炸弹，把整片山区硬生生削平了两米。可是他们依然没有攻下在他们指挥官的计划中，一天就应该攻克的阵地，就算是到了今天，他们的军事专家们依然百思不得其解，为什么占据绝对优势，使用了如此恐怖的火力覆盖，他们还是没有打赢，就是在那场战争中，中国陆军打出了天下最强的威风，更打出了新中国的脊梁与傲骨。

也就是因为那场战争，美国人终于开始承认，中国很强，中国的陆军很强。

也就是因为这样，这首歌中透出一个大时代背景下，中国军人的忠诚无悔与热血激昂，更透着中国军人那宁为战场亡魂，不为亡国之奴的钢铁斗志！

纵然时过境迁，纵然中国已经跨进一个高速发展、和平发展的轨道当中，但是中国陆军这份从八年浴血抗战，三年解放战争，三年抗美援朝打出来的斗志与强大，依然薪火相传，一代接着一代地传下来，所以，不管是谁，你们在和中国有任何争议时，最好都不要再去考虑用武力威胁，最好选择用和平公正的方式去解决！

在那个小米加步枪的时代，我们都没有输，现在又怎么可能输给区区一支特种部队？！

燕破岳侧眼望过去，萧云杰的脸上也一片火热，两兄弟突然一起伸出右手，在空中狠狠对拍了一下。

这个新成立的特种部队，他们两兄弟去定了，至于什么单行线，什么被淘汰后回来就只能放羊放到退伍……请问，以他们两兄弟的智勇双全、大器早成，怎么可能会被区区一支特种部队给淘汰出来？！

中国特种兵之特别有种

CHINA

SPECIAL FORCES